国家社科基金资助项目"接受美学视域下的品特戏剧研究"
（13BWW049）成果

接受美学视域下的品特戏剧研究

刘明录 著

中国社会科学出版社

图书在版编目(CIP)数据

接受美学视域下的品特戏剧研究 / 刘明录著. —北京：中国社会科学出版社，2020.1
ISBN 978-7-5203-5806-4

Ⅰ.①接… Ⅱ.①刘… Ⅲ.①哈罗德·品特—戏剧文学—文学研究 Ⅳ.①I561.073

中国版本图书馆 CIP 数据核字（2019）第 290473 号

出 版 人	赵剑英
责任编辑	顾世宝
责任校对	闫 萃
责任印制	戴 宽

出　　版	中国社会科学出版社
社　　址	北京鼓楼西大街甲 158 号
邮　　编	100720
网　　址	http://www.csspw.cn
发 行 部	010-84083685
门 市 部	010-84029450
经　　销	新华书店及其他书店

印　　刷	北京明恒达印务有限公司
装　　订	廊坊市广阳区广增装订厂
版　　次	2020 年 1 月第 1 版
印　　次	2020 年 1 月第 1 次印刷

开　　本	710×1000　1/16
印　　张	17.75
字　　数	301 千字
定　　价	99.00 元

凡购买中国社会科学出版社图书，如有质量问题请与本社营销中心联系调换
电话：010-84083683
版权所有　侵权必究

序

  2008年12月24日，英国人正喜庆地迎接圣诞节的来临，未曾想到他们会失去一位引以为豪的戏剧大师，这一天哈罗德·品特因患癌症医治无效，驾鹤西去。虽然品特离开我们10年了，但他并未远去，他的作品还牢固地占据着私人藏书室和公共图书馆的书架，并经久不衰地出现在世界各地的舞台上。2005年瑞典皇家诺贝尔委员会将该年度的诺贝尔文学奖授予品特，其颁奖词称赞品特"在戏剧领域中的国际性及民族性方面的影响是巨大的、与众不同的，这种影响半个世纪以来从未中断，一直在给人以启示"，断言"在世界上某个地方，在任何某个特定的时刻，你的剧作会被新一代的导演和演员们不断地重新阐释"。① 这评价很好地诠释了品特戏剧的永恒价值，这种价值是品特通过对世界、社会、生命等方面的独特认知和与众不同的表现方式而获得的，并且贯穿了他的整个创作生涯。

  品特的戏剧作品不仅在英语世界享有崇高的地位，被认为是自萧伯纳以来英国最伟大的戏剧家，而且是20世纪下半叶世界最具影响力的戏剧大师。《哈罗德·品特剑桥指南》编辑雷比指出，品特已是当代最为有名、作品上演率最高的戏剧家之一，阅读和演出品特的戏剧作品成为英美大学文学课程的重要组成部分，与埃斯库罗斯、莎士比亚、莫扎特等戏剧大师共同构建起西方戏剧传统。② 四年前，斯洛文尼亚学者奥尼奇编辑出版了《国际舞台上的哈罗德·品特》，较为全面地展现了品特戏剧在欧美地区的演出情况。③ 这些研究现状充分说明品特以自己独具魅力的作品走进了世

---

① 邓中良：《品品特》，长江文艺出版社2008年版，第6页。
② Peter Raby, "Introduction", Peter Raby, ed., *The Cambridge Companion to Harold Pinter*, 2nd ed., Cambridge: Cambridge University Press, 2009, pp. 1 – 2.
③ Tomaž Onic, *Harold Pinter on International Stage*, Frankfurt: Peter Lang, 2014. 令人遗憾的是，该文集没有讨论亚洲，特别是中国舞台上的品特戏剧演出。

界经典作家的行列。作为一位当代经典作家，品特自然赢得了批评家的强烈关注。学术界从历史语境、舞台表演、主题表现、女权主义、语言艺术、表现手法等角度解读品特，取得了丰硕的研究成果。这表明品特的戏剧作品包含了多重世界，完全可以获得多重阐释。

美国当代理论家艾布拉姆斯（M. H. Abrams）在其名著《镜与灯》中提出了宇宙、作品、作家、读者构成文学艺术四大要素的著名学说。本书作者刘明录教授抓住了读者这个必不可少的艺术要素，以当代接受美学为理论基础，独辟蹊径，对品特的戏剧作品进行了重新审视和阐释。事实上，以接受者（观众和读者）为出发点和中心，正是品特进行戏剧创作的初衷。品特尽量避免对自己的作品说三道四，认为自己的责任是写作品，而不是去帮助观众理解作品。当《生日晚会》上演后，有位女士写信给剧作家：

> 亲爱的先生，如果您能向我解释一下您的戏剧《生日晚会》的含义，我将不胜感激。这些是我无法理解的几个地方：1. 那两个男人是谁？2. 斯坦利从哪儿来？3. 他们都应该是正常人吗？您要知道，如果我的问题没有得到回答，我就无法完全理解您的戏剧。

对此，品特先生戏仿这位女士的书信格式回答道：

> 亲爱的女士，如果您能向我解释您的信的含义，我将不胜感激。这些是我无法理解的几个地方：1. 您是谁？2. 您从哪儿来？3. 您应该是正常人吗？您要知道，如果我的问题没有得到回答，我就无法完全理解您的信。①

品特认为，离开作品本身去奢谈作品的含义是没有意义的，"理解只能来自作品本身"，而且完全是观众和读者自己的责任。②虽然西方学者注意到了品特对观众和读者中心的强调，但却少有系统和深入的讨论。本书是品特研究界第一次以受众为中心，以接受美学为批评视角，系统而深入

---

① Martin Esslin, *Pinter: A Study of His Plays*, London: Eyre Methuen, 1973, pp. 37–38.
② Bernard F. Dukore, *Harold Pinter*, London and Basingstoke: Macmillan, 1982, p. 7.

地对品特戏剧作品进行研究，充分体现出了中国学者的学术自信。

本书的讨论显示，以接受美学进行解读确实能揭示品特戏剧的新信息，给人以耳目一新的感觉。例如，在讨论品特戏剧的疾病叙事时，本书首先揭示品特的戏剧叙述了许多种类的疾病，然后分析了这些疾病的舞台呈现对观众或者读者会产生恐惧、压迫、不安等情感的心理影响。但是，品特不是为了疾病而进行疾病叙事，而是为了诊断疾病根源，以便能治疗这些疾病。就此而言，品特的疾病叙事传承了亚里士多德的净化论诗学传统。本书作者指出，"品特戏剧中众多的疾病及疾病带来的痛苦所引起的恐惧、怜悯等情绪正是宣泄效果产生的必要情感，也可以达到治病救人的目的；不仅是身体疾病的治疗，更重要的是从心灵上进行治病救人"；"当观看品特戏剧的观众为剧中众多的病人所震惊，为他们的痛苦所惊诧之时，他们也将进入情感宣泄的过程，在精神受到强度刺激之后，庆幸受到各种疾病侵袭的并非本人，从而精神愉悦，产生审美快感，开始反思人生，积极疗救社会，以避免悲剧在自己的周围甚至在自己身上再次发生"。这些论述从读者接受的角度充分彰显了品特戏剧的人文主义品质，这也是品特研究界很少关注的话题。

在研究方法上，本书既以接受美学为理论依托，同时又采用跨学科的研究方法，广采博纳，将哲学、美学、伦理学、医学、心理学等学科知识整合到具体的文本分析之中，使其观点显得更具深度和说服力，同时也展示了品特戏剧蕴含的多维世界，对催生品特研究的学术增长点无不具有启发意义。

早在攻读硕士学位期间，刘明录就广泛地阅读品特的戏剧作品，2010年他进入西南大学外国语学院攻读博士学位，执着地选择品特作为博士学位论文的研究对象。他笃学勤思，也颇有悟性，除了课堂讨论外，还每每利用晚饭后散步的时间，与我漫步美丽、安静的校园讨论学术问题。三年时间他顺利地完成了学业，其博士学位论文得到了评审专家和答辩委员会专家的好评。攻读博士学位期间，他还积极申报科研课题。令人记忆犹新的是，在参加博士学位论文答辩后的第一天，他申报的第一个国家社科基金项目也立项公示。

以英国当代戏剧作为主攻方向，刘明录博士对英语文学研究有着不懈的追求。他一获得博士学位就立即启程去加拿大进行访学，与国外学者进行交流，广泛收集研究资料。他被遴选为2014—2017年广西高等学校优秀中青年骨干教师培养工程培养对象，入选广西高等学校优秀人才项目，2014年晋升教授，2018年第二次获得国家社科基金项目立项，新增为广西师范大学博士生导师。看到他在学术上不断进取并取得成就，作为曾经的导师，我由衷地感到高兴和自豪。我相信，以他踏实的学风和突出的科研能力为基础，他定能取得更多、更大的成就，为推动中国的英语戏剧研究事业向前发展奉献力量。

是为序。

刘立辉

2018年9月于重庆北碚嘉陵江畔

目　　录

引言 …………………………………………………………（1）
　　第一节　立论的缘起与意义 ………………………………（1）
　　第二节　研究现状与述评 …………………………………（8）
　　第三节　研究理论与方法 …………………………………（23）
　　第四节　研究重点、难点与创新之处 ……………………（32）

第一章　期待视野理论下的品特式房间 ……………………（37）
　　第一节　房间形象的演变与品特式房间 …………………（37）
　　第二节　审美期待与房间的多重审美 ……………………（54）
　　第三节　视野融合与房间形象的重构 ……………………（104）

第二章　审美响应理论下的品特式语言 ……………………（114）
　　第一节　传统视角下的品特式语言 ………………………（119）
　　第二节　空白结构与沉默的张力 …………………………（126）
　　第三节　游移视点与语意的荒诞 …………………………（143）
　　第四节　隐含读者与戏剧的社会功能 ……………………（154）

第三章　人物塑造与品特戏剧净化艺术 ……………………（175）
　　第一节　威胁喜剧中的边缘人物与同情怜悯式交流 ……（178）
　　第二节　记忆剧中的普通人物与净化式交流 ……………（186）
　　第三节　政治剧中的反面人物与反讽式交流 ……………（192）
　　第四节　交流反思与接受者观念的嬗变 …………………（200）

第四章　品特戏剧的负面意象接受审美 ……………………（205）
　　第一节　疾病审美及其接受效应 ……………………………（207）
　　第二节　他者审美及其接受效应 ……………………………（213）
　　第三节　暴力审美及其接受效应 ……………………………（219）

第五章　接受美学与品特的荒诞诗学 ……………………（225）
　　第一节　空白理论与不确定性 ………………………………（225）
　　第二节　审美经验与威胁性 …………………………………（233）
　　第三节　期待的背离与荒诞性 ………………………………（243）
　　第四节　审美距离与戏剧的间离性 …………………………（251）

结语 …………………………………………………………………（265）

参考文献 ……………………………………………………………（269）

引　　言

第一节　立论的缘起与意义

　　1957年，应友人之邀，年仅27岁的哈罗德·品特仅用四天时间就创作出了首部剧作《房间》，展露了他在戏剧创作方面的过人才华。从此，勤劳而执着的他笔耕不辍，至2008年辞世之时已是蜚声世界的一代戏剧大师，创作出了29部戏剧、105首诗歌，编写了24部电影剧本，并且执导了一系列自己及其他剧作家的戏剧。历经半个多世纪的验证，今天，品特的作品，尤其是剧作已在世界文学界具有广泛的影响，深受各国读者的喜爱。

　　如今，品特已被誉为萧伯纳之后英国最著名的剧作家，20世纪下半叶世界最杰出的戏剧家，是"他的时代的莎士比亚，是新戏剧潮流当中的中心人物"[①]。品特一生当中获奖甚多，曾经获得过英国莎士比亚戏剧奖、欧洲文学奖、卡夫卡奖、大卫·科恩文学奖等10余项奖项，2008年，又因"揭开了日常闲谈间的惊心动魄之处并闯入了受压迫者紧闭着的房间"[②]而获得了文学创作者梦寐以求的至高荣誉——诺贝尔文学奖。品特，这位伦敦东区走出来的普通犹太人后裔，用自己的成就续写了一个又一个的不平凡。

　　时至今日，品特风格已经作为一个词条载入《牛津英语词典》，在给品特颁发诺贝尔文学奖时，诺贝尔奖委员会主席赞誉道："你在戏剧领域中的国际及民族之间的影响，是如此的与众不同，半个世纪以来一直在给

---

① Kinball King. "General Editor's Note." *Pinter at 70, a Casebook*, ed. Lois Gordon. London: Retledge, 2001, p. ix.

② "Harold Pinter." Harold Pinter. Org. http://www.haroldpinter.org/home/index.shtml. 2016 - 1 - 26.

人以启示……你的作品，既无比诱人而令人想进入其中，又令人恐惧而充满神秘，帷幕在浓密的人生风景及令人痛心的禁锢中升起，你用充满诗意的想象，阐明了幻想与现实在梦魇之间的冲突。"① 这可谓是对品特剧作最客观公允的评价。半个世纪以来，品特戏剧就像一处用之不尽、取之不竭的宝藏，以它独特的魅力，吸引着众多的学者和文学爱好者孜孜不倦地于其中探索。

国内外学者 50 多年来对品特其人其作的持续研究结出了累累硕果，相关的研究著述可谓汗牛充栋。学者们结合品特的作品，穷其想象，从诸多的视角对品特的戏剧进行了解读。学者们的研究揭开了品特戏剧的神秘面纱，展现了品特戏剧的迷人风采和剧作家品特精湛的戏剧创作艺术。然而，综观学者们的研究，在欣喜于他们慧眼独具、挖掘出大量的品特戏剧精华之时，却也发现了一些遗憾：这些研究作品大多关注的是剧作家品特及其作品之间的关系，或是仅仅聚焦于品特戏剧作品本身的艺术特征，从作家或作品的立场出发来解读品特的剧作。对于戏剧的发展贡献卓著的亚里士多德早就注意到了观众的作用，他的净化效果论就是针对观众而言的。② 而著名英国剧评家马丁·艾斯林则说得更明白："作家与演员仅仅是戏剧艺术的一半，另一半是观众和他们的反应。"③ 从艺术特征来看，戏剧不仅是一种供阅读欣赏的艺术，也是一种表演艺术，更应是面向作为接受者的观众或读者的作品。同时，品特本人曾经有过漫长的戏剧表演历史，作为戏剧演员，他在学生时代就参与了戏剧演出，毕业以后又多次到爱尔兰等地巡回演出，甚至在以戏剧创作作为主要工作之后，还亲力亲为地参加了自己的戏剧表演，并且导演了自己及他人的多部戏剧。在一次面对记者梅尔·高索的采访中，品特认为自己是"为舞台而写作，为演员的演出而写作"④ 的，可见，他对观众或是读者在戏剧中的作用有着非常深刻的理解。有鉴于此，关注作品与读者或观众关系的研究将能从另一种视角发

---

① 转引自邓中良《品品特》，长江文艺出版社 2008 年版，第 6 页。
② 亚里士多德在《诗学》中指出："不应写好人由顺境转为逆境，因为这只能让观众厌恶，不能引起怜悯与恐惧之情。不应写坏人由逆境转为顺境，因为这最违背悲剧精神，不合悲剧的要求，也不能引起慈善之心，更不能引起怜悯与恐惧之情……"由此可见，亚里士多德是非常注意观众在戏剧中的作用的。详见 Aristotle. "Poetics." *Critical Theory since Plato*. eds. Hazard Adams, Leroy Searle. Beijing: Peking University Press, 2006, p. 58。
③ Martin Esslin. *An Anatomy of Drama*. New York: Hill and Wang, 1977, p. 23.
④ Mel Gussow. *Conversation with Pinter*. New York: Limelight Editions, 1994, p. 22.

现品特戏剧更多的秘密,因而,主要研究作品与接受者关系的接受美学进入了我的视野。

接受美学诞生于20世纪60年代,其兴起可谓是文学批评范式的又一次转折。以实证主义为根基的传统文学批评方法是以作者为中心的批评论,当使用此类批评方法解读一部作品时,学者们首先关心的是作家与作品的关系,把作家看作文学作品的主要决定因素,认为作品是作家的附属物,因而谈文艺作品必谈作家。例如西方哲学的鼻祖柏拉图在《理想国》中就高度强调创作者的作用,他指出文艺作品的创作本质就是模仿,由于诗人缺少所模仿的题材的美、丑、善、恶的知识,他们只会选取某些逢迎人性中最不好的部分进行模仿,给民众带来了极为消极的影响,因此要将他们逐出理想国。又例如古罗马诗人、批评家贺拉斯指出:"诗人应该给人益处和乐趣,寓教于乐,创作出有教育作用的作品。"[1] 在具体的批评实践中,创作背景和生活背景往往是评论家们首先会考虑的问题。这一模式长期主宰着西方文学批评界,直到20世纪初俄罗斯形式主义、英美新批评等文学流派在文学批评界崛起才发生了改变。

新批评学派的一个重要目标就是变革作者中心论的审美方式,克服它因只注重作家及其创作背景所带来的弱点与不足,他们将注意力转移到了作品身上,认为作品才是文学批评的核心,作品自成系统,一旦完成,就与作者脱离了关系。作为该学派的代表人物之一的T. S. 艾略特在他的《传统与个人才能》中指出:"诚实的批评和敏感的鉴赏,并不注意诗人,而注意诗……将兴趣由诗人身上转移到诗上是一件值得称赞的企图:因为这样一来,批评真正的诗,不论好坏,都可以得到一个较为公正的评价。"[2] 将作品与作者分离开来,视为独立的艺术作品,有利于发掘作品本身的艺术价值,是文学批评范式的第一次转折,得到了当时大多数学者们的肯定,给文学批评带来的冲击不亚于一场革命,并且其生命力极其旺盛,表面上看似已在不断前行的文艺批评大潮中销声匿迹,其实在之后的结构主义、后现代主义等批评理论中均尚有其身影。然而,无论是传统的作者中心论还是继起的作品中心论都忽略了另外一个问题,那就是作品的

---

[1] Horace. "Art of Poetry." *Selected Readings in Classical Western Critical Theory*. ed. Zhang Zhongzai. Beijing: Foreign Language Teaching and Research Press, 2002, p. 77.

[2] T. S. Eliet. "Tradition and the Individual Talent." *Critical Theory since Plato*. ed. Hazard Adams. Beijing University Press, 2006, p. 808.

接受者。

在茫茫的文学研究大军中，德国康茨坦斯大学文艺学教授姚斯（Hans Robert Jauss）、伊瑟尔（Wolfgang Iser）① 等人独具慧眼，深入地考量了这一问题。姚斯1967年发表的《文学史作为向文学理论的挑战》一文中，向读者中心论和作品中心论吹响了战斗的号角，被认为是接受美学诞生的宣言。姚斯认为文学史就是文学作品消费的历史，即消费主体的历史，他指出："一部文学作品的历史生命如果没有接受者的积极参与是不可思议的。"② 相比之下，接受美学充分肯定接受者的作用，他们认为文学作品是为读者阅读而创作的，它的社会意义和美学价值，只有在阅读过程中才能表现出来。读者在接受的过程中不是被动地反应，而是主动地参与，具有推动文学创作过程的功能。伊瑟尔则主要从审美响应的方面思考问题，他认为文学作品与读者是互动的关系，他说："之所以称之为审美响应，是因为尽管它是由本文引起的，但是由于它调动了读者的想象力和洞察力，因而使他能够调整、甚至区分他自己的注意中心。"③ 伊瑟尔把审美活动看成了读者对作品的响应活动。相比于作者中心论和作品中心论，虽然接受美学并不是完全忽略作家及作品的作用，然而却更加关注接受者的作用，这赋予了接受者在文学欣赏中极为重要的地位。这是文学批评范式上的又一次重大转折。

既然品特戏剧是用于表演的戏剧，甚或是用来解读的戏剧，那么作为接受者的读者或观众在其间的作用是绝对不可忽略的。从接受美学的视角来解读品特的戏剧，将给人们欣赏艺术大师品特的作品提供新的视角，人们将能从另一角度欣赏他们早已熟知的品特作品中的各种诱人之处：品特作品中的种种意象，品特式语言，品特作品的净化艺术，品特戏剧中的荒诞艺术……同时，也由于品特戏剧自身固有的艺术特点，例如不确定性在文中的大量使用，沉默与停顿形成了众多的空白，舞台空间发挥着无可替代的象征作用，荒诞性自始至终存在等，这些本来就是接受美学极为关注

---

① 德国学者Hans Robert Jauss与Wolfgang Iser的姓名在国内译著中有多种译法，为了避免误解和便于阅读理解，本书中统一使用"汉斯·罗伯特·姚斯"及"沃尔夫冈·伊瑟尔"的译名。

② [德] 汉斯·罗伯特·耀斯：《文学史作为向文学理论的挑战》，载 [德] 汉斯·罗伯特·耀斯、[美] 霍拉勃《接受美学与接受理论》，周宁、金元浦译，辽宁人民出版社1987年版，第24页。

③ Wolfgang Iser. "Preface." *The Act of Reading: a Theory of Aesthetic Response*. London: The Johns Hopkins UP, 1978, p. x.

的主要论题，因而从接受美学的角度来解读品特的作品是十分恰当的。对于读者或观众的接受效果，品特本人也有着深刻的理解。1962年，品特在英国布鲁斯托尔（Brustole）举办的国家学生戏剧节上做了题为《为戏剧而写作》的演讲，在开端就强调了接受者的重要作用：

> 我不是一个戏剧家，我不是权威或者是戏剧场景、社会场景及任何场景的可靠评论者。我创作戏剧，当我想创作的时候，就这样而已。因此我不愿意发表这个演讲，因为我知道即使对于同一件事，依据你此刻的立场，甚至是天气，至少会有24种解读。一种类别的叙述，我发现，将不会受到限制而一成不变，它将很快会有其他23种可能性的修饰，没有任何一种我的评论是最后的、绝对的。①

对于同一件事，依据立场、甚至是天气的不同，至少会有24种解读，一种类别的叙述，会有其他23种可能性的修饰。这些语句表明了随着时空的变化，即使同一读者，面对相同的事件，得出的结论也会不同，这显然包含了接受美学的思想。因此，从读者与作品之间关系的角度解读品特其人其作，有助于人们了解品特戏剧各种艺术特色生发的原因，了解品特艺术构建的原理。

正是基于接受美学所提供的新视角，本书从五个方面对品特戏剧加以探讨。一是品特戏剧的房间形象。品特的房间意象是最为引人关注的意象之一，通常被视为品特戏剧最基本的元素、最明显的主题。西方品特戏剧研究的权威马丁·艾斯林在品特的首部戏剧《房间》创作之后评论道："房间是该剧中心的和主要的诗意形象，也是品特戏剧反复出现的主题之一……一个舞台，两扇门；一种不可名状的恐惧和期待的诗意形象。"② 对于房间意象，品特本人则是这样表达的："两个人在一个房间里——我花了大量的时间来处理两个人在一个房间里的这个形象。大幕在舞台上升起了，我把它视作一个重大的疑问的产生，房间里的两个人会发生什么事情？有什么人会开门进来吗？"③ 品特戏剧中的房间意象如此引人关注，是

---

① Harold Pinter. "Writing for the Theatre." *Harold Pinter*: *Plays One*. London: Faber and Faber, 1991, p. vii.
② Martin Essling. *The Theatre of the Absurd*. London: Penguin Books, 1978, p. 19.
③ Quote from Martin Essling. *The Theatre of the Absurd*. London: Penguin Books, 1978, p. 235.

研究品特戏剧难以避开的主题之一，因而，本课题的研究同样对品特戏剧中的房间意象给予了重点关注。期待视野是姚斯接受审美的主要理论基石之一，意指人们在欣赏艺术作品时的先在经验导向，正是由于合理地调动了观众的期待视野，品特把原本人们印象中熟知的房间意象变得陌生。而伊瑟尔认为，在文学作品中存在一种召唤结构，召唤结构在唤起人们审美的意愿的同时，引导着人们去解读作品，"每一部文学作品的阅读过程的核心，是发生在作品的结构与作品的接受者之间的相互作用"①，在剧作家品特精心设计的戏剧结构的引导下，房间的意象得以重构。

二是品特戏剧中的语言。语言是戏剧的主要表意手段之一，是戏剧的主要元素，品特戏剧中的语言却与传统的戏剧语言大不相同。在他的戏剧中，戏剧语言的能指与所指分离，语言内容只是肤浅的表面，话语的背后另有所指；同时在他的戏剧中还存在众多的沉默和停顿，然而沉默并不就是简单的无语，也不仅仅是舞台说明，它们也是表意方式。品特戏剧语言引来了众多学者的热评，诺贝尔奖委员会主席曾经这样说：

> 品特笔下的人物在无法预测的对白中，给自己设置障碍。在充满着未予澄清的威胁的台词里，其戏剧在激荡着，刺痛着。我们所听到的，是我们所没有听到的一切东西的信号……品特戏剧中的人物很少相互倾听，然而正是他们精神上的"耳聋"，使我们在倾听……随意一带而过的对白刺痛人，小小的词语能伤人，说了一半的话能摧毁人，而沉默不语预示着灾难的降临。②

无论是喋喋不休的胡言乱语，还是意犹未尽之处的沉默，都蕴含着深意，其实它们都是剧作家品特的独具匠心之处，正是利用这些超出常规的精言妙语，品特创造了一个又一个奇妙的世界。

三是品特戏剧的净化方式研究。自从亚里士多德在《诗学》中提出了悲剧的净化理论以来，戏剧的净化功能就越来越受到学者们的关注，甚至有些学者视之为艺术作品的主要价值。历经数千年，学界对于亚里士多德

---

① Wolfgang Iser. *The Act of Reading: a Theory of Aesthetic Response*. London: The Johns Hopkins UP, 1978, p. 20.

② 转引自邓中良《品品特》，长江文艺出版社 2008 年版，第 4 页。

的净化理论并未形成完全统一的认识，对其形式、范围、功能的争论从未停止过，随着时光飞逝，学者们对于净化功能的认识也在不断地深化。姚斯也曾对文学作品的净化理论做过深入研究，他的审美净化理论既继承了亚里士多德理论的主要内容，又进行了丰富和创新。在他看来，审美的过程分为三个阶段，即文艺作品的生产、文艺作品的接受和文艺作品的净化过程，其中净化是最主要的，是一部文艺作品创作的目的。那么，在姚斯的净化理论下，品特戏剧又有着什么样的功能呢？品特戏剧通常可划分为威胁喜剧、记忆剧和政治剧三种类别，因而本书聚焦于品特这三种戏剧类别中的人物塑造艺术，以其作为切入点，与剧中的三种人物相对应，以姚斯提出的三种主人公同观众交流净化的方式即同情怜悯式交流、净化式交流、反讽式交流理论作为视角，对品特戏剧的净化艺术进行深入的分析探讨。

四是品特戏剧中的负面意象接受审美研究。在品特的戏剧中，存在诸多的社会负面意象，它们是人生和社会生活中消极、阴暗的一面，形成了独特的负面意象审美。品特戏剧中的负面意象属于审丑的艺术，虽不能给观众带来喜悦的感觉，但却打破了观众的审美期待，会强烈地冲击观众的感官，引发他们的深思。本书选取了戏剧中较为典型的疾病、他者及暴力三个意象，在对其进行文化解读的同时分析其接受效应。疾病乃不祥、不受欢迎之事，其给人类带来的痛苦让人铭心刻骨，也使人恐惧害怕。品特借助于疾病，激发了观众的联想功能，推动疾病的隐喻解读。品特戏剧中的"他者"包括了犹太人、黑人、妇女、少数民族和知识分子，他们生活在社会的边缘，作为主流群体的对立面和参照物而存在，是品特时代的社会现实的写照，其悲惨遭遇会给观众留下深刻的印象，引发观众对社会生活的思考。暴力作为文明的对立面从未消失，品特戏剧中既有国家暴力的实施，也有家庭暴力和普通人际暴力的发生。暴力既以身体暴力的方式存在，也以语言的暴力方式、性和性别暴力等方式存在，它们都给观众带来了强烈的感官冲击，以其造成的可怕后果警示观众。品特戏剧的负面意象审美不仅仅在于揭露艺术之丑、社会之丑，更在于改善这个尚不完美的世界。

五是品特戏剧风格的研究。历经多年发掘，品特风格（Pinteresque）已经成为一道独特的艺术风景线，成为品特戏剧的标签，成为世界文学的一个里程碑。学者们大致认为他的戏剧风格包含了"不确定性、威胁性、荒诞性"等特征。不确定性、威胁性、荒诞性的生成虽在于品特对各种戏剧元素的综合运用，但本质上是观众的心理反射的效果，在于观众意识与戏剧情景呈现的强烈对比，在于戏剧情节对观众冲击产生的强大张力，品特戏剧风格的形成看似是品特的智慧创造和学者们辛勤发掘的功劳，其实却是品特剧作与观众或读者互动的结果，也是品特巧妙地利用了接受者的审美经验与审美期待的结果。除此之外，品特戏剧的间离艺术也为人所称道，正是在戏剧舞台设置、语言、表演等方面使用了别具一格的间离艺术，震撼了观众，品特戏剧达成了他的独特效果。

总而言之，传统的品特戏剧审美将目光聚焦于剧作家品特本人或者品特与他的作品之间的关系，或者只关注品特戏剧本身的艺术特征，在发掘品特戏剧的艺术价值，帮助读者们更好地了解品特的戏剧艺术、欣赏品特戏剧等方面作出了巨大的贡献。正是他们的独具慧眼和不懈努力的学术追求态度，使品特戏剧更早地为世界所认识、所接受，成就了品特世界戏剧大师的地位。然而，品特戏剧蕴含了无穷无尽的魅力，作为表演艺术的戏剧不能缺少作品与其接受者（观众或是读者）的互动认识，品特戏剧的成功之处离不开他对接受者审美期待心理的合理利用。在接受美学的视角下，品特戏剧展现出的是一种别样的魅力。正是通过作家、作品与观众或读者的交流互动，戏剧性得以生成，戏剧功能得以实现，美感得以进一步展现，品特戏剧放出熠熠光彩，这正是本书立论的原因。

第二节 研究现状与述评

（一）品特和他的文学成就

2005年10月13日，瑞典皇家诺贝尔委员会宣布，将该年度的诺贝尔文学奖授予英国戏剧家哈罗德·品特。在此之前，品特已经获得过10多个国际及英国国内奖项，其中包括莎士比亚戏剧奖、欧洲文学奖、皮兰德罗奖、卡夫卡奖、莫里哀终身成就奖、英国电影和电视艺术学院奖、欧文诗歌奖等，并于1966年获得了"大英帝国勋爵"、1998年获得了"英国皇家文学学会勋爵"的称号。重温品特的人生之路及他对世界文学的贡献，将这些奖项和殊荣赋予品特，可谓实至名归。

今天，品特在世界文学界享有崇高的地位，学者们普遍认为他是萧伯纳以来英国最著名的、成就最卓著的戏剧家，是20世纪下半叶世界最具影响力的剧作家、世界戏剧大师。对于品特和他的戏剧，真可谓好评如潮，赞誉之声不绝于耳。通常认为，品特的戏剧改变了英国戏剧的发展方向，重塑了英国的戏剧形象，其影响力可见一斑。评论家皮科克指出："1956年是20世纪英国戏剧的一个分水岭，品特与奥斯本（Osborne）、威斯克（Wesker）等人代表着英国新一代戏剧潮流。品特是这些剧作家当中最成功的，是具有领导地位的英国戏剧家，虽然他与这些剧作家通常一道被认知，然而，品特的戏剧成就远在他们之上。"[①] 学者辛奇里夫也从品特对世界和英国戏剧的贡献方面指出："品特是当代戏剧发展方向的代表人物，是英国戏剧的复兴者。"[②] 品特的传记作家、英国《卫报》记者比林顿跟踪采访品特多年，对品特可谓非常了解，他是这样评论品特的："品特的想象世界是一个具有整体性和一致性的世界，在我看来，他不仅仅是我们的时代，甚至是本世纪，乃至所有时代的一位伟大剧作家。"[③] 斯科尔尼科娃则对品特戏剧的创新性大加赞赏，她说：

  品特的每一部戏剧都是一次新试验，探索了一种新观念，这是对传统上已被广泛接受的戏剧形式边界的碰撞，同时，它们开阔了戏剧的视界。品特试图发现对于戏剧而言什么才是最根本的，什么却恰如掉到甲板上无用而多余的碎石。[④]

当然，对于品特的贡献，诺贝尔文学奖颁奖词无疑具有较强的权威性：

  不管你在很多人看来多么的具有英国的特点，你在戏剧领域中的国际性及民族性方面的影响是巨大的、与众不同的，这种影响半个世纪以来从未中断，一直在给人以启示，假如有人认为你的获奖来得有点晚，我们可以回答说：在世界上某个地方，在任何某个特定的时

---

① D. Keith Peacock. *Harold Pinter and the New British Theatre*. London：the Greenwood Press, 1997, p. xv.
② Arnold P. Hinchliffe. *Harold Pinter*. London：The Macmillan Press Ltd., 1967, p. 21.
③ Michael Billington. *The Life and Work of Harold Pinter*. London：Faber and Faber, 1996, p. 393.
④ Hanna Scolnicov. *The Experimental Plays of Harold Pinter*. Delaware UP, 2012, p. 4

刻，你的剧作会被新一代的导演和演员们不断地重新阐释。①

今天，品特已经得到世界的高度认可，他的作品被翻译成多国文字，在各国广为流传，对其人其作的研究长期处于热点状态，以美国为例，早在20世纪80年代就创办了"品特研究会"这一专门的品特研究组织，并发行会刊《品特学刊》(*The Pinter Review*)。然而，若从品特的人生经历来看，能取得这样巨大的成就，实属不易。

品特1930年出生于英国伦敦东部哈克尼区的一个平民家庭，全家主要依靠父亲开办的裁缝店维持生计。品特的祖先是居于波兰的犹太人，20世纪20年代，犹太人在东欧遭受大肆迫害后大规模迁移，形成了世界移民大潮，品特的祖父母就是在这一时期逃难到了英国。移民加上犹太人后裔的双重弱者身份让品特从幼年时便体会到了生活的艰辛。20世纪初，大量移民聚居的伦敦东区是伦敦最混乱的地区之一，这里生活环境恶劣，周围到处是废弃的工厂，四处污水横流。更为令人难以忍受的是这里的人员身份复杂，治安极差，社会环境也非常不好，根据品特回忆，"在那儿，打架斗殴是经常发生的事"②。而犹太人移民的身份更是给品特的生活带来了麻烦，受到威胁欺凌是常有的事。1939年，第二次世界大战的战火烧到了伦敦。为了躲避战火，年幼的品特与一些年龄相仿的孩子被疏散到了远离伦敦的乡下，父母经常要隔数周才能去见一次他们，由于经常有孩子的亲人在轰炸中遇难，担心和恐惧对这些孩子来说是最平常的情感，在那里，品特极其孤寂地度过了一年的时光。1941年，战争的状况稍微有所好转，品特被家人接回了伦敦市区，然而纳粹德国的飞机还会经常飞临城市上空，在一次轰炸中，品特经常玩耍的后花园被飞机投下来的炸弹"燃成了一片火海"，这些痛苦的经历，成了品特一生难以忘怀的记忆，用他自己的话来说就是"充满创伤的"时光。③

1944年，14岁的少年品特进入了哈克尼·唐斯文法学校学习，在一次学校组织的戏剧演出中扮演了莎士比亚戏剧《麦克白》(*Macbeth*) 中的主角麦克白，他出色的表演受到了师生的好评，这可能是品特第一次与戏

---

① 转引自邓中良《品品特》，长江文艺出版社2008年版，第6页。
② Martin Essling. *Pinter, the Playwright*. London: Methuen & Co. Ltd., 1977, p. 37.
③ Mel Gussow. *Conversation with Pinter*. New York: Limelight Editions, 1994, p. 104.

剧近距离接触，也让品特对戏剧有了初步的认识。1948年，品特进入皇家戏剧艺术学院学习，虽然由于精神疾病的原因，一年后他从该校退学，但在该校的学习奠定了品特的戏剧表演基础，强化了他对戏剧的兴趣。从1951年开始，品特受聘于一些剧团，开始到爱尔兰、伯明翰等地进行巡回演出，艺名"大卫·巴隆"。"我喜爱演员，我理解演员，我自己也是一名演员"[1]，品特曾经如是说。对于品特这些演艺经历，威廉·贝克指出："品特从这些经历中学到了舞台艺术、导演和表演方面的很多知识。"[2] 毫无疑问，以上这些与戏剧相关的经历激发了品特对戏剧的兴趣，深化了品特对戏剧的认识，为他以后的戏剧创作打下了坚实的基础。

1957年对于品特而言是人生的一个重大转折点，这一年，品特的同学请他为所在的大学演出写一部戏剧，这就是品特的首部戏剧《房间》，出人意料的是该剧的演出效果惊人，它不仅使品特的戏剧创作才能为人所知，也使他发现了自己的戏剧创作天赋。从此，品特坚定地走上了剧作家之路，从1957年饱受争议的青年剧作新秀到2008年一代戏剧大师品特辞世，他一共创作了29部戏剧，主要作品包括《房间》（The Room）、《生日晚会》（The Birthday Party）、《看管人》（The Caretaker）、《送菜升降机》（The Dumb Waiter）、《温室》（The Hothouse）、《微痛》（The Slight Ache）、《归家》（The Homecoming）、《山地语言》（The Mountain Language）、《送行酒》（One for the Road）、《归于尘土》（Ashes to Ashes）、《茶会》（Tea Party）、《背叛》（The Betrayal）、《昔日》（The Old Times）、《庆典》（The Celebrations）等。品特不仅在戏剧写作上成果丰富，在电影剧本编写或改编上也成效显著。20世纪80年代至90年代，他一共编写或改编了24部电影剧本，其中4部根据自己的戏剧改编而成，另外则是根据其他剧作或小说改编而成，例如罗宾·毛姆的《仆人》、弗·司各特·菲茨杰拉德的《最后的一个巨头》、约翰·福尔斯的《法国中尉的女人》等。这些剧本受到了当时影视界的好评，为此品特获得了"英国编剧协会奖""纽约电影评论最佳创作奖""柏林电影节银熊奖"等多个奖项。作为戏剧导演，品特也是卓有建树。他成功导演了27部戏剧，包括乔伊斯（James Joyce）的《流亡》（Exiles）、马麦特（David Mamet）的《奥莉安娜》（Oleanna），

---

[1] Mel Gussow. *Conversation with Pinter*. New York: Limelight Editions, 1994, p.147.
[2] William Baker. *Harold Pinter*. London: Continuum, 2008, p.31.

以及他自己创作的一系列戏剧，包括他的首部戏剧《房间》，以及最后一部戏剧《庆典》。为表彰品特在戏剧和影视方面的贡献，2004 年，品特被授予了意大利米兰戏剧电影艺术荣誉证书。

不仅如此，品特还被誉为"诗人"。品特的诗歌创作活动早于戏剧创作活动，1950 年，年仅 20 岁的他便在当时著名的英国诗歌杂志《伦敦诗歌》（Poetry London）上发表了两首小诗，开创了他的文学生涯。直到晚年，在戏剧创作停止之后，品特还写下了一些诗歌，他一生当中创作了 105 首小诗，也可以算得上是丰产的诗人。品特的诗歌同样获得了高度的认可，2000 年品特获得了意大利布连恩扎诗歌奖，2004 年又获得了威尔弗雷德·欧文诗歌奖。对于自己的诗人经历，品特津津乐道，他说："比起剧作家，我更愿意被看作诗人。"① 当然，相比于品特在戏剧上的光彩夺目的成就，他的诗歌显得黯然失色，不如戏剧那样为人们所熟知，然而品特的部分散文诗作例如《侏儒》（The Dwarf）、《流浪者》（The Exile）等已经包含了他后来戏剧当中的一些重要意象、内涵和创作思想，有些戏剧甚至就是他的诗歌意象的拓展，它们都是更好地理解品特戏剧的重要渠道。例如学者纽德尔曼在对品特早期创作的《库鲁斯》（The Kullus）、《考试》（The Examination）、《任务》（The Task）三部作品进行分析后，在其专著《壁炉中的火焰：品特早期选读作品中的库鲁斯型人物》中指出："品特早期对于库鲁斯（Kullus）式人物的探索非常类似于戏剧构建的试验，三部作品就是实验性质的原型剧，极其具有戏剧性的事件构建方法唤起了有兴趣的读者去履行他作为解读者或是联系者的角色。"②

对于品特在文学界的具体贡献，威廉·贝克的总结较为全面，他说：

> 哈罗德·品特首先是一位名剧作家，一位为戏剧演出、广播、电视和电影而写作的剧作家，然而，他也写作了一些极具意义的诗歌、许多短篇故事、小说、非虚构式散文，出版演讲报告、给期刊的书信以及各式各样的稍次要的创作。他也接受了媒体的多次访谈，这些内

---

① Mel Gussow. *Conversation with Pinter*. New York: Limelight Editions, 1994, p. 59.
② Brian C. Nudelman. *The Flame in the Grate: the Kullus Character in a Selection of Harold Pinter's Early Works*. Florida: Florida Atlantic University, 2000. p. iv.

容被记录在出版物和其他媒体上。①

通过多年的观察分析,学界逐渐形成了对于品特戏剧的一些共识,通常认为,品特的戏剧创作可以分为威胁喜剧时期、记忆剧时期和政治剧时期。

威胁喜剧是品特创作初期的作品(20世纪50、60年代),在这些作品中,由于不确定性的大量存在:不确定的人物身份,不确定的语言,不确定的地点,不确定的开端和结局等,再加上事件通常发生在狭小的、极其压抑的空间中,而剧作中的人物通常是两个或者三个,他们各怀心思,通过使用语言或是暴力行为互相倾轧,使莫名的威胁在剧作中始终存在。除此之外,这些人物通常是社会的边缘人物,身份卑微、生活窘迫,或是为了一些小利益而闹得丑态百出,或是由于社会地位以及生活能力低下而备受强者的嘲弄,显得可怜而又滑稽,使人忍俊不禁,但又没有大碍,具有喜剧人物特征,这便是品特的威胁喜剧的由来。

20世纪70年代之后,品特的戏剧风格第一次发生了改变。他的戏剧开始呈现出这样一种景象:在剧情发展上,戏剧缺乏明确的开端和结局,事件的线索不明了;在地点上,场景密集切换,缺乏具体的指向;在时间上,过去、现在、未来难以区分,相互交集;在事件中,现实与梦境杂糅为一体,剧中人时而突然出现,时而神秘消失,戏剧情节则忽断忽续,似是而非,呈现出碎片式的结构。品特戏剧的这些特征让人看后感觉是一头雾水,难以分清戏剧讲述的到底是现实,还是梦境,或是记忆,类似于人类记忆的回放。这便是品特的记忆剧。

到了20世纪80年代中期,品特的戏剧创作风格再次发生了改变。此前,品特对政治高度敏感,他极其厌恶有人把他的剧作与政治挂钩,他自己也曾言之凿凿地声明:"我的戏剧写作与政治和宗教无关,我并没有意识到任何特别的社会功能,我只是为写作而写作。"② 然而,80年代以后品特开始积极参加各类政治活动,他针对国际上的一系列敏感事件,例如当时的美国准军事入侵尼加拉瓜事件、伊拉克战争等发表一系列的看法,

---

① William Baker, John C. Ross. "Introduction." *Harold Pinter, a Bibliographical History*. London: The British Library and Oak Knoll Press, 2005, p. vii.

② Harold Pinter. "Writing for Myself." *Harold Pinter: Plays Two*. London: Faber and Faber, 1991, p. x.

由于他对于时政的猛烈抨击，甚至被称为"愤怒的老人"。① 品特生活中的政治观念转变在戏剧创作中体现出来，他这一时期创作的剧作也明显带有政治性：在主题上，涉及的是政治权力、人身自由、宗教、民族压迫等宏观政治主题，戏剧的篇幅则日趋短小，政治寓意越来越强，作者借题发挥的意味也越来越浓，从部分剧作中可以明显地看出剧作家对时事的映射，有些戏剧简直就是对时事的直接谴责，因而也更能解读出品特的政治观念。学者们把品特这一时期的剧作称为政治剧。

诚然，这样的划分也有断章取义之嫌，不一定是最为科学的品特戏剧的划分方法，因为在威胁喜剧中，政治成分也不是绝对没有，在记忆剧、政治剧中，威胁喜剧的特色也依然存在。然而，这给读者们欣赏品特作品以及学者们研究品特的作品提供了便利，因而本书也沿用了这一划分方法。威胁喜剧、记忆剧、政治剧是品特对世界文学宝库的贡献，它们共同构建了品特独特的戏剧王国。

2008年，在获得诺贝尔文学奖不久，一代戏剧大师品特就不幸辞世。人们在为世界失去一位具有正义感的老人、一位天才剧作家而哀伤之余也发现，品特其实并没有离开这个世界，他的戏剧价值已被世人充分认识，他的影响已经深入人心，他留存于世的宝贵文学遗产将继续大放光芒。在现在和将来，独特神秘的品特戏剧王国都将一如既往地展现出无穷的魅力，吸引人们孜孜不倦地去探索。

（二）国内外品特研究现状

1. 国外品特研究现状

品特的首部戏剧《房间》上演之后，国外学者就对品特及其戏剧产生了浓厚的兴趣，其戏剧引发了学术界众多的争议，令人惊奇。学者们在其人其作的研究上历经半个多世纪，研究领域不断拓宽，研究成果层出不穷，在诸多方面均有著述，但大致可以从主题研究、艺术手法研究、影视艺术研究三个方面予以总结。

主题方面的研究主要集中于威胁主题、政治主题、房间主题以及女权主义主题等几个方面。

品特戏剧一经推出，弥漫于戏剧中的威胁气氛便受到学者们的广泛关

---

① 邓中良：《品品特》，长江文艺出版社2008年版，第149页。

注，学者们对于品特戏剧中的威胁主题研究主要集中在对威胁气氛形成的原因进行探寻，并试图发现威胁气氛在构建品特戏剧中的功用。多数学者赞成威胁的气氛在品特各个时期的剧作之中从未消失，从威胁喜剧一直延续到记忆剧和政治剧。史蒂芬·盖尔指出："品特不仅使人们意识到了渗透到世界各个角落的威胁，更重要的是向人们展现了这种威胁的根源。"① 在持续的研究中，学者们孜孜不倦，不断地总结概括品特戏剧威胁气氛产生的根源。在此方面，盖尔同样是探索大军中的一员，他认为，这种威胁产生于人物自身的心理，他说："品特的戏剧不仅让人们意识到了渗透在现代世界各个角落的威胁，其更加深刻的目的是向观众展示这种威胁的根源：它不是一种外在的感觉，而是来自人类个体本身。从本质上讲，品特剧中的'危险'就是来自人物的心理底层。"② 阿诺德·辛奇里夫则认为，品特戏剧中的威胁，主要"来自生活本身……威胁的根源，原因无法确定，虽然这种威胁遍布剧中"③。贝克持有大致相似的观点，认为威胁主要来自"新奇、怀疑和许多现实问题"④。某些学者认为威胁感觉的产生，主要是根植于品特戏剧中特意创设的环境，马丁·艾斯林指出："品特的戏剧人物生活在房间中，他们感到害怕，感到恐惧，他们恐惧的是什么呢？显然他们害怕的是房间外面的东西，房间外面是一个与他们息息相关的世界，它是令人恐惧的，我们都生活在这个世界中，我们都生活在房间中，房间外面是一个世界，它是最复杂的、最令人害怕的、最令人好奇和最令人警觉的。"⑤

在政治主题研究上，学者们大多不认同品特自己宣称的"与政治、宗教主题无关"的观点，他们认为政治在品特的戏剧中无处不在。例如桑蒂罗杰波拉帕指出："品特的戏剧空间是存在于舞台内外的政治言辞造就的残酷空间，在这里，起居室变成了审讯室，一把椅子、一张桌子也有可能成为政治折磨的地方。"⑥ 学者们倾向于将品特政治剧划分为两种

---

① Steven E. Gale. "Harold Pinter." *British Playwrigts*: 1956 – 1995. ed. William W. Demasters. London: Greenwood Press, 1996, p. 316.

② Steven E. Gale. "Harold Pinter." *British Playwrigts*: 1956 – 1995. ed. William W. Demasters. London: Greenwood Press, 1996, p. 317.

③ Arnold P. Hinchliffe. *Harold Pinter*. Diss. University of Manchester, 1976, p. 40.

④ William Baker. *Harold Pinter*. London: Continuum, 2008, p. 39.

⑤ Martin Esslin. *Pinter, a Study of his Plays*. London: Eyre Methuen, 1977, p. 35.

⑥ Anthony D. Santirojprapai. *Brutal Spaces: Political Discourse in the Later Plays of Harold Pinter, 1980 – 1996*. Diss. School of Saint Louis University, 2008. p. 1.

类别：早期剧作中的微观政治，即只涉及个人利益纷争的个人政治，以及后期著作中涉及国家利益、权力争夺的宏观政治，即国家权力政治。昆雷在其论文《品特、政治、后现代主义》中即表明了此种观点。① 然而，有的学者却不这么认为，他们认为品特戏剧中的政治始终存在，难以分清宏观政治和微观政治。艾斯林就有着这种看法，他说："实际上，在品特戏剧高度私人化的背后，其实隐藏着最基本的政治问题：使用和滥用政治权力，为生活空间而战，残忍、恐怖。只有非常浅薄的观察家才会忽略剧作家这些社会的、政治的一面。"② 学者格利姆斯也认为品特戏剧中的政治自始至终存在，且具有一致性，他说："迫害、等级、恐怖、人与人之间的排斥甚至折磨都反复出现在品特的作品中，即使从其初期的作品，例如《房间》《生日晚会》《看管人》，其中的政治性也不是第一次被人认为是明显的。"③

品特的戏剧又被称为房间剧，可见房间主题在他剧作中的重要性。由于在品特早期戏剧中，附带有一个厨房的房间反复出现，并且戏剧中女主人公常常是在厨房中忙活，因而还被称为"厨房剧"。品特戏剧房间的显著特点自然而然地引起了学者们的关注，在对房间主题的探讨上，学者们一方面力图揭示房间的象征意义，例如评论家鲁比·科恩就指出："品特的房间是母子共生的封闭的子宫，现实中的棺材。"④ 辛奇里夫也认为："品特的房间是一种类似于贝克特戏剧中的垃圾桶、水缸和布袋等的自然象征物……品特常常使用天气来强调房间作为保护物或是子宫的作用，因为房间看起来紧紧地包围住了当中的人物。"⑤ 另一方面学者们则试图探讨品特式房间在实现主题意义、达成戏剧效果上的功能，例如艾斯林指出："房间是品特戏剧的中心和主要诗学形象……一个舞台，两个人，一扇门，构成了一种不可名状的恐惧和期待的诗意形象。"⑥ 当然，品特戏剧中的房间其实也是舞台场景，因而部分学者关注到了品特房间的舞台功能。

---

① Austin Quigley. "Pinter, Politics and Postmodernism（I）." *The Cambridge Companion to Harold Pinter*, ed. Peter Raby. Cambridge：Cambridge UP, 2001, p. 8.
② Martin Esslin. *Pinter, a Study of his Plays*. London：Eyre Methuen, 1977, p. 32.
③ Charles Vincent Grimes. *A Silence beyond Echo：Harold Pinter's Political Theatre*. Diss. New York University, 1999. p. 7.
④ Ruby Cohn. "The World of Harold Pinter". The Tulane Drama Review, 1962（3）：55-68.
⑤ Arnold P. Hichliffe. *Harold Pinter*. Diss. University of Manchester, 1976, p. 42.
⑥ Martin Esslin. *The Theatre of the Absurd*. London：Penguin Books, 1978, p. 235.

在女权主义主题上,学者们也产生了分歧,部分学者认为品特的部分剧作虽然带有女性主义倾向,但大多是得出了反女权主义的结论。例如莎克拉丽顿认为,品特戏剧中的女性都是边缘人物,她们的身份局限于母亲、情人、妓女,大部分女性在品特剧作中扮演了令人讨厌的角色。① 德鲁·韦恩在分析了品特《灰烬》《归家》《送行酒》等几部作品后也指出:"品特剧作中的女性似乎喜欢被男人控制。"② 当然,也有部分学者持不同的看法,他们认为品特的戏剧中不乏勇敢勤劳的女性,维克托·卡恩就认为:"品特笔下的女子从不会退缩到传统女性的面具之下,也极少有谁会卷入养育儿女的家务活中。那些被视为人物生命一部分的后代们大多隐含在背景之中。"③ 学者费德在对比了贝克特与品特戏剧中的女性后也指出:"不像贝克特,品特在他的戏剧中关于女性的情爱主题方面仍然保留了严肃的兴趣,并对妇女的角色给予了持续的尊重。"④

艺术手法研究是品特戏剧研究的第二大方面。这方面的研究主要集中于戏剧语言艺术研究、戏剧表达手法研究、戏剧舞台艺术研究三点。

品特的戏剧语言也是令评论家们着迷不已的研究目标。在戏剧语言艺术研究上,有些学者从品特戏剧语言的语言特征入手,从中找出了品特语言的地域特征,例如彼得·拉比指出:"品特在他的戏剧中探索了城市的声音,首都伦敦的语言……他探索和展现了大范围的英国方言。"⑤ 有些学者则力图发现品特剧中人物语言的特征,例如奥尔曼西指出:"品特系统性地迫使他的人物使用令人曲解的、离经叛道的语言以隐藏或使人忽视某种事实……他的戏剧语言从来都不是真实的语言,而是从一出生就使人糊涂犯错的语言。"⑥ 有的学者则注意到了品特戏剧中众多的沉默与停顿等语言形式,并试图发掘出隐于其后的戏剧功能,例如艾斯林在《剧作家品

---

① Elizabeth Sakellaridon. Pinter's Female Portait. London:Macmillan Press, 1988, p. 6.

② Drew Milne. "Pinter's Sexual Politics." *The Cambridge Companion to Harold Pinter*. ed. Peter Raby. Cambridge : Cambridge UP, 2001, p. 208.

③ Victor L. Cahn. *Gender and Power in the plays of Harold Pinter*. London:The Macmillan Press Ltd., 1994, p. 7.

④ Joan Roberta Fedor. *The Importance of the Female in the plays of Samuel Becket, Harold Pinter and Edward Albee*. Diss. University of Washington, 1976, p. 18.

⑤ Peter Raby. "Tales of the City:Some places and voices in Pinter's Play." *The Cambridge Companion to Harold Pinter*. ed. Peter Raby. Cambridge:Cambridge UP, 2001, p. 70.

⑥ Guido Almansi. "Harold Pinter's Idiom of Lies." *Contemporary English Drama*. New York:Holmes & Meier Publishers, Inc., 1981, p. 79.

特》一书中，特意用一节来介绍品特的沉默与停顿，并指出："品特戏剧中的人物并不是没有能力交流，而是不愿意交流……品特戏剧中的沉默和停顿是戏剧的高潮，是风暴中心的安静之处，是张力的中心，整个戏剧行动都围绕其展开。"①

在戏剧表达手法的研究上，部分学者将品特的戏剧表达手法与其他剧作家的戏剧表达手法进行了比较，例如艾斯林在将品特的戏剧与同为荒诞派剧作家的贝克特以及现实主义剧作家萧伯纳等人的戏剧进行比较后，认为品特戏剧是"一种内在的现实主义"②，即用非理性的形式表达现实的内容。相比于其他荒诞剧作家，品特的戏剧是最具现实主义的。

戏剧是舞台的艺术，成功的戏剧表演离不开成功的舞台艺术。品特不仅是剧作家，还是演员，同时也是成功的导演，对于舞台艺术有着独特的理解。学者们对于品特戏剧舞台艺术的研究主要是关注其怎样运用舞台艺术表现戏剧主题，例如理查德在其论文《品特戏剧中的肢体语言》中，探讨了品特如何巧妙地利用肢体语言为戏剧主题服务。③

由于品特不仅是成功的剧作家，而且在影视戏剧导演上卓有建树，因而他的导演影视艺术也引起了部分学者的注意。这方面的研究主要专注于品特戏剧舞台文本与影视文本的转换，以及作为导演的品特在导演影视剧作过程中所呈现的表现艺术及创作思想等方面。例如霍尔在其论文《导演品特的戏剧》中从视角的选取、材料的剪裁、灯光音响的运用等方面展现了作为导演的品特的艺术思维。④ 品特所编写的电影剧本数量与他的戏剧作品不相上下，在英国影视界所造成的影响也不容小视，因而品特戏剧艺术研究的另一类别则是针对品特所编写的影视作品的评述，例如盖尔在他的评论文章《哈罗德·品特，电影剧本作家：概观》中不仅指出学界目前对于品特电影创作的关注不够，还在对品特的电影剧本创作进行概述之余，对部分创作进行了详细评述。⑤

---

① Martin Esslin. *Pinter, the playwright*. London: Methuen & Co. Ltd. 1977, p. 261.
② Martin Esslin. *The Theatre of the Absurd*. London: Penguin Books, 1978, p. 262.
③ Cave Richard. "Body Language in Pinter's Play." *The Cambridge Companion to Harold Pinter*. ed. Peter Raby. Cambridge: Cambridge UP, 2001, pp. 107 – 129.
④ Peter Hall. "Directing the Plays of Harold Pinter." *The Cambridge Companion to Harold Pinter*. ed. Peter Raby. Cambridge: Cambridge UP, 2001, pp. 145 – 154.
⑤ Steven H. Gale. Harold Pinter, Screenwriter: an Overview. *The Cambridge Companion to Harold Pinter*. ed. Peter Raby. Cambridge: Cambridge UP, 2001, p. 102.

2. 国内品特戏剧研究现状

与国外相比，国内的品特研究相对滞后。品特的作品在20世纪70年代方始进入中国，80年代中后期，与其相关的研究论著逐渐增多，在各类学术刊物频频出现，品特其人其作受到越来越多国内学者的关注，尤其是2005年品特获得诺贝尔文学奖以后，相关研究的作品呈爆炸性增长。国内部分学者也表露了他们对于品特本人的尊崇和对其作品的喜爱。例如上海外国语大学汪义群教授曾经这样说："我本人在当代英国剧作家中，除了贝克特外，特别欣赏的剧作家就是品特……品特是一位对生命具有深刻感悟的作家，他不满足于表现喧嚷的外部世界，而总是将他的视觉伸向人的内心，表达他对于人的生存状态的感悟。"[①] 国内对品特的研究方向与国外研究相似，主要从如下几个方面展开。

（1）综合性研究。主要是对于品特及其戏剧的综述研究，这类研究成果多为文学史和专著。文学史主要是对品特及其作品的概述，例如王佐良等主编的《英国二十世纪文学史》（1994）、桂扬清等主编的《英国戏剧史》（1994）、何其莘撰写的《英国戏剧史》（2008）等，这些著作主要是从总体上归纳了品特剧作的内容及风格特点。国内研究品特的专著在21世纪初相继出现，部分学者的专著也属于综合性研究，例如陈红薇的专著《战后英国戏剧中的哈罗德·品特》（2007）从品特的多个戏剧主题方面对其人其作进行了综合分析。邓中良的《品品特》（2006）则在对品特的主要成就和部分剧作进行介绍的同时，翻译了一些国外对于品特的重要评论文章，综合性地介绍了国外国内对于品特的研究状况。华明的《品特研究》（2014）也是一部综合性介绍品特的专著，他从品特的生平、威胁喜剧、现实主义家庭戏剧、记忆戏剧、政治戏剧、戏剧艺术六个方面对品特戏剧进行了阐释。

（2）品特戏剧主题研究及戏剧艺术手法研究。此方面的研究方向与国外研究类似，在主题研究上主要是从威胁主题、政治主题、房间主题以及女权主义主题等几个方面展开，在戏剧艺术手法上则主要是从品特戏剧的语言表达、戏剧表意方式、荒诞性生成等方面展开。自从2005年品特获得诺贝尔文学奖以来，国内在此方面的研究呈爆炸性增长，中国期刊网上出

---

① 汪义群：《期待已久的品特》，载邓中良《品品特》，长江文艺出版社2008年版，序言第2页。

现了大量的相关研究论文，此处不再一一赘述。

（3）影视舞台艺术研究。1990年，中央戏剧学院上演了由孟京辉导演的品特的独幕剧《送菜升降机》，1991年，中央戏剧学院又将《情人》搬上了戏剧舞台。《情人》的演出在中国取得了意想不到的成功，由于深受观众的欢迎，在国内进行了300多场的巡回演出。1996年，由上海话剧中心演出的《背叛》同样获得了观众的高度认可，甚至品特本人也发来了贺电。之后，越来越多的品特戏剧在国内被搬上了舞台，例如仅在2010年北京国际青年戏剧节期间，就有由中国青年导演邵泽辉、李建军等人编导的《月光》《背叛》《送菜升降机》《回家》四部品特戏剧持续演出了10日。国内观众对于品特戏剧的热情也引起了国内学者对于品特舞台艺术的关注。相关的研究逐渐出现，例如萧萍的《爱或暴力的想象与现实——评谷亦安导演的〈尘归尘〉》对2011年由谷亦安导演的、在上海端均剧场上演的《尘归尘》进行了评述。王娜的《品特戏剧在中国的传播与接受》（2011）主要针对品特的6部在中国上演的戏剧进行了探讨。同时，国内学者对于品特导演的电影也颇感兴趣，例如袁小华、焦国美的《从小说到电影剧本的编码与解码——论品特〈法国中尉的女人〉的改编艺术》（2008）、张中载的《评品特的影视剧本——以〈法国中尉的女人〉为例》（2008）就是此方面的研究。

（4）作家作品比较研究。国内学者们一方面专注于国外作家与品特的比较研究，例如，品特与贝克特等其他荒诞剧作家的比较研究，品特与莎士比亚、萧伯纳等人戏剧的比较研究，品特改编的电影与原作的对比研究等，例如杨春艳的《对阿特伍德和品特〈使女的故事〉的对比分析》（2004）就是以加拿大作家阿特伍德的小说《使女的故事》为蓝本，对比该部作品在被品特改编前后的艺术特征，进而评述二人创作思路的异同。另一方面，国内学者还尝试将品特与国内作家作品进行比较研究，例如将品特的荒诞戏剧艺术与国内作家作品中的荒诞艺术进行比较研究。这些比较研究力图通过纵向及横向比较，探索西方荒诞戏剧对国内戏剧创作的影响以及品特戏剧的独特艺术魅力。

（5）相关学位论文。国内有相当多的硕士、博士选择品特戏剧进行研究，截至2016年12月30日，中国期刊网上可检索到的博士论文已达9篇，硕士论文60多篇，研究涵盖了文学、语言学、伦理学、跨学科研究等多个领域。例如萧萍的博士论文《折光的汇合：暧昧与胁迫性生存》

(2005)对品特戏剧的威胁主题作了深入分析。王燕的博士论文《哈罗德·品特戏剧话语里的沉默现象的语用文体学研究》(2008)、魏琼的《语言维度里的哈罗德·品特戏剧》(2013)则从语言学的角度对品特的语言现象作了解读。刘红卫的博士论文《哈罗德·品特戏剧伦理主题研究》(2014)主要剖析了品特的伦理思想。刘晶的博士论文《变形的"房间"——哈罗德·品特的记忆剧研究》(2014)主要是从时间与空间的关系,探讨了品特戏剧中的房间多重隐喻。此外,品特研究也出现了跨学科发展的趋向,刘明录的博士论文《品特戏剧中的疾病叙述研究》(2013)以品特戏剧中的疾病意象作为介质,分析了品特时期的政治文化等社会状况。

(6)跨学科研究。学科的发展经历了从整体到分化再到交叉融合的过程:最初是以古希腊哲学为核心的统一学科;后来,生产力的发展推动了学科的分化,极大地促进了人类社会的各个领域的发展;然而,进入21世纪以来,面对纷繁复杂的社会问题和自然问题,单一的学科已无法解决许多问题,所以学科的交叉融合成了学科发展的新趋势。文学研究也不例外,在学科交叉中,许多新的规律和审美情趣被发现,在品特戏剧的研究上也是如此。品特戏剧研究出现了医学、心理学、文学、伦理学等相互结合的研究,让人耳目一新。例如刘明录的《岛国意识的回归与帝国怀旧情结——品特戏剧中的封闭式空间解读》(2016),从品特的封闭空间——房间意象出发,以地理学作为理论框架,揭示了其背后隐藏的英国国家意识和民族意识。胡金庆的《变态心理学视域下哈罗德·品特"威胁喜剧"的研究》(2014)则融合了变态心理学和文学,分析了品特的"威胁喜剧"中的种种变态疾病现象。袁小华的《从自然与生命的视角考察哈罗德·品特戏剧的创作分期》(2013)则试图从自然科学的视角看待文学问题,探索品特戏剧与自然规律的相似之处。这些研究拓宽了品特戏剧研究的视野,给品特戏剧研究带来了新的启示,是品特戏剧研究未来的发展方向之一。

综观国内外的品特研究,基本上呈现出两大特点:一是往往从"作家—作品"的关系出发,聚焦于品特的各项主题研究;二是以品特戏剧的语言、房间等戏剧元素作为对象,分析品特戏剧的艺术手法。这些研究方法充分展示了品特高超的戏剧创作艺术,给读者欣赏品特戏剧提供了更多的渠道,提升了品特戏剧的影响,在品特戏剧的研究发掘上功不可没,但却忽视了另外一个方面:戏剧与观众的关系。哥伦比亚大学戏剧系前主任阿诺尔德·阿隆森指出："我们现在的戏剧可以没有剧本，没有舞台，没有布景，没有灯光，没有道具，没有服装，甚至可以没有演员，那么剩下什么是万万不可缺少的呢？只有观众，只有观看这个形态。"① 其实，戏剧不仅是阅读的艺术，也是用于表演的艺术，观众才是戏剧的接受主体，是决定戏剧成败的关键。品特非常重视读者/观众的作用，他的戏剧成功之处不仅在于其文字艺术的精湛，也在于其以观众/读者接受心理为核心的剧情设计，其戏剧的核心风格"不确定性""威胁性""荒诞性"从另一角度而言，就是对于审美期待心理的成功运用。1989 年，当高索问品特为什么在一些剧作例如《生日晚会》《送行酒》中使用坏人式的、不吉祥的角色时，品特说：

> 我在英国剧团里当了 12 年的演员，我最喜欢的角色毫无疑问是那些不吉祥的角色。在早年的舞台上扮演不吉祥的角色是非常好的，因为你可以使观众害怕。这是一种与观众持续的冲突和斗争。②

虽然在上面这段话中，品特主要是回答角色运用的问题，但是从品特认为角色的使用目的在于"可以使观众害怕"也显示了他对于戏剧中观众作用的高度重视。拉尔法·李尔利是一位关注品特戏剧中的读者效应的学者，他指出：

> 品特戏剧需要一种批评方法，它能够检验戏剧对观众做了什么，它们是怎么做的，这种检验方法不是为了消除品特戏剧中看似缺少的一致性的缺点，或者是戏剧中产生的不确定性，而是要通过某种细致深入的分析，聚焦于品特戏剧中观众的反应，并且讨论品特是如何唤起这种反应的。③

的确，学界目前在品特戏剧的作者批评和作品批评上可谓不遗余力，

---

① 转引自［德］汉斯·蒂斯·雷曼《后戏剧剧场》，李亦男译，北京大学出版社 2010 年版，第 2 页。
② Mel Gussow. *Conversation with Pinter*. New York: Limelight Editions, 1994, p. 83.
③ Ralph M. Leary. *Uncertainty in Harold Pinter's Plays: Playing with the Responses of the Spectators*. Diss. University Microfilms International. 1984. p. 44.

已建树甚多，但是在读者批评上还明显不足，存在广阔的探索空间。国内外研究现状显示，接受美学的研究是品特戏剧研究的薄弱方面，在此方面的研究富有价值和意义。正如学者金孛尔·金所指出的那样："品特戏剧在众多的领域提供给品特的喜爱者无数的机会，即使最完全的品特戏剧研究通常也只能被看作一些非常狭小范围主题的例证，令人兴奋的是品特的戏剧一方面改变了现代戏剧的形态，另一方面，也为加深我们对品特的复杂成就的理解提供了更大的可能性。"①

20 世纪 70 年代接受美学发展成为德国的一个重要文学理论流派，之后迅速传播开来，在世界文学界产生了巨大的影响。接受美学以德国学者姚斯和伊瑟尔为代表，将文学研究的重点从作者中心和作品中心转移到读者的接受和阅读活动上，它重视接受的主体性，即注重读者的审美接受，注重文本与读者的对话交流，从根本上改变了以往以作家或是文本为研究中心的视野，引起了整个文学观念的巨大变革，给文学研究提供了一种全新的思维范式。学界针对品特戏剧的研究已有半个多世纪的历史，这些研究大多是基于"作家—文本"视角的主题研究或是仅仅关注作品本身的艺术手法研究，有鉴于此，本书力图另辟蹊径，以接受美学理论作为指导探讨品特戏剧艺术。研究避开了传统品特研究视角，而力图从"文本—读者/观众"的关系解读品特其人其作，丰富了品特戏剧研究的模式，以期进一步发掘品特戏剧的艺术价值。研究从接受美学的角度出发，聚焦于品特戏剧的房间、语言、负面意象审美、净化功能以及荒诞戏剧风格形成等主要领域，以新的视角阐释品特的创作艺术及戏剧风格，将会丰富对品特其人其作研究的方式，并为品特戏剧艺术欣赏提供更多的选择，从而进一步发掘品特戏剧的功能和价值。

第三节　研究理论与方法

（一）接受美学理论

接受美学理论诞生于 20 世纪 60 年代，被称为文学批评范式的第二次变革。文学批评深受哲学思维的影响，长期以来沿袭着作者—作品关系的

---

① Kinball King. "Pinter's Achievement and Modern Drama." *Pinter at 70, a Casebook.* London: Reutledge, 2001, p.252.

批评范式，这种批评方法认为作品是意义的生成来源，具有决定性的作用。这一认识一直到俄国形式主义和英美新批评流派出现才发生改变。俄国形式主义和英美新批评聚焦于文学本身，关注语言、修辞等文学生成的内部机制，将批评的重心从作者中心转移到作品中心上来，引发了文学批评的革命，可视为现代西方文学批评的起点，也被称为文学批评范式的第一次变革。作品中心论聚焦于作品本身，关注作品的内部结构，无论是对于发掘文学作品本身的艺术价值，还是对于提升文学审美的地位都有重要的意义。

然而，在不断的批评实践中，学者们发现，作品中心论也并非完美无缺。一方面，作品中心论完全割裂了作品与作家的关系，其认识有失偏颇：既然作品是作者创作的，那么毋庸置疑，作者总会在作品中或多或少地打上某种独特的印记。另一方面，作品中心论也忽视了读者的作用，它毫不掩饰地将读者排除在外，其实作为作品的欣赏者，读者个人的生活背景、审美经历影响着读者对作品的解读，而随着历史的变迁，读者的生活环境会发生改变，这就是不同的读者在解读同一部作品时会得出不同看法的原因。同时，如果仅仅聚焦于文学作品本身，切断了它与读者之间的关系，那么文学就缺乏了社会意义，因为它的社会批判功能就会丧失殆尽，这无异于切断了它与外界的联系、闭门自娱自乐，终将断送文学的发展前景。这些问题的出现，促成了接受美学的诞生，也就是文学批评范式的第二次变革。

1967 年，在对文学研究中出现的上述问题进行了深入思考和研究后，德国康茨坦斯大学的姚斯教授发表了《文学史作为向文学理论的挑战》一文，在开篇中他就指出了当时文学研究面临的核心问题："在我们的时代，文学史日益陷入了声名狼藉的境地……废除了不同阶段的、作为整体的民族文学的传统描述，用对某一问题的历史专题论述或其它系统方法取而代之……把文学史作为不严肃的、自以为是的学科放逐了。"[①] 以此为先导，姚斯提出了"文学的历史性"这一概念，认为："文学的历史性并不在于

[①] ［德］汉斯·罗伯特·姚斯：《文学史作为向文学理论的挑战》，载［德］汉斯·罗伯特·姚斯、［美］霍拉勃《接受美学与接受理论》，周宁、金元浦译，辽宁人民出版社 1987 年版，第 19 页。

一种事后建立的文学事实的编组,而在于读者对于文学作品的先在经验。"① 也就是说文学史就是文学的接受史,文学研究其实就是文学史的研究。随后,他又指出:"文学史的更新要求建立一种接受和影响美学,摈弃历史客观主义的偏见和传统生产美学与再现美学的基础。"② 这里所谓的传统生产美学和再现美学指的是作者中心论,历史客观主义则指的是作品中心论,"摈弃"表明了姚斯对于这两种文学批评方式的批判。在文中,姚斯还指出:"把文学演变建立在接受美学上,不仅重新确立了文学史家失去的作为立足点的历史方向,而且还拓展了文学经验的时间深度,使人们能够认识到一部文学作品的现实意义与实质意义之间的距离。"③ 姚斯此处所指的文学史家乃是形式主义者,可见姚斯在这里分别对作者中心论和作品中心论作了旗帜鲜明的批判,表达了他对于文学研究中割裂整体的、断章取义的研究方法的不满,同时,也突出了作为作品接受者的读者的地位。他的这篇论文无异于一封对传统批评美学的战书,标志着接受美学的诞生。1970 年,康茨坦斯大学的另一位教授伊瑟尔发表了《作为本文的召唤结构》一文,指出文学本文中由于存在着空白和不确定性,从而形成一种召唤结构,召唤读者用想象填补文本中的空白,推动着阅读活动的进行。在伊瑟尔看来,审美(阅读活动)包括两极,分别是作为审美主体的读者和作为审美客体的艺术作品。阅读活动就是作品与读者的互动,是读者对文本的响应。在此之后,还有福尔曼(Manfred Fuhrmann)、普莱森丹茨(Wolfgang Preisendanz)、施特利德(Jurij Striedter)、施蒂尔勒(Karlheinz Stierle)和瓦宁(Rainer Warning)等学者发表了相关的著述。然而,姚斯与伊瑟尔的接受美学理论最为引人注目,叙述最为翔实有力,具有清晰的理论逻辑,影响最大,因而被视为接受美学的核心纲领。接受美学的核心思想至少包括如下几个方面。

---

① [德]汉斯·罗伯特·姚斯:《文学史作为向文学理论的挑战》,载[德]汉斯·罗伯特·姚斯、[美]霍拉勃《接受美学与接受理论》,周宁、金元浦译,辽宁人民出版社 1987 年版,第 19 页。

② [德]汉斯·罗伯特·姚斯:《文学史作为向文学理论的挑战》,载[德]汉斯·罗伯特·姚斯、[美]霍拉勃《接受美学与接受理论》,周宁、金元浦译,辽宁人民出版社 1987 年版,第 26 页。

③ [德]汉斯·罗伯特·姚斯:《文学史作为向文学理论的挑战》,载[德]汉斯·罗伯特·姚斯、[美]霍拉勃《接受美学与接受理论》,周宁、金元浦译,辽宁人民出版社 1987 年版,第 43 页。

1. 读者是文学消费的主体。接受美学改变了传统的作者中心和作品中心的文学批评认识，将坐标的原点牢牢地锁定在读者身上。姚斯多次强调读者的消费主体地位，他曾经指出："包含在一部作品的影响之中的是在作品的消费中以及在作品自身中完成的东西……作品之所以成为作品，并作为一部作品存在下去，其原因在于作品需要解释，需要在'多义'中工作……只有当作品的连续性不仅通过生产主体，而且通过消费主体，即通过作者与读者之间的相互作用来调节时，文学艺术才能获得具有过程性特征的历史。"① 后来，他又更明白地指出："在作者、作品和读者的三角形中，读者并不是被动的部分，并不仅仅作为一种反应，相反，它自身就是历史的一个能动构成。一部文学作品的历史生命如果没有接受者的积极参与是不可思议的，因为只有通过读者的传递过程，作品才进入一种连续性变化的经验视野。"② 姚斯反复强调读者在文学接受过程中的作用，他对于读者的中心地位的肯定由此可见。

2. 文学是一种互动交流活动。在接受美学看来，文学既不是孤立存在的，也不是静止不动，它不仅是作品的生产，也不仅是作品本身和读者，而是一种涵盖了三个方面，即从读者到作品再到读者的一系列交流活动，是一种动态的流程。图 0-1 很好地表明了这种情况：

从图 0-1 中可以看出，文学是一个流动的过程。首先，作家作为创作主体进行创作活动，把主体性移入作品中，作品因此有了活力，从而使由语言文字外壳构成的作品具备了潜在的审美特质——文学性。然而，这种文学性并不是直接呈现出来的，而是潜在的，只有在被读者阅读欣赏时，审美的可能性才能转变为现实性，产生审美效果，从而实现作品的文学性。由此可见"文学是作为一种活动而存在的，存在于从创作活动到阅读活动中的全过程，存在于从作家到作品再到读者的这个动态流程之中"③。

---

① [德]汉斯·罗伯特·姚斯：《文学史作为向文学理论的挑战》，载[德]汉斯·罗伯特·姚斯、[美]霍拉勃《接受美学与接受理论》，周宁、金元浦译，辽宁人民出版社1987年版，第19页。

② [德]汉斯·罗伯特·姚斯：《文学史作为向文学理论的挑战》，载[德]汉斯·罗伯特·姚斯、[美]霍拉勃《接受美学与接受理论》，周宁、金元浦译，辽宁人民出版社1987年版，第24页。

③ 朱立元：《接受美学导论》，安徽教育出版社2004年版，第140页。

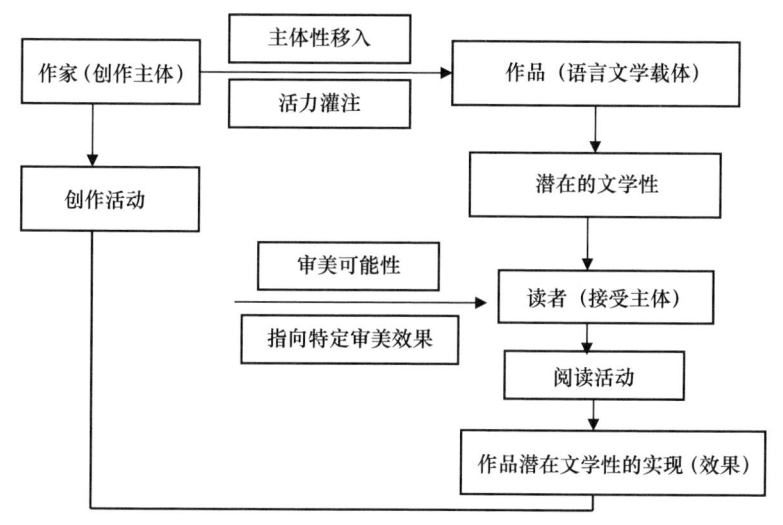

图 0-1 文学活动：文学的存在方式①

3. 文学的审美效果与接受者的审美经历相关。接受美学认为文学史其实可以看作文学的接受史，然而，由于接受者所具有的社会背景、生活阅历和审美经历的不同，文学作品的效果并非总是一致。因此，接受者的审美经验就极为重要。审美经验既是共时性的，也是历时性的。共时性是指与作者同时代的读者可以共享的经验，历时性是指历史的审美，即读者之前的读者留存下来的审美经验，例如书本上的经验记录，它们也会对读者的阅读活动产生影响。而正是由于读者的审美经验不同，就会形成"有一千个观众，就有一千个哈姆雷特"的现象。

4. 文学具有净化效果。姚斯并不认可阿多诺的审美痛苦论，他继承了亚里士多德的审美净化思想，认为文学作品的阅读是愉悦的，是具有净化功能的，并且净化是文学作品的生产、接受和审美净化三个环节中最重要的一环，因为正是由于文学作品具有的净化功能，使之具有了强烈的社会意义和社会功能。而由于文学作品类型的不同，主人公的类型也是不同的，相应的净化功能也不同。接受者与主人公的交流可以大致分为五种模式，分别是联想式交流、钦慕式交流、同情式交流、净化式交流和反讽式

---

① 此图参考了朱立元《接受美学导论》中的"文学活动：文学的存在方式"图表，详见朱立元《接受美学导论》，安徽教育出版社 2004 年版，第 139 页。

交流，每一种交流所产生的净化效果是不同的。

姚斯与伊瑟尔的接受美学体系，涉及下列重要概念。

期待视野：期待视野是姚斯接受理论的重要基石。姚斯认为，读者在阅读一部文学作品时，他原有的阅读经验会构成特定的思维定向或先在结构，形成既定的心理图式，这就是期待视野。[①] 作为接受主体的对应面，是作品的客观化，也就是作品的客观标准，作品只有符合某种客观标准，它才能被社会接受。由于历史变迁等原因，读者的期待视野与作品的客观性之间，并非总是一致，因而形成了审美距离，推动着审美活动的进一步进行。文学史就是历史与现时视野的调节史，两种视野相互融合，相互渗透，历时性消失在共时性之中，历时性的视野结构只有在共时性的阅读系统之中，才能实现其功能。

召唤结构：伊瑟尔认为，作品的意义是读者从本文中发掘出来的，作品中存在许多空白或未定点，当读者阅读文学作品时，他的思维会自动地填补这些空白和未定点，推动着阅读活动不断向前发展。他说："文学作品中存在着意义空白和不确定性，各语义单位之间也存在着连接的空缺，以及对作者习惯视界的否定所引起的心理上的空白，所有这些组成文学作品的否定性结构，成为激发、诱导读者进行创造性填补和想象性连接的基本驱动力。"[②] 阅读的过程，就是读者用思维不断填补空白和未定点的过程，由于空白和未定点的持续存在，读者的阅读活动就不断地得以进行。作品中的这些空白或未定点，对于读者而言，起到的是一种召唤阅读的作用，因而称为召唤结构。

隐含读者：伊瑟尔认为，根据评论家关心的是读者的响应史还是文学本文的潜在效果的不同，会出现两种读者类型，一种是真实的读者，就是现实生活中的你、我、他，是作者无法完全控制的读者；另一种是假设的读者，所谓假设的读者，就是作者心目中的理想读者，他具有与作者的准则相同的准则，能够完全理解作者的意图。[③] 当然，这种理想读者在实际

---

① ［德］汉斯·罗伯特·姚斯、［美］霍拉勃：《接受美学与接受理论》，周宁、金元浦译，辽宁人民出版社1987年版，第6页。

② Wolfgang Iser. *The Act of Reading: a Theory of Aesthetic Response*. London: The Johns Hopkins UP, 1978, p.183.

③ Wolfgang Iser. *The Act of Reading: a Theory of Aesthetic Response*. London: The Johns Hopkins UP, 1978, p.21.

的阅读行为中是不可能存在的。通常，隐含读者内化为某种文本结构存在，体现了作家的创作意图，影响着读者的思维，在读者解读本文的过程中发挥着引导作用。

游移视点：游移视点是在本文内移动的一种活动的视点。"由于审美主体和审美客体之间存在着审美距离，审美客体每一个表现形式的不圆满都要求读者加以综合，这种综合反过来造成了本文对读者意识的传输。这种综合不是阵发的，它贯穿在每一个阅读阶段中。"① 伊瑟尔认为，由于在阅读过程中，读者不可能一次性就完全感知文本，因而阅读的过程是读者与作品不断互动的过程，在阅读的过程中，本文中的句子会不断形成特定的视界，读过的东西逐渐化为背景，与新形成的语境相对比，随着语境的变化，读者的期望不断被修改，思维不断重新建构，视点不断向前移动，阅读不断向前进行。

净化：在《诗学》中，亚里士多德提出了悲剧的"净化"学说。所谓净化，在他看来，是因为悲剧中高贵人物品德高尚，然而由于好心犯下错误，造成身份落差，从顺境跌入逆境，从而引起观众的同情怜悯。而观众由于模拟式戏剧所产生的逼真效果，在看戏的过程中不知不觉地产生了身临其境的感觉，为剧中人物的命运所感动而潸然泪下，心中的情感随泪水喷涌而出，情操获得陶冶，心灵受到净化。② 而在姚斯看来，净化是审美过程中最重要的一环，净化是"既能引起信仰的改变，又能使听众或观众获得心灵解放的演讲或诗所激起的情感的享受"③。姚斯驳斥了另外一位美学家阿多诺提出的审美痛苦论，他与亚里士多德的认识一致，认为观众在看戏后所获得的情感是愉悦的，他的净化理论既传承了亚里士多德净化论的主要内容，又在其理论的基础上提出了多种净化方式，丰富了亚里士多德的净化论。姚斯认为，净化是在主人公与观众的交流中实现的，净化通过五种交流方式进行，分别是联想式交流、同情式交流、钦慕式交流、净

---

① Wolfgang Iser. *The Act of Reading: a Theory of Aesthetic Response*. London: The Johns Hopkins UP, 1978, p.109.
② Aristotle. "Poetics." *Critical Theory since Plato*. Eds. Hazard Adams, Leroy Searle. Beijing: Peking University Press, 2006, p.54.
③ [德]汉斯·罗伯特·姚斯：《审美经验论》，朱立元译，作家出版社1992年版，第176页。

化式交流和反讽式交流。①

空白："空白"在不同的语境中具有不同的意义，根据《牛津英语词典》，它既可以指"纸张中没有书写或印刷的部分""文件中留下来填写的部分"，也可以指"由于缺少了解和理解而显示出的空置的时间和空间"② 等。在接受美学看来，所谓"空白"，就是指本文中未实写出来的或未明确写出来的部分，它们是本文已实写出来的部分向读者所暗示或提示的东西，或者是"存在于本文自始至终的系统之中的一种空位"③。"空白"在接受美学中具有高度的重要性，它甚至可以被认为是伊瑟尔接受审美响应理论的基石，因为它是审美响应理论的起点。伊瑟尔认为，正是本文中的"空白"导致了读者的思维活动，引发了读者的兴趣，召唤读者根据审美经验不断地去填补空白，从而推动阅读活动不断前行。"空白"还导致了本文的不确定性，从而引发了读者对本文的多种解读，提高了作品的艺术效果和艺术价值。

（二）研究方法

文本细读法：文本细读是研究文学作品的一种重要方法，是20世纪初伴随着"新批评"这一文学派别的诞生而确立的，其主要代表人物包括约翰·克劳·兰塞姆（John Crowe Ransom）、克林思·布鲁克斯（Cleanth Brooks）和罗伯特·佩恩·沃伦（Robert Penn Warren）等人。新批评视域内的文本细读的主要特点就是确立了文本的主体性，确立了对作品进行"内部研究"的研究方法。这种方法强调对文本的语言、结构、象征等因素进行仔细解读，从而挖掘其背后隐藏的意义。文本细读最普遍使用的方法是对作品中的"意象"和"隐喻"进行解读。还有一种文本细读类型是探讨文本内的含混、反讽、悖论等修辞功能。在"新批评"之后，文本细读演变为一种文本阐释，根据意义生成的不同模式从不同角度去寻找文本的意义，突破了"内部研究"的界限，因此，细读过程中大量采用女权主

---

① [德]汉斯·罗伯特·耀斯：《审美经验与文学解释学》，顾建光等译，上海译文出版社1997年版，第235页。

② J. A. Simpson and E. S. C. Weiner, eds. "Blank." The Oxford English Dictionary, 2nd ed. Oxford: Oxford UP, 1989, p. 261.

③ Wolfgang Iser. The Act of Reading: a Theory of Aesthetic Response. London: The Johns Hopkins UP, 1978, p. 183.

义、后殖民主义、心理分析等各种文学批评方法进行作品的阐释。品特在戏剧创作中拒绝对自己的作品进行解释性说明，坚持让剧中人物自己说话，这是注重于文本本身的表现。他的这种写作姿态赋予了作品一定的文本主体性，作品本身成为一个有机体，其文本内部呈现出语言内涵的形象性、丰富性和语义的隐晦性、不确定性与复杂性，为文本细读提供了充分的依据。正是基于品特戏剧的这一特点，本书力图深入品特戏剧文本的肌理，探索文字背后的隐含意义，并将对此细致分析、详细论证，以期获得准确充分、科学严密的结论。

理论论证法：理论论证法是文学评论中最常见的方法之一，顾名思义，文学中的理论论证法就是以某种文学理论作为论据，形成理论构架，与文学作品中的例证相结合，通过论证得出某种结论的论证方法。本书研究的理论基础主要是接受美学理论，一是姚斯的接受美学理论：姚斯关于文学接受的思想，他的期待视野、审美交流净化理论等；二是伊瑟尔的审美响应理论：他的召唤结构、游移视点、隐含读者、空白等理论。正是基于这些理论，本书选取了品特戏剧中的房间意象、语言意象、负面意象审美、净化艺术、品特风格五个主题，从品特戏剧作品中寻找例证，通过逻辑推理获得结论。

比较研究法：比较研究也是文学中常用的研究方法之一，它是一种求异的思维方式，侧重于从事物相异或相反的属性比较中得出需要论证的论点的本质，比较可以分为同一事物间的纵向比较和不同事物间的横向比较，在具体对比内容上，可以是中、外对比研究，可以是古、今对比研究，也可以是不同作家、相同视角的对比研究，或是同一作家、不同视角的对比研究。本书从立论之初便使用了比较的论证方法，正是通过目前品特戏剧的国内外研究状况，才发现了品特戏剧接受审美研究方面的薄弱之处。在本书的主体部分，也正是通过将品特戏剧研究中普遍存在的作者中心研究方法、作品中心研究方法与接受美学的研究方法加以对比，从中发掘出品特戏剧在其戏剧元素房间、语言以及负面意象审美、戏剧净化艺术、戏剧风格上的独特之处，从而从读者或观众作为欣赏主体的角度展现了品特戏剧的艺术魅力。

跨学科研究：古希腊时期，所有的学科都是隶属于哲学的整体学科。后来，生产力的发展推动了学科的细化，学科的分门别类曾被视为科学研究的巨大进步，为各个学科研究的深入发展作出了巨大的贡献。随着知识的大爆炸、全球化、信息化的浪潮席卷全球,知识的交融渗透呈现出前所未有的态势,分化割裂的学科状况在解决各种纷繁复杂的问题时逐渐显得捉襟见肘,时代呼唤学科的重新融合。进入20世纪以来,科学研究逐渐打破了分门别类的传统方法,学科的交融与渗透成为科学研究中比较显著的现象,跨学科研究成为科学研究的最新发展趋势之一。这一研究方法的优势是可以消除学科之间人为设置的樊篱,突破学科之间的限制,从而在学科交叉中产生新的边界,发现新的科学现象和研究领域。跨学科研究方法在文学研究中也是方兴未艾,在文学与哲学、社会学、语言学、生态学甚至是自然科学等学科的相互交融中,由于在研究中采用了方法交叉、理论借鉴、问题驱动、文化交融等思路,因而获得了众多新的研究视角,显现出众多新的研究领域,焕发出勃勃生机;显示出强大的生命力,展现了作品的极致美感。本书也使用了跨学科的研究方法,立足于品特戏剧的本文,在研究中将文学、哲学、建筑学、医学、心理学相融合,展现了品特戏剧的无穷魅力。

第四节 研究重点、难点与创新之处

(一) 研究重点

1. 接受美学视域下的品特式房间研究。品特的戏剧通常发生在一个房间中,这个房间既是舞台的空间,又是剧情发展的空间;既是实体空间,又是虚拟空间;既是意象本身,又是象征物。品特戏剧创作的很多灵感来自房间,房间是品特戏剧的起点,也是品特戏剧的典型特征,是品特戏剧创设剧情气氛、展现剧情的重要场所,是品特戏剧不容忽视的元素,因而引起了观众、读者以及评论家的广泛关注。可以这么说,房间是理解品特戏剧的一把钥匙,是品特戏剧的标识物。品特式房间是如此的重要,因而本书将品特式房间作为研究的第一个主要意象。当然,有别于之前大多数学者专注于对品特式房间的特征的探索,本书力图揭示的是房间在与读者/观众的互动中戏剧效果生发的原因。

2. 接受美学视域下的品特式语言研究。品特戏剧以其语言的特性著称,在他的戏剧中,语言的运用明显有别于传统戏剧:一是反映在形式上,它改变了传统戏剧中人物总是轮流对话的模式,有时,剧中人物或是沉默不语,或是长篇累牍、言语啰唆;二是反映在内容上,语言的形式并不与之完全对应,很多时候人物说出来的只是空洞的东西,并无实际意义,语言只是表面现象,并不直接反映人物的内心;有时,啰唆的语言是人物掩盖真实意图的面具,而在沉默之中,人物的动机却高度显现。部分学者认为,这种语言现象其实正是生活中真实语言的反映,是品特对于生活的细致观察所致,以至于部分学者得出结论:品特所模仿的是伦敦人的生活语言,是城市的声音。[①] 品特的戏剧语言是如此精妙,成了品特戏剧最引人注目的现象之一,引发了学者们的评论热潮,是品特戏剧的高度艺术体现。上述是品特戏剧语言给观众或读者产生的印象,从接受美学的空白理论、期待视域等理论来看,品特戏剧中语言的特色例如沉默、暂停等用语别具一番韵味,展现了品特的戏剧艺术精髓,重构了品特戏剧意象,因而成为本书研究的重点之一。

3. 品特戏剧的负面意象的审美接受研究。品特戏剧被列入荒诞派戏剧,其特征之一就是在戏剧中存在众多的负面审美意象,例如疾病、他者、暴力等,这些负面意象独出心裁、别具一格,以不同的形式和方式展现了剧作家的创作思维和对社会及人生的思索。同时,这些负面意象具有唤起人们心中的担忧、厌恶、恐惧等方面的情感的心理反射功能,是通过审丑的方式进行审美。正是因为充分利用这些负面因素,品特戏剧激发了读者或观众的审美兴趣,推动了他们进行审美解读,冲击了他们的思维,并引发了他们的思考,实现了独特的戏剧功能。

4. 接受美学视域下的品特式净化艺术研究。自从亚里士多德提出戏剧的净化学说以来,对于观众心灵的净化便被学者普遍视为戏剧具备的主要功能之一。姚斯的净化理论源自亚里士多德,但又比他的理论更具体、更细化,并有所革新。他认为审美净化是在审美交流的过程中得以实现的,在戏剧主人公与观众之间,存在五种交流。品特在他的戏剧中塑造的主要是三种人:受难的大众,普通人以及社会中的权力阶层。欣赏品特的戏剧,往往会使人产生压抑的感觉,这证明品特的戏剧具有高度的净化作用。作为荒诞派剧作家中的一员,品特创作戏剧绝非一时心血来潮,其戏剧具有强大的社会功能。戏剧中的三类人物与姚斯的三种交流中的人物相对应,以姚斯的净化理论对这些人物的行为进行分析具有高度的吻合性和

---

① Peter Raby. "Tales of The City: Some Places and Voices in Pinter's Play." *The Cambridge Companion to Harold Pinter*, ed. Peter Raby. Cambridge: Cambridge UP, 2001, p. 61.

科学性，可以使品特的戏剧净化功能得到完美展现。

5. 接受美学与品特戏剧的风格形成研究。《牛津英语词典》指出"Pinteresque"一词意指"属于英国剧作家品特及其作品的特点"①，品特风格是品特戏剧有别于其他戏剧的特征。通常认为，不确定性、荒诞性、威胁性、间离性以及语言上的沉默、停顿、语义多层是品特戏剧的特色，然而，学者们大都只关注到了这些表层意象，却极少从品特戏剧与观众互动的视角深究其效果产生的原因。而事实上，上述特点正是观众对于品特戏剧的印象，是品特巧妙利用接受者心理的结果。因此，从观众与品特戏剧互动的视角出发，从整体上研究其风格形成的原因，更多地了解品特戏剧的建构方式，也成了本书研究的重点之一。

（二）研究难点

1. 接受美学与品特戏剧的融合研究。接受美学是20世纪60年代末出现的西方文学理论，20世纪80年代后期在国内登陆。由于接受美学的创立者姚斯、伊瑟尔的德国学者身份，原著是德语，研究也发端于德国，因而许多研究著作也是德语版，增加了直接认知理论的难度。而国内对于接受美学理论的介绍主要见于周宁、金元浦、霍桂桓、李宝彦、刘小枫等人对于姚斯、伊瑟尔的译著。国内对于接受美学比较系统的介绍有朱立元著的《接受美学导论》等作品，相对而言，国内介绍接受美学理论的著作比较少，学术评论也不多，这也不利于对接受美学理论的认知掌握。同时，接受美学尤其是姚斯的理论，基本上是宏观性质的理论，难以用于作品的微观分析。总的看来，国内使用接受美学对文学作品进行分析的实践也显得不足，提供的研究借鉴不多。半个世纪以来，品特戏剧的研究成果虽不可谓不多，然而从接受美学的视角对其作品的艺术特色进行解读的论著可谓是凤毛麟角。从接受美学的视角解读品特其人其作，将接受美学的理论与品特戏剧的意象、风格、功能等各方面进行融合研究是一项新的挑战，具有一定的难度。

2. 品特戏剧的读者接受过程研究。与大多数研究专注于品特戏剧的主题功能和艺术效果的描述、总结不同，本书的研究选取了新的视角，从品

---

① J. A. Simpson and E. S. C. Weiner. "Pinteresque." *The Oxford English Dictionary*, 2nd ed. Oxford: Oxford UP, 1989, p. 881.

特戏剧的房间、语言、净化功能等主要意象入手,从作品与读者互动关系的角度研究品特戏剧,从而剖析了品特戏剧产生不确定性、威胁性、荒诞性、间离性等艺术效果的原因。其实,这些艺术效果也多有前人的总结,只不过欣赏的视角不同,获得的美感也不同,得出的结论也不同。本书的研究既要遵循前人的成果,又要推陈出新,因而具有一定的难度。另外,在文学研究中,读者往往是受到忽略的一面,在目前的国内外研究著述中,介绍读者对于品特戏剧的反响的研究也是少之又少,读者或观众的反应是一种心理活动,具有不可视性,再加上读者审美经验的不同,所产生的阅读效果也不同,难以形成统一的尺度对作品进行衡量评估,这也增加了本书论证的难度。

(三) 创新之处

1. 综观品特戏剧的研究现状,国内外大多数的品特研究者或是从作者本人的生活、创作背景出发,或是从品特作品本身的艺术特征出发,对品特的戏剧进行主题等方面的解读,或是对品特戏剧的风格特点进行归纳总结。本书的研究力图另辟蹊径,避开了传统的"作者—文本"的品特主题研究方法,也不仅仅是专注于文本的结构主义解读,而是以接受美学理论作为指导,从"作家—文本—读者"的关系,尤其是从"作品—读者"的关系解读品特其人其作,解读更全面,更符合戏剧的表演观赏本质,从另一方面揭示了品特戏剧的艺术特质,在研究视角上有所创新。

2. 在学者们对品特的评论著述中,或是在记者对品特的采访中,或是在品特本人所进行的公开演讲中,经常可以读到品特对于戏剧创作的见解,这些见解多被研究者们用来佐证品特的戏剧文本分析。然而,反之,从接受者观看或阅读品特戏剧所作出的反应,总结出品特戏剧的创作原则,则印证了品特戏剧创作理念与实践是否吻合,因为观众或读者的这些反应是品特的戏剧效果得以产生的前提。本书的研究从审美接受这一新的角度展现了品特的创作思维,为品特的戏剧风格提供了新的佐证和解读,在论证方法上有所创新。

3. 在研究过程中,选取何种元素作为介质,深入解读读者或观众对于品特戏剧的反应,展现品特戏剧的艺术风格,也是一个颇为重要的问题。本书从品特戏剧公认的重要元素"语言""房间""负面意象"以及它们的戏剧净化功能着手,分析研究它们在与读者/观众互动过程中的作用,进而展现了"不确定性""威胁性""荒诞性""间离性"等品特戏剧特色，更有代表性、说服力和研究价值。同时，研究系统深入，采用了以点显面的方式，不仅是具体戏剧元素研究，也是文化研究，是文化的梳理与对比，较好地展现了品特的戏剧艺术及其独特文化内涵，在研究内容上有所创新。

4. 在研究方法上，本书紧跟学术研究前沿，使用了跨学科的研究方法，不仅聚焦于接受美学的文学分析，还涉及了哲学、美学、伦理学、医学、心理学等学科，从各个方面展现出品特戏剧的魅力。同时，各学科的交叉结合，形成了新的研究视角，也让品特戏剧显现了新的风貌和生长点，进一步丰富了品特戏剧的研究成果，在研究方法上有所创新。

第一章 期待视野理论下的品特式房间

第一节 房间形象的演变与品特式房间

(一) 房间的历史演变及其传统功能

由于远古时期缺少文献记录，人类所居住的房屋最初的由来已无从考证，人们普遍认为最初原始人为了躲避风雨和猛兽，只能栖身于岩洞、草丛或树木之间，这种利用自然环境提供便利的穴居或巢居的居住方式可能就是房屋的最初雏形。岩洞和树巢启发了原始人的思维，经过不断观察、学习和思考，他们学会利用身边随处可见的石块、泥土、木头、茅草等材料营建房屋。原始人学会建筑房屋是社会的一个巨大进步，因为这使他们可以更好地防范野兽、毒虫的侵袭，可以在缺乏洞穴的更广阔的地域生活，可以获取更多的生活资料，并且逐渐告别了必须依靠森林的生活。同时，自建的房屋比起潮湿阴暗的洞穴也更能保障人类的身心健康，促进了人类的繁衍生息。随后，人们不断聚居，村落出现了，部落出现了，房屋的发展加速了人类的进化。据目前考古发掘证明，我国最早的房屋建筑产生于距今六七千年前的新石器时代。当时的房屋主要有两种，一种是以陕西西安半坡遗址为代表的北方建筑模式——半地穴式房屋和地面房屋；半地穴式房屋多为圆形，地穴有深有浅，以坑壁作墙基或墙壁；坑上搭架屋顶，顶上抹上泥土；有的四壁和屋室中间还立有木柱支撑屋顶。另一种是以浙江余姚河姆渡遗址为代表的长江流域及以南地区的建筑模式——干栏式建筑；一般是用竖立的木桩或竹桩构成高出地面的底架，底架上有大小梁木承托的悬空的地板，其上用竹木、茅草等建造住房。干栏式建筑上面住人，下面饲养牲畜。沧海桑田，岁月变迁，房屋的发展经历了漫长的历史。时至今日，在曾经无比辉煌的文明古国的发祥之地，均尚可一窥古代建造的风采，例如依然耸立于尼罗河畔的闻名世界的埃及金字塔，以及虽然历经风雨沧桑、却尚可一睹风采的古希腊神庙、罗马斗兽场、雅典卫城、中国古都西安的钟鼓楼、古代巴比伦的空中花园、美洲玛雅人的庙宇等。历经数千年，西方的房屋建筑留下了许多典型的风格，例如拜占庭式建筑（4—15世纪）、罗马式建筑（10—12世纪）、哥特式建筑（13—15世纪）、巴洛克式建筑（17—18世纪）等。自18世纪末期起，钢铁开始取代木材被广泛使用在建筑物的构架上，许多昔日的建筑风格在19世纪得以复兴。20世纪早期，钢铁、玻璃、钢筋混凝土作为建筑材料被广泛使用，因而在全球出现了一种全新型建筑：摩天大楼。20世纪50年代以后的建筑一般称为现代建筑，这种建筑虽然风格迥异，造型奇特，但主要受功能主义影响，其设计鲜明地表现出建筑物的功能。时至今日，房屋的造型不断推陈出新，类别不断细化，功能不断完善，外形不断变化，发展达到了前所未有的高度，呈现出多元化的态势。例如为了观光，人们在风景区建造了观光房；为了提供给商旅过客居住的场所，人们建造了宾馆、酒店；为了观察对方阵地的情况，人们建造了哨所、军事要塞；为了防御敌人的进攻，人们建筑了猫耳洞、碉堡、炮楼；为了商品销售，人们建筑了商场；为了停泊车辆，人们建造了地下车库；为了学习，人们建造了图书馆；为了展示历史，人们建筑了博物馆……以房屋为蓝本，各种房屋的变体也是层出不穷，例如，不但有在固定地点建造的各类房屋，为了方便在水上或空中生活，人们还将房屋搬到了水上，搬到了空中，各种船只、潜水设备、飞行器、航天器便是此类可以移动的房屋；另外，当今陆上各类快捷便利的交通运输工具例如汽车、火车等其实也可以看作移动的房屋。

顾名思义，房屋之内的空间简称为房间，意指房屋或建筑物的一部分，是建筑物内由天花板和墙壁组成的封闭部分。[①] 显然，无论是古代原始人寻找栖身的洞穴，还是现代人建造房屋，其目的之一都是获得房屋内的空间，也就是房间。房间的出现，标志着人类社会生活的巨大进步，人们建造房间，其目的就是利用房间的功能。在人们的传统认识里，房间至少有如下功能。

1. 遮挡风雨的功能。房间最基本的功能之一就是它能够遮挡风雨，虽然历经数千年的发展，房间的这一基本功能仍然没有改变。无论房屋的造

---

① J. A. Simpson and E. S. C. Weiner. "Room." *The Oxford English Dictionary*, 2nd ed. Oxford: Oxford UP, 1989, p. 81.

型怎样变化，总是不会缺少房顶和四壁，不然就不能称之为房屋。居于遮盖严实、四壁环绕的房间中，人们便拥有了条件较好的、相对理想的环境。房屋能将自然界对人类的侵害减小，提供给人类温暖舒适的空间。在先被大风吹破茅屋的房顶，又遭受大雨浇淋之后，中国唐朝的著名诗人杜甫发出了"安得广厦千万间，大庇天下寒士俱欢颜"的感慨，诗句中就包含了对于房屋遮挡风雨功能的渴求。

2. 安全的避风港。人类建造房间，还有基于安全的考虑，所以从古到今，从最初的石头、泥土、木头到现在的钢筋、水泥、玻璃、陶瓷，人们一直在寻找理想的建筑材料。这样做的目的之一便是要建筑安全的空间。一方面人们可以将对人类有危害的野兽拒之门外，另一方面也可以阻止危险的敌人轻而易举进入房间。欧洲古代的城堡、中国古代的宫殿除了建造得富丽堂皇之外，还有着坚固的外墙，甚至还有护城河，我国福建人喜欢建造多个家庭聚居的圆形建筑，北方普通人家喜欢建造四合院，还有城市的地下街道等建筑方式都有着保障安全的设计意图。而本来就已很坚固的大门上还要安上大锁、插销，门上方还要留出只能从里面往外看的观察孔或是猫眼，其原因也大概如此。除此之外，战争时期修建的防空洞、碉堡、避难所、各种掩体其实也都是出于房间的安全功能。这种安全功能既是人们生之时的渴望，也是人们死之后的渴望，埃及的金字塔，中国古代皇帝的陵墓莫不是建造得坚不可摧，并且设计了重重机关，表明了人们希冀在死亡以后仍然拥有绝对的安全，房间成了保证人们安全的重要保障。

3. 家庭生活空间。法国学者巴什拉说："如果人们问我什么是家宅最宝贵的益处，我会说：家宅庇护着梦想，家宅保护着梦想者，家宅能让我们在安详中做梦。"① 房间隔离了外人，隔离了社会关系，就是为家庭成员提供一个独立的生活场所。房间是社会文明进步的体现，在满足了人们的安全和遮挡风雨的需求后，人们对于空间有了进一步的追求，为了便于生活，人们又将房间的功能进一步作了细分，有些作为储藏物品的场所使用，有些作为厨房使用，有些作为书房使用，有些作为卧房使用，有些作为卫生间使用，有些作为健身房使用，有些作为会客场所使用，尽量做到既自成一体、功能齐全而又不相互干扰。房屋内空间的划分越合理、越科学，越能为家庭成员在其中悠然自得地生活提供更大的便利，房间是生活

---

① [法]加斯东·巴什拉：《空间的诗学》，张逸婧译，上海译文出版社2013年版，第5页。

的空间。

4. 提供私密空间。W. H. 奥登曾经这样说:"距我的鼻尖这个身体最靠前的部位约 30 英寸以内的空间都应该说是隐秘的,或者说是属于个人的空间。一般的陌生人——除非你与我的关系非同一般——请你务必小心,不要跨越这个界限。倘若你这样做,我不会用枪指着你,但我会蔑视你。"[①] 根据布莱恩·莱森的研究,人类需要自己的空间,1.2 米之内是亲密距离,1.2 米至 4 米是社交距离,4 米以外则是公共距离,人们大致遵循这样的空间感觉,也就是说,人们需要私密空间。[②] 人既是社会化的人,也是个体的人。作为社会化的人,人们需要公开性的交往;作为个体的人,人们则需要个人私密空间。公开性与私密性的分隔是人类文明进步的表现,私密性是人类的基本需求,是人类通过调整环境,按照自己的选择控制自己与他人交往的意愿。房间的建造为人类的私密性提供了更大的可能,房间通常有着不透光的墙壁,可以关闭的窗户,即使是现代人的房间使用玻璃墙,但通常也在墙的背后安装了必要的时候可以合上的窗帘,有的玻璃则可以从里面往外面看,外面却无法看到里面,有些人甚至在房门上也安装了门帘,其目的无非是使房间的主人能具有对于空间的控制权,在需要的时候隔断与外界的听觉或视觉上的联系,为主人提供私密的空间,以便当主人想要进行不便公开的活动时可以按照自己的意愿进行。

5. 私人领地。富兰克林曾经给出这样富有哲理的忠告,他说:"爱你的邻居,但不要拆掉篱笆。"这说明了领地意识并非只是狮子、老虎等猛兽的专利,人类也具有领地意识并且需要别人对于领地意识的尊重。最初,为了在强大的自然力的压迫下生存下来,原始人共同居住于石洞巢穴之中,空间为众人所共用。随着生产力的发展,人们改造自然的能力增强,各人由于个人能力和机会的不同,占有的生产资料不均,人们有了贫富之分,私有制产生了,形成了不同的阶级。随后,人们开始以家庭为单位建造自己的房子,房屋被视为自己的私有财产和领地。为了保卫这一领地,从古到今人们可谓是绞尽脑汁,在软件形式上,人们以契约、合同、房产证明等形式从法律上肯定了个人对于私人领地的占有;在硬件设施

---

① 转引自〔荷〕布莱恩·莱森《空间的语言》,杨青娟、韩效等译,中国建筑工业出版社 2003 年版,第 107 页。

② 转引自〔荷〕布莱恩·莱森《空间的语言》,杨青娟、韩效等译,中国建筑工业出版社 2003 年版,第 109—134 页。

上，古代普通人在房屋周围围上篱笆；王公贵族建筑起高高的城墙，还在城墙外边挖上护城河；现代人则围上了各种各样的围墙，或是用尖锐的铁枝在房屋外面安装起防盗网，或是安装摄像设备。为了保卫自己的领地，各个房间装上了坚固的门窗，其目的就是保证领地的不被入侵。布莱恩·莱森指出："领地对于生命的存活，不仅从物质生活舒适的角度来讲，而且从良好的社会存在形式来说，都有着最为根本的意义。"①

（二）文学作品中的房间

在大多数作家的笔下，房间是一个令人向往的地方，象征着温暖、光明、安全、舒适的家园。荷马史诗《奥德赛》（*The Odyssey*）写的其实就是一段充满艰辛的回归故乡之旅，奥德修斯在海上漂泊了10年，流落在外的他常常想起家乡巍峨的殿堂，亮堂堂的房间，梦中常与妻儿在属于他们的房间中相会。而《圣经》中的诺亚方舟则可被视为一个代表着安全的、能够提供生命庇护的巨大房间的化身，在大洪水来临之际为诺亚一家及地球上每一种类的动物中的一对提供了生存的机会。英国古代作品中的房间大多数也是充满欢乐的空间，是国王、王后和骑士们举行庆典、宴会欢歌的地方，在《贝奥武夫》（*Beowulf*）、《高文爵士与绿衣骑士》（*Sir Gawain and the Green Knight*）等作品中，这样的场所比比皆是。乔叟的《坎特伯雷故事集》（*The Cantabury Tales*）更是发生在朝圣路上的一个房间中，朝圣客们正是聚集在"宽敞而洁净"的房间中轮流讲述故事，虽然只是小旅馆，但却是谈笑风生、气氛融洽。而梭罗在瓦尔登湖边的林地上把房子建成以后，充满喜悦地描述起它来，虽然其中很大一部分原因是对自己的劳动成果感到骄傲，但对于房间所能提供的温暖舒适功能也是非常满意的，他说：

> 到了晚上，火光投射的影子就可以在橡木之上跳跃了。这种影子的形态，比起壁画或最值钱的家具来，应该是更适合于幻觉与想象的。现在我可以说，我是第一次住在我自己的房子里了，第一次用以蔽风雨，并且取暖了。我还用了两个旧的薪架以使木柴脱空，当我看

---

① ［荷］布莱恩·莱森：《空间的语言》，杨青娟、韩效等译，中国建筑工业出版社2003年版，第173页。

到我亲手造的烟囱的背后积起了烟炱，我很欣慰，我比平常更加有权威、更加满意地拨火。固然我的房子很小，无法引起回声；但作为一个单独的房间，和邻居又离得很远，这就显得大一点了。一幢房屋内应有的一切都集中在这一个房间内；它是厨房，寝室，客厅兼储藏室；无论是父母或孩子，主人或仆役，他们住在一个房子里所得到的一切，我统统享受到了。①

虽然这只是一间用木头搭建而成的房间，然而作者终于可以"第一次住在我自己的房子里了，第一次用以蔽风雨，并且取暖了"。然后，作者又用了"欣慰""满意""享受"等词来描述自己的感受，可见房间在他心目中的美好感觉。叶芝在他的《当你老了》（When You Are Old）一诗中，只用一膛炉火就勾勒出温馨甜蜜的房间，他说："当你老了，头发白了，睡思昏沉，炉火旁打盹，请取下这部诗歌，慢慢读。"中国唐代诗人刘禹锡在他的《陋室铭》中，也只是用几句简单的词句描绘出了自己心目中的房间，他说："苔痕上阶绿，草色入帘青。谈笑有鸿儒，往来无白丁。可以调素琴，阅金经。无丝竹之乱耳，无案牍之劳形。"可见，自古至今，无论中外，大多数作家对于房间的想象都是正面的、积极美好的。

一些女性作家的作品表达了对拥有一个自己的独立空间的愿望，房间成为女性自身权利的隐喻，象征着经济的独立、自由和独立的行动。例如女性主义作家弗吉尼亚·伍尔夫（Virginia Woolf）在她的著作《一间自己的房间》（A Room of One's Own）中写道："女人要想写小说，必须有钱，再加一间自己的房间。"伍尔夫生活在20世纪上半叶，此时全球女性主义运动风起云涌，但女性的社会地位并没有得到实质性的改变，女性在社会中仍然处于从属地位，缺少政治和经济上的平等权利，伍尔夫的此篇作品正是有感而发。她所说的房间既是实体的房间，可以为她提供遮风避雨的生活环境和温暖舒适的写作环境，同时，在这里，房间也是一种象征物，象征着伍尔夫对独立自由权利的渴望。同样的，在多丽丝·莱辛（Dorris Lessing）的《第19号房间》（The Room Nineteen）中，女主人公苏珊也渴望有一间自己的房间，文中写道："她渴想自己有间房间，或有个什么地方，随便哪里，可以让她独自一人坐下来，独自一人，别人谁也找不到

---

① ［美］亨利·戴维·梭罗：《瓦尔登湖》，徐迟译，中国宇航出版社2016年版，第76页。

她。"苏珊是个广告画家,怀孕之后在家中做起了专职妻子和母亲,在繁杂的家庭生活中逐渐丧失了自我,虽然居住在大房子中,却感到无比的空虚无聊。大房子给予她的不是温暖的感觉,而是空洞与虚无,它成了苏珊情感与行动的禁锢。她深陷于双重矛盾之中,一方面她希望找到真爱,摆脱家庭的束缚,另一方面她又为自己的行为深感愧疚。后来,她在廉价旅馆包租了第19号房间作为自己恢复自我的空间,然而却受到了丈夫的怀疑和窥探。深感空间的狭小与人生的无奈,最后,苏珊在房间中打开煤气自杀。这里的房间也是女性自我权利和女性意识的象征,表达了莱辛对于女性生活状况的同情与不满。

房间也是自由与快乐的象征。英国小说家 E. M. 福斯特在他的小说《看得见风景的房间》(A Room with a View)中,也描绘了一个可以凭窗远望,将各种美景一览无遗的房间,房间在这里也是美好的。正在意大利佛罗伦萨旅行的女主人公西露一开始住进的房间没有窗户,这让她十分郁闷,同住一家宾馆的英国青年乔治及其父亲得知了西露的苦恼之后,便主动与她交换了房间,让她住进了有一个大窗户的房间,满足了她的期待。在这里,房间象征着女主人公西露开朗、乐观而美丽的心灵,她心目中对未来的美好憧憬以及她与英国青年乔治的纯真爱情,也象征着作为劳动者阶层的乔治父子的纯朴真挚。后来,西露与乔治历经波折,有情人终成眷属。而在爱尔兰作家爱玛·多诺霍的眼中,房间是图书馆,是游乐室,是幼儿园,是音乐厅,是童话世界。在她创作的《房间》(The Room)中,她笔下的主人公杰克出生之时,正值母亲被关在监狱之中,因而他从出生的第一天起居住的房间就是一间囚室。然而,杰克并不因牢房的狭小与简陋而感到难过,他仍然在囚室中找到了各种乐趣,他在其中看书、听母亲讲故事、唱歌、玩游戏,并没有因监狱的困难生活而影响童真。5年之后,杰克的母亲在狱中自杀,杰克被营救出狱,故事中的主人公走出了房间,发现世界其实就是一个大房间。

当然,房间在某些文学作品中也有恐怖的一面。但丁的《神曲》中的地狱其实就可以被看作一个大房子,而各层地狱则可以被看成房子中的一个个的房间,在房间中,各种灵魂因为生前所犯的罪孽饱受折磨,惨叫声不绝于耳,散发出种种令人窒息的恐怖。在美国作家爱伦·坡的作品中,房间总是那么阴森。在《厄舍古屋的倒塌》(The Fall of the House of Usher)的房间中,医生到厄舍古屋中为生活在其中的兄妹二人看病,见证了房间中发生的一切。有一天，妹妹患病死亡，哥哥将妹妹放进了棺材，然而在一个雷雨交加的夜晚，妹妹却从地下室的棺材中爬了出来，将哥哥也吓死了，最后，这座古屋倒塌了。在《乌鸦》(*The Raven*)一诗中，房间也到处充满了不安的气氛，夜半时分，灰暗的灯光下正在看书的主人公听到敲门声后打开门，却发现门外空无一物，这时象征不吉祥的乌鸦在呼啸的寒风中悄然而至，嘴里不停地呼叫着"永不复还"。这样的房间真是让人毛骨悚然。英国作家夏洛蒂·勃朗特姐妹所描述的房间也是令人不安的。在夏洛蒂的《简·爱》(*Jane Eyre*)中，孤儿简在舅舅死后受尽了舅妈一家的歧视和虐待，一次，在与表兄发生冲突后，简被关进了舅父生前所住的红房子，吓得她当场晕倒。在她到罗彻斯特的庄园中做家庭教师后，庄园的楼上也存在一个令人恐怖的房间，里面经常传出可怕的狂笑声和哭喊声。而在夏洛蒂的妹妹艾米莉·勃朗特的《呼啸山庄》(*Wuthering Hights*)中，也有着这么一个恐怖的房间，在这里，魂灵在梦境中出现，发出阵阵霉味的书上到处是"凯瑟林"的名字，见证了曾经的仇恨与爱情：弃儿希斯克利夫与收留他的山庄的主人恩·肖之女凯瑟林相爱，但凯瑟林后来却背叛了他，嫁给了另一个山庄的男人，希斯克利夫忍辱负重终于功成名就，之后，他对凯瑟林的后代进行了疯狂的报复，千方百计拆散他的女儿与凯瑟琳的儿子，演绎了一场场惊心动魄的爱恨情仇的故事。

在作为品特的同类别作家的荒诞派剧作家例如贝克特、尤涅斯库、热奈等人的剧作中，也存在形形色色的房间意象，并且由于荒诞派戏剧是要用非理性的形式反映非理性的现实，这些房间在烘托剧情方面显得相当重要，它们都是经过剧作家精心建构的剧场布景或是剧情空间。当然，这些房间既有共性，也有其独特的个性。在共性上：首先作为舞台场景，具有简洁性。例如在贝克特的《等待戈多》中，作为房间的舞台上就是一条空荡荡的小路，一棵光秃秃的小树。又如在尤涅斯库的戏剧《椅子》中，以某个海岛上一座圆形塔楼作为舞台外观的房间中也是空荡荡的，最初只摆放有一把椅子，后来也只是椅子堆积得越来越多。其次作为实体空间，具有高度的真实性。荒诞派戏剧属于模拟戏剧，在剧场设置上力求模拟真实的生活场景以产生逼真的效果，引起观众的共鸣，因而房间的外形设计，房间中的布置摆设均与真实日常生活中的相类似，房间中通常摆放能明显体现建筑物属性特征的家具等物品。例如在品特的戏剧中，厨房是一个典型的空间，对此，品特通常是通过在房间中摆放一两个煤气灶或是洗涤用的水槽来表明厨房的空间特征。最后作为剧情空间，具有高度的象征性。比如贝克特的《终局》一剧中，房间以一面墙作为显示，墙上没有窗子，却架着一架梯子，要想看到外面的世界，需要爬上梯子。但是爬到了梯子上，看到的又会是什么呢？是充满希望的绿色田野，还是一望无际而死气沉沉的荒漠？我们在房间的时候，幻想着房间外面的世界无比美好，但实际上外面的世界是不是很精彩呢？在这里，房间被赋予了高度的象征意义。

当然，由于荒诞派剧作家们对于剧情意义的表达各有见地，对于生活的理解也各有不同，因而他们的房间也彰显出明显的个性。用艾斯林的话来说，就是"这些作家中的每个人都是这样一些个人，他自认为是孤独人局外人，封闭孤立在他自己的个人世界里。每个人都在主题和形式上有自己个人的方式；有他自己的根基、来源和背景"①。贝克特力图表达的是人在宇宙中的荒诞地位的宏大主题，探索的是一种全人类的处境，表达的是世界的忧伤，因而他的戏剧空间具有极简性，物体的存在主要是服务于宏大主题的表达，房间虽然也是现实生活场景，然而其着眼处不是为了显示人物现实生活环境，也不是主要作为舞台空间使用，而是要起到模糊时空界限的作用，淡化了时间的在场，更强烈地指向人类处境的荒诞性本身。

尤涅斯库对于荒诞性也有独特的理解，他认为："一部艺术作品就是表达人试图交流而又无法交流——有时可以交流——的真实。"②为了表达这一主题，他强调戏剧创作应该"把一切事物推进到突然发作，推进到悲剧根源的所在之处。创造出一种狂暴的戏剧——狂暴的喜剧性，狂暴的悲剧性"③，这与提倡"舞台上的一切，就是能够以物质的形式在舞台上表现和表达一切"④，"戏剧要像将炸药塞进一堵平面岩石墙，突然产生了喷射物和烟火"⑤的残酷戏剧理念有异曲同工之妙，因而，尤涅斯库的房间也是某种夸张的极致，以便将戏剧的细微之处放大给观众看，房间成了道具的表演场，各种道具被充分利用，以造成爆炸性的效果，为了剧情的烘托

---

① ［英］马丁·艾斯林：《荒诞派戏剧》，华明译，河北教育出版社2003年版，第7页。
② ［英］马丁·艾斯林：《荒诞派戏剧》，华明译，河北教育出版社2003年版，第86页。
③ ［英］马丁·艾斯林：《荒诞派戏剧》，华明译，河北教育出版社2003年版，第94页。
④ ［法］安托南·阿尔托：《残酷戏剧——戏剧及重影》，桂裕芳译，中国戏剧出版社2006年版，第31页。
⑤ ［法］安托南·阿尔托：《残酷戏剧——戏剧及重影》，桂裕芳译，中国戏剧出版社2006年版，第88页。

需要大显身手。

另一位荒诞派剧作家让·热奈更看重的是房间在烘托剧情方面的艺术功能,他的舞台空间被称为镜子大厅,他的舞台空间巧妙地利用了镜子的反射原理,使镜像与真实相交融,展现了人性中的爱、恨、情、仇、虚荣与腐朽、高尚与自私。"在热奈的镜子游戏中,每一种明显的真空都被揭露,只是一种表象、一种幻象,而这些表象和幻象又被揭露,只是一场梦幻或者幻象的一个部分,如此反复,以至无穷。他的这些镜子游戏是揭示存在的基本荒诞性亦即存在的虚无性的一种手法。"[1] 不仅如此,热奈的剧作中也充分利用了各种实体房间,他甚至曾经被指责为"使用集市棚屋、监狱、鲜花、盗窃的圣物、火车站、边疆、鸦片、水手、港口、公用厕所、葬仪、贫民区的房间作为道具,以便获得低劣的情节剧的效果"[2]。在这里,集市棚屋、监狱、火车站、港口、公用厕所、贫民区的房间其实便是房间空间。热奈之所以选择这些特别的房间,主要还是为了形成极致的对比,以对观众产生强烈的心理冲击。例如在他的第一部上演的戏剧《女仆》中,作为场景的一间路易十五时代的贵妇人的卧室中,一位贵妇人正由她的女仆对她进行梳妆打扮,此时此刻的贵妇人显得十分傲慢,女仆则显得相当的恭顺。舞台上,她们两个正在说话,突然女仆打了贵妇人一个耳光,这种极其违反生活常理和社会等级秩序的行动使观众惊讶。正当观众处于迷惑之中时,闹铃响了,两个人赶忙起身做事,原来她们两人都是仆人,只是趁主人不在的时候互相扮演主仆的游戏。舞台上的镜子将两个人的动作一览无余地展现了出来,两个仆人在镜子中看到了自己的行为,同时观众也从镜子中看到了她们爱慕虚荣、崇尚权力的真实内心。而由于身处贵妇人的卧室,一开始观众基本上不会想到贵妇人是仆人装扮的,房间在这里先是起到了迷惑的作用,随后引起了观众的对于生活本身的思索,起到了烘托剧情、引发深思的作用。

谢菲尔德大学建筑学院的建筑专家布莱恩·劳森指出:"空间是一种语言,是交流的最基本和普遍形式的本质所在。尽管存在着文化差异,人类关于空间的语言能在人们聚居的任何地点,任何时候被观察到。"[3] 因

---

[1] [英] 马丁·艾斯林:《荒诞派戏剧》,华明译,河北教育出版社 2003 年版,第 141 页。
[2] [英] 马丁·艾斯林:《荒诞派戏剧》,华明译,河北教育出版社 2003 年版,第 135 页。
[3] [荷] 布莱恩·莱森:《空间的语言》,杨青娟、韩效等译,中国建筑工业出版社 2003 年版,第 8 页。

此，房间作为一种空间，既是物质的，也是社会的，既是实体空间，也是象征隐喻空间，既是生活空间，也是政治空间，它包罗万象，意蕴深广，向人们传达出丰富的信息。

（三）品特戏剧中的房间意象

古往今来，滚滚历史长河中多如繁星的文艺作品中并不缺乏房间意象，作家们仔细观察、充分发挥想象，在创作实践中不断发现、开发、利用了房间的各项意义和象征隐喻功能。但是相对而言，像品特这样大量利用房间意象的，甚至是将房间作为主要意象进行创作的作家并不多，品特可以称得上是非常成功地利用房间的人，他充分地发掘了各种房间的演出舞台、空间象征、生活实体及剧情表现功能，在房间的多元性、复杂性、象征性等方面都有独到之处。正是品特在对于房间的认识上有着不同于常人的独到见解，使他的戏剧房间独具特色，赋予了房间更为深刻的意义。

正如人们所熟知的，品特创作的首部戏剧的剧名正是《房间》，应友人之邀创作的《房间》本是品特完成朋友交给的任务，但却不经意间成为品特对于人生发展方向的一块问路石。《房间》的演出不但取得了令人意想不到的效果，还奠定了品特戏剧的基本空间形象，自《房间》之后，品特的许多剧作都带有相似的空间设置。品特戏剧中反复呈现的相似的空间意象引起了评论家们的关注，是评论家或读者们在欣赏或评论品特戏剧之时通常提及的事物，房间几乎成了品特戏剧的标识。科雷亚指出："房间或许是品特戏剧出现得最频繁的主题，它作为标题在品特的首部戏剧中出现，实际上涉及他的大部分戏剧。"[1] 艾斯林甚至认为："《房间》已经基本具备了品特其后的戏剧的特点，一扇门，一个舞台，两个人，构成了品特戏剧的诗意结构。"[2] 比灵顿则指出："《房间》是高度个人化的作品……通过《房间》的创作，品特意识到使用某些方式，某种意象可以通过戏剧舞台得到清晰的表达，戏剧表达的不是话语，而是形象，戏剧由储存的视觉形象引发，这对于品特在此之后几乎所有的戏剧创作都具有非凡的意义。"[3] 国内学者萧萍也认为，房间是品特将戏剧情节推

---

[1] Graca Correa. *Synesthetic Landscape in Harold Pinter's Theatre, a Symbolist Legacy*. Diss. The City University of New York, 2010, p. 77.
[2] ［英］马丁·艾斯林：《荒诞派戏剧》，华明译，河北教育出版社2003年版，第158页。
[3] Michael Billington. *The Life and Work of Harold Pinter*. London: Faber and Faber, 1996, p. 71.

进到各个领域不可或缺的介质，是品特戏剧的典型符号和象征，正是借助于房间，品特戏剧的剧情得以建构。用她的话说就是："房间意象在品特的剧作中形成了一个固定的支架作用。"① 国内外学者都对品特式的房间进行了高度的赞誉，对其在戏剧中发挥的作用充分肯定，那么，品特式的房间具体是怎样的一种房间呢？经过梳理，可以发现品特式的房间类型主要有：

厨房。一个煤气炉，一个煤气灶，一个用于洗涤生活用具的水槽，一个与起居室相通的用于递送食物的窗口，或者再加上一个用于烤火的火炉，一张饭桌，几把椅子，女主人在其中穿梭忙碌，男人则在起居室中安坐看报纸，这便是品特戏剧中最常见的厨房意象。虽然只有为数不多的几样厨房用具，但是厨房的特征已经得到显现。当然，品特式的厨房是极其简陋的，缺少现代化的厨房设备和高档的厨具，但已具备了家庭日常烹煮食物的必要功能，展现出的是中下层劳动人民家庭中的厨房形象。在品特戏剧，尤其是前期的威胁喜剧中，厨房的场景反复出现，给读者或是观众留下了深刻的印象。

地下室。狭小的空间，昏暗的光线，阴冷的空气，缺少窗户的光秃秃的墙壁，有时由于潮湿墙壁的表皮掉落而显得斑驳点点，通常还带有厨房和卫生间，由于设备老旧，卫生间的水龙头滴滴答答地往下漏着水。地下室其实就是一个建造于房屋底层的家庭生活空间，所以也会有简陋的生活用具，例如床铺、沙发、桌椅等，这便是品特戏剧中又一种常见的空间意象。在《房间》《送菜升降机》等剧中均有这样的房间出现，此外，品特还专门以《地下室》为题创作了一部戏剧。

监狱。品特的一些戏剧例如《山地语言》《送行酒》《新世界秩序》中出现了监狱的空间设置，虽然房间的门上并未标识有"监狱"的字样，但单调的颜色，紧闭着的铁门，狭小而坚固的窗户，黑暗的内部空间，面容呆板的看守，如狼似虎的士兵，让人一眼就认出那是监狱囚室的设置。有时，牢房还会附设有审讯室，室内的墙壁上挂着或是地上摆放着一些令人恐怖的刑具，还有为嫌疑人准备的被放置于审讯桌对面的椅子，表明了它的身份。

---

① 萧萍：《折光的汇合：暧昧与胁迫性共存——论品特戏剧作品》，博士学位论文，上海戏剧学院，2005年，第20页。

起居室。在品特的部分戏剧中，还有起居室的设置，这也是剧中人物日常活动的主要场所，大部分交际活动在这里完成，大部分剧情也是在这里发生，它是房间中的公共空间。通常，这些起居室陈设简单，一张用于就餐的桌子，几张普普通通的木椅，一把或几把摇椅，一个通向厨房的窗口，可能还有一张简单的木床，也可能有一张或几张沙发，还可能有一些杂志和报纸，这些就构成了品特戏剧中的起居室形象。

办公室。相对于前面提到的几种房间意象，作为某些机构或是公司办公场所的办公室的设置就要豪华气派得多：显眼的铭牌，宽大的办公桌，桌上摆着报纸或是记录本，几张皮质沙发，办公桌后是一个放着产品或是书或是档案的柜子，桌上摆放着一部或几部电话。当然，这样的意象并不多见，只在《温室》《茶会》等几部戏剧中出现过。

诊室。相对明亮的小房间中，摆放着一张用于看诊的桌子，几样用于看诊的医学器具例如听诊器、体温计以及病历本、钢笔摆放于桌子上，除此以外，房间里会有几张供病人候诊的椅子，有时还会有一张用于检查的病床，自然也少不了身穿白大褂的医务人员，这便是品特戏剧中的诊室。《一种阿拉斯加》《归于尘土》等剧中就有这样的场景出现。

疗养院。品特戏剧中的疗养院并非那种以身体恢复为目的的疗养康复中心，而是类似于精神病医院，主要是收容各种精神病人。这里有高高的围墙，有隔开病人生活区与管理人员生活区的铁门，有用于治疗精神疾病的电击设备。里面的病人以编号管理，以编号称呼，要不是里面有身着白色衣服的医务人员或管理人员，人们往往会误认为这是某处戒备森严的监狱。

卧室。一部分品特戏剧情节发生的场所是卧室，一张床或是两张床就表明了卧室的身份。通常这种卧室也说不上舒适，窗户紧闭，床大都是简单的木床，床上随意地摆放着一些被、毯之类的保暖用具，有时，卧室中还杂乱地堆积着一些生活用具，有时也会有一两张椅子，例如《月光》《生日晚会》中的部分场景便是发生在卧室当中。

酒吧。酒吧是西方世界日常生活中重要的社交场所，是西方独特文化的产物。在品特的《晚会时光》《一夜外出》等剧中，也出现了酒吧这一场景。相对宽大的空间，一个摆满了各种酒的吧台，房子中间摆放着沙发和休闲椅，灯光昏暗，一阵阵的音乐传来，一些人站着，一些人则坐在沙发上喝东西，边喝边相互交流，人声鼎沸，这便是品特笔下的酒吧。

教室。在品特的《考试》《白加黑》等剧中，还出现了教室的布景。房子前部的中间放置着一个讲台，讲台上放着一些粉笔，讲台下摆放着几张课桌，教室前面的墙上挂着一块黑板。这就是教室的形象。

车站。车辆，尤其是出租车川流不息，人潮涌动，各种人员聚集，各种声音杂乱无章，喧闹无比，或者还有一个大钟指时，这便是品特笔下车站的大致形象。《维多利亚车站》一剧中就有这一景象的出现。

综上所述，品特戏剧中房间意象的出现情况大致如表1-1所示：

表1-1　　　　　　　　品特戏剧中的房间类型一览表

房间类型	剧名
厨房	《房间》《生日晚会》《风景》《昔日》《归家》
地下室	《房间》《送菜升降机》《地下室》
监狱	《送行酒》《山地语言》《新世界秩序》
起居室	《房间》《生日晚会》《微痛》《归家》《昔日》《无人之境》
办公室	《温室》《茶会》
诊室	《归于尘土》《一种阿拉斯加》
疗养院	《温室》《看管人》
卧室	《生日晚会》《月光》
酒吧	《晚会时光》《一夜外出》
车站	《维多利亚车站》
教室	《白加黑》《考试》

当然，上述分类只是为了解读的便利，其实品特式的房间往往不是只具备一种单一功能的地方，它往往是多种功用的房间的结合，以《房间》为例：

> 一间大房子中的一个房间，门开在右边，左边是煤火，一个煤气炉以及一个水槽。墙壁的正中上方是一个窗户，房间中摆放着一张桌子和几把椅子。一把摇椅放在右边，一张双人床的床脚从壁龛后伸了出来。①

---

① Harold Pinter. "The Room." *Harold Pinter: Plays One*. London: Faber and Faber, 1991, p. 85.

在这里，房间既是厨房，也是起居室，还是卧室，是多种生活空间的结合体。再看《生日晚会》中的房间：

> 海边小镇一间房子中的起居室，左边有一扇通向大厅的门，黑墙，左边开着一扇小窗户。在后面的墙壁上开有与厨房相通的传递菜肴的小窗口，厨房的门在右边，房子的中间放着一张桌子和椅子。①

在这里，房间仍然是起居室和厨房的结合体，同时具备了烹饪食物、会客等功能，一个房间就构成了剧中人物生活的场所。

品特戏剧中的房间既是舞台布景，也是生活中真正的房间，同时还是剧情空间。虽然上文列举了多种房间的变体，但总的来说，带有厨房的起居室在品特的戏剧中出现得最多。这些空间首先具有简约性的特点，乍一看，它们空间狭小，陈设单调，缺少时尚元素，毫无奢华之处，有时甚至还有些破旧，只有最基本的生活用品，缺少让人享受舒适生活的设施，仅能满足居于其中的人们的基本生活需要。但是这种简约已经能够非常鲜明地显示出房间的属性，也正因为简约，使观众对于房间的属性辨别毫不困难。再者，与同为荒诞派剧作家的贝克特不强调生活本身、主要看重房间及其附属物的象征意义的房间设置要求不同，品特式房间还是功能齐全的真正生活空间。仔细观察，这些房间基本功能大致齐全，有日常休闲活动和会客的地方，有睡觉的地方，也有做饭的厨房，甚至带有卫生间，具备了基本生活所需要的各种功能是这些房间一个比较基本的特征。同时，用以制作食物的厨房在一个完整的生活系统中也往往是必不可少的，所以在品特式房间中厨房是最常见的意象，正因为如此，一些学者还将品特戏剧命名为"厨房剧"。② 同时，这些空间还是封闭而自成系统的空间。有时，房间的规模会大些，例如《微痛》中的房间外面还有一个花园，但是这个花园筑有高高的围墙，隔断了与外界的联系。小一些的房间更是如此，紧

---

① Harold Pinter. "The Birthday Party." *Harold Pinter: Plays One*. London: Faber and Faber, 1991, p. 3.
② 例如皮科克认为品特的戏剧《房间》以及随后的《生日晚会》《送菜升降机》《看管人》等剧的背景具有单调乏味的现实性，很快在观众的脑海中建立起其"厨房水槽现实主义戏剧"的印象。详见 D. Keith Peacock. *Harold Pinter and the New British Theatre*. London: Greenwood Press, 1997, p. 43.

闭的房门和窗户将房间中的世界与外面基本隔绝。而房间中所具备的各种生活功能似乎也能保证房间中的人在不与外界交流的情况下可以怡然自得地生活。

在《房间》《看管人》《送菜升降机》《地下室》等品特戏剧中还出现了地下室之类的另类房间,虽然房间的形式发生了改变,然而,其基本风格极少变动。如《送菜升降机》中的地下室:

> 一间地下室,两张床平放在后墙边上,两张床之间有一个关闭着的传递物品的小窗口。左边有一扇门通向厨房和卫生间,右边有一扇门通向通道。[①]

在这里,虽然空间形式由普通居室变为了地下室,但其实还是起居室的设置,同时也保留了厨房、卫生间这些典型的品特式房间特征。

亚里士多德曾经指出:"喜剧是对于比较坏的人的摹仿。"[②] 而"悲剧是对于一个严肃的、完整的、具有一定长度的行动的摹仿"[③]。既然戏剧是模仿,真实感则显得非常重要,即戏剧要尽量模拟生活中的真实,让观众在看戏时融入剧情,仿佛身临其境。正因如此,亚里士多德式剧场被称为模拟剧场,这与布莱希特所提出的史诗剧剧场——一种通过时空的间离故意让观众知道自己在看戏的剧场理论完全不同。显然,品特戏剧中的房间类似于亚里士多德式模拟戏剧的场景,是20世纪五六十年代英国真实生活中的中下层市民的普通的生活居所。读者可以想象,生活在这样的房间中,自然不能享受到豪华奢侈的生活,然而虽然谈不上享受,但是想要保有平凡而普通的家庭生活不会困难,显然,品特式房间是中下层平民的房间,这便是品特式房间呈现给观众或读者的基本印象。

当然,戏剧中的房间也是一种舞台空间。品特戏剧并不纯粹是用于阅

---

① Harold Pinter. "The Dumber Waiter." *Harold Pinter: Plays One*. London: Faber and Faber, 1991, p. 113.

② Aristotle. "Poetics." *Critical Theory since Plato*. eds. Hazard Adams, Leroy Searle. Beijing: Peking University Press, 2006, p. 54.

③ Aristotle. "Poetics." *Critical Theory since Plato*. eds. Hazard Adams, Leroy Searle. Beijing: Peking University Press, 2006, p. 55.

读的戏剧，很多时候也是用于表演的戏剧，这一点得到了多方的证实，例如品特的首部戏剧《房间》，就是他应友人的邀请专门为学校晚会表演而创作的戏剧。在一次接受记者高索的采访时，品特自己也说："我的戏剧是为舞台而写，是为了让演员演出而写。"[①] 因而品特赋予了其戏剧房间中的简单设置，或许也有出于戏剧表演需要的原因。因为戏剧情节发生的地点有可能涉及多种场所，虽然现代舞台技术日益发达，但戏剧还是不可能像电影一般可以随意变换场景。2000多年前，亚里士多德之所以设定三一律（一个地点，一天时间，一个情节），其中的重要原因就是为了适应相对落后的舞台技术，以尽量减少场景的变动，保持情节的真实性，以免引起观众的质疑。虽然现代戏剧已不大遵守三一律，但是保持戏剧的逼真性仍然是很多剧作家的追求。虽然现代舞台技术也大有进步，但还是谈不上可以随心所欲地、完全真实地模仿各种故事场景，因此，这种多功能杂合却又相对简单的空间拓宽了表演的场景，减少了场景重新布置带来的麻烦，有利于产生逼真的效果，更符合表演的需要。当然，在认可品特戏剧的简洁性同时，也有学者认为，品特的舞台空间形象其实并不是一成不变的，其发展与剧作家品特的人生经历密切相关，例如崔彦飞指出："品特剧本中的布景设计是其在人生不同时期不同心理风景的体现，剧本客观的布景设计和品特的主观意识的结合相得益彰，舞台布景整体上带有强力的主观建构性，因此从布景设计的角度来看，品特的剧本创作可谓是一路风景一路歌，一路心灵之歌。"[②]

同时，品特式房间还是剧情空间，此时品特式房间被赋予了无穷无尽的意义。一部戏剧虽然从房间中的幕布升起就开始了，然而，戏剧的剧情不可能仅仅局限于房间的实体空间之内。随着人物语言和行动的加入，剧情不断向前发展，人物的活动范围早已超越了作为实体房间的空间，房间也不再仅仅是发挥舞台表演的用途。而在时间上更是如此，幕布升起之时，剧情其实已经开始，而幕布下落，也不意味着剧情的结束，有时，就在房间这一狭小的空间内，剧情可能跨越了春、夏、秋、冬，或者更为漫长的岁月。在地域上，有时，人物的行动跨越了众多的地域，从城市到乡

---

① Mel Gussow. *Conversation with Pinter*. New York：Limelight Editions，1994，p.22.
② 崔彦飞：《一路风景一路歌——论哈罗德·品特戏剧创作的舞台布景与其心理风景》，《当代戏剧》2016年第4期。

村，从一个城市到另一个城市，甚至是从一个国家到另一个国家，从人类居住的地球到太空。而有时，房间只是作为一种象征，成了母亲的子宫，成了你死我活的战场，成了人们的生存空间，成了人们争夺的场所，成了人们的内心屏障。此时，房间不再仅仅是一种实体空间，而是一种想象的、虚幻的、意义可以无限扩大延伸的空间。正如国内学者胡宝平指出的那样："品特的舞台剧的空间通常是以普通的、封闭的房间为基础构建起来的，但是剧情的发展显示，房间不仅是物理空间，而且是心理、情感空间和社会文化空间。"①

第二节　审美期待与房间的多重审美

（一）接受美学与审美期待

文学与哲学相辅相成、密不可分，哲学通常是文学的先导与向导，而文学则是哲学的映射。19世纪中叶以来，受强调感觉经验、实践过程而排斥形而上学的传统实证主义哲学的影响，文学批评长期聚焦于作家与作品之间关系的研究，以考证文学作品中的人物、事件与作者的关系作为主要研究方法。这种以追根溯源作为研究方法的结果是树立了文学创作者崇高的地位，许多作者在进行文学创作的同时，也撰写文学批评论著，出版传记，这些资料成为文学研究的主要材料来源。那一时期，作家中心的地位从一些评论家的评论中就可见一斑，例如浪漫主义诗人雪莱曾经说过："诗人是法律的制定者，是文明社会的创立者，人生百艺的发明者，更是导师。"② 西方浪漫主义的先驱华兹华斯也对作家高度赞扬，他说："作家是捍卫人类天性的磐石，是引导读者向善、领略真和美的导引者。"③ 弗洛伊德开创的文学精神分析法也是基于作家的生活经历和心理历程来对文学作品进行分析，他在《作家的白日梦》中指出："如果人们童年时期所遭受到的创伤被压抑，长期潜伏于人们的心灵深处，

---

① 胡宝平：《论哈罗德·品特舞台剧的戏剧空间》，博士学位论文，南京大学，2006年，第2页。
② Percy Bysshe Shelly. "A Defense of Poetry." *Critical Theoy since Plato*, ed. Hazard Adams. Beijing: Peking University Press, 2006, p. 538.
③ William Wordsworth. "Preface to the Second Edtion of Lyrical Ballads." *Critical Theory since Plato*. ed. Hazard Adams. Beijing: Peking University Press, 2006, p. 484.

到了成年以后，会有发泄的冲动和需要，如果作为作家，他就会把这些创伤用文字书写出来。"① 在一些评论家看来，既然作品是作者创造的，就不可能不打上作家的印记，作品就是作家的心理映射，研究作品必须要研究作家，才能发现作品的真谛。因而，作家在这一阶段的文学批评体系中因为是作品的创作者而被视为文学批评的中心，是文学研究的主要对象。

过于抬高作者的作用而完全忽略作品本身的价值的这种文学审美方式，在长期的批评实践中逐渐暴露出一些弊端，例如它局限了作品的美感、低估了作品的价值、使审美范围狭小等，引发了部分学者的质疑。从20世纪初开始，文学批评的方式发生了转变，相继出现了俄国形式主义与英美新批评等形式主义流派，虽然这些流派无论是在生发空间、时间或是具体内容上都有所不同，但它们都认为文学作品自成体系，本身就是一个独立的系统，提倡将文学研究的重点放在作品本身之上，研究文学作品的结构、修辞、语言等文学性。莫斯科语言小组领袖罗曼·雅各布森指出："文学之所以成为文学，就在于文学作品，就在于作品的构造和语言联系之中"，"文学科学的对象不是文学，而是文学性，也就是使一部作品成为文学作品的东西"。② 英美新批评的重要倡议者艾略特则认为，在长期的文学历史中，传统形成了某种客观条件，作家看似在以个人的才能进行创作，其实对于文学传统的传承，书写的内容是文学传统的客观要求，与文学传统的发展方向一致；作家创作的作品只是文学长链之中的一环，而并非孤立存在，因而文学作品更多的是文学传统的延续，而非个人才能，作品"要去个性化"。他说："诗歌不是感情的放纵，而是感情的逃避；不是表现个性，而是逃避个性。"③ 强调文学作品是文学传统的延续而不完全是作家的个人才能，这样一来，艾略特就否定了作家的崇高地位，为文学研究聚焦于作品本身进一步扫清了障

---

① Sigmund Freud. "Creative Writers and Daydreaming." *Selective Readings in 20th Century Western Critical Theory*, ed. Zhang Zhongzai. Beijing: Foreign Language Teaching and Research Press, 2002, p. 219.

② ［俄］罗曼·雅各布森：《现代俄国诗歌》，载《俄苏形式主义文论选》，中国社会科学出版社1989年版，第24页。

③ T. S. Eliet. "Tradition and the Individual Talent." *Critical Theory since Plato*, ed. Hazard Adams. Beijing University Press, 2006, p. 808.

碍。相对于作家中心论，作品中心论如同一次革命运动，极大地推动了作品的本身审美，扩大了作品的研究范围，有助于艺术作品的本身艺术发展。

20世纪60年代以来，随着现代传播手段的发展，大众文化的普及以及人们对于社会政治、民主生活参与意识的增强，文学的社会功能和社会效果日益受到人们的关注，学界对文学提出了新的要求，从而对在文坛占据了多年主导地位的、仅仅将文学作品作为文本内部结构研究的形式主义提出了批评和疑问，部分学者认为形式主义文学批评方式割裂了作家、作品、读者三者之间的关系，而将焦点仅仅集中于文学作品本身，既具有进步性，也具有局限性，一方面为发掘作品本身的文学性、艺术性作出了巨大贡献；另一方面也过于绝对地忽略了作家和读者的影响，否定了作品的社会功能。在这一运动中，同属于德国康茨坦斯大学的文艺学教授汉斯·罗伯特·姚斯、沃尔夫岗·伊瑟尔等人异军突起，创立了接受美学学派。由于针对时弊，顺应文学研究方法革新的潮流，其发展迅速、影响甚大、威望极隆，他们的理论一经推出，在其后短短的十余年中，就发展成为一个世界性的文学理论流派。接受美学基于实证主义和形式主义文学批评方法的不足而生，对实证主义和形式主义批评进行了冷静的观察和认真的分析，其理论意图在于兼容并包，取长补短，克服实证主义批评仅仅围绕作者以及形式批评理论仅仅将视线停留在作品身上的弊端，打破两种批评理论人为设定的樊篱。以作者和作品为中心的研究，其极端之处在于"将作家和作品视为考察社会、政治、经济状况的手段，要么是以个人生活经历、心理状况的统计史料的实证主义，要么是将作品视为孤立的自在体的'语言中心论'或者'文本中心论'。前者威胁着文学的本体，后者则剪断了文学的外延的有机联系，助长了文学欣赏和研究的苦行主义，实际上是取消了文学的审美价值"[①]。接受美学提出："任何文学本文都具有未定性，都不是决定性的或自足性的存在，而是一个多层面的未完成的图式结构。它不是独立的、自为的，而是相对的、为我的。它的存在的本身并不能产生独立的意义，而意义的

[①] [德] 汉斯·罗伯特·耀斯：《审美经验与文学解释学》，顾建光等译，上海译文出版社1997年版，第2页。

实现则要靠读者通过阅读对之具体化。"① 对此，国内学者王丽丽用了一个形象的比喻对接受美学的读者中心理论进行了形容，她说："文本是意义的水库，储满了意义的势能；阅读则如开闸放水，让文本意义倾泻而下，流入历史的河床，将势能转换为动能。"②

接受美学的创始人之一姚斯专注于文学史的研究，在长期的研究中，他发现了用形式主义文学批评方式将文学与社会分割，无法解决社会功能等一系列问题，他在接受美学的宣言性文章《文学史作为向文学理论的挑战》的开篇便指出："在我们的时代，文学史日益落于声名狼藉的境地……文学史的既定形式在我们时代的理智生活中几乎已无地容身了。它过去赖以生存的静态的考察系统本身，如今已自身难保。"③ 后来，他又指出"文学史就是文学作品的消费史，即消费主体的历史"，是"读者的接受史和效果史"。④"只有当作品的连续性不仅通过生产主体，而且通过消费主体，即通过作者与读者之间相互作用来调节时，文学艺术才获得具有过程性特征的历史。"⑤ 姚斯的这一说法包含四个方面的内容：一是在作家、作品和读者三者的关系中，后者并不是被动的因素，并不是单纯作出反应的环节，它本身便是一种创造历史的力量。二是阅读是读者想象性再创造的过程。阅读不仅仅是机械地阅读，在阅读过程中，作者的思维参与了本文的构造。三是读者对作品的意义有着独特的理解与阐释，其接受是阐释性接受。不同的读者有着不同的鉴赏趣味和水平，造成了"一千个观众心中就有一千个哈姆雷特"的现象。四是一部作品艺术生命的长短，在某种意义上取决于读者的接受。姚斯认为既然审美的主体是读者，那么读者的审美经验就极其重要，他说："审美活动就是回忆行为本身中产生了泰洛斯⑥，它使不完善的世界和短暂的经验变为完

---

① ［德］汉斯·罗伯特·姚斯、［美］霍拉勃：《接受美学与接受理论》，周宁、金元浦译，辽宁人民出版社1987年版，第4页。
② 王丽丽：《历史·交流·反应——接受美学的理论递嬗》，北京大学出版社2014年版，第99页。
③ ［德］汉斯·罗伯特·姚斯、［美］霍拉勃：《文学史作为向文学理论的挑战》，载《接受美学与接受理论》，周宁、金元浦译，辽宁人民出版社1987年版，第3—4页。
④ ［德］汉斯·罗伯特·姚斯、［美］霍拉勃：《文学史作为向文学理论的挑战》，载《接受美学与接受理论》，周宁、金元浦译，辽宁人民出版社1987年版，第19页。
⑤ ［德］汉斯·罗伯特·姚斯、［美］霍拉勃：《文学史作为向文学理论的挑战》，载《接受美学与接受理论》，周宁、金元浦译，辽宁人民出版社1987年版，第19页。
⑥ "泰洛斯"是指哲学上的终极目的，它使一切事物充满最终根源和目标。

善和永恒。"① 在姚斯看来，审美活动就是审美主体的审美经验与审美期待相互碰撞、相互融合的过程。在这个过程中，"审美主体原先的各种经验、趣味、素养、理想等会综合形成一种对文学作品的综合要求和欣赏水平，叫做期待视野"②。期待视野的审美主体是读者，也就是说期待视野是读者的期待视野，因而该理论的提出，将审美过程中的最重要因素从作家和艺术作品上转移出来，牢牢地锁定在了读者身上，同时，也不完全忽略作者和作品，为接受美学理论奠定了理论根基，也为接受美学的实践分析提供了指导。

据考证，姚斯的接受美学理论与阐释学理论有着千丝万缕的联系，作为姚斯的主要理论基石之一的"期待视野"，与海德格尔的"前结构"理论及伽达默尔的"视域融合"理论渊源深厚，用姚斯的话说，它们"是我的方法论的前提"③。海德格尔在《存在与时间》中写道："我们之所以将某事解释为某事，其解释基点建立在先有、先见与先概念之上，解释决不是一种对显现于我们面前事物的、没有先决因素的领悟。"④"理解是通过先行具有、先行见到、先行把握来发生作用，对象之所以能够对理解者呈现出种种意义，主要是由于它带有理解的前结构。"⑤ 而伽达默尔则指出："理解活动是个人视野与历史视野的融合。"⑥ 具体来说，就是"我们的历史意识将自身置于历史视野之内，这并不是陷自身于一个毫无联系的陌生世界，而是让诸视野一起构成一个从内部生发出来的大视野，以超越现实之界，而去追溯自我意识的历史深度。"⑦ 无论是海德格尔的"先有、先见与先概念"还是伽达默尔的"理解活动"都强调

---

① [德]汉斯·罗伯特·姚斯：《审美经验论》，朱立元译，作家出版社1992年版，第39页。
② 朱立元：《接受美学导论》，安徽教育出版社2004年版，第61页。
③ [德]汉斯·罗伯特·耀斯：《审美经验与文学解释学》，顾建光译，上海译文出版社1997年版，第14页。
④ [德]汉斯·罗伯特·姚斯、[美]霍拉勃：《接受美学与接受理论》，周宁、金元浦译，辽宁人民出版社1987年版，第323页。
⑤ [德]汉斯·罗伯特·姚斯、[美]霍拉勃：《接受美学与接受理论》，周宁、金元浦译，辽宁人民出版社1987年版，第323页。
⑥ [德]汉斯·罗伯特·姚斯、[美]霍拉勃：《接受美学与接受理论》，周宁、金元浦译，辽宁人民出版社1987年版，第323页。
⑦ [德]汉斯·罗伯特·姚斯、[美]霍拉勃：《接受美学与接受理论》，周宁、金元浦译，辽宁人民出版社1987年版，第323页。

"先""前",即此前的经验和经历,姚斯的期待视野与上述两者理论的共同点在于都认为个人的文化传统、审美经历对于审美对象的理解有着至关重要的作用。姚斯的"前理解"的说法也是源于伽达默尔,他认为:"期待视野是读者调动一切的积累,是形成在作者面前最高的认识水平。作者在面对每一个新的本文时,就将过去的阅读经验重新组织在经验视野中,形成前理解,也就是期待视野。期待视野在具体的阅读过程中,表现为一种潜在的审美期待。"① 依据姚斯的观点,审美期待的形成与读者或观众此前的审美经验密切相关,它从一开始就参与了读者或观众的审美过程,并不断地在其中发生作用,深刻影响着读者或观众的审美解读。

(二) 熟悉而又陌生的房间

1. 似曾相识的房间

戏剧既是阅读的艺术,也是用于观赏的艺术。戏剧舞台既是戏剧人物生活的空间即故事空间,也是舞台空间。而戏剧舞台空间的局限性以及舞台空间变换的复杂性使它不可能任意变换场景,以完全适应戏剧的故事空间的需求。戏剧的舞台空间对于戏剧情节的推进和对于戏剧主题的烘托都起着重要的作用,因而舞台空间的样式选择就显得尤为重要。在传统戏剧中,舞台空间大多被当作演员表演的平台以及故事发生的背景使用,而现代戏剧的舞台空间却发挥了更大的作用。对此,学者们是各有见地,著名的剧场改革先驱阿庇亚认为:"戏剧的舞台空间应该能够表达一出戏的内在本质。"② 戈登·克雷则认为:"舞台空间是一种气氛,而不是一个地点……舞台要采用朴素、垂直的线条,能把观众的注意力引到舞台之外,使舞台的空间和高度意味深长。"③ 荒诞戏剧则更看重舞台空间的作用,舞台不但作为烘托气氛的道具,有时也作为一种象征物存在,具有隐喻意义。艾斯林认为:"荒诞派倾向于彻底地贬低语言,倾向于以舞台的具体和客观化的形象创造一种诗。"④ 荒诞戏剧作家之一的尤涅斯库则曾经这样说:"就我个人而言,我愿意把一只乌龟带上舞台,把它变成一匹赛马,

---

① [德]汉斯·罗伯特·耀斯:《审美经验与文学解释学》,顾建光等译,上海译文出版社1997年版,第8页。
② 周宁:《西方戏剧理论史》,厦门大学出版社2008年版,第823页。
③ 周宁:《西方戏剧理论史》,厦门大学出版社2008年版,第832页。
④ [英]马丁·艾斯林:《荒诞派戏剧》,华明译,河北教育出版社2003年版,第9页。

然后变成一顶帽子、一首歌曲、一条飞龙、一道泉水。剧场是人们可以干任何事的地方，但它也是人们最不敢干事情的地方。除了舞台设备的限制，我没有任何其它的限制。"① 品特对作为人物活动空间和戏剧表演平台的戏剧舞台的作用也高度重视，在他早期的戏剧中，通常以一个房间作为舞台场景设置，虽然这些场景设置并非完全相同，有时房间陈设稍为简陋，例如《房间》《生日晚会》《送菜升降机》《看管人》，有时稍为讲究，以中产阶级的生活环境作为设置，例如《微痛》《一夜外出》《茶会》，但某些类似的场景反复出现：一个用于日常活动的起居室，一个有着水槽的厨房，一些家庭必备的生活用具，例如煤气炉、桌椅、床铺等，因而他这一时期的房间戏剧又被称为厨房剧。

以《房间》为例，故事一开始，一对中年男女伯特和罗斯正在一间普通的带有一个窗户和一扇门的出租房中：

> 房间内安放着一个煤气取暖器，一个煤气炉和一个洗涤槽，屋子中央放着一些桌椅，还有一把摇椅。在房子的里边，隐隐约约的可以看到一张双人床的床脚。伯特戴着一顶帽子坐在桌边，一本杂志翻开在他面前，罗斯正在煤气炉边忙活。②

不难看出，文中所述的房间是起居室、卧室和厨房的三合一体，房间内的两个人物也貌似毫无特别之处，在重复着无数个家庭中天天发生的普通得不能再普通的活动：妻子罗斯在厨房中为丈夫伯特准备早餐，她口中喋喋不休，声音不断从厨房与起居室中间的隔窗传出来；而丈夫伯特在看杂志，嘴里有一搭没一搭地敷衍着罗斯。

《一夜外出》中的房间看起来更简单：

> 伦敦南部一间小房子中的厨房，干净而整齐。阿尔伯特，一个28岁的年青人，正在厨房中的镜子前穿衣服、裤子和梳头。③

---

① ［英］马丁·艾斯林：《荒诞派戏剧》，华明译，河北教育出版社2003年版，第111页。
② Harold Pinter. "The Room." *Harold Pinter: Plays One*. London: Faber and Faber, 1991, p. 85.
③ Harold Pinter. "A Night Out." *Harold Pinter: Plays One*. London: Faber and Faber, 1991, p. 331.

而阿尔伯特的母亲正在忙活：

> 她一边看着他，一边打开了橱柜的门，往里瞧。
> ……
> 她走到煤气炉边，查看了下蔬菜，打开了烤箱，往里看。①

再看《微痛》中的房间：

> 一座乡村房子，中间摆放一张桌子和两把椅子，房子的后面是一个花园，摆放着一个鲜花做成的床铺，花园周围是修剪过的篱笆。女主人弗洛拉和男主人爱德华正坐在餐桌旁，爱德华正在看报纸。②

简陋的房间陈设，必备的生活用品，具有会客、烹饪、休息等完整的生活功能，男人们在悠闲地看报纸、看杂志或是忙着自己的事，而女主人们大都在厨房忙活，并且唠叨不休，构成了品特式的房间图式。

品特式的房间首先是观众现实生活中非常熟悉的房间。"文学与生活并不分离，正是在日常生活中，读者建立起自己的期待视野。"③ 审美期待与生活经验密切相关，首先受到了生活经验的影响。房间在普通人的生活经验中是什么呢？房间首先是满足基本生存条件的空间。海德格尔认为："人类经历了由筑居到诗意地栖居的过程。""筑居的目的是为了栖居，栖居是人类的基本存在方式。"④ 在《筑居思》中他又指出："所谓的'筑造'，本质就是提供空间，而'栖居'就是和平，意味着始终处于自由之中，这种自由把一切都保护在其本质之中，栖居的最基本特征就是保

---

① Harold Pinter. "A Night Out." *Harold Pinter: Plays One*. London: Faber and Faber, 1991, p. 332.
② Harold Pinter. "A Slight Ache." *Harold Pinter: Plays One*. London: Faber and Faber, 1991, p. 153.
③ ［德］汉斯·罗伯特·耀斯：《审美经验与文学解释学》，顾建光等译，上海译文出版社1997年版，第8页。
④ ［德］海德格尔：《人，诗意的栖居》，载《海德格尔选集》，孙周兴译，上海三联书店1996年版，第465页。

护。"① 最初，原始人处于恶劣的生存环境中，屈居于自然造就的天然洞穴，多么渴望有一个既能遮风挡雨的、又能防止野兽侵袭的居所，于是他们先是用树枝、石块搭建棚穴，这可能就是房间最初的雏形。当人们关上房门，关上窗户，面对封闭的四壁，一种被保护的、安全的感觉油然而生。随着人类文明的发展，对于私密生活的要求催生了私人空间。建筑心理学家海杜克（John Hejduk）发现，每个人周围都有一个"气泡状的空间"，即私人空间。一旦他人侵入这一空间，人们便会感觉到不安全、不自在。与外界隔绝的环境使房间成为理想的私密场所，一堵墙将公共空间与私人空间分隔开来，在房间之外，人们为了生存隐藏本来面目；回到房间这一私密场所，人们回归天性，心情放松，自由自在地做自己乐意做的事。房间还是温馨的家园，是诗意的栖居场所。当人类的房屋建造技术发展起来之后，安全不再是人们考虑的唯一功能，人们通过精心设计并增加各种生活设施赋予房间各式各样的功能，以将房间营造成舒适的居住场所，例如在现代人的房屋中，起居室、卧室、厨房、健身房、储藏室、车库等被进行了清晰的功能划分，以更利于人们的活动。在这里，生活得以快乐维持，精神追求得以实现，情爱得以表达，生命得以不断延续。在普通人的眼中，房间是遮风挡雨的场所，是私人领地，是安全的屏障，是舒适惬意的生活空间。

品特式房间虽然毫无惊艳之处，然而却基本具备了人们传统意识中房间的各种功能，房间中的主人公们乍看起来也是悠然自得，他们似乎充分地享受到了房间提供的各项功能。部分学者经过对当时英国的社会生活状况进行研究后发现，品特的这种房间设计并非心血来潮之作，而是源于他对当时社会生活现实的仔细观察。② 第二次世界大战之后，战前的世界秩序崩塌了，英国的殖民地纷纷独立，老牌日不落帝国日薄西山，经济状况已大不如前，20世纪五六十年代，虽然经济形势有所好转，但是情况已大不如前，人们的生活已无此前的富裕，只是平淡度日。房间的陈设正是从品特在创作该剧之时（20世纪50年代）英国普通群体极其熟悉的生活场所中抽取和复制，因此，品特式房间从表面看来是观众日常生活中普遍熟

---

① ［德］海德格尔：《筑居思》，载《海德格尔选集》，孙周兴译，上海三联书店1996年版，第1188页。
② 李醒：《二十世纪的英国戏剧》，文化艺术出版社1994年版，第262页。

悉的房间。

　　房间还是观众审美观念中熟悉的房间。姚斯指出："一部文学作品可以通过预告，公开的或隐秘的信号，熟悉的特点或隐蔽的暗示，预先为读者提供一种特殊的接受，它唤醒以往阅读的记忆，将读者带入一种特定的情感态度中。"① 他还指出："接受者从阅读中获得的经验（先前的审美经验）进入他生活实践的期待视界，修正他对于世界的理解，并且反过来作用于他的社会行为。"② 可见，读者或观众的以往的审美经验对于他们对艺术作品的理解非常重要，审美期待不仅深受读者或观众的生活经历的影响，也深受他们的审美经验的影响。虽然在品特的戏剧创作时期的 20 世纪 50 年代，英国戏剧界出现了一些新的气象，例如青年剧作家奥斯本在其创作的反映政治现实的《愤怒的回顾》（Look back in Anger）中，使用了讽刺等手法，通过剧中人物的言语中对于宗教、社会的抱怨，展示了青年一代对英国社会纸醉金迷、官僚主义盛行的普遍担忧和不满。他们被称为"愤怒的青年"。剧中人物吉米所言的"没人思考，没人关心。没有信仰，没有信念，也没有热情。不过是又一个星期天晚上"表明了奥斯本对于冷漠无情的时代的观察。然而愤怒的青年虽然给英国戏剧界带来了一阵新风，却没能从根本上改变英国戏剧主流，英国戏剧史家欧奈斯特·雷诺兹博士认为，这一时期统治英国剧坛的主要是"娱乐观"戏剧原则，在英国大行其道的仍旧是流行于 19 世纪的佳构剧，这种戏剧在形式上有固定的程式，具有完整的情节，并且以情节的巧妙安排和离奇发展为特点，在内容上则主要描写的是英国历史上的贵族或是当时中产阶级的休闲生活，他们或是多年夙愿得偿，或是有情人终成眷属，结局往往是皆大欢喜，这些演出主要作为一种令人愉快的消遣供人们打发无聊时光，缺少社会现实意义。③ 英国这一时期的佳构剧主要是以资产阶级的客厅作为背景设置，各种花前月下的情节就在这些客厅中发生，因而又被称为客厅剧。品特式剧场布景类似于亚里士多德式模拟剧场，也是以当时英国戏剧中常用的客厅作为舞台空间，陈设也以当时的大多数观众或读者的生活环境为蓝本，尽管相对而言，品特戏剧中的

---

　　① ［德］汉斯·罗伯特·耀斯：《审美经验与文学解释学》，顾建光译，上海译文出版社 1997 年版，第 8 页。
　　② 朱立元：《接受美学导论》，安徽教育出版社 2004 年版，第 63 页。
　　③ 李醒：《二十世纪的英国戏剧》，文化艺术出版社 1994 年版，第 5 页。

客厅更简朴、更偏向于中下层劳动者，但也是英国人熟悉的客厅布置。这与当时流行于英国剧坛的大多数戏剧场景如出一辙，在观众的审美经验之内。当《房间》中这些令观众或读者熟悉的场景呈现在观众眼前时，完全符合观众或读者的审美经验：房间，是观众审美经验中熟悉的房间；舞台，也是观众熟悉的布景。因而，品特的戏剧场景设置在看惯了佳构剧的观众眼里，无非是老调重弹，上演的是花前月下的把戏。这便是观众们对于品特式房间设置的"前理解"。然而，当幕布被拉开后，他们的观念将会受到震撼性的颠覆。

2. 温暖的房间还是血腥的屠场？

品特戏剧中的房间乍一看来，虽然陈设简陋，但提供了人们生活的基本设施，房间中有温暖的炉火，明亮的灯光，有供吃饭、休憩的桌椅，甚至可能有休闲放松的摇椅，是"黑暗中的光明和温暖"[1]，是"安全与危险的隔离墙"[2]，是"母子共生的子宫"[3]，是"避难所"[4]，屋外寒风呼啸，屋内却炉火熊熊，紧闭的门窗看似将寒冷拒之门外，人们很容易为这些场景的表现形象所迷惑，误认为这肯定是一个温暖舒适的房间。然而事实果真如此吗？

《房间》作为品特的名剧引来评论无数，但国内学者萧萍用最简单的话语归纳了它的情节，认为其就是一出"找房子、住房子、入侵房子"的戏剧。[5] 在《房间》中，正值隆冬时节，房间中装有暖气，门窗紧闭，与外面呼啸的寒风及冰天雪地形成了鲜明的对比。女主人罗斯此时正在准备早餐，男主人伯特则坐在桌前悠闲地看着杂志，伯特对于罗斯的啰唆和关心懒洋洋地不以回应，今日的读者或可对此予以女性主义的解读。当然也可以认为伯特的沉默是因为他正在享受罗斯的关心，人们还会认为这是另一种家庭的温馨，例如辛奇里夫（Arnold P. Hinchliff）虽然也如同大多数学者般赞同罗斯与伯特的表现有些不正常，但他认为："整个场景从语言和视觉上暗示出来的是他们并非夫妻关系，而是一种母子关系。"[6] 其实无

---

[1] Martin Esslin. *The Theatre of the Absurd.* London: Penguin Books, 1978, p.235.
[2] 刘明录：《论哈罗德·品特剧作中的"房子"》，《四川戏剧》2008 年第 4 期。
[3] Ruby Cohn. "The World of Harold Pinter." The Tulane Drama Review, 1962 (3): 55-68.
[4] Martin Esslin. *The Theatre of the Absurd.* London: Penguin Books, 1978, p.235.
[5] 萧萍：《折光的汇合：暧昧与胁迫性生存——论品特戏剧作品》，博士学位论文，上海戏剧学院，2005 年，第 14 页。
[6] Arnold P. Hinchliff. *Harold Pinter.* New York: Twayne Pulishers, Inc., 1967, p.48.

论是夫妻关系,还是母子关系,都表明了某种关心与爱护。罗斯在自言自语中多次透露出她对于现在所居住的房间的满足,她一会儿说:"这间房对于我来说很好,我的意思是,例如当天气寒冷的时候,你有一个去处。"① 一会儿又不忘再次强调:"这是一间很好的房间,住在这样的房间你就会有机会,我照顾你,是不是?"② 突然,敲门声响起,进来的是房东基德,他说他是来查看出租房的暖气管道的,然而他先是对房间中的摇椅产生兴趣,说他以前在某个地方见过它,接着他又对夫妇二人居住的卧室产生了兴趣,说自己以前似乎就住在这里。基德对于房间中物品的指涉给罗斯的心头蒙上了阴影,引起了罗斯的担忧和防范心理。但是令罗斯感到欣慰的是,基德一下子就将兴趣转移到伯特的行程上去了。不久,伯特出去了,基德也离开了。

当丈夫外出、房东基德离开后,房间归于平静,罗斯也安静下来,她拿起报纸,点燃炉火,房间中瞬时变得暖意融融,罗斯准备在温暖的环境中好好休息一下。然而,她似乎并不能够安下心来,而是一刻也不停息地做着各种动作:

> 她站了起来,看了看门,然后慢慢地走到桌边,拿起一本杂志,很快又放下了。她站着仔细听,走到火边,弯下腰来,点燃了火烤手。她站起来环视了一下房间,她往窗户的方向看了看,仔细聆听,飞快地走到窗户的位置,把窗帘拉得更紧。她走到房间的中间,往门的方向看。她走到床边,穿上了一件披风,走到水槽边,从水槽下拿起垃圾,走向门口。③

罗斯似乎感觉到了什么,即使本来已是紧闭的窗帘她也怀疑还不够严实,最后,抵不住内心的诱惑,她又想以倒垃圾为名去观察一下房间外面,以证实自己的猜测。当罗斯打开门时,门口竟真的赫然站着两个陌生人,把罗斯吓了一跳,这次来的是桑兹夫妇,他们正在寻找出租房,虽然罗斯一再强调这个房间自己已经租住了,但是他们仍然固执地说房东告诉

---

① Harold Pinter. "The Room." *Harold Pinter*, *Plays One*. London: Faber and Faber, 1991, p. 86.
② Harold Pinter. "The Room." *Harold Pinter*, *Plays One*. London: Faber and Faber, 1991, p. 89.
③ Harold Pinter. "The Room." *Harold Pinter*, *Plays One*. London: Faber and Faber, 1991, p. 95.

他们这个房间仍然是空置的,而他们口中的房东与罗斯认定的房东基德竟然不是同一个人,令人深感迷惑。从这些迹象看,他们有可能想将房子从罗斯手中强行抢走,他们对于房间的威胁让罗斯受惊不小,她反复强调这个房间自己已经租下了,好不容易才说服了他们。

打发走了桑兹夫妇,罗斯还没来得及松口气,基德却又闯了进来。这一次,他带来了一个住在地下室的盲黑人赖利的口信,说他一定要见她。看来基德在扮演着信使和密探的角色,他上次到罗斯这里查看暖气管道只不过是个借口,真正的目的是替地下室的人探听情况。现在确定男人伯特出去了,桑兹夫妇走了,罗斯一人在家,时机适合,于是他就将盲人的信息传达了上来,虽然罗斯百般不愿意,但在基德的软硬兼施下,罗斯终于答应见盲人一面。赖利进来了,房间中再次闯进了陌生人。

罗斯一开始对赖利带有非常抵触的态度,她警惕地探听着赖利的动机:"别打房子的主意,你了解这个房间吗?你一无所知,你也不会在这待多久,谢天谢地。"① 然而,赖利说他带来了她父亲的消息,并且叫她一个文中从来没有出现过的名字:"萨尔(Sal)",罗斯变得感情丰富起来,她动情地用双手摸着赖利的脸,说愿意跟他离开出租房"回家"。这时,伯特却回来了。他先是"柔情蜜意地"谈论了一番外出的情景,在他眼里,这一次外出非常愉快,小母马就像情人一样听他驱唤。这时,他突然注意到房间中还有一个黑人,于是,他大叫一声:"虱子(lice)",举起椅子把赖利打倒在地,接着又把赖利的头撞到煤气炉上,赖利蜷曲在地上,一动不动,估计是死了。

戏剧的结局与戏剧开始之时房间之内祥和的气氛大相径庭,让人难以想象的是,就是在这个温暖的房间中,外来人员赖利突然之间被杀死了。艾斯林由此得出的结论是:"如果身处一个被寒冷和敌意包围着的温暖房间,处境也是很危险的。"② 在这里,剧情的发展与观众的审美期待发生了碰撞,产生了审美距离。观众习以为常的房间剧中上演的不再是花前月下的卿卿我我,而是一件件看似普通却令人胆战心惊的事件,是一场场表面微小却关乎生死存亡的争斗,居于房间中的人物一刻也难得

---

① See Harold Pinter. "The Room." *Harold Pinter*: *Plays One*. London: Faber and Faber, 1991, p. 85.

② Martin Esslin. *Pinter, the Playwright*, London: Methuen & Co. Ltd., 1982, p. 65.

安宁。在剧中，本来具有封闭功能的房间不得不多次打开，由隐秘的私人场所变成了追逐利益、传播信息的开放性的公共空间。而房间也不再是安全的壁垒，而是时时充满危险，这种危险一方面来自外部世界，例如，基德、桑兹夫妇以及赖利对房间的入侵，他们或是对房间中的物品虎视眈眈，或是想占有房间本身，或是对房间中的人物抱有某种目的。另一方面这种危险也来自房间的内部。罗斯与伯特的夫妻关系其实并不亲密，在戏剧开头，罗斯对伯特说了 100 多句关心的话语，伯特都不加理睬，他们之间交流的渠道不再畅通，而当伯特返家之时，他所描述的都是途中与他的小母马共同度过的美妙时光，也许他是外出与情人幽会，或者至少他认为他与小母马的关系要比与妻子的关系更亲密。伯特丝毫不顾及罗斯的感受，当着她的面击杀了赖利，深感威胁与不安的罗斯在暴力胁迫中双眼致盲。艾斯林甚至指出："罗斯完全被毁灭了。"① 在这里，房间还成了屠场，赖利在房间中莫名其妙地被杀死了。学者马克·泰勒巴蒂指出："当伯特突然袭击赖利之时，面对这样的暴力，作为观众我们甚至来不及思考，就体验到了一种巨大的、本能的震惊和厌恶情绪。"② 温暖的房间顷刻间变成血腥的屠场，颠覆了观众的审美期待，观众们熟悉的房间变得陌生起来。

再看品特的另一部戏剧《送菜升降机》(*The Dumb Waiter*，又名《哑巴侍应》)，讲述的是两位杀手高斯（Gus）和本（Ben）正呆在一间地下室中等候主人的命令。文中并未交代为何两位杀手是在地下室而非其他场所等待命令，或许是地下室更隐蔽吧，因为谋杀总是不会光明正大的，但地下室的黑暗、阴森的确让人产生一种神秘恐怖的感觉。虽然这是一间地下室，然而生活的必需品并不缺少。房间中靠墙放着两张床，两张床之间的墙上有一个递送物品的关闭着的小窗户，窗户后面的一台升降机是保持地下室与外界联系的通道，或是从上面放下食物，或是传递带有信息的纸条。后来，二人还发现升降机上隐藏有一个送话器，地下室的人如果想与外界联系，大概也只能使用升降机或是附着在上面的送话器，这也正是此剧名的由来。房间的左边有一扇门，通向厨房和卫生间。杀手本正躺在左边的床上看报纸，而另一名杀手高斯则坐在右边的床上系鞋带。此时，主

---

① Martin Esslin. *Pinter, the Playwright*, London：Methuen & Co. Ltd., 1982, p. 73.
② Mark Taylor-Batty. *The Theater of Harold Pinter*. London：Bloomsbury, 2014, p. 25.

人的命令并未下达，当然主人是谁也无从了解，全文自始至终也并无相关信息。在这狭小的地下室中，经常一起执行任务的高斯与本看来就像一对患难与共的老友，正在享受着难得的悠闲时光，他们有一句没一句地聊着天，恰似温馨的老友相聚的情景，气氛看似十分融洽。他们二人谁也不知道下一个要被干掉的对象是谁，只知道下一个出现在地下室门口的人就是要被干掉的对象，因为，出于保密的原因，杀人的命令通常要在任务即将开始之时才会下达。其间，升降机下来了三次，每一次，他们都以为是主人下达的命令，但每一次都没有命令。

　　本与高斯经常一起执行任务，他们可谓是出生入死的战友，他们之间理应有着极度信任的同志关系，然而从他们的行为上看，他们看似关系亲密，其实彼此都在提防对方。"从一开始在二人之间显然就存在着相当程度的紧张，他们彼此并不信任。"① 例如本在给高斯讲报纸上的信息，他专挑那些无关痛痒的荒唐事，说的都是"一个87岁的老人在过马路时专门从别人的车底下钻过去"②，"一个11岁的小男孩把家中的猫杀死了却嫁祸给8岁的妹妹"③之类的奇闻逸事，这类信息看似有趣，其实只能纯粹用来娱乐，与说话人并无关联，可以丝毫不显露出说话人的真正意图。而高斯似乎也隐藏着某种秘密，他在鞋子里藏有火柴盒纸片，还有烟盒纸片，在上面可能记录有什么。每次当升降机从上面下来之时，高斯和本都不约而同地奔向它，显然双方都想比对方抢先一步知道命令是什么，以便掌握先机。然而，本还是比高斯更小心些，更精明些，这从他对高斯的话语中体现出来：

　　　　高斯：我只是想知道。
　　　　本：停止你的想知道，你有一项任务要完成，为什么不只是完成任务并且闭上你的嘴？

　　只是接受命令而不打探，因为知道得越多，可能就越有死亡的危险，

---

① Martin Esslin. Pinter, *a Study of His Play*. London: Eyre Methuen, 1977, p. 72.
② Harold Pinter. "The Dubmer Waiter." *Harold Pinter: Plays One*. London: Faber and Faber, 1991, p. 114.
③ Harold Pinter. "The Dubmer Waiter." *Harold Pinter: Plays One*. London: Faber and Faber, 1991, p. 116.

本完全明白保全自己的方法，而高斯的"想知道"明显是在犯忌，这不是一个杀手应该做的事情，当高斯把本当作同一战壕的战友，表达了对于主人的埋怨时，本对此并不予以评论：

> 高斯（情绪激动地）：他为什么这样做？我们不是通过考验了吗？几年前，我们不是已通过测试了吗？你还记得吗，我们一起完成了任务？在此之前，我们已经证明了自己，不是吗？我们不总是完成任务了吗？他为什么要这样做？他玩这样的游戏到底是想干什么？
> （这时，升降机从上面下来了，高斯冲过去，拿起了一张条子）
> 什么都没有！什么都没有！你明白吗？
> （本抓住通话器，把高斯甩开，接着用手背狠狠地抽了高斯的前胸几下）
> 本：停止，你这个疯子！①

根据学者杜克的解读，本文的标题"The Dumb Waiter"可能有三重意义，一是指那台不明不白的升降机本身，这是标题字面的意思；二是指高斯，因为他总是在询问，将自己置于危险的境地也不知道，相当的愚蠢，类似于哑巴；三是本，他对于某些东西表现得缺乏兴趣而不加评论，从而保证了自己的生存，是精明的"哑巴"。② 显然，本要比高斯精明得多，他既小心翼翼地提防着高斯，同时，也深知言多必失，他尽量不暴露自己的想法，因为他或许明白看似与外界隔绝的地下室可能也正处于监视之中。果然，高斯的多言与不满给自己带来了意料不到的灾难。

发泄了一通后，高斯说要出去喝一杯水时，本这时接到了命令，要他杀掉外面进来的人，他把枪指向了门外。这时，门被打开，出现在门口的是高斯，他的夹克、领带已被人脱去，裤带被人解开，腰间的左轮手枪已经不见，原来，高斯就是下一个要被干掉的对象。此时，他的武装已被解除，只能任人宰割。以屠杀别人为业的杀手这一次却被同伴屠杀，看似密不透风的地下室变成了屠场。

---

① Harold Pinter. "The Dubmer Waiter." *Harold Pinter*: *Plays One*. London: Faber and Faber, 1991, p. 146.

② Bernard F. Dukore. *Harold Pinter*. London: The Macmillan Press Ltd., 1982, p. 36.

比灵顿将《送菜升降机》的情节看成一出测试友谊及权威,对下属使用分而治之策略的戏剧。他说:"高斯是一个对现存体系提出质疑的人,这最终害了他自己,而本则是一个对于命令盲从的人,这也把他自己置于危险的境地中,因为如果一个体系可以任意地处置他的同伴,自然也能够任意地处置他。"① 的确,等候杀戮别人的杀手怎么也想不到,被杀的对象竟然是自己,而另一个杀手也没料到,要杀的人竟然是自己平时的伙伴,显然,主人这次要他们等候命令看来并非是去执行什么任务,其实就是一次考验。罗伯特·戈登指出:"《送菜升降机》演出的时间只有50分钟,它的情节高度浓缩,品特以极简单的方式建构了极致的紧张。一方面戏剧中包含了许多超现实的元素,另一方面剧中的行动却是精心建构,以古希腊悲剧中那种不可阻挡之力量推动着戏剧迅即达到令人震惊的高潮。"② 显然,这样的结局也是观众难以预料的,因为从情节的发展来看,此前并无半点是要二位杀手互相残杀的迹象,事情的发展肯定与观众的期待产生了审美距离。

上述二部戏剧的开头都呈现出一种温馨的场面,狭小但功能齐全、普普通通的房间中或是夫妻二人独处的温馨时光,或是出生入死的伙伴相聚的休闲时刻,然而,剧中的人物不会料到,片刻之间,温暖的房间变成了屠杀的战场。而更为可怕的是,有时,这种杀戮不是来自外部世界,而是来自房间内部,或是自己的配偶,或是自己的伙伴。危险来历不明,无处不在,让人防不胜防,这更增加了令人不安的气氛。"突变"是戏剧中一种技巧,根据亚里士多德的观点,是指"行动按照我们所说的原则转向相反的方向"③。所谓的"原则",是指"事件需意外地发生又有因果关系"④,即既是意外发生的,又是合情合理的。"突变"的用途主要是改变戏剧情节的直线发展,打破观众的思维定式,对观众形成震撼,从而产生强烈的艺术效果。品特可谓是"突变"这一戏剧艺术应用方面的专家,他的戏剧中到处都有突变的体现,比较而言,品特戏剧

---

① Michael Billinton. *The Life and Work of Harold Pinter*. London: Faber and Faber, 1996, p. 92.
② Robert Gordon. *Harold Pinter, the Theatre of Power*. Michigan: The University of Michigan Press, 2012, p. 25.
③ Aristotle. "Poetics." *Critical Theory since Plato*. eds. Hazard Adams, Leroy Searle. Beijing: Peking University Press, 2006, p. 57.
④ Aristotle. "Poetics." *Critical Theory since Plato*. eds. Hazard Adams, Leroy Searle. Beijing: Peking University Press, 2006, p. 57.

的这种突变更多的是体现意外，而不那么合情合理，或者说合情合理的线索却隐藏得更深，这更是让观众始料不及。剧场中的观众怎么也不会料到，剧情的发展变化会如此之剧烈，突然之间，眼中看似温暖的房间变成了杀气腾腾的屠场。

3. 安全的空间还是危险的地域？

安全是房间的重要的传统功能，是人类的基本需求。最初，泥土与树枝建成的墙壁将毒蛇猛兽隔离在房间的外面，让居住于房间中的原始人可以安心生活，得以告别担惊受怕的日子；后来，随着越来越坚实耐用的建筑材料被发现，越来越科学合理的建筑样式被设计出来；现在，房间通常有着牢固的门窗和墙壁，甚至还加装了摄像设备，目的也是加强房间的保障安全的功能。品特戏剧中的房间也有着坚固的墙壁，而且似乎都是门窗紧闭，窗帘紧垂，有时甚至房间外面还有高耸的围墙。然而，品特式的房间是安全的空间吗？

品特在叙述自己创作《生日晚会》的动机时说："我走进一间房，看见一个人坐着，一个人站着，几周之后，我创作了《房间》。有一天，我又走进一间房，看见两个人站着，几年之后，我创作了《生日晚会》。我从一扇门里看见了第三个房间，看见两个人站着，然后我写了《看门人》。"① 依据品特自述，他的上述每一次创作都与看到的房间相关，看来，品特的创作源头正是他对于房间的功能的联想和灵感。品特式的房间虽然通常房门紧闭，这一方面说明了房间中的人的孤立状态，另一方面也说明了房间中的人希冀安全的心理，然而，总会有不可阻挡的外来的力量侵入房间，这些外来的力量完全改变了房间的传统功能，破坏了房间中的稳定关系。这种入侵在品特戏剧中是一个极其普遍的现象，并且被诺贝尔奖委员会认定，称为"强行闯入了受压迫者紧闭着的房间"②。

在《微痛》中，爱德华与妻子弗洛拉住在一间带有花园的房子里，他们看来经济状况不错，是品特戏剧中少见的中产阶级知识分子家庭，他们的房子不但有坚固的门窗，而且四周还有围墙，进一步地为房间中的人提供了安全的保护功能，当然这样的房子从外表看往往也让人觉得很安全。

---

① Harold Pinter. "Writing for Myself." *Harold Pinter: Plays Two*. London: Faber and Faber, 1991, p. ix.

② Harodl Pinter. Harold Pinter org. http://www.haroldpinter.org/home/index.shtml. 2016-12-26.

爱德华原来经商，现在则以知识分子的面目出现，他喜欢写论文，弗洛拉则喜欢种花，夫妻二人经常在花园中观赏开放的鲜花，探讨各类话题，他们的生活似乎过得恰然自得。不过，这对夫妻之间存在某些缺乏信任的地方也是明显的，例如在戏剧的一开头，在说到花的时候，爱德华总爱从妻子的话中找茬：

>弗洛拉：今天早上你注意到了金银花了吗？
>爱德华：什么？
>弗洛拉：金银花。
>爱德华：金银花？在哪儿？
>弗洛拉：在后门边啊，爱德华。
>爱德华：那是金银花吗？我以为是旋花或者什么的。
>弗洛拉：但是，你明明知道是金银花的。①

作为房间的主人，弗洛拉和爱德华对于自家花园中的情况理应是相当熟悉的，然而或许是为了显示自己的权威，或许是心中不舒服想给妻子找麻烦，爱德华在面对妻子的问话时却装疯卖傻，所以当爱德华故意不配合妻子的话语时，弗洛拉马上察觉到了，她的一句"你明明知道是金银花的"既揭露了爱德华的小心眼，也表达出了她的心头不满。

虽然时常发生口头的不快，然而，夫妻二人终归也还算得上是和睦相处，没有什么出格的行为。正当夫妻二人谈论花儿之际，一只大黄蜂不知从什么地方飞进了房间，看来它也象征着一种入侵的力量，虽然在处理大黄蜂上意见不同，两人还是齐心协力将大黄蜂杀死了，显示出面对外敌入侵时枪口一致对外的良好夫妻关系。大黄蜂的威胁消除了，然而，这对夫妻的生活并不会就此宁静下去，有一天，两人在闲聊中谈到了总是站在后门的一个卖火柴的老人：

>爱德华：他又回来了。
>弗洛拉：他总是在那儿的。

---

① Harold Pinter. "A Slight Ache." *Harold Pinter: Plays One*. London: Faber and Faber, 1991, p. 153.

爱德华：为什么？他在那儿做什么？

弗洛拉：但是他从来都没有打扰过你，是不是？他站在那儿几个星期了，从来没听你提到过呢。①

弗洛拉的话语里表达出了对总是站在围墙后门外面卖火柴的老人的同情，显示出她觉得爱德华是多管闲事，也显示出她其实一直注意到老人的存在，这引起了爱德华的疑心，接下来，他开始抢白弗洛拉：

弗洛拉：他总是在7点到达。
爱德华：但是，你从来没有实际上看到他到达，是不是？
弗洛拉：是的，我……
爱德华：唔，那你知道……他不是在那儿站了一整晚上吗？
（暂停）②

看来，爱德华开始对妻子产生怀疑了，他瞄准妻子话语之间的逻辑错误攻击她，话语里显现出对妻子的不满，同时，他对自己房间的安全功能看来也不是很放心：

爱德华：两个月了，他总是站在那儿，你没意识到？两个月了，我都没有踏出后门一步。
弗洛拉：那究竟是为什么呢？
爱德华：走过长长的草地，从后门出去，进入人行道，这些都是我的乐趣，然而，这些乐趣现在没有了。这是我的房子，是不是？这是我的家门口，是不是？③

看来爱德华明显是感觉到了某种危险，他不再延续平时的生活，改变

---

① Harold Pinter. "A Slight Ache." *Harold Pinter*：*Plays One*. London：Faber and Faber, 1991, p. 159.
② Harold Pinter. "A Slight Ache." *Harold Pinter*：*Plays One*. London：Faber and Faber, 1991, p. 159.
③ Harold Pinter. "A Slight Ache." *Harold Pinter*：*Plays One*. London：Faber and Faber, 1991, p. 160.

了长期的生活习惯，甚至连平常生活中的乐趣都感觉不到了，站在墙角的老人并无任何攻击性行为，甚至是没有任何行动，但爱德华却感受了巨大的威胁，这表现了他的过度焦虑，甚至是烦恼，从他与妻子的对话中可以看出他的烦恼情绪：

> 爱德华：我今天早上没有干活。
> 弗洛拉：那你的论文呢？你不是说要好好修改的吗？
> 爱德华：出去，让我单独呆会儿。
> （稍微停顿）
> 弗洛拉：真的，爱德华，你从没对我这样说过话。
> 爱德华：不，我说过。
> 弗洛拉：噢，韦迪尔，贝蒂－韦迪尔……
> 爱德华：不要那样叫我！
> 弗洛拉：你的眼睛好红呢。
> 爱德华：他妈的！①

弗洛伊德指出："真实的焦虑是对危险的一种反应，焦虑症则与危险之间没有明显的关系，多见于癔病之中。"② 作为知识分子的爱德华不但对待妻子态度粗暴，叫弗洛拉"出去"，还使用了与他的身份不符合的骂人的词"他妈的"，显示出他虽然与妻子住在又高又厚的围墙后，却仍然不能获得安全的感觉，他的反常反映出了他的高度焦虑。学者杜克认为在品特的戏剧中，标题通常是一种非常重要的暗示，品特将该戏剧取名为"微痛"肯定有其深意③，他还指出："爱德华的身体疼痛是他的心理疼痛的一种表征。"④ 微痛作为一种疾病在这里隐喻着爱德怀的焦虑程度。爱德华对老人与妻子的关系越来越怀疑，他的眼疾也从微痛变得充满血丝，然后甚至是视线模糊，象征着他的焦虑的加深。而一直站着不动，并且一声不吭的老人的眼睛却越来越大，越来越明亮，与爱德华的眼睛形成了鲜明的对

---

① Harold Pinter. "A Slight Ache." *Harold Pinter: Plays One*. London: Faber and Faber, 1991, p. 162.
② [奥]弗洛伊德：《精神分析引论》，高觉敷译，商务印书馆1983年版，第324页。
③ Bernard F. Dukore. *Harold Pinter*. London: The Macmillan Press Ltd., 1982, p. 26.
④ Bernard F. Dukore. *Harold Pinter*. London: The Macmillan Press Ltd., 1982, p. 43.

比。在经受了爱德华多次的怀疑与质问之后，弗洛拉对丈夫的行为产生了深深的厌恶感，她真正地投向了卖火柴的老人的怀抱，拉起老人一起走向了花园的深处，而把老人的卖火柴的用具一股脑儿塞到了爱德华手中。在这里，看似站在街角的一动也不动的老人成了一股入侵的力量，似乎比会飞的大黄蜂更加危险。当然，老人的行为显得很奇怪，他总是静静地站在那儿，自始至终未发一语，也未曾自发采取过任何行动，让人怀疑是否真的有这么一个人。对此，艾斯林认为是性欲望在作怪，他说："爱德华在宣泄自己的思想的时候，面对的是自己内心的空虚和崩溃，而弗洛拉则释放了她依然活跃的性爱，换掉了伴侣。"① 比灵顿则认为这对夫妇婚姻的毁灭原因在于作为男性的爱德华总想控制住作为女性的弗洛拉，在家庭中占据主导地位，而弗洛拉却更睿智，不愿意接受控制，因为"就像大多数品特戏剧中的女性，弗洛拉有着本能的温暖和性活力，超越了存在于男性心中的地位和权力偏见"②。当然，读者也可以作其他的猜测，其实真正的外部入侵力量并不存在，既一言不发又一动不动的老人本来是毫无危险的，爱德华所担心的敌人其实来自他的内心，正是在由内心无故滋生的焦虑的折磨下，爱德华失明了，成了妒忌心的牺牲品。国内学者王燕指出："微痛是个讽刺性隐喻，暗示着爱德华冷淡、自私、懦弱的本性，对妻子需要的忽视，以及由此而引发的不安全感和夫妻感情的疏离裂变。"③ 俗话说，堡垒最易从内部攻破，高高的围墙没能给爱德华带来安全的保障，面对并不强大的外部敌人，爱德华先是从心理上自我崩塌，然后戏剧性地像他所害怕的那样，失去了妻子和家园。在这里，心理暗示变成了恐怖的入侵力量。

同样地，在品特的另一部戏剧《看管人》中，由于外来力量的入侵，房间里安全的环境也改变了。阿斯顿与米克是同胞兄弟，阿斯顿是哥哥，米克是弟弟，俩人住在一栋宽大的年久失修的旧房子中，当然，这样的房子特别需要维修和看护。一天，外来流浪汉戴维斯在流落街头、彷徨无助之时遇到了阿斯顿，阿斯顿将他收留带回家中，并承诺委以看管人的任务，让其看管这栋大房子，得以摆脱窘迫的生存境况使戴维斯最初对阿斯

---

① ［英］马丁·艾斯林：《荒诞派戏剧》，华明译，河北教育出版社 2003 年版，第 165 页。
② Michael Billington. *The Life and Work of Harold Pinter*, London: Faber and Faber, 1996, p. 99.
③ 王燕：《论品特戏剧里的疾病》，《当代外国文学》2008 年第 2 期。

顿是感激涕零，他甚至不敢相信自己会获得阿斯顿的礼遇：

> 阿斯顿：请坐！
> 戴维斯：谢谢！（四周看了看）唔……
> 阿斯顿：请稍等。
> 戴维斯：请坐？唔……我从来没有好好坐过……我从来没有正当地坐过……唔，我不能告诉你……①

看来，戴维斯之前流浪街头，受尽欺凌和蔑视，根本没有获得过哪怕是最平常的礼遇，即使是一声"请坐"也能让戴维斯产生受宠若惊的感觉。然而，一天，当戴维斯发现阿斯顿还有一个更加强势的弟弟米克时，他动起了心思，之前对阿斯顿的感激立刻消失了，或者说被搁置到一边了，由于从米克的语言中揣摩出米克不喜欢阿斯顿，于是他多次说起了恩人阿斯顿的坏话：

> 戴维斯：我想说的是，你兄弟，他……他是一个可笑的家伙。
> （米克盯着他。）
> 米克：可笑？为什么？
> 戴维斯：唔……他滑稽。
> 米克：他什么地方可笑？
> （暂停）
> 戴维斯：他不喜欢工作。②

戴维斯一开始还是小心翼翼，他在说话之时吞吞吐吐，是在揣摩米克的真实想法，在米克的言语暗示下，戴维斯判断米克不喜欢阿斯顿，于是他开始给阿斯顿扣上了"他不喜欢工作"的帽子。米克也极力地拉拢戴维斯，许诺让他管理房子的装修，并多次向戴维斯透露了阿斯顿的缺点（可能有精神疾病）。而阿斯顿刚开始还对戴维斯抱有希望，也极力拉拢他，

---

① Harold Pinter. "The Caretaker." *Harold Pinter: Plays Two*. London: Faber and Faber, 1991, p. 5.
② Harold Pinter. "The Caretaker." *Harold Pinter: Plays Two*. London: Faber and Faber, 1991, p. 46.

这或许也是他把戴维斯带回来的部分初衷。然而戴维斯却决意要与米克联合，以将阿斯顿扫地出门，从而稳稳地占有看管人的位置，他对阿斯顿的态度越来越差，后来发展到面对阿斯顿的温言暖语时，他的话语中也充满了敌意和鄙夷：

  阿斯顿：我想呼吸新鲜空气。
  戴维斯：你想要我做什么？我告诉你，伙计，我毫不奇怪别人把你送进精神病院，你在半夜把一个老人弄醒……你想要我整日做这些楼上楼下的脏活好让我不能睡在这个肮脏的狗洞中？不是我，伙计，我不会为你做的，伙计，你不知道你在干什么。①

  戴维斯的语气再也没有半点感激之情，代之以对恩人的斥责。他称阿斯顿为"伙计"，且摆起了老资格，说自己是"老人"；他抱怨做看管人的劳苦，还把阿斯顿与他二人住的房间称为"狗洞"；如果阿斯顿真的曾经患过精神病的话，他的一句"我毫不奇怪别人把你送进精神病院"也是在揭阿斯顿的伤疤，极伤人心；且他说话时语气急促而且不敬，明显是在借题发挥，彰显了小人得志的心态。他的加入使阿斯顿与米克的关系日益疏离，原本安静、安全的房间因为外人的到来显得剑拔弩张，不信任的气氛弥漫其中，造成了兄弟的反目。当然，许多读者可能因为戴维斯的忘恩负义行为对他嗤之以鼻，认为《看管人》就是一个鸠占鹊巢的故事，例如艾斯林就指出："仅仅再现了戴维斯这个角色身上某种形式的自欺和怪诞的逃避。"② 其实若站在戴维斯那样艰难的生活困境的立场，为了生存他的行为也可以理解，然而，事实表明，正是由于外来力量戴维斯被领回家中，使原本看起来安全的房间也充满了危险，兄弟二人为了加强自己的力量，使出了各种手段拉拢本来地位低下、要求甚少的流浪汉。戴维斯的到来使房间中看似安静，其实却充满了各种斗争，房间中安全不再。最后，兄弟二人找到了危险的根源，他们联合起来，将戴维斯驱逐出去，恢复了房间中的安宁。邓中良认为："无论是从主题思想、戏剧剧情、作品结构

---

 ① Harold Pinter. "The Caretaker." *Harold Pinter: Plays Two*. London: Faber and Faber, 1991, p. 64.
 ② ［英］马丁·艾斯林：《荒诞派戏剧》，华明译，河北教育出版社2003年版，第167页。

及人物塑造等方面来看,《看管人》都打上了鲜明的现实主义痕迹……从某种角度中剖析了威胁产生的根源。"① 看来,安全与危险不是绝对的,只要具备某种条件,它们之间的平衡就会被打破。乍一看来,"看管人"似乎指的就是戴维斯,但杜克认为,事情不是这么简单,因为"戴维斯并没有真正的获得这份工作,实际上阿斯顿才是看管人,他在替米克看管房子,而米克又是阿斯顿的看管人,因为阿斯顿可能有精神疾病"②。这样说来,阿斯顿与米克才是真正的看管人,他们联合起来,才把外来的危险排除在外,保证了房间中的安全。

《生日晚会》的外来旅客斯坦利,更是相信房间的安全功能。斯坦利来历不明,但从文中隐隐约约的暗示可以得知,他是为了躲避某种危险才长途跋涉来到此地,隐居于偏僻小岛的一间旅店之中。斯坦利的身份也不明,只在他与房东的交谈中偶尔提及曾在匈牙利演出,可能是个艺术家之类的人物吧。来历与身份的不明增添了他的神秘性。在旅店中,斯坦利极少外出,在房间中享受着对他有点暧昧的房东梅格的殷勤招待,有时还弹弹琴,生活倒也怡然自得,好像忘记了自己的处境。也许,在他看来,在这样的一个远离大陆的隐秘场所,安全是肯定的。当他跟梅格在一起时,他还开起了玩笑:

> 斯坦利:来点茶怎么样?
> 梅格:你想喝茶?(斯坦利在看报纸)说"请"!
> 斯坦利:请!
> 梅格:先说"对不起"。
> 斯坦利:先说对不起。
> 梅格:不,只是对不起。
> 斯坦利:只是对不起。
> 梅格:你找抽!③

看来,斯坦利心情不错,他在逗着梅格玩,故意曲解梅格的语意,跟

---

① 邓中良:《品品特》,长江文艺出版社2008年版,第56页。
② Bernard F. Dukore. *Harold Pinter*. London: the Macmillan Press Ltd., 1982, p.49.
③ Harold Pinter. "The Birthday Party." *Harold Pinter: Plays One*. London: Faber and Faber, 1991, p.11.

梅格玩起了文字游戏，从他的表现可看出他的闲情逸致，这不是一个心里不安的人所能做出的行为。

然而，有一天，两个外来客人戈德伯格和麦凯恩的到来打破了旅店的宁静，斯坦利由此变成了惊弓之鸟，感到自己无处藏身。外来人员通过房东了解了他的情况，进入了他的房间。斯坦利虽然拼命想阻止二人的入侵，但还是无法阻止戈德伯格和麦凯恩的行动，他逐渐从身体到思想都失去了支配自己的自由，先是被强迫参加了子虚乌有的自己的生日晚会；接着又被进行了洗脑似的一番盘问；最后，斯坦利双目呆滞，被带上了楼上的房间，第二天又被带上了等在门外的黑色轿车。黑色是不祥的象征，轿车可能意指棺材，也许等待他的是死亡的命运。

身居偏僻小岛的无名旅馆之中，远离了熟人的视线，在双重保护下，斯坦利自认为是相当的安全了，从他每日睡到日上三竿方起，起来之后便与房东打情骂俏便知他内心对于安全的自信。然而，安全不是绝对的，正在享受生活的斯坦利从梅格口中得知两位陌生人的来访，他内心的宁静便被打破了，此后发生的一系列事件将他一步步推向深渊，无论他怎样想将入侵者驱逐出境，怎样抵御威胁都无济于事，看来哪怕逃到天涯海角也无法逃脱追踪。更具讽刺意味的是，这一切都是以生日晚会的名义进行的，斯科尔尼科夫指出："生日晚会本是一件快乐开心的事，标志着个人成长和发展，然而在这里却代表着痛苦的根源……"① 正是在看似快乐的时候，看似安全的地点，斯坦利受到了巨大的威胁和折磨，有时看似安全的房间也不再安全。对于此，在很多人还无法接受品特的戏剧的时候就已慧眼识英才的评论家萨巴斯说道：

> 恐怖混杂在空气中，它难以被发现，然而每次当房门打开之时，它就进入了房间，在你的过去存在着某些东西，是什么不要紧，但它将抓住你。哪怕你走到地球的另一端，把自己藏在最少人的小镇上最平常的居所，然而可能会有一天，有两个人会出现，他们到处搜寻你，你无法逃离，当然，可能也有人在搜寻他们，恐怖无处不在。②

---

① Hanna Scolnicov. *The Experiment Plays of Harold Pinter*. Delaware: Delaware UP, 2012, p. 31.
② Michael Billington. *The Life and Work of Harold Pinter*. London: Faber and Faber, 1996, p. 85.

看来恐怖无处不在，哪怕你逃到天涯海角，居于何处，也是无法逃脱，这便是品特戏剧中房间的形象之一。人本主义者、心理学家马斯洛在他的需求层次理论中，将安全的需求排在了第二位，仅次于人的生理需求，可见安全需求在人类社会生活中的重要性，这或许是人类很早就建筑房屋的原因之一，因为他们需要房屋所提供的安全功能。在这里，从《房间》中的罗斯，到《微痛》中的爱德华，以及《生日晚会》中的斯坦利，他们对于房间的安全功能都有着充分的认识，他们总以为厚厚的墙壁、紧闭的门窗可以隔断外来的侵袭，房间是庇护他们的场所，这也是他们深居简出的原因，这与人们的普遍认识相一致。然而事与愿违，即使在房间中深居简出，也无法防止外来的危险，房门在外来力量的压迫下，一次又一次地被打开，房间中的主人一次又一次地担惊受怕，或是受到了身体的折磨，或是受到了精神的打击，甚至生命受到了威胁，房间似乎并不安全。对于处于房间中的人物，品特曾经这样说："很显然，他们害怕房间外面的东西，房间外面是一个充满压力的世界，令人害怕……我们大家都处在这样的情景之中，都处在这样的一间房子里，外面的世界极其神秘和令人恐惧。"① 不仅如此，品特戏剧还表明，房间之内其实也并不安全，也有着难以预料的危险，这种危险由于没有事先的警示，更加防不胜防，正如房间中的爱德华，又如房间中的罗斯，他们从未想过房间之内的亲密伴侣某个时候会变成他们的敌人，也会剥夺他们的地位，甚至伤害他们的身体，还有可能使他们丧失生命。房间的四壁所造就的封闭空间带来了安全的心理，可以想象，绝大多数观众通常与房间中的罗斯、爱德华、斯坦利一样，对于房间的安全形成了某种思维定式。然而安全是相对的，品特上述戏剧从新的视角诠释了房间的安全观念，外来力量的一次次入侵行动，以及房间内部的一次次互相倾轧行为在观众面前展现出不一样的安全观，观众对于房间的安全的观念也将再一次受到颠覆。

4. 私人领地还是公众场所？

空间是多元化、多功能的空间，不仅具有安全的功能，也具有其他属性。据生物学家观察，很多动物包括狮子、老虎、豹子、猩猩等都有领地意识，人类也不例外。当然，有别于其他动物的保有领地是为了捕食，人类的领地意识会服务于更高层次的要求。例如，随着社会文明的发展，人

---

① Quote from Martin Esslin. *The Theater of the Absurd*. London: Penguin Books, 1978, p. 235.

们越来越要求在公众生活之余，保护自己部分生活的私密性；同时，安全感也是需要保持一定的距离的，因而产生了私人空间的要求。私人空间是指"包围住某人的，如果入侵会给里面的人带来危险或不舒服感觉的实际空间"①。在私人空间中，个人可以保护自己的隐私，按自己的意愿进行个性化的生活。当然，私人空间有时也超越了其基本意义，进入了象征隐喻的范围，有些人不愿意被他人了解的物品也被赋予"私人空间"的名称，比如人们也可以将自己的日记、将内心的某个角落看成私人空间。在品特戏剧中，居住于房间之中的很大一部分人都梦想过上宁静、安全、独立的生活，不愿意受到外部人员的干扰，他们将房间看成了私人的空间。然而，他们的力量是弱小的，无力抵御外来力量的侵入。随着外来人员的闯入，房间的私人性质不再，成为公众交往、交锋的平台。同时，随着外来力量对于房间实体私人空间的突破，房间中主人的心理私人空间也被突破了，私人空间不得已之下成为开放式的公众空间。

仍以《房间》为例，罗斯虽然仅仅拥有能维持基本生活所需的出租房，然而她却对这样的一个生活场所相当的满意。她多次表达了对于房间的赞美：

> 这是一个好房间，有了这样一个地方你就有了机会，我照顾你，是不是，伯特？……在这里，你有一个窗户，你可以自己走动，你可以做你的工作，你可以在晚上回家，你很好，我在这儿，你就有了机会。②

从文中的暗示可得知，罗斯曾经住在缺少窗户的地下室，与地下室的阴冷、黑暗、潮湿与杂乱无章相比，罗斯对现在的居住条件已是相当满意，她希冀住在这样的房间中，就能与丈夫伯特相守度日，过上平静、安宁的二人世界的生活。出租房本来就是私人空间的性质，而罗斯柔弱的个性中更体现出她将出租房视为私人空间的心态。她在为伯特准备早餐时多次表达了这一想法：

---

① J. A. Simpson and E. S. C. Weiner, eds. "Private Space." *The Oxford English Dictionary*, 2nd ed. Oxford: Oxford UP, 1989, p. 89.

② Harold Pinter. "The Room." *Harold Pinter: Plays One*. London: Faber and Faber, 1991, p. 89.

> 如果有人问你，伯特，我要说我现在相当快乐，我们很安静，我们都好，你在这儿也很快乐，而且当你从外面回来的时候这儿也不远。我们不被人打扰，没人打扰我们。①

安静、快乐、距离适中，尤其是"没人打扰我们"，这便是罗斯对于自己的出租房的评价，也是她在房子方面所追求的目标，然而，罗斯的要求虽然简单，却不是那么容易实现的，对此，舍伍德是这样说的：

> 一位年老的妇女居住在她认为是一栋楼中最好的一间房子中，她拒绝了解下面地下室的情况，她说那里又潮湿又脏乱，房子外面是冰冷的世界，而待在温暖舒适的房间中非常的安全。当然，这不是事实。②

在伯特外出之后，一批又一批的外人闯入了房间。先是可能的房东基德（剧中有些人物例如桑兹夫妇并不认为基德是房东），他似乎是来串门的，平日里与罗斯一家比较熟悉。虽然他对于房间中的摇椅的关注让罗斯有些紧张，但是并没有引起罗斯太多的惊恐；接着是寻找出租房的桑兹夫妇，他们的突然出现把罗斯吓了一跳：

> （罗斯走到门边打开房门）
> 罗斯：噢！
> （桑兹夫妇正站在门口的台阶上。）
> 桑兹夫人：对不起！我不是故意站在这里的，我们并不是想惊吓你，我们只是刚刚上到这里。③

寒冷的冬日，当一个人单独在家的时刻，没有预约，没有征兆，打开房门，门口正站着两个人，想来无论是谁都会大吃一惊。惊讶之余，罗斯问起了他们到来的缘由，但并没有邀请他们进入房间的意思，这体现了罗

---

① Harold Pinter. "The Room." *Harold Pinter: Plays One*. London: Faber and Faber, 1991, p. 87.
② 转引自 Penelope Prentice. *The Pinter Ethic, the Erotic Aesthetic*. New York: Garland Publishing, Inc., 2000, p. 48.
③ Harold Pinter. "The Room." *Harold Pinter: Plays One*. London: Faber and Faber, 1991, p. 95.

斯的提防心理，她不会让别人随意进入她的私人空间。然而，桑兹夫妻竟然反客为主：

>　　桑兹夫人：外面冷极了，你出去过了吗？
>　　罗斯：没有。
>　　桑兹夫人：我们不会在这待很久的。
>　　罗斯：唔，那进来吧，如果你们喜欢的话，那就进来暖一下吧。
>　　（他们一起进到了房间的中央）①

在桑兹夫人的话语的进攻下，罗斯虽然不情愿，也只好把他们邀请进了房间，房间的私人性质再次被改变。经过几番激烈交锋，好不容易打发走了桑兹夫妇，接着基德又闯了进来，他这次是替人送信的，目的是想让罗斯见一个人。看来，他上次来到罗斯的出租房并非只是串门，而是进行观察，现在伯特外出了，他便开始行动：

>　　基德：……我只好告诉你，我度过了一个糟糕透顶的周末，你一定要见他，我不想再忍受了，你一定要见他。
>　　（暂停）
>　　罗斯：谁？
>　　基德：一个男人，他现在在楼下。他整个周末都在楼下。他对我说，伯特一出去就告诉他。那就是为什么我上次上你这儿来。

作为孤身一人在家的女性，罗斯自然是很不情愿进行这种会见，但经不住基德的软硬兼施，在他的言语逼迫及好奇心的诱惑下，她终于答应见那人一面：

>　　罗斯：叫他来，快点，快点！
>　　（基德出去了。罗斯坐在摇椅上。过了一会儿，门开了，进来一个盲黑人。他关上了门，走近罗斯，用一根拐杖探路，直到走到摇椅那儿，才停了下来。）

---

① Harold Pinter. "The Room." *Harold Pinter: Plays One*. London: Faber and Faber, 1991, p. 96.

赖利：胡德夫人？

罗斯：你刚才摸到一张椅子了，为什么不坐下来？

赖利：谢谢！

罗斯：不要谢我。我并不想你上我这儿来，我不知道你是谁，你最好快点离开。①

原来进来的是盲黑人赖利，他就是一直等候要进入罗斯房间的人。罗斯所说的："叫他快点来，快点，快点！"显示出心中的不耐烦，她碍于基德的情面，打算匆匆完成任务，也显示出会见赖利非她的本意，然而，不管怎么说，罗斯的私人空间又一次被侵犯了。

虽然每一次的房门打开，都不是出于罗斯的本意，但由于她的软弱以及与人友好相处的传统社会交往规则，房间外的人还是通过各种手段一次次无情地闯入罗斯的房间，罗斯的私人空间不得不一次又一次地向外人开放。在这里，她不得不与打探消息的、顺便还看中了她房间中的物品的疑似房东基德，以及看中她的出租房的桑兹夫妇周旋，也不得不面对曾经的朋友赖利的游说，最后又目睹了丈夫伯特对赖利的血腥杀戮。而随着私人空间被强行转化成了公众空间，罗斯的生活变得一团糟，在伯特的暴力的展示中她双眼失明，房间中温馨不再，安全不再，快乐不再。对此国内学者萧萍说道："当房间和房间中的人组成一体，神秘的入侵者在戏剧中就是一种不稳定的、犀利的因素，是打破着封闭和平衡的重要手段，'他'的出现让'我'受到威胁、感到恐惧。"②

同样，在《生日晚会》中，斯坦利也将自己的房间视为私人空间，艾斯林认为，《生日晚会》其实就是一个"作为安全的天堂的房间遭受到寒冷的外部世界入侵而带来了威胁的故事"③。从文中隐隐约约得知，斯坦利先前有可能是某个组织中的一员，来到这个偏僻的地方显然是想隐匿自己的行踪，以便能脱离组织的控制。他当然是不希望自己的空间被暴露的，因为只有保持空间的私密性才能保住他的身份的私密性，才能保证他的安

---

① Harold Pinter. "The Caretaker." *Harold Pinter: Plays Two*. London: Faber and Faber, 1991, p. 106.

② 萧萍：《折光的汇合：暧昧与胁迫性生存——论品特戏剧作品》，博士学位论文，上海戏剧学院，2005 年，第 20 页。

③ Martin Esslin. *Pinter, a Study of his Plays*. London: Eyre Methuen, 1977, p. 75.

全。然而，随着外来人员戈德伯格和麦凯恩的到来，斯坦利的信息一下子就被房东梅格泄露了，于是一场又一场的活动在斯坦利的居所上演，面对斯坦利的抵触甚至是反抗，这些人运用了无中生有的计谋，先是以生日的名义在不是他生日的日子强行为他举行了生日晚会：

> 梅格：你今天不能难过，今天是你的生日。
> （暂停）
> 斯坦利：什么？
> 梅格：今天是你的生日，我一直保守这个秘密到今晚。
> 斯坦利：不是的。①

可以看出，斯坦利的生日其实是无中生有，因为这不符合逻辑：人们不会连自己的生日也不知道，而作为陌生人的他人却知道。显然，这只不过是戈德伯格和麦凯恩利用梅格上演的一场好戏，以利用这个机会来迫使斯坦利就犯。当然，斯坦利是不会轻易就犯的，他也曾经努力抗争，以粉碎把他的房间公众化的阴谋：

> 斯坦利：我管控这间房子。恐怕你和你的朋友要去别的地方住了。
> 戈德伯格（上前）：喔，我忘记了。我一定要祝贺你的生日。（伸出手来）祝贺你！
> 斯坦利（无视对方伸出来的手）：难道你聋了吗？
> 戈德伯格：我没聋，是什么使得你有这种想法？实际上，我的每个器官都灵敏极了。对于一个年过五十的人来说，这不是坏事，对不？但是对于生日，我总觉得是一个大事，我一直都是这么认为的，庆祝什么呢？生日！这就如同早上起床一般自然……
> 斯坦利：出去！②

---

① Harold Pinter. "The Birthday Party." *Harold Pinter: Plays One.* London: Faber and Faber, 1991, p. 29.

② Harold Pinter. "The Birthday Party." *Harold Pinter: Plays One.* London: Faber and Faber, 1991, p. 38.

斯坦利为了捍卫自己，可谓声色俱厉，他直接叫对方搬走，还拒绝跟对方握手，并且十分粗鲁地说出"难道你聋了吗？"他说出这样的蕴含怒火和表明攻击态度的话语，就是想展现自己的力量，保有自己的空间和自己的安全。然而，戈德伯格和麦凯恩可不是这么好对付的，他们把生日晚会当成了对斯坦利进行洗脑审讯的审讯室，二人轮番问着一些例如"鸡与蛋谁先有"这样的刁钻古怪的问题，突破了斯坦利的层层心理防线。在晚会上，斯坦利又被蒙上了双眼，任人捉弄，最后一跤摔倒在地上。在斯坦利心力交瘁、无力反抗之后，最后他们又把斯坦利居住的房间变成了囚室，将浑身发软、语无伦次的斯坦利架入房间。第二天，一辆黑色的汽车停在了旅馆的门前。对此，艾斯林解读为："戈德伯格黑色的汽车可以被看作是一具棺材，斯坦利整齐的着装、失语、盲视可以被视作他被算计了，处于一种尸体的状态。"① 在私人空间被入侵之后，斯坦利也被控制了，暴露在公共空间中的他已无处可逃。

当然，房间由私人空间变成公众空间的事件在品特的戏剧中比比皆是。《微痛》中的爱德华也是不愿意别人入侵他的空间的，他家的房子不但有坚固的门窗，还在房子周围加上了围墙，保护房间私密性的心思让人一目了然。该剧的结局上文已有叙述——卖火柴的老人在妻子的鼓动下侵入了他的空间，弗洛拉还将老人卖火柴的用具一股脑儿塞到了爱德华手中。妻子与外人手牵手走入了围着围墙的花园，代表着爱德华保持私密空间的努力失败了。而卖火柴的用具从老人手中转到了爱德华手中，看来他与老人进行了位置变换，从此爱德华变成了一无所有的卖火柴之人。虽然，学者们对于爱德华命运的原因分析多种多样，例如艾斯林认为其实"卖火柴的老人并不是一个现实人物……这个爱德华害怕的神秘的人物，代表的是弗洛拉的性爱和生命回归"②，但事件的结果是明确的，那就是爱德华失去了他的妻子和家园，他的私人空间已被入侵，不能保持私密性。看来，如果房间内部的矛盾没有处理好，再坚固的房子也是没有用的。

无论是罗斯、斯坦利，还是爱德华，上述的每一个人都视自己的房间为私人空间，都希望保持自己生活的私密性，不受外来干扰，当外来力量入侵之时，他们都曾经有过从心理到实际行动来抵制空间被入侵的行为。

---

① Martin Esslin. *Pinter, a Study of His Plays*. London: Eyre Methuen, 1977, p. 84.
② Martin Esslin. *Pinter, a Study of His Plays*. London: Eyre Methuen, 1977, p. 91.

然而，无论他们怎样抵挡，使用何种语言策略，都是徒劳的，外界的力量过于强大，坚闭着的门窗没有起到隔绝外界空间的作用，房门不得不一次又一次地打开，他们的权利在空间由私有化变成公众化的过程中受到侵害。上述人物在自己的私有空间被入侵后，都表现出了烦躁不安的焦虑状态。罗斯在每一批到来的人走后，都如释重负，然而每一次又都不是入侵的终点，刚送走一批入侵的力量，新的入侵很快又降临，罗斯只得胆战心惊地进行应付和斗争。而斯坦利在得知外来人员的名字后，此前悠然自得的神色就消失了，从那一刻起便惊慌失措、魂不守舍，紧接着的是一次又一次的语言威胁与身体打击，使他精神崩溃。爱德华面对站在门外围墙拐角处的老人，他如芒在背，一刻不得安宁，更是从眼睛微带红丝的微痛，到血红，最终变成身体僵硬、视物不清，不待别人采取行动，他已然先行崩溃。这些都是私人空间被侵占的后遗症。在物理屏障被外来力量突破后，品特戏剧中房间由私有空间变成了公共空间。

房间由私人领地变成公众空间的过程也会打破观众的想象。在普通人眼里，其实房间就是私密的空间，家被称为"宁静的港湾"，被称为"爱巢"，是人们劳作一天之后的休憩放松的场所。人们不会轻易打开房间之门欢迎陌生人，而打不打开门也是房间中的人自己的选择。然而，在品特的戏剧里，作为私人领地的房间也被公众化了，外来入侵力量以各种各样的理由强行进入房间，他们首先破坏了居于其中的人的心理防线，给他们带来了压力、担忧甚至是恐惧，进入房间之后入侵力量又使用各种手段，瓦解了房间中的人的斗志，以取得原本属于房间中人物的某些权利。由于房间中的人的秘密外泄，失去了保护的屏障，他们的权利无法得到保障，精神处于惶恐状态，身体受到了控制，甚至他们的生命也受到了威胁。这也是观众所始料不及的，将会引发观众的思索。

5. 生活的空间还是权力的战场？

不可否认，品特戏剧中的房间的确是生活的空间，它们就是一个个不折不扣的家，无论是地下室，还是出租房，还是普通民居，它们总是具备了从准备食物、日常活动以及睡觉休息的各项生活功能。然而，根据法国社会学家、哲学家列斐伏尔的观点，"空间是政治的空间"。[①] 福柯也曾指

---

① ［法］亨利·列斐伏尔：《空间与政治》，李春译，上海人民出版社2015年版，第39页。

出权力具有弥散性，它无处不在，包含了一切事物，来自每一个地方。①品特戏剧中从不缺少权力主题，在品特戏剧中看似平静的生活空间当中，权力的争夺战时刻在上演。凯恩指出在品特的戏剧中，"家中就是战场，这是最亲密的生活角斗场"②。罗伯特·戈登则认为："对于权力的无休止追求是品特戏剧中人物行动的主要动机，人物想要实现和保有权力，这体现在他们的日常行为中：房间中人尽力捍卫自己的领地免遭入侵；父子之间在家中争夺等级位置；在性别战争中男女双方操控雄性情感确立性关系；统治者或是出于民主的目的，或是仅仅为了掌控阳性的困扰而滥用暴力。"③品特戏剧的权力斗争形式多样，这种权力争斗有时是通过身体暴力进行的，有时则是通过语言体现出来的。这种权力有时是关乎国家政治的宏观政治权力的争夺，有时却是日常生活中微观权力的争夺。

自马基亚维利以来，西方传统的思想家大都把权力看成国家的统治工具，是统治阶级推行剥削、压迫的暴力与强制手段，是对被统治群体进行领导、指挥、支配、控制、管理、约束或镇压的手段与形式，是强者对弱者的制裁或奴役，是一部分人固有的一种神圣力量。这种围绕着国家统治权为中心开展的政治活动就是宏观政治活动。

在政治权力的争夺方面，品特戏剧中的政治人物为了达到目的，可谓不择手段。例如在《温室》一剧中，疗养院院长路德骄横跋扈，官僚主义严重，将疗养院这种医疗机构等同于行政机构，在管理疗养院的过程中频繁采用权力压制的方式。在这个疗养院里，病人似囚犯般以号为名，以号管理，在疗养院中自生自灭，得不到有效的治疗；院中的管理人员胡乱编造故事哄骗前来探视的病人家属，以各种借口搪塞敷衍病人家属。为了保住自己的权益，避免泄露自己不作为、管理混乱的情况，同时为管理混乱而产生的恶果寻找替罪羊，路德听从手下擅长于阿谀奉承的管理人员的建议设下圈套，以促进疗养院发展的名义让忠诚老实的兰姆（Lamb）自愿接受电击的实验，并借机将他电击得口不能言，以封住他的嘴，使他在被嫁祸之后无法申辩。然而路德本人并不知道，他由于掌握着权力因而也是权

---

① ［法］米歇尔·福柯：《性经验史》，佘碧平译，上海人民出版社2005年版，第61—62页。
② Victor L. Cahn. *Gender and Power in the Plays of Harold Pinter*. London: Macmillan, 1994, p. 7.
③ Robert Gordon. *Harold Pinter, the Theatre of Power*. The University of Michigan Press, 2012, p. 2.

力追逐者们虎视眈眈的目标。一天，当他与情人正在床上的时候，被下属刺杀于房间之中，弄得身败名裂，成为权力争夺的牺牲品。《温室》完成于1958年，然而根据品特在出版附言中所说，他在写完这部戏剧后并没有马上出版，而是束之高阁，直到1979年，品特"重读了《温室》，认为它值得出版了"①，才对之稍加修改，于1980年出版。这到底是出于何种原因呢？比灵顿认为："《温室》是一部怪诞的寓言剧，讲述的是明显是想用于压制社会异议的国家机构秘密的、官僚主义的狂乱……它实际上是关于常见于国有疗养院中的疯癫、偏执、贪欲、怀疑等现象的黑色笑剧。"②这部戏剧的内容在当时可谓是一枚炸弹，政治意味极浓，涉及敏感话题，这或许就是品特当时不敢将之出版的原因。

《送行酒》也涉及了宏观权力主题，是品特从记忆剧创作转向政治剧创作的标志。在该剧中，心理变态的官员尼古拉斯为了实现自己的权力欲望，同时炫耀自己拥有的权力，迫使对方改变信仰，公报私仇。他不仅借搜查的名义命令手下将知识分子韦克特的书房弄得一团糟，甚至让搜查人员在地毯上撒尿，显示出对于知识分子极大的人身侮辱。为了迫使韦克特屈服，他还陷害韦克特一家，让士兵轮奸被关押的韦克特的妻子吉拉，并将他们的儿子尼奇杀害。在巨大的压力之下，韦克特为了营救自己的妻子和儿子，不得不喝下了尼古拉斯递过来的最后一杯送行酒，以示妥协，然而，此时他却得知妻子还在狱中，儿子已被杀害。万念俱灰的韦克特只得孤身上路。正是由于《送行酒》的宏观政治主题，它通常被视为品特中期记忆剧与后期政治剧的分水岭，是品特"结束了长达三年的创作危机，将政治与艺术相结合的方式"③。比灵顿认为："《送行酒》检验了一个既是审问员、施刑员、组织头目，同时也是一个忠于某种信仰的人的心理，换句话说，他相信某种东西并为之奋斗，这样的人可以他自以为正当的理由把他的对手置于任何恐惧和羞辱之中。"④ 在创作这部戏剧时，品特也觉得相当的痛苦，他忍不住对妻子安东尼亚·弗莱泽说："都在里面了，掌

---

① Harold Pinter. *Harold Pinter: Plays One*. London: Faber and Faber, 1991, p. 186.
② Michael Billington, *The Life and Work of Harold Pinter*. London: Faber and Faber, 1996, p. 103.
③ Michael Billington, *The Life and Work of Harold Pinter*. London: Faber and Faber, 1996, p. 293.
④ Michael Billington, *The Life and Work of Harold Pinter*. London: Faber and Faber, 1996, p. 294.

权者和无权者，我为无权者无力保护自己所爱的人痛苦了一个晚上。"① 在这里，尼古拉斯的行动其实是对权力的滥用，是打着正义的幌子私仇公报，涉及的当然也是宏观政治主题。

然而，品特戏剧中更多地呈现出来的是微观权力的争夺。所谓的微观权力，在福柯看来，就是与国家宏观权力相对而言的与个体权力相关的权力。依据福柯的微观权力观：首先，权力是无处不在的，它并不只存在于战场、刑场、绞刑架、皇冠、权杖、笏板或红头文件中，它也普遍地存在于人们的日常生活、传统习俗、闲言碎语、道听途说，乃至众目睽睽之中。② 其次，权力是一种关系和网络，"它从数不清的角度出发，在各种不平等、变动的关系的相互作用中运作着"③。最后，权力是无主体的。每一个人都只是权力关系中的一个点，他既可能是权力的实施者，也可能是权力的实施对象。"权力关系既是有意向性的，又是非主观的……不意味着它是主体个人选择或决定的后果。"④ 关系机制使权力自动化和非个性化，权力不再体现在某个主体身上了。福柯认为，家庭、学校、军营、精神病院、监狱、性爱，甚至人文科学的形成，无不体现着这种权力的运作，因而也都成了一种政治的领域，这个领域被称为"日常生活政治学领域"。以学校为例，学校的规章制度与学校人员、教师、班干部和普通学生之间也存在着层极制度和规训与惩罚。又例如在军队中，各级军衔其实就是一种控制方式，而军人违反命令受到的惩罚则是一种规训的方式。"哪里有权力，哪里就有抵制，日常生活中处处存在权力的斗争"⑤，日常生活中的微观政治表现为个人与个人之间的支配、控制、影响等关系。

总的说来，品特戏剧中对于微观权力的争夺方式主要有两样。其一，品特戏剧中的人物利用自己的力量优势，用身体暴力来争夺权力，控制对手。这在品特戏剧中可谓屡见不鲜。例如《房间》中的伯特，当他发现房间中有个盲黑人赖利时：

---

① Antonia Fraser. *Must You Go? My Life with Harold Pinter*. New York：Random House Inc.，2010，p. 144.
② ［法］米歇尔·福柯：《性经验史》，佘碧平译，上海人民出版社2002年版，第123页。
③ ［法］米歇尔·福柯：《性经验史》，佘碧平译，上海人民出版社2002年版，第124页。
④ ［法］米歇尔·福柯：《性经验史》，佘碧平译，上海人民出版社2002年版，第125页。
⑤ ［法］米歇尔·福柯：《性经验史》，佘碧平译，上海人民出版社2002年版，第126页。

（伯特从桌边把椅子拿过来坐到了黑人的旁边，靠近他。他打量了黑人一会，然后用脚把椅子抬了起来，把黑人摔倒在地，他慢慢地站了起来。）

赖利：胡德先生，你妻子——

伯特：虱子！

（他敲打黑人，把他击倒在地，然后把他的头撞到煤气炉上几次。黑人静静地躺在地上，伯特走开了。）①

如果从权力争夺的角度来看，一方面，伯特击杀赖利是为了单独控制房间中的罗斯，当他用椅子击杀了罗斯的故友，实际是杀鸡儆猴，对罗斯起到了警告的作用，通过对罗斯的规训从而牢牢地掌握了房间中的控制权；另一方面，对于房间中与他形成对手关系的赖利，伯特毫不留情，他通过身体暴力对赖利进行了杀戮，从而避免了控制权的丢失。

品特戏剧中类似的例子还有很多，又例如《送菜升降机》中，为了获得生存权，也为了获得个人利益，杀手本将枪口对准了自己的同伴高斯。而在《看管人》中，当戴维斯因为觉得有了米克作靠山，开始欺负起恩人阿斯顿时，阿斯顿想将他驱逐出去，他们之间也爆发了身体暴力的威胁：

阿斯顿：看，如果我给你一些钱，你可以去锡德卡普去。

戴维斯：你先建好你自己的窝吧，给我一点小钱。我很快就能有固定的薪水了，你先建好你自己的臭狗窝吧，那才是你要做的！

（阿斯顿盯着他。）

阿斯顿：那不是臭狗窝。

（沉默）

（阿斯顿向他走去。）

很干净，都是上好的木头做的，我会把它收拾好，没有问题。

戴维斯：别过来！

阿斯顿：你没有任何理由可以叫它臭狗窝。

---

① Harold Pinter. "The Room." *Harold Pinter: Plays One*. London: Faber and Faber, 1991, p. 110.

（戴维斯拔出了刀指向阿斯顿。）①

　　面对身为主人和恩人的阿斯顿，戴维斯还是有点心虚的，然而，他是绝不会轻易放弃即将到手的看管人的职位和已经拥有的栖身之所的，于是，他露出了狰狞的面孔，拔出刀来，想用身体暴力来争夺利益，虽然这种利益看似不值得为此大动干戈。

　　当然，《生日晚会》一剧中也是使用了身体暴力的。斯坦利在不是他生日的生日晚会上，被强行蒙上了双眼，被迫做老鹰捉小鸡的游戏。在游戏中，戈德伯格故意在他必经的路线上放置了一个小鼓，让斯坦利摔倒在地上，重重地打击了他，使他精神紧张而行为错乱，在关掉灯的短暂黑暗之中甚至想强奸女房客鲁鲁。随即，以此为借口，斯坦利受到了审讯式的盘问，在经过一番语言攻击让他口不能言后，两位强壮的男人把他架到了房间中，固定在椅子上，第二天，又把瘫成一团的他架上了停在门外的黑色轿车。

　　其二，品特戏剧中对于权力的争夺更多地体现在语言之中。人物往往通过语言来控制对方，语言既是防卫的武器，也是进攻的武器。正如诺贝尔奖颁奖词中所言："随意一带而过的对白刺痛人，小小的词语能伤人，说了一半的话能摧毁人，而沉默不语预示着灾难的来临。"② 还是在《生日晚会》中，斯坦利本来是个开朗风趣的男人，说起话来滔滔不绝，然而，在生日晚会后，两个外来人员跟他来了一场类似于洗脑的文字游戏，在此之后，斯坦利就变得呆若木鸡了。

　　　　戈德伯格：为什么你要来这儿？
　　　　斯坦利：我的脚痛。
　　　　戈德伯格：为什么你要在这儿停留？
　　　　斯坦利：我头痛。
　　　　戈德伯格：你吃了什么没有？
　　　　斯坦利：吃了。

---

① Harold Pinter. "The Caretaker." *Harold Pinter: Plays Two*. London: Faber and Faber, 1991, p. 67.

② 邓中良：《品品特》，长江文艺出版社 2008 年版，第 5 页。

> 戈德伯格：什么？
> 斯坦利：果盐？
> 戈德伯格：Enos 的还是 Andrews 的？
> 斯坦利：一个……
> 戈德伯格：你正确搅拌了吗？它们起泡吗？
> 斯坦利：现在，现在，等等，你们——
> 戈德伯格：它们起泡了吗？起泡还是不起泡？
> 麦凯恩：他不知道。
> 戈德伯格：你不知道，你上次洗澡是什么时候？
> 斯坦利：我洗每——
> 戈德伯格：别撒谎！[①]

戈德伯格的问题简直就是胡搅蛮缠。一开始，斯坦利想用自己的思路来抵御戈德伯格的盘问，他答非所问，说的是与自己身体相关的事。然而，戈德伯格的问题越来越密集，进攻力越来越强，更重要的是麦凯恩从旁边施加的干扰不断地打断了斯坦利的思路，斯坦利越发迷糊了。他想组织反抗却已是软弱无力，于是不由自主地被引导到戈德伯格的话题上，但刚有点思绪立刻又被麦凯恩打断，戈德伯格跟麦凯恩的问题却越来越多，越来越离谱：

> 戈德伯格：快说，为什么小鸡要过马路？
> 斯坦利：它想……它想……它想……
> 戈德伯格：为什么小鸡要过马路？
> 斯坦利：它想……它想……
> 戈德伯格：为什么小鸡要过马路？
> 斯坦利：它想……
> 麦凯恩：他不知道，他不知道哪一个走先。
> 戈德伯格：哪个走先？
> 麦凯恩：鸡？蛋？哪个在先？

---

① Harold Pinter. "The Birthday Party." *Harold Pinter: Plays One.* London: Faber and Faber, 1991, p. 42.

戈德伯格和麦凯恩：哪个哪个在先？哪个在先？哪个在先？
斯坦利大声尖叫。①

戈德伯格与麦凯恩的问题越来越难，施加的干扰越来越严重，语气越来越急促严厉，这已不是对话，而是名副其实的审问。在审问中，两人连鸡和蛋这样的千载难题也用上了，斯坦利被逼得大声尖叫，他已完全崩溃。接下来，他患上失语症，说不出话了：

戈德伯格：继续，麦凯恩。
斯坦利：呜呜呜呜呜呜
戈德伯格：（站起来）继续，麦凯恩。
麦凯恩：过来！
斯坦利：呜呜呜呜呜呜
麦凯恩：他在流汗。
斯坦利：呜呜呜呜呜呜……②

看来，有时言语的暴力与身体的暴力一样可怕，伤害的不仅是人的身体，还有人的心灵。在《生日晚会》的末尾，当旅馆的男主人彼得看到疲软无力的斯坦利被戈德伯格与麦凯恩扶持着从房间中向汽车走去时，他说道："斯坦利，不要让他们告诉你怎么做！"③ 这充分表明了这场言语暴力中控制与抗争的激烈程度，而斯坦利最终受到了言语暴力的伤害与控制。

品特的中期作品《归家》表面上看来是一程探亲之旅，讲述的是定居美国的大学教授泰迪携带妻子路丝回伦敦老家探亲的故事，然而实际上该剧可以被视为外人对于家中的入侵。这种入侵既有实实在在的物理入侵，也有虚无缥缈的语言入侵。深夜归家的路丝遇见了丈夫泰迪的弟弟列尼，双方为争夺控制权开展了一场看似平常，其实却惊心动魄的语言争斗。这

---

① Harold Pinter. "The Birthday Party." *Harold Pinter*: *Plays One*. London: Faber and Faber, 1991, p. 45.
② Harold Pinter. "The Birthday Party." *Harold Pinter*: *Plays One*. London: Faber and Faber, 1991, p. 46.
③ Harold Pinter. "The Birthday Party." *Harold Pinter*: *Plays One*. London: Faber and Faber, 1991, p. 80.

场争斗是从拿走烟灰缸的话题开始的。

  列尼：对不起，我可以把这些烟灰从你面前弄走吗？
  路丝：它不在我面前。
  列尼：它看起来在你的杯子面前，杯子要倒了，要不就是烟灰缸要倒了。我担心地毯，不是我担心，是我父亲担心，他总是想要整洁。他不喜欢脏乱。因此，我猜想你现在也不抽烟。我想你不会反对我把它拿走的。
  （他这样做了。）①

  虽然路丝不同意，列尼还是找了个借口，既委婉却又很强硬地将烟灰缸拿走了，取得了第一回合的胜利。列尼并没有见好就收，他想乘胜追击，于是双方的话题开始转移到酒杯上：

  列尼：也许现在我可以把你的杯子拿走了。
  路丝：我还没喝完。
  列尼：在我看来，你喝够了。
  路丝：不，我还没有喝够。
  列尼：很够了，在我看来。
  路丝：我看来却还没够，列那德。
  （暂停）②

  列尼想通过拿走路丝的杯子来显示权威，然而路丝却不想配合列尼，但又没有力量阻挡他，于是她先使出了软的一招，叫列尼的昵称"列那德"以软化列尼。

  列尼：不要那样叫我。
  路丝：为什么？

---

① Harold Pinter. "The Homecoming." *Harold Pinter: Plays Three*. London: Faber and Faber, 1991, p. 41.
② Harold Pinter. "The Homecoming." *Harold Pinter: Plays Three*. London: Faber and Faber, 1991, p. 41.

列尼：那是我母亲给我起的名字。
（暂停）
把杯子给我好了。
路丝：不
（暂停）
列尼：我要把它拿走。
路丝：你敢把它拿走，我就把你……
（暂停）
列尼：能不能把你的杯子拿走，你却不把我拿走？
路丝：为什么不能把你拿走？
（暂停）
列尼：你在开玩笑。①

看来这一次，路丝不再愿意束手就擒，看见软化的方式不能奏效，她于是改变了策略，开始使用"你敢把它拿走，我就把你……"这样带有威胁性质的语气胁迫列尼。这样的强硬的语气还是有一定效果的，列尼开始退缩，他使用的"能不能把你的杯子拿走，你却不把我拿走"的这样询问语气的句子证明了他的让步，然后他又说出的"你在开玩笑"这句话则证明了他的顾忌。

（路丝举起杯子把它举到列尼面前）
路丝：喝一口，从我的杯子中喝一口。
（他不动）
路丝：喝一口，快，从我的杯子里喝一口
（他还是不动）
路丝：坐到我的大腿上来，喝一口
（她张开了腿，暂停）
（她站起来，拿着杯子走到他身边。）
把头抬起来，张开嘴

---

① Harold Pinter. "The Homecoming." *Harold Pinter: Plays Three*. London: Faber and Faber, 1991, p. 42.

列尼：把杯子拿开。
路丝：躺到地板上，快点，我要把酒倒进你的喉咙。①

路丝看见自己的强硬话语有了效果，接着又使出了色诱的手段，她让列尼坐到她的大腿上，并且要喂他喝酒。列尼的抵抗越来越无力。这一次，路丝终于将列尼征服了，甚至把高大强壮的列尼弄得躺在地板上。借助于啤酒杯的话语争夺，路丝夺取了房间中的控制权，看来言语之间的交锋，丝毫不逊于身体的暴力争斗，而且更扣人心弦。在此方面，学者们可谓是一目了然，例如凯恩曾经评论道："尽管存在各种争议，《归家》这部戏剧仍然极具吸引力，特别是在权力和身份的关系上，它被视为家庭范围内的人物权力斗争。"② 当然，由于路丝与列尼的不同性别身份，这场语言争斗更多地被看作男性与女性之间的权力争斗，比灵顿得出的结论是："《归家》很大程度上是关于一个女性入侵者给一个厌恶女性的、男性压制的家庭带来的破坏性效果。"③ 通过语言的使用，路丝战胜了强壮的男性列尼，赢得了男女之间的胜利。

乍一看来，品特戏剧中普普通通的房间与我们平日里看似平静的生活空间毫无区别，然而，却在人物的一言一行中上演了一出又一出的权力争夺的大戏，虽然，这种权力争夺少数时候是国家的权力，多数时候是福柯所说的微观权力，也就是渗透于日常生活中的微小利益的争夺。正如艾斯林对于《归家》一剧所言：

《归家》给观众带来的震撼不仅仅是由于在剧中性和妓女被任意讨论和施行，而是，或者更是由于戏中主要人物显而易见没有清晰表达的动机：为什么作为三个孩子的母亲，美国大学的教授的妻子，平静地接受了当妓女的安排？……作者仅仅是为了震惊而震惊吗？④

---

① Harold Pinter. "The Homecoming." *Harold Pinter: Plays Three*. London: Faber and Faber, 1991, p. 42.
② Victor L. Cahn. *Gender and Power in the Plays of Harold Pinter*. London: Macmillan, 1993, p. 55.
③ Billington, *The Life and Work of Harold Pinter*. London: Faber and Faber, 1996, p. 156.
④ Martin Esslin. *Pinter, a Study of his Plays*. London: Eyre Methuen, 1977, p. 149.

由于《归家》所演示的剧情过于离经叛道，观众在观剧时肯定会深思剧中人物所采取行动背后的原因。路丝的生活环境并不差，作为一个美国教授的妻子，至少也是属于中产阶层，她其实并不缺乏生活的基本保障，为什么却要这样做呢？原来她要掌控房间中的或是家庭中的控制权。房间中的路丝为了争夺权力而愿意付出身体的行为是令人震惊的，代表着家庭的房间中竟然充满着这么多的利益争斗也往往是令人震惊的。这似乎与我们日常观察有所出入，因为人们对于权力的认知通常止于宏观政治权力，而对于日常生活中的利益纷争则易于忽略。然而，若仔细思考，结合福柯等人的微观权力学说，却会发现微观权力争夺的确无处不在，它们分散在普通民众的日常生活之中。例如在市场购买物品中商人与顾客间的讨价还价；家长、老师对孩子的学习教育；甚至是夫妻双方决定家中的拖地洗刷、照顾孩子；课堂上学生与学生之间的竞争；公司招聘考试；公司年终的绩效评定等，其间都充满了微观斗争。可见出于家庭和个人的利益，一场场的微观斗争其实也正在普通人家中不断上演。对此的认识必定刷新了观众对权力斗争的认知，品特戏剧让观众明白，房间再也不是一个简单的场所，从某种角度而言，它就是权力的角斗场。

6. 封闭的空间还是帝国的命运？

所谓的封闭空间是指密封和闭塞的环境①。人类对于空间的认识，经历了从封闭到开放的认知历程。早在古希腊时代，哲学家泰勒斯及其学生们就提出了球形宇宙说，中国古代也有"天圆为张盖，地方如棋局"的说法，宇宙最初就这样被视为一个方形或圆形的封闭场所，人类也就生活在这样一个封闭的空间之中。后来，随着人们认识宇宙手段的发展，对于空间的认识从一维走向三维，从有限到无限。封闭的空间有坏处，也有好处：坏处在于活动的区域受限，也由于与外界的联系渠道中断而无法保持信息的相通，造成了闭塞；好处在于封闭的空间自成系统，封闭的外壳对居于其中的物体形成了某种保护，从而让其中的人们产生了安全的感觉。

仍以《房间》为例，此剧的一个重要意义是品特将他的戏剧房间形象首次展示给世人。这种房间一方面陈设简陋，只有简单的家具，但又足以提供生活日常所需：一个煤气炉，一个水槽，一张桌子，几把椅子，一张

---

① J. A. Simpson and E. S. C. Weiner. "Space." *The Oxford English Dictionary*, 2nd ed. Oxford: Oxford UP, 1989, p. 88.

木床；另一方面，品特式房间还有另外一个特征，那就是房间的房门总是关闭着，或是由于外界的原因，例如精神病院、监狱、审讯室的门窗，或是由于房间中的人自己切断了与外界的通道，例如普通的出租房、家中的起居室、旅馆等，这些通道只是在人物进出的时候才偶有开放，随着人物的进出又再次紧闭。这种房间形象在品特随后的大多数戏剧中得以保留，虽然由于各部戏剧情节不同，生活背景不同，戏中所设置的舞台布景也相应地不一样，但房间中的陈设基本格调不变，或者在家具的种类或是摆设方式上偶有变动，或者是房间地理位置有所不同，但都没有奢华的家具，缺少享受性的物质，只有生活的必需品，保持了简约朴素甚至有些寒酸的风格。另外，虽然每间房子都有门有窗，但是这些门窗在戏剧上演之时都是紧紧关闭着的，将这些房间与外界的通道隔断了。这就是品特戏剧中的第一类封闭空间。

  品特戏剧中的人物往往有这么一个特点，那就是他们要么喋喋不休，要么沉默不语。例如在《房间》的开头，老妇罗斯对男主人伯特说了一百多句嘘寒问暖的话，后者却没有任何回应，又如《微痛》中的卖火柴的老头，自始至终站在墙角没说过一句话，而有的人却刚好相反，嘴里总是不停地说着话。例如《生日晚会》中的女旅店主梅格，不停地对男主人彼得和客人斯坦利唠叨；《微痛》中的男主人爱德华，也是无话找话，口中不停地东拉西扯；《看管人》中的房东阿斯顿，嘴里结结巴巴、反反复复地说着一些往事。这些反常的现象让人琢磨不透，根据品特本人的解读，人物不说话"并不是人物缺少交流能力，而是他们不愿意交流"[1]，因为交流会暴露自己的弱点，从而受到攻击。人物之所以喋喋不休，是因"有两种沉默，一种是不言不语，一种是喋喋不休"[2]，也就是说喋喋不休其实是另一种沉默。学者邓中良也认为："在品特的戏剧中，语言不成为人与人之间沟通的桥梁，反倒成了栅栏或围墙上的倒刺，来保护个人自我的狭小天地。"[3] 人物正是借喋喋不休来隐藏自己的真实意图。

  除此之外，若仔细观察，读者还会发现品特戏剧中人物的另外一个特

---

[1] Harold Pinter. "Writing for the Theatre." *Harold Pinter: Plays One*. London: Faber and Faber, 1991, p. xiii.

[2] Harold Pinter. "Writing for the Theatre." *Harold Pinter: Plays One*. London: Faber and Faber, 1991, p. 7.

[3] 邓中良：《品品特》，长江文艺出版社2008年版，第19页。

点，那就是他们在居住地选择上的奇怪之处。人既有个体性，也有社会性，既是独立的个体，也是社会关系中的节点，人类是需要交流的动物。如果条件允许，绝大多数人都会选择交流通畅、交通便利的地方作为居作地，以方便与外界联系及交流，而品特戏剧中的人物通常选择在城市的偏僻地段居住，让人迷惑不解。文中迹象表明，除了经济原因外，另一个原因可能是这一地域可以避人耳目，减少与外界的接触。此外，人物所居住的房间通常已提供了生活的必需设施，当他们关上房门之后，房间自成系统，有在房间中独自生活的可能性，因而他们极少需要与外界交往。人物的这些行为方式体现了他们的心理封闭性，显然，品特戏剧中这样一些人物的心理是另一种封闭空间。

封闭空间的反复出现自然引起了学者们的关注，他们对于封闭空间的认识也在不断地深化。他们穷其想象，寻找品特封闭空间所寄托的寓意，品特的封闭式空间被认为是庇护所、山巅之国①，被认为是恐惧心理产生的原因，是暴力场所②，被认为是充满微观权力斗争的福柯式空间③。将品特列为荒诞派剧作家的英国剧评家艾斯林甚至指出："一个封闭的空间，两个人就构成了品特戏剧的诗意形象。"④ 诺贝尔奖评定委员会也非常认可品特式封闭空间的功能，在颁奖词中这样说："品特让戏剧回归其最基本的元素：封闭的空间、意想不到的对话，人们处于相互的支配之下，伪装被剥落。"⑤

诚然，上述对于品特式房间封闭功能的探讨拓宽了品特式房间的审美功能，丰富了品特戏剧的意义，然而，若从地理认识和时代背景来看，品特式封闭空间其实也是英国本身命运的隐喻。

首先，从地理学的视角来看，英国其实就是一个封闭的地域，大不列颠岛被北海、大西洋等海洋所包围，与大陆完全隔离，与大陆之间的英吉利海峡最窄之处也有30多公里，海洋就像一层外壳将英国紧紧包裹其中。海岛的环境给英国人带来了交通的不便，想要到达其他陆地必须跨越海洋的障碍，英国人完全掌握航海技术后，才克服了这一困难。当然，海洋也

---

① Marting Esslin. *The Theatre of the Absurd*. London: Penguin Books, 1978, p. 236.
② Marting Esslin. *Pinter: the Playwright*. London: Methuen & Co. Ltd., p. 39.
③ 施赞聪:《权力与政治》，博士学位论文，上海外国语大学，2008年，第34页。
④ Marting Esslin. *The Theatre of the Absurd*. London: Penguin Books, 1978, p. 235.
⑤ 转引自邓中良《品品特》，长江文艺出版社2008年版，第10页。

像保护层一样给英国带来了天然的保护,在多次战争中让英国化险为夷,部分学者认为,第二次世界大战中英国在德国对伦敦的大轰炸中得以免于沦陷很大程度上要归功于海洋的隔离保护作用。①

对于海岛的保护作用,作为英国人的品特肯定有很深的认识。在品特的另一部名剧《生日晚会》中,他也曾描述了一个与大陆隔离的偏远海岛,被外来组织追杀的斯坦利正是找到了这样一个地方栖身,他深居简出,在岛上过着悠闲自在的生活。以海岛而不是以其他地理环境作为隐身之所绝非巧合,这体现了品特对海岛封闭性保护作用的理解。

其次,品特戏剧中人物的行为正是英国某一时期国民心态的反映。品特在他的戏剧中塑造的人物被称为"扁平式"人物,也就是这些人物的形象并不丰满,只是对某类人物特点的抽取和勾勒。自我封闭、不愿与人交往是这种人物的共同特征之一。对于此,学者们的看法各不相同,有人认为这体现了日常生活中人们之间的微观权力斗争与互相防范②;有人认为这是这些人物的外来移民身份所导致的处境,他们这样做是想避免暴露自己的弱点以保证自己的安全③;其实,这种心理表现不仅仅是由于他们的移民身份,若从英国的历史大背景出发,正是整个英国国民精神状态的真实写照。

英国的大航海时代始于14世纪,在战胜了西班牙、葡萄牙、法国等一系列国家之后,崛起为世界霸主,挂着英国国旗的商船与战舰出现在世界的各个角落,成功地将海岛封闭交通不利的弱点转变为航运便利的优点,在大英帝国鼎盛时期,其殖民地遍布全球,是本土面积的150多倍,被称为日不落帝国。从一个狭小的海岛,发展为全球帝国,作为大英帝国的国民心中的那份自豪难以形容。在英国一些著名作家的作品中,也不乏这种情感的流露,例如在莎士比亚的《查理二世》一剧中,借人物老约翰之口,莎士比亚就表达了对英国作为岛国的赞誉:"这镶嵌在银灰色大海里的宝石,那大海就像一堵围墙,或是一道沿屋的壕沟。"④ 长期的海洋霸

---

① 阎照祥:《英国史》,人民出版社2014年版,第353页。
② Austin Quigley. "Pinter, Politics and Postmodernism." *The Cambridge Companion to Harold Pinter*, ed. Peter Raby. Cambridge: Cambridge UP, 2001, p. 17.
③ Robert Gordon. *Harold Pinter: the Theatre of Power*. Michigan: The University of Michigan Press. 2012, p. 64.
④ William Shakespeare. *Richard* Ⅱ. London: Penguin Books, 2008, p. 21.

主地位，将英国人本应略显狭隘的岛国意识培育成为傲视全球的帝国意识。

然而，随着"一战"和"二战"的爆发，处于风暴中心的英国虽然在两次战争中都是战胜国，但是，战争摧毁了英国的殖民体系，英国的国力在战火中显著下降。"二战"后，英国的殖民地或附属国纷纷脱离英国独立，英国首先在政治受到了沉重打击，不再是西方世界的中心；同时，海外殖民地的脱离也给英国的经济带来了巨大冲击，英国不再是此前巨额财富堆积的经济中心。

国家的巨变给国民带来的影响是不言而喻的。在品特戏剧中，那些简朴的家具、简单的生活正是这一时期英国中下层劳动人民生活的缩影，也是国家经济状况的反映，面对江河日下的国家政治地位和经济状况，很多英国人不得不低下了高傲的头，他们的自我封闭在心理学看来纯属理所当然。根据研究，生活在海岛上的岛民有着强烈的岛国意识，由于地域狭小，岛民们更乐意将目光聚焦在本土上，更愿意关注自身生存和发展，对外面发生的事情超然度外，封闭而因循守旧。他们容易目空一切，也容易悲观失望，因而品特戏剧中人物的心理表现就不足为奇了，这显然是岛国意识的回归。品特戏剧中多处显现出国民们这些悲观苦闷的思想，例如在《聚会时刻》一剧中，一对人物仿佛与喧闹的气氛格格不入，她们正坐在酒吧一角闲聊：

> 泰莉：你说什么？
> 麦莉莎：我说我不知道可以信任谁。
> 泰莉：你不必相信任何事，你只要闭上嘴关注自己的事就行了，我告诉过你多少次了。①

聚会本来是高兴的时刻，却缺少了应有的快乐气氛，剧中的人物仿佛与世无争，持有事不关己高高挂起的处事态度，生活在以自己为中心的世界里，她们的这些行为正是岛国意识的典型表现。"体验越是尖锐，表达

---

① Harold Pinter. "Party Time." *Haorld Pinter: Plays Four*. London: Faber and Faber, 1993, p. 87.

越是含糊。"① 在品特的戏剧中，品特虽然没有标明人物行为的指向，但大多数人物沉默不语，不愿意与外界交往，把自己封闭在小圈子中，这正是人们在遭受打击后内心封闭的表征。通过对戏剧创作时代背景的考证，可以发现那些内心封闭的英国人形象既有可能是某些英国边缘化人群的真实状况，也有可能是英国整体国民的心理状况的投射。

　　品特戏剧中的房间总是门窗紧闭，观众在仔细观察后不难得出封闭空间的结论。然而，这不会是品特想要带给观众的终极效果，随着戏剧情节的不断深入，与现实生活相联系，观众会跨越戏剧的表层，进行隐喻思考。当然，由于品特戏剧的不确定性，也由于观众们的生活经历和审美经历的不同，他们会得出不完全一致的结论。但观众尤其是英国的观众最初不会想到，品特戏剧原来就是一面镜子，通过房间的象征隐喻，品特不但充分展示了房间的封闭特性，还将英国人的岛国思维纤毫毕露地展现出来。从房间中看到自己的影像，或许会给观众带来不一样的审美感觉。

　　接受美学认为，读者审美的过程是一个三级联动的过程，即形成审美经验，具有对于审美事物的初步印象——审美对象与读者的审美经验形成审美距离，审美对象陌生化——读者依据审美经验重新解读审美对象，完成作品的重构。当观众在剧场中坐下，面对戏剧中作为舞台布景或是情节背景的房间时，依据他们从日常生活中形成的审美经验，毫不困难地，他们就能识别房间的本体，传统的审美经验加入进来，在他们的脑海中形成某种对于剧情发展的看法。然而，随着剧情的深入，房间中发生的故事改变了它的表面形象，戏剧的情节一经展开，就不断与观众的思维发生碰撞，房间中温暖的亲情与爱情都会荡然无存，不再给人以温暖的、光明的、私密性的、安全的形象，自然不再是可以诗意地栖居的家园。而有时，房间甚至映射出英国作为岛国居民的生活方式和意识特点。房间以各种不同的形态，被赋予了不同的深层意义，观众心中的房间形象被彻底颠覆了，房间与观众的审美期待相背离，改变了观众们原有的思维定式，形成了审美距离，他们看到的是一个陌生的房间。

---

① Marting Esslin. *The Theatre of the Absurd*. London：Penguin Books，1978，p. 243.

第三节　视野融合与房间形象的重构

艾斯林认为:"荒诞派戏剧是我们时代'反文学'运动的一个组成部分。"① 国内戏剧研究专家周宁则总结道:"荒诞剧是反戏剧的戏剧,如果说传统的戏剧是什么,荒诞戏剧就不是什么。"② 首先,荒诞戏剧改变了传统戏剧的构成要素,戏剧不再追求明确的时间、地点,也不要求戏剧中一定要有人物甚至是语言,有时人物、时间、地点都可以不清不楚,甚至缺失;其次,荒诞戏剧还改变了传统戏剧情节发展必须完整的规律,有时,一部荒诞戏剧似乎都没有情节,戏剧内容呈现出碎片式的结构,戏剧的开端是由什么原因引起的,戏剧的结局是什么,戏剧的情节线条是如何连接的,也无法作出肯定的判断;最后,荒诞戏剧也改变了传统戏剧的表意形式。荒诞戏剧不再重视戏剧的内容,而是注重戏剧的形式,荒诞剧作家们希望通过戏剧的形式来表达戏剧的主题,"倾向于彻底贬低语言,倾向于以舞台本身的具体和客观化的形象创造一种诗"③。显然,在荒诞剧作家眼中,戏剧的情节不是最重要的,重要的是创造出引观众注目的形式。"一部舞台剧应该是可见与不可见的世界之间的交汇点,或者换句话说,是展示、是隐藏的和潜伏的内容的表现,这些内容就构成包围戏剧种子的外壳。"④ 荒诞派剧作家们希望观众能从戏剧的形式中直接体会出某种人生哲理,这种形式称为"直喻",意为生活与戏剧之间直接相融相通之处。"一个剧作家只是写戏,在作品中他只能提供一种证词,而不是一种教导。"⑤ 而"一旦观众意识到作者在追求什么,戏剧就应该结束了"⑥。长期以来,品特戏剧以其不确定性著称:不确定的人物,不确定的时间,不确定的地点,不确定的语言,不确定的意义。对于自己戏剧的情节,品特也是避免作出解释,他曾经说过:"说教无论如何是要避免的,客观性是基本的,要让人物自己呼吸。"⑦ 当有人试图对品特戏剧中的事件结局刨根问底的时

---

① [英]马丁·艾斯林:《荒诞派戏剧》,华明译,河北教育出版社2003年版,第10页。
② 周宁:《西方戏剧理论史》,厦门大学出版社2008年版,第990页。
③ [英]马丁·艾斯林:《荒诞派戏剧》,华明译,河北教育出版社2003年版,第9页。
④ [英]马丁·艾斯林:《荒诞派戏剧》,华明译,河北教育出版社2003年版,第64页。
⑤ [英]马丁·艾斯林:《荒诞派戏剧》,华明译,河北教育出版社2003年版,第86页。
⑥ [英]马丁·艾斯林:《荒诞派戏剧》,华明译,河北教育出版社2003年版,第127页。
⑦ 转引自邓中良《品品特》,长江文艺出版社2008年版,第10页。

候，品特则说："从我们自身的经验或者他人的经验上来说，想要澄清事实的真相是可以理解的，但并不总是能够获得满意答案的。"① 在1962年的国家学生戏剧节上，他又说道："我不是理论家，我不是某个戏剧情景、社会情景或者任何情景上可以信赖的权威评论家，我写戏剧，是因为我想写，如此而已。"② 品特的这些表述是他的戏剧观的一部分，往往被视为他的创作宣言，然而，在房间主题的构建上，是不是也意味着品特只将房间呈现在读者面前，而没有对观众施加任何影响呢？也没有想要表达任何的个人观点呢？

安全不再，私密不再，温暖不再，充满着权力争夺，封闭的房间不仅仅是封闭的空间，还作为岛国意识对人们的生活和思维施加了深刻的影响。幕布升起，品特式房间解构了房间的传统形象，让观众重新审视自己长期固有的审美观点，然而这并非审美的终点，读者或观众对品特式房间产生了新的想法，重构了房间的形象。法国文学批评家圣伯夫（Sainte Benve）在《惠特曼评传》中曾说过："最伟大的诗人并不是创作得最多的诗人，而是启发得最多的诗人。"其实不仅诗歌，戏剧也是如此。品特就是善于利用文学启发功能的剧作家，虽然他从来不愿承认，他戏剧中的启发也看似若有若无，但启发在他的戏剧中却实实在在地存在。

以《房间》中的敲门声为例，在房间中听到敲门声，是生活中最平常不过的事情。然而，《房间》中出现了三次敲门，每一次都对房间内的主人产生了影响，每一次都违背了主人的意愿。第一次，当罗斯正对伯特说："我现在很满意，我们又安静又舒适……我们不受打扰，没有人打搅我们。"③ 这时，房东基德敲门了，他对房间中的摇椅的关注使罗斯紧张，因为那是房间中唯一可以算得上休闲工具的，代表着罗斯在忙碌之余的休闲生活。第二次，送走了丈夫和基德，罗斯刚要安静下来，房间又隐隐约约传来了敲门声，罗斯打开门，两个陌生人桑兹夫妇不请自来，而且他们还主动要求进入房间，并且不顾罗斯的解释，想要租住罗斯已经入住的房

---

① Harold Pinter. "Writing for the Theatre." *Harold Pinter*: *Plays One*. London: Faber and Faber, 1991, p. ix.
② Harold Pinter. "Writing for the Theatre." *Harold Pinter*: *Plays One*. London: Faber and Faber, 1991, p. 1.
③ Harold Pinter. "The Room." *Harold Pinter*: *Plays One*. London: Faber and Faber, 1991, p. 87.

间。这可是对于罗斯基本生活条件的威胁。第三次，盲黑人赖利通过软硬兼施的手段闯了进来，不但给他自己带来了杀身之祸，还使房间内的罗斯受到极度的惊吓，她最终在暴力的胁迫下双眼失明。敲门声一次又一次地出现，显然会引起观众或读者的注意，这是不是代表着某种暗示呢？品特诱导观众张开了思维的引弦。

当伯特看见赖利的时候，他大叫一声"虱子"。"虱子"是什么呢？它原本是"一种寄生于人或哺乳动物身上的寄生虫"[1]，然而若要追根溯源，其意义绝不仅止于此。在《圣经》中，虱灾降临于那些违逆上帝意旨的人身上，是上帝对那些背弃他的人的惩罚。[2] 而在希特勒及一些纳粹人员看来，雅利安民族是高贵和神圣的民族，而四处存在的犹太人就像瘟疫和虱子一样，会污染雅利安民族的血统，为了保持这一民族高贵的血统，只有将犹太人赶尽杀绝。[3] 如果根据《圣经》和希特勒的看法，伯特所大声叫喊的"虱子"就饶有深意，他的这一呼喊叫出了当时西方世界普遍存在的种族偏见，映射出当时泛滥于西方的种族歧视现象。敲门声加上虱子意象的诱导，或多或少会使观众逐渐体会出其中的意蕴。

再看《生日晚会》中，同样存在敲门声。当斯坦利隐藏到偏僻的小岛之后，这种代表着外来力量的敲门声是他的噩梦，带来了厄运。两名组织人员来临，他们展开了一系列的行动，斯坦利随之失去了自由，并被带走了。对此，品特则作过相应的解释，他说："在过去的 20 年里，不仅仅是 20 年，是过去的 200、300 年，这种半夜敲门将人带走是常有的事。"[4] 当然，在品特的另一部戏剧《归于尘土》中，这种暗示则变得更为明显，在该剧中，品特以一个被纳粹军官迫害的妇女的视角，描述了纳粹统治区内人们心惊胆战的生活，他们待在家中，时常会听到尖利的警笛声划破夜空，使人毛骨悚然，每当人们听到警笛声由远及近，心情紧张到了极点，然后警笛终于又由近及远，大家都会松了一口气，暗暗庆幸被带走的不是

---

[1] "Lice" 是 "Louse" 是复数形式，See "Louse" Def. 1a. J A Simpson. *The Oxford English Dictionary*, 2nd ed, 1989.

[2] "Exodus." *The Holy Bible*, The Authorized King James Version. The Salt Lake City: Deseret Book Company, 1859: 8: 16.

[3] ［美］克劳斯·P. 费舍尔：《强迫症的历史：德国人的犹太恐惧症与大屠杀》，余江涛译，译林出版社 2017 年版，第 146—152 页。

[4] Martin Esslin. *Pinter, the Playwright*. London: Methuen, 1977, p. 40.

自己。

的确，敲门声是人们日常生活中经常听到的声音，没有任何诱导的话，读者或者观众是不会对房间传来的敲门声感到惊诧的。"审美的经验使人们得以再次观察……它把人们带进想像的世界，它使人们认识到过去的或者压抑的事情。"① 根据品特的这一诱导，观众们的生活经验介入，他们会自然而然地产生联想。在纳粹大屠杀时期，众多犹太人的房门在半夜被敲响，然后他们被带上警车，从此一去不回的可怕情景将会进入观众的思维。从人们熟悉的环境出发，剧情开始展开，在三次敲门声响起之后，观众的审美期待被打破了。在房间意象之间，想象力自动张开翅膀，品特给观众带来了对于房间的全新认识，似曾相识的房间不再熟悉，变成了另外一种形象。

房子的形式和功能不断发展演化，封建社会时期，当人们将房子建成城堡样式的时候，房子发挥了真正的安全屏障作用。现代社会中个人居住的普通房子在现代科技或是强大的自然力例如飓风、大地震面前其实不堪一击，并不具备强大的防护功能，房子由物理屏障变成了心理屏障：只要是住在四面封闭的房子之中，人们便有了安全的感觉。品特式的房间告诉观众，作为安全屏障象征的房间其实非常脆弱，根本不能保护居于其中的人们，这完全打破了人们的思维定式，引发了观众的深思，带来了观众心灵的震撼。不仅如此，通过提供相应的但是并不明确的暗示，品特激发了观众的想象力，展现了少数族裔在西方社会的处境，他们其实是没有任何安全保障的，在残酷的社会中受到任意欺凌。正是通过看似平常的房间和房间中传来的敲门声，品特引发了观众的联想，将观众从普通的房间引向了背后隐藏的故事。

然而，不确定性是品特戏剧的主要特征，种族歧视主题的解读也许只是观众或读者的一厢情愿，也许伯特的言语指向并非如此复杂。品特到底说的是什么，戏剧中没有提供更加明确的答案，品特巧妙地将寻找答案的任务交给了观众，"一千个观众，就有一千个哈姆雷特"，观众从自身生活经验得到的审美解读是不尽相同的。例如观众如果是一个女权主义者，她从《房间》一剧中得到的最强烈印象就可能不是种族歧视，而是女性罗斯

---

① [德] 汉斯·罗伯特·耀斯：《审美经验与文学解释学》，顾建光等译，上海译文出版社1997年版，第12页。

的命运，因而得出父权制压迫是《房间》主题的结论。因为从剧初罗斯的嘘寒问暖而伯特置之不理，从独自在家的罗斯接二连三地受到外界的骚扰，从罗斯在伯特的暴力中无助地呼喊以至于双眼暴盲，都似乎在叙述着房间中家庭妇女的境遇。这样一来，房间就是妇女遭受压迫的男权空间，而不是种族歧视的场所。而如果观众是经济学家，他就有可能对该剧中体现出来的消费现象感兴趣，从而从该剧中的房屋、食品等消费现象了解当时英国人的生活状况，分析当时英国的社会生活。

看似简单的品特式房间却好比变幻的社会万花筒，引起了读者的多种解读，形成了多重隐喻。陈设并不复杂的品特式房间何以能产生这种魔法般的效果？姚斯认为，读者对于文学作品的理解主要是视野融合的过程，是读者先前的生活经验、审美经验形成的视野与本文的视野互相碰撞交融的过程。所谓的视野融合，最初来源于德国哲学家伽达默尔的视界融合概念，视界融合是伽达默尔的阐释学中的重要概念，他指出："理解既不是解释者克服历史性所造成的偏见，以顺应、接近和破译本文，也不是偏见单向地、武断地去同化、判断本文，而是偏见与本文相互作用的过程，解释者利用偏见生产性地去解释本文，在解释过程中，偏见也受到检验、调整和修正，从而更好地展示本文的真理，主客体双方都在理解过程中得到了发展……不应把理解设想成为某种主观性的行为，理解就是使个人置于传统之内，在这传统中过去现在不断相互交融。"[①] 伽达默尔这一论断中所提及的"过去"，其实也就是"经验"之意，"理解"就是经验与现实的融合。

姚斯的视野融合的理论建构主要是基于他对文学史的研究，他吸收了伽达默尔视野融合的主体思想，并在此基础上融合了自己的实践经验，丰富了视野融合理论。对此，姚斯并不避讳，他说："伽达默尔有关解释经验的理论，这种理论在人道主义主导概念史中的历史再现，他的从历史影响的角度来考察通向全部历史理解的途径和原理，以及对可加控制的视域融合过程的精细描述，都毋庸置疑地成为我的方法论的前提。"[②] 姚斯认为，对于文学作品的理解，其实就是一个期待视野与文本中的视野的分化

---

① 朱立元：《接受美学导论》，安徽教育出版社2004年版，第6页。
② ［德］汉斯·罗伯特·耀斯：《审美经验与文学解释学》，顾建光等译，上海译文出版社1997年版，第14页。

和融合的过程。在他看来，文学既是历史性的也是共时性的，他指出："文学的历史性在历时性与共时性的交叉点上显示出来，因而它也就能使某一特定历史时刻的文学视野得以理解，与同时出现的文学相联系的共时性系统能在非同时性的联系中获得历时性的接受。"① 文学的历时性是指文学作品的文学史发展过程，也就是文学传统。文学的共时性是与文学作品的同一时间平面的包括生活环境、审美标准、时代风尚、评判标准等现实情况。正是在历时性与共时性的交会中，文学作品的意义得到理解。当然，姚斯认为视野并不是一成不变的，他说："假如人们把既定的期待视野与新作品之间出现的不一致描绘成审美距离，那么新作品的接受就可能通过对熟悉的经验的否定或通过把新经验提高到意识层次，造成视野的变化。"② 正是视野的不断变化，才造成了不同时代或不同读者，或者同一读者在同一时期对于同一文学作品的理解不断得到更新，文学作品从而在不断地阐释中产生新意，得以不断流传。

正是在视野融合的作用下，品特式房间也不断地被诠释，不同的读者从房间中看到了不同的东西。在剧评家艾斯林眼里，"房间是品特戏剧的基本元素，包含了品特之后戏剧的基本主题"；而在比灵顿的眼中，房间却是"高度个人化的作品"，与品特同时代的社会政治、经济及其家庭背景密切相关。③ 国内学者萧萍却说："是具有典型性的一个符号和特征……唤醒了人们的不安和恐惧，并且一再在人们的胁迫关系中充当重要角色。"④ 显然，在不同的读者眼中，品特式房间的形象是不完全一致的。

品特的《房间》出现了"房间……敲门声……不确定的结局"这样一个情节结构。在房间、敲门声、不确定的结局之间存在大量的空白或空缺，敲门声是产生联想的诱导，而不甚明了的结局更是引发了多种想象，导致了观众或读者的多元性解读，为品特戏剧增添了无穷无尽的魅力。而这种多元性解读的基础，就是观众的审美视野与戏剧中的文本视野的交流互动所生成的。

---

① ［德］姚斯、［美］霍拉勃：《接受美学与接受理论》，周宁、金元浦译，辽宁人民出版社1987年版，第46页。
② ［德］姚斯、［美］霍拉勃：《接受美学与接受理论》，周宁、金元浦译，辽宁人民出版社1987年版，第31页。
③ Michael Billington. *The Life and Work of Harold Pinter*. London: Faber and Faber, 1996, p.69.
④ 萧萍：《折光的汇合：暧昧与胁迫性生存——论品特戏剧作品》，博士学位论文，上海戏剧学院，2005年，第11页。

在品特其他戏剧中，"房间……诱导……不确定结局"的戏剧结构反复出现，在《生日晚会》中，匿居于海滨旅馆房间内、深居简出的斯坦利本以为可以通过隐姓埋名而安然无恙，观众也会受斯坦利在房间中悠闲的生活状态的误导，以为这是一个安全的生活空间，然而敲门声响起，两个似乎从天而降的陌生人破坏了安全的氛围，打破了观众的"前理解"，诱发了他们的想象。接着，两个陌生人在不是斯坦利生日的日子强行为斯坦利举行生日晚会，最后把神志模糊的他押上了一辆黑色轿车。斯坦利既可能是某个组织的叛逃者，也可能是个艺术家；两个陌生人既像是爱尔兰某个组织派来的杀手，又像是纳粹的盖世太保；黑色轿车既有可能象征着斯坦利死亡的灵车，也可能只是象征斯坦利不祥的命运，也有可能什么象征意义也没有。斯坦利的命运扑朔迷离，读者或观众只能根据自己的审美经验予以揣测。

在《微痛》中，中产阶级房间中的爱德华与妻子弗洛拉在家中平静地生活着。有一天，当爱德华对总是站在街角卖火柴的老人心生疑虑时，他与妻子产生了隔膜，为了澄清事实，弗洛拉将老人邀请进屋，封闭的房间被打开了。随着爱德华对妻子弗洛拉不信任的升级，他们之间的矛盾也日益升级，最终，爱德华的妻子弗洛拉与老人手牵手步入院落内的花园，而爱德华则双眼血红，视力模糊地伸手接受妻子塞过来的卖火柴的器具，僵硬地站在屋外的墙角。爱德华被放逐到了屋外，失去了房屋的保护，是不是爱德华与老人真的互换了位置？还是只是爱德华由于眼痛产生了幻觉？在《微痛》整部戏剧中，有一点非常奇怪，让人不禁思索，那就是自始至终老人都一动不动，一句话未说，也从来没有主动地采取过任何行动，这是不是暗示着其实一切都是爱德华的心理作用在作怪而造成的恶果呢？品特是不是想通过这个戏剧告诫我们不要轻易地怀疑别人呢？戏剧没有提供固定答案，一切全凭观众的想象，观众成了剧情的创造者。但是，有一点却是确定无疑的，那就是房间作为安全屏障的认识一次次地受到了颠覆，观众或读者认识到，品特式房间是威胁的地域，是隐私无法保证、利益争夺的公共场所，是种族歧视的地方，是父权制的空间，是人们相互屠杀的血腥战场。

学者艾斯波斯托对品特戏剧的艺术特点的总结很好地展示了品特戏剧在视野融合中的进行过程，他说：

就像一首音乐诗，品特的戏剧唤起了一种心境，激发了读者的想象力，在他们的脑海中创造出意境，通过设置移动的想象，允许戏剧的内容一行一行、一个想象接一个想象地打开，使读者加入了情节的创造进程，形成了戏剧的一致性。①

品特在他的戏剧中设置了一个又一个的空白，并且嵌入了品特式的暗记，读者的好奇心被激发起来，不停地被召唤进行阅读，而品特式的暗记在读者阅读的过程中则不断地起到诱导的作用，此时，读者的审美经验或生活经验就加入进来，全程参与了审美解读。品特拒绝对自己的戏剧作评论，但并不代表他的剧作中就没有他自己的观点和倾向，对此，他也曾经这样说：

我所说的那些话并不意味着我对我的人物不负责任，相反，我为他们和对他们负责。戏剧自己决定自己，但我承认，我的创作是有目的性的，怀着恶意的，并且掌控着人物的成长。这与我之前所说的有矛盾吗？好吧，你可以说我这个说法不太严谨，不够清楚，但是谁又要求我要为清楚而负责任呢？②

从字里行间不难看出，其实品特只是不对自己的作品发表评论，不给读者指明方向，他的创作意图是并不缺失的。艾斯林对此认为："戏剧中所有要说的都在戏剧中了……品特强调的是戏剧的开放性。"③

根据姚斯的观点，视野融合既是历时性的，也是共时性的。"一部部作品，作为一个个'文学事件'，它们的相关性，基本上是以当代和以后的读者、批评家、作者的文学经验的'期待视界'为中介得到统一的。"④如果是共时性的视野融合，也就是如果读者或观众与作者具有类似的生活环境，他们了解该时代的历史事件、审美标准、时代风尚以及评判标准，那就非常容易理解作家在文中留下的暗示。例如上文中的半夜时分突如其

---

① Marisa D'Orazio Esposito. *Creative Possibilities*: *Harold Pinter and His Characters*. Diss. Kent State University, 1982, p. 2.
② Lois Gordon. *Pinter at 70*, *A Casebook*. London: Routledge, 2001, p. 6.
③ Lois Gordon. *Pinter at 70*, *A Casebook*. London: Routledge, 2001, p. 9.
④ 朱立元：《接受美学导论》，安徽教育出版社2004年版，第61页。

来的敲门声，如果是生活在相同的地理环境（西欧）、相同的历史时段（20世纪40年代）的读者是不需要多少思考就能领会其中的含义的。比灵顿就认为："敲门的象征在整个20世纪的欧洲史上一直在回响。"[①] 艾斯林也指出："半夜传来的敲门声，在20世纪上半叶是很平常的事，他们是盖世太保。"[②] 显然，不约而同地，比灵顿和艾斯林对于品特戏剧中的敲门声作出了相似的解读。当然，即使是生活在不同时代，也可能获得相似的审美经验，那就是通过阅读等间接方式了解作者时代的社会状况。例如一个读者虽非与"二战"时期有过交集的人物，但如果他对于"二战"时期的纳粹的残酷统治和血腥屠杀的历史具有相当的了解，那么他有可能形成与上述读者相似的视野融合，在解读品特戏剧时得到相似的印象。

即使是历时性的视野融合，也就是接受者并非与作家具有相似的生活环境和相同的历史时段，或许他们是作品创作出来之后间隔了很长的历史时期的读者或观众，也许他们无法准确地感知作者的意图，但是他们还是能从自己的审美经验或生活经验中获得类似的情感感受。因为依据姚斯的观点，即使读者是第一次阅读某部文学作品，但是他的阅读也是建立在之前读者的经验之上的，他的阅读其实是文学接受的历史之链。姚斯说："对深藏在作品中、并在其历史接受阶段中得以实现的意义来说，当它向理解的判断显示自身时，它是潜能的连续展开。"[③] 例如即使作为接受主体的读者没有生活在纳粹的时代，但也会或多或少地从前人的作品中得到相关的信息，这也有助于读者对于品特式房间的理解。当然，即使读者无法从罗斯面对房间外传来的敲门声中联想到纳粹政权的残暴，但他们同样能体验到罗斯的那份不安，因为人类的情感就是一个历史延续的经历，是一种不断遗传的体验，这种不安也许是我们对于未知事物的恐惧，例如面试时的惶恐；也许是我们对于自己力量的不自信，例如一个人独处时的孤单无助感。

姚斯曾指出："一部文学作品并不是独立自主的、对每个时代每一位读者都提供同样图景的客体，它并不是一座独白式宣告其超时代性质的纪念碑，而更像是一本管弦乐谱，不断在新的读者中激起新的回响，并将作

[①] Michael Billington. *The Life and Work of Harold Pinter*, London: Faber and Faber, 1996, p. 82.
[②] Martin Esslin. *Pinter, the Playwright*. London: Methuen & Co. Ltd., 1982, p. 40.
[③] 转引自朱立元《接受美学导论》，安徽教育出版社2004年版，第61页。

品本文从语词材料中解放出来,赋予其以现实的存在。"① 因此,虽然作者在文本中嵌入了某种暗示,然而由于作者的作用并非决定性的,也由于读者的生活经历和审美经验是不可能与作者完全相同的,因而读者总会得出与作家不完全一致的结论。因此,读者们对于品特式房间的审美解读效果也是多种多样的,他们对于品特戏剧的中房间的视野融合效果也是多姿多彩的。这既是品特戏剧的奇特魅力,或许也是其不断受到读者喜爱、具有不朽的艺术价值的原因。

---

① 转引自朱立元《接受美学导论》,安徽教育出版社2004年版,第64页。

第二章　审美响应理论下的品特式语言

语言是一套复杂的符号系统，是人类交流思想的媒介，是人类长期进化的结果，是民族的重要特征，也是一种文化现象。大部分文化艺术作品中都包含了语言，是语言的高度浓缩，语言通过艺术作品传承文化，传递文明成果，促进思想交流，在人类社会的发展进步中起着极其重要的作用。通常认为，戏剧是一种融语言、动作、场景、道具等多种艺术手段为一体的综合艺术。然而，在这些要素当中，语言又处于最重要的地位。在亚里士多德所列举的悲剧的六大要素，情节、性格、言辞、思想、特技、歌曲中，就有两项，即言辞和歌曲与语言相关。戏剧主要是通过语言，当然也可以通过动作表意，然而由于舞台的时空局限性，有时人物的思想、性格和过于复杂的情节无法通过动作、场景等来表示，这时语言就成为最为理想的表意工具。通过语言的描述，就可将高难度的场景、行动等转换为简单的口头陈述，可以将过去、现在和未来在同一舞台上甚至在同一演员口中进行展示。当然，戏剧当中无形的东西也必须通过语言来展示。例如，在表达人物的心理活动的时候，剧作家通常通过人物的独白来表现人物的内心思维。莎士比亚就是使用独白的高手，他的四大悲剧中都出现了独白，尤其是《哈姆雷特》中的独白成为千古绝唱，一段以"To be or not to be"作为核心的话语就把王子哈姆雷特的艰难处境和犹豫不决的心态展示得淋漓尽致，可谓是戏剧语言运用的典范。文化艺术是对现实生活的模仿，源于生活，又高于生活，因而戏剧语言有其独特之处。戏剧语言包含舞台语言和人物语言，舞台语言是指除人物语言之外的所有语言，包括舞台说明、背景介绍、人物动作、旁白、画外音等。当然，传统戏剧中人物语言在戏剧中占的分量最重，它们通常是对话体，由人物轮流发出，在人物的对话中，剧情不断往前推进。观众或读者主要也是通过鉴赏人物的对话，结合人物的动作品味戏剧、了解剧情。传统戏剧语言的一大特点是高度个性化，人物的语言符合并表现人物的性格，以使人物形象丰满、生动传神。此外，由于戏剧语言是人物语言，它的形式会更口语化，短小精悍、口头禅多、语气词多。同时，由于戏剧是表演给观众观赏的艺术，因而作为交流媒介的戏剧语言必须表意清晰、明白无误，以便于观众理解剧情。

然而，荒诞戏剧被称为反戏剧的戏剧。艾斯林说它是"我们时代反文学运动的一部分"①。用厦门大学教授周宁的话来说，"你只要弄清戏剧是什么，荒诞戏剧就不是什么"②。因而荒诞戏剧中与传统戏剧背离的现象比比皆是，例如荒诞戏剧的核心人物之一的贝克特的成名剧《等待戈多》中就多处体现了与传统戏剧不同之处。传统戏剧重视情节的完整性，《等待戈多》却几乎没有情节，分不清楚开端和结局，也似乎没有高潮，如果进行抽象概括，其实全剧的其他东西都可以忽略不计，只有一个动作，那就是等待：戏剧中反反复复的就是两个人物在大树下等待，他们无论说什么做什么其实都是在等待，最后也是在等待中收场。这便是贝克特使用的称为"复调"的表意方法，类似于音乐演奏中不同声音汇聚却和谐地表达同一意蕴的表现手法。

荒诞戏剧也颠覆了传统戏剧的语言观，例如传统戏剧在语言形式上通常使用对白的方式，即人物轮流说话，以便读者或观众厘清人物的关系和了解戏剧的内容。荒诞戏剧却并不一定如此，有可能独白的方式比对白的方式更多。例如《等待戈多》中更多的是人物像是在梦呓的自言自语，在剧中，当弗拉基米尔与爱斯特洛岗讨论当天是不是戈多到来的日子时，爱斯特洛岗说出如此一番话：

爱斯特洛岗：（十分凶狠地）可是哪一个星期六？还有，今天是不是星期六？今天难道不可能星期天！（暂停）或者星期一？（暂停）或者星期五？③

在荒诞戏剧中，这样的语言方式比比皆是。同时，传统的戏剧语言力

---

① Marting Esslin. *The Theatre of the Absurd*. London：Penguin Books, 1978, p. 26.
② 周宁：《西方戏剧理论史》，厦门大学出版社2008年版，第988页。
③ ［爱尔兰］萨缪尔·贝克特：《等待戈多》，《贝克特选集》，余中先、郭昌京译，湖南文艺出版社2006年版，第197页。

求语意清晰明白，以便将剧情更好地向观众传达，有助于观众理解剧情。苏联作家高尔基就曾说过："作为一种感人的力量，语言的美产生于言辞的准确、明晰和动听。"荒诞戏剧背离了这一语言观，戏剧中的语意变得相当的含混。例如上文中观众刚听到爱斯特洛岗前面说的话，正想作出准确日期的判断，他却又说了一句与前面那句话意思相反的话，把前面的话否定了，让观众实在难以弄清楚爱斯特洛岗口中的今天到底是"星期六"，还是"星期天"或者"星期一"。人物的语无伦次准会把观众弄糊涂，因为连说话的爱斯特洛岗本人也无法确定具体的日期，作为观众又怎么知道他所说的今天是哪一天呢。再看下面，弗拉基米尔与爱斯特洛岗在等待的时候，他们发现了路边有一双鞋子，于是有了下面的对话：

> 爱斯特洛岗：这双靴子不是我的。
> 弗拉基米尔：（惊愕）不是你的！
> 爱斯特洛岗：我的那双是黑色的。这一双是黄色的。
> 弗拉基米尔：你能肯定你的那双是黑色的吗？
> 爱斯特洛岗：嗯，好像是双灰色的。
> 弗拉基米尔：这一双是黄色的吗？给我看。
> 爱斯特洛岗：（拾起一只靴子）嗯，这一双好像是绿色的。[1]

对于自己的鞋子，爱斯特洛岗一会儿说是黄色的，一会儿说是灰色的，一会儿又说是绿色的，甚至对拿在手中的鞋子，也无法说清楚是什么颜色。相信观众看完这段对话后，脑中会一片模糊，无法作出准确的判断，甚至连这双鞋子到底是什么颜色的也无法弄清楚。更奇怪的是，有时人物看似在轮流说话，然而，却是各说各的，双方所说的内容彼此并不相干。例如还是在《等待戈多》中：

> 爱斯特洛岗：啊！（略停）你肯定是这儿吗？
> 弗拉基米尔：什么？
> 爱斯特洛岗：我们等的地方。

---

[1] ［爱尔兰］萨缪尔·贝克特：《等待戈多》，《贝克特选集》，余中先、郭昌京译，湖南文艺出版社 2006 年版，第 197 页。

弗拉基米尔：他说在树旁边。（他们望着树）你还看见别的树吗？
爱斯特洛岗：这是什么树？①

　　弗拉基米尔与爱斯特洛岗好像都心不在焉，都不怎么注意对方说的话，当弗拉基米尔问爱斯特洛岗"你还看见别的树吗"时，后者却反问"这是什么树"。双方的对话很多时候看似对白，其实并无交集，完全可以看作另一种独白。

　　除此之外，荒诞戏剧高度强调有声语言以外的语言，有声语言往往被动作语言和其他语言所替代。在此方面，各位荒诞派剧作家都进行过一些探索，以贝克特为例，他曾经创作过一些哑剧，例如《哑剧1》和《哑剧2》。在这两部戏剧中，人物自始至终都没有说过一句话，都是用动作来表示剧情，动作成了戏剧的主要语言。《哑剧1》描述的是一名男子出现在烈日炎炎的沙漠中，从他的身边不断传来口哨声，每次口哨声过后都会有一些物体如树、方块和瓶子等物品出现或消失，主人公对这些事物产生了不同的行为反应。在这里，口哨、物体的出现或消失的动作就是戏剧语言。《哑剧2》则描述的是A和B两个人，分别置身于舞台两端的两个袋子中，一根棍棒轮流刺激两个袋子，他们便轮流从袋子中钻出来，做出一些简单的日常生活行为。在这里，棍棒、人物的动作就是戏剧语言。而在尤涅斯库的《椅子》一剧中，人物甚至都退化了，主要的情节竟然是椅子数量的增多和减少。用剧作家自己的话来说，就是"……没有人，没有皇帝，没有上帝，没有物质，世界是非现实的，是形而上的空虚……"② 在这里，戏剧是物的语言的展示。

　　荒诞派剧作家的戏剧语言之所以如此，是与他们所持有的戏剧观分不开的。艾斯林认为："荒诞派戏剧以新颖的、各种各样的组合方法所展示的是古老的传统。"③ 在某些古老的纯戏剧中，例如马戏、魔术、杂技、斗牛或者哑剧中，只需要动作表演就可以完全表达其艺术内涵，语言其实是可以忽略不计的。也就是说，其实一开始戏剧并不是人们观念中的现行戏剧的模样，它诞生之初并不是以语言为主，语言只是作为动作表演的辅助

---

① ［爱尔兰］萨缪尔·贝克特：《等待戈多》，《贝克特选集》，余中先、郭昌京译，湖南文艺出版社2006年版，第194页。
② ［英］马丁·艾斯林：《荒诞派戏剧》，华明译，河北教育出版社2003年版，第101页。
③ ［英］马丁·艾斯林：《荒诞派戏剧》，华明译，河北教育出版社2003年版，第224页。

而已。荒诞戏剧其实可以看作戏剧的某种传统功能的回归。"戏剧总不只是语言，语言只能够读，但是真正的戏剧却只能在表演中体现出来。"① 同时，荒诞戏剧也可以看作戏剧的发展链条上的必然一环，在时间上，荒诞戏剧是与残酷戏剧相连接的戏剧，它承接残酷戏剧而发展，因而它的理论内核中包含有较多的残酷戏剧理论成分，而残酷戏剧理论家阿尔托为此说过："戏剧的领域不是心理的，而是造型的和物理的……不是在戏剧中废止话语，而是改变它的作用，特别是降低它的地位。"② 阿尔托强调戏剧属于造型的和物理的，而不是词语的语言，表达了他用极端的舞台形式来表达戏剧主题的思想，这无疑会对紧随其后出现的荒诞戏剧产生深刻的影响。此外，荒诞戏剧在很大程度上体现了存在主义的哲学思维，将萨特的虚无意识作为戏剧主要表达的意义，这也决定了它是一种解构式的戏剧。因此，荒诞派剧作家们解构了语言，他们通常认为语言是没有意义的，也是不可交流的。尤涅斯库在谈到戏剧语言时强调："戏剧是名副其实的震撼战术，真实本身、观众的意识、他的思想工具即语言，都必须被颠覆、错位、翻转。"③ 艾斯林也指出："贝克特对于语言的使用，就是要探索语言既作为一种交流手段，又作为一种表达确切论断的载体即思想工具所具有的局限……贝克特剧作中的语言服务于表达语言的破碎和解体。"④ 周宁在总结荒诞戏剧的特点时说："荒诞戏剧不是叙事性的，可以无所谓人物、情节。如果使用对话，那么对话不是表达某个清晰的故事，而是表达某种实际上的不可表达性。"⑤ 可见，在荒诞戏剧中，语言的功能退化了，语言可能只是形式，人物说什么并不真的指向什么，语言本身的内容并不是用来表意的，荒诞派剧作家们看中的是语言的形式，他们力图使用这种形式来表达人与人之间的不可交流或是交流困难的现象。

虽然荒诞戏剧流派的戏剧语言具有一些共同点，例如贬低人物语言的作用、大量使用非人物语言、语言的能指与所指分离、语言意义的不确定性、语言形式独特、意义怪诞等，然而作为独立的个体，每个荒诞派剧作

---

① ［英］马丁·艾斯林：《荒诞派戏剧》，华明译，河北教育出版社2003年版，第224页。
② ［英］马丁·艾斯林：《荒诞派戏剧》，华明译，河北教育出版社2003年版，第264页。
③ ［英］马丁·艾斯林：《荒诞派戏剧》，华明译，河北教育出版社2003年版，第94页。
④ ［英］马丁·艾斯林：《荒诞派戏剧》，华明译，河北教育出版社2003年版，第53页。
⑤ 周宁：《西方戏剧理论史》，厦门大学出版社2008年版，第985页。

家的戏剧风格又是各有特色的。因为所谓的荒诞派,"其实他们每个人都是这样的传统视角下的某些个人,他自认为是孤独的局外人,封闭地孤立在他自己的个人世界里。每个人都在主题和形式上有自己的个人方式,有他自己的根基、来源和背景……"① 虽然品特并不认可自己是荒诞派剧作家中的一员,他曾经多次拒绝给自己打上荒诞派剧作家的标签,但在文学界,大多数学者都默认了这一认定,极少对此有争议。那么,相比于其他剧作家,或是其同类别剧作家,品特戏剧中的语言特点又是怎样的呢?

第一节 传统视角下的品特式语言

由于与当时的戏剧潮流方向相背离,品特戏剧的语言很早就引起了评论家以及观众们的关注。虽然,这种关注在最初的时候大多表现为贬抑的声音。品特在其首部戏剧《房间》于1957年成功演出之后,于1958年乘势推出了第二部戏剧《生日晚会》,然而这一次,演出情况却没有想象之中的好,甚至可以说是相当糟糕。一方面,品特受到了票房收入低迷的打击,根据他本人叙述,有一次,当他走进正在上演《生日晚会》的剧场时,被眼前的情况沉重打击了,他说:"我走进空荡荡的戏院二楼,发现只有6个人在看戏,而且我必须说的是,他们当时看起来并不是很来电,我每周都有票房收入,星期四演出的收入总共是2英镑6先令。"② 一次演出的收入才2英镑6先令,观众之少可想而知,由此可见品特戏剧在当时并不受观众欢迎。观众不能接受品特戏剧的原因当然是多种多样的,但他的戏剧语言和戏剧形式背离传统肯定是重要的因素之一。长期以来,作为戏剧大师莎士比亚的故乡,也作为英语语言文学的繁荣昌盛之地,深受文艺复兴的洗礼,演绎过无数的辉煌,涌现出本·琼生、王尔德、萧伯纳等一大批著名的剧作家,英国的观众深受传统戏剧的熏陶,习惯了当时戏剧界长期盛行的传统戏剧语言形式与传统戏剧表现方式,对于品特戏剧中与传统戏剧几乎完全相左的语言和内容自然一下子接受不了。耶尔·杂伊莱沃便是持有类似看法的学者,他说:"在我看来,评论家们对品特戏剧异口同声的反对是源于他们缺少把品特

---

① [英]马丁·艾斯林:《荒诞派戏剧》,华明译,河北教育出版社2003年版,第7页。
② Michael Billington. *The Life and Work of Harold Pinter*. London: *Faber and Faber*, 1996, p. 85.

戏剧与建设性的戏剧模式相联系的能力。"① 皮科克则在对英国 20 世纪 50 年代的戏剧状况进行分析后指出："20 世纪 50 年代的英国戏剧是 19 世纪末现实主义佳构剧的僵化残余，并没有受到前半个世纪震动欧洲戏剧界的激进的形式主义运动的影响……虽然战争带来了突变，然而 20 世纪 40、50 年代主导英国戏剧界的是那些在 20 世纪 20、30 年代就已成名的剧作家。"② 显然，品特戏剧与传统戏剧格格不入导致观众一下子还无法接受。另一方面，在演出之后，从戏剧评论界也传来了很多关于品特戏剧语言的刺耳之声。例如，在一份叫作《曼彻斯特卫报》的报纸上，一篇以"M. W. W."作为隐匿署名的评论文章在对该剧的情节进行总结之后，不无调侃地评论道："这部戏说的是什么只有品特先生自己知道，他的人物简直是在胡说八道，剧中人物的言语不合逻辑，半是乱语，半是疯子的乱嚷。"③ 电影制片人格兰格（Derek Granger）这样对品特戏剧进行评论，他说："哈罗德·品特的首部戏剧看起来是属于胡言乱语、神志不清的贝克特、尤涅斯库之流，是那种总是松弛着下巴的令人灰心丧气的玩意儿。"④ 观众与评论界拒绝接受品特怪诞的戏剧语言表达形式，这便是品特戏剧的最初遭遇。

　　当然，也有部分评论家独具慧眼，一眼就看出了品特戏剧语言的独特之处，例如萨巴斯（Hobson Sabbath）在观剧后就对品特戏剧大加赞誉，他在《周末时光》上发文道："我以一个剧评家的名义担保，《生日晚会》不是末流的戏剧，而是一流的，品特先生具有创造性的、令人兴奋和印象深刻的才华，他的戏剧语言诙谐，作品引人深思。"⑤ 然而，像萨巴斯这样对品特戏剧予以肯定的声音少之又少，并不代表当时的主流评论，他的声音弱小得瞬间就被淹没在一片批评声之中。评论界当时的态度给品特造成了创伤，以至于品特多年之后也难以释怀，他在一次接受采访中说道：

---

① Yeal Zarhy-Levo. "Pinter and the Critics." *The Cambridge Companion to Harold Pinter*, ed. Peter Raby, Cambridge: Cambridge UP, 2001, p. 213.

② D. Keith Peacock. *Harodl Pinter and The New British Theatre*. London: Greenwood Press, 1997, p. 2.

③ Quote from Michael Billington. *The Life and Work of Harold Pinter*. London: Faber and Faber, 1996, p. 84.

④ Quote from Michael Billington. *The Life and Work of Harold Pinter*. London: Faber and Faber, 1996, p. 84.

⑤ Malcolm, Page, ed. *File on Pinter*. London: Mathuem Drama, 1993, p. 14.

"评论家从未善待过我。"①

当然,是金子总会发光的。随着时间的流逝,争吵停止了,静下心来的评论家和观众们在对品特戏剧进行细细品味之后,逐渐体会到了品特戏剧语言的精妙之处,越来越多的学者开始深入探索品特戏剧语言,他们对于品特语言也有了诸多新的发现,评论的风向逐渐改变,对于品特戏剧语言的赞美之词从此不绝于耳。将品特列为荒诞派剧评家的艾斯林也给予了品特戏剧语言高度的评价,他说:"品特的戏剧是语言的戏剧,正是从他的词语和韵律中,怀疑、戏剧张力、笑声和悲剧产生了。词语,在品特的戏剧中,成了控制和压制的武器,沉默中的爆发、词语的多层意义深入了人类的肌理。"② 约翰·巴伯则说:"品特是一位对语言的精确、词的韵律和意义具有高度激情的作家。"③ 在对品特戏剧语言的不断探索中,学者们对于品特戏剧语言逐渐形成了一些共识。

首先,品特戏剧语言是对英国人民日常生活语言的模仿。观众与评论家们逐渐发现,品特戏剧中那些看似不合规范的语言,例如"沉默""停顿""欲言又止""滔滔不绝"等正是人们日常生活中的正常语言,因为我们在日常的正常对话中,也经常沉默、停顿、欲言又止,而并不是如同传统戏剧般力求将每一句话都表达得完美清晰。贝克斯对此颇有感触,他说:"品特的戏剧对话只是如同现实生活中人们说话那样,清楚到对方可以有效理解即可。"④ 斯科尔尼科娃则说:"品特戏剧中的对话是录音机随意录下的日常生活中的对话。"⑤ 诺贝尔文学奖委员会指出:"正是在日常闲谈中,品特揭示了人们生活中隐藏着的危机。"⑥ "日常闲谈"即指出了品特戏剧语言是生活语言的特点。而品特的传记作家比灵顿对此也有着深刻的认识,他指出:

---

① Quote from Yeal Zarhy-Levo. "Pinter and the Critics." *The Cambridge Companion to Harold Pinter*. ed. Peter Raby. Cambridge: Cambridge UP, 2001, p. 250.
② Martin Esslin. *Pinter, the Playwright*. London: Methuen & Co. Ltd., 1982, p. 52.
③ John Barber, "Precise Words of Pinter." *Critical Essays on Harold Pinter*, ed. Steven H. Gale. Boston: G. K. Hall & Co., 1984, p. 36.
④ Thresa Ellen Beckers. *Shadows with Substance: Performance the Characters of Harold Pinter*. Unversity Microfilms International, 1980, p. 27.
⑤ Hanna Scolnico. *The Experimental Plays of Harold Pinter*. Newark: Delaware UP, 2012, p. 16.
⑥ Harold Pinter. Harold Pinter. Org. http://www.haroldpinter.org/home/index.shtml. 2016 - 1 - 26.

在品特的戏剧中，语言起着多层次的作用——是面具，是武器，是退避的盾牌——但不论用作什么，它总能最精确地展示人物的性格。品特的戏剧语言忠实地再现了日常话语中出现的重复、停顿和空白等现象，再加上大量的市井俚语，这是他对英国戏剧的最大贡献。[①]

日常生活语言也就是口语化的语言。品特戏剧中的对白短小精练、通俗易懂，几乎没有长难句，语气词使用较多，中间夹杂着大量的口语用词，有些甚至颇为粗鄙；对白中极少书面用语，有时人物老在重复一些话，有时人物说的话则显得断断续续，而各个人物又都说出的是具有他们身份特征的个性化语言。这些都是口语化语言的特征。

除此之外，在对品特戏剧语言的特点进行了更细致的分析后，有些学者还发现了品特戏剧语言是对伦敦语言的模仿。彼得·拉比在对品特《房间》《看管人》《归家》等几部戏剧进行分析后指出："品特戏剧是以城市作为中心的戏剧，它们延伸到了郊区、乡村，甚至到达了海边小镇。"[②] 而在语言上，"品特大范围地研究和探索了英语及英语对话，他的戏剧语言是来自英国城市的声音、首都伦敦的语言，他解构和重构了这些语言……品特成功地模仿了20世纪下半叶的英国语言规律……"[③]

其次，在一些评论家看来，品特的戏剧语言不仅是对日常生活语言的模仿，而是已经超越了普通的交流表意功能，成为进攻对方的武器，以实现权力压制的目标。的确，品特戏剧中的人物说什么并不代表就是什么，在他们的语言背后往往隐藏着各种企图。有时是为了自己的微小利益，有时则是想将对方引入圈套。彼特·霍尔这么说："品特的戏剧形式使他可以探索人与人之间的敌意，他们不是用刀剑进行决斗，而是用词语和沉默。"[④] 约翰·布朗则说："品特对于语言作为人与人之间的障碍或桥梁，

---

① Michael Billington. *The Life and Work of Harold Pinter.* London：Faber and Faber，1996，p. 391.
② Peter Raby. "Tales of the City：Some Places and Voces in Pinter's Play." *The Cambridge Companion to Harold Pinter.* Cambridge：Cambridge University Press，2001，p. 63.
③ Peter Raby. "Tales of the City：Some Places and Voces in Pinter's Play." *The Cambridge Companion to Harold Pinter.* Cambridge：Cambridge University Press，2001，p. 60.
④ Peter Hall. "Directing the Plays of Harold Pinter." *The Comanion to Harold Pinter*，ed. Peter Raby. Cambridge：Cambridge UP，2001，p. 154.

以及语言作为社会争斗感兴趣。"① 在《温室》中，诚实善良的员工兰姆就是听信了疗养院院长路德等人的哄骗，在他们花言巧语之下，心中怀着为疗养院做贡献的想法，傻傻地、自愿地接受了电击实验，却不知自己陷入了圈套：电击实验不是为了获取实验数据，而是要将他电成哑巴。又例如在《看管人》中，流浪汉戴维斯从二房东米克的口中得知大房东阿斯顿曾经被关进精神病院、可能患有精神疾病的弱点之后，多次重提旧事，用语言攻击诋毁他，并威胁要将阿斯顿再次关入精神病院，以讨好米克，巩固自己的看管人的地位。诺贝尔文学奖委员会在给品特的颁奖词中写道：

> 随意的对白刺痛人，小小的词语能伤害人，只说一半的话能摧毁人，而沉默不语预示着灾难的降临……话语是权力的工具。话语不断重复，然后它们就像真理。在信息过度膨胀的时代，品特把话语从描写现实中解放出来，并使其成为现实的本身。有的时候颇具诗意，有的时候却令人感到压抑。②

对于品特戏剧语言是权力的工具这一点，评论家杜克也深有认识，他认为权力的争夺是品特戏剧的主要主题之一，而人物争夺权力的工具主要是语言，为此，他说道："在争夺权力的战斗中，品特的戏剧人物使用言词和沉默作为武器……话语推刺和躲闪，语言攻击和戴上面具并不相互排斥，语言攻击可以运用语言或沉默的策略，而面具可以隐藏它们。在权力的争夺中，品特的人物使用了语言和沉默两种方法。"③奥尔曼西更是直截了当地指出："品特的人物在行为上与丛林中的野兽一样，他们的语言显现出了动物生存的三种技能：搏斗、逃跑和模仿。"④ 在他看来，品特的语言首先具备权力争夺的功能。

再次，品特戏剧语言是诗意的语言。在浪漫主义诗人看来，诗歌是强烈情感的自然流露，是恢宏的想象。呈现意象，引发想象是诗歌的特点之

---

① John Russell Brown. "Words and Silence: The Birthday Party." *Harold Pinter*, ed. Harold Bloom. New York: Chelsea House Publishers, 1987, p. 25.
② 转引自邓中良《品品特》，长江文艺出版社2008年版，第6页。
③ Bernard F. Dukore. *Harold Pinter*. London: the Macmllan Press Ltd., p. 59.
④ Guido Almansi. "Harold Pinter's Idiom of Lies." *Contemporary English Drama*. New York: Holmes & Meier Publishers, Inc., p. 81.

一。品特戏剧给人的感觉与诗歌类似，他的每一部戏剧就是一个意象的呈现，与意象派诗歌所提倡的"只呈现意象，而不进行解释"的原则相符。就像一幅画，也像一首诗，品特戏剧呈现出一种独特的意象，艾斯林指出："他（品特）是一位诗人，他的戏剧基本上是一种诗意戏剧。"① 在一次回答记者的采访中，品特表达了自己对于戏剧的理解，他说："真实与不真实之间，没有明显的区别，事情并不必然是非真必假的，它可以是既真又假……一个舞台上的人物，他可以不表现关于他过去的经验、他现在的行为，也不提供与他的意愿相关的令人信服的证据或者信息，也不给予关于他的动机的全面分析，仍然是正当合理的……"② 不给予任何的解释；表达的是一种体验、一种感受；事件的呈现恰如一幅画，赏画的人不必追问作品创作之前及之后的事。这便是诗歌意象的呈现。同时，在这一观念指导下的品特戏剧创作，造成了不确定性的大量存在，而不确定性的大量存在，又引起了读者或观众的无限想象，这也跟诗歌所要求的具有推动想象的功能类似。此外，还有一些评论家注意到了品特戏剧语言的简约风格。品特在创作中尽量减少文字的使用，而对于必须使用的文字也是反复雕琢，使他的戏剧语言恰如诗歌语言般具有高度的浓缩性和表意性。他说："意象必须以最大的警惕性平静地去追求，一旦发现，就一定要使它变得敏锐，给它定级，精确地对焦，并且要坚持，而关键是要简约，动作和手势要简约，感情和表达也要简约。"③ 在品特看来，用语的简约与表意功能的实现相辅相成，这也与诗歌所要求的语言特点不谋而合。除此之外，一些评论家还认为品特的戏剧语言由于重复、语言的节奏、变奏以及断续等方面的原因也有着一些诗歌似的韵律特征。④ 霍尔就曾这样说："我认为品特本质是一位诗性剧作家……他的文本的精确、字里行间的形式与韵律，从形式上像莎士比亚或贝克特般紧紧地抓住了观众。"⑤ 由于品特戏剧的上述两个特点，一些评论家认为，品特的戏剧语言是诗意的语言。艾

---

① ［英］马丁·艾斯林：《荒诞派戏剧》，华明译，河北教育出版社2003年版，第176页。

② Harold Pinter. "On The Birthday Party: Letter to the Editor of the Play's the Thing, October 1958." *Harold Pinter: Various Voices: Prose, Poetry, Politics.* London: Faber and Faber, 1998, p. 15.

③ Harold Pinter. "A Speech on Being Awarded the 1970 German Shakespeare Prize." *Harold Pinter: Various Voices: Prose, Poetry, Politics.* London: Faber and Faber, 1998, p. 33.

④ Arnold P. Hinchliffe. *Harold Pinter.* London: The Macmillan Press Ltd., 1976, p. 24.

⑤ Peter Hall. "Directing the Plays of Harold Pinter." *The Cambirdge Companion To Harold Pinter*, ed. Peter Raby, Cambridge UP, 2001, p. 147.

斯林说："品特是一位诗人，他的戏剧基本上是一种诗意戏剧，他比同时代的某些矫揉造作的韵体诗剧更是诗剧。"①

最后，品特戏剧语言是防卫的工具。在品特的戏剧中，很多时候，人物或是闪烁其词，或是长篇大段滔滔不绝，或是沉默不语。例如在《房间》的开头，罗斯一个人在不停地说着话，她一连串地对伯特说了一百多句话。在《微痛》中，卖火柴的老人总是默默地站在墙角，一言不发；而男主人爱德华则滔滔不绝。《送行酒》中的尼古拉斯也是不停地说着话。这些语言现象引发了评论家们诸多的猜测，除了上文中有学者认为品特语言是进攻的武器外，凯恩认为，在品特的戏剧中，"语言是一种防卫，而不是交流的工具"②。邓中良也持有类似的看法，他说："在品特的戏剧中，语言不成为人与人之间沟通的桥梁，反倒成了栅栏或围墙上的倒刺，来保护个人自我的狭小天地。"③ 人物不说话是因为他们害怕对方从自己的话语中找到情感的弱点，因为"谈话就意味着暴露，容易把自己薄弱的一面展示于人"④。"人物说得越多，他就可能越不安全。"⑤ 阿尔曼斯则把品特的人物语言称为谎言词汇，他指出："在传统的舞台上，人物使用对话来作为理解策略，而在独白中展现真实的自我。但是在品特的戏剧中并非如此，在这里，对话和独白起到一种变形的保险作用。在人物对他人说话时或是独自说话时你都不能相信他们。"⑥ 国内学者陈红薇则把品特式语言称为"雾中庐山"，是"谎言与真言的编织"。⑦ 的确，人作为动物的一种，有着天生的防卫意识，面对陌生的环境或是不利的形势，不说话有利于隐藏自己的弱点，让对方难测高深，不敢轻举妄动，从而达到保护自己的目的。然而，人物滔滔不绝也是保护自己的一种手段，这又从何说起呢？原来，品特戏剧中许多人物说话时只是漫无边际地瞎侃，并不涉及自己的真

---

① ［英］马丁·艾斯林：《荒诞派戏剧》，华明译，河北教育出版社 2003 年版，第 176 页。
② Victor L. Cahn. *Gender and Power in the plays of Harold Pinter*. London: Macmillan, 1993, p. 5.
③ 邓中良：《品品特》，长江文艺出版社 2008 年版，第 19 页。
④ Richard Allen Cave. "Body Language in Pinter's Play." *The Cambirdge Companion To Harold Pinter*, ed. Peter Raby. Cambridge : Cambridge UP, 2001, p. 113.
⑤ Victor L. Cahn. *Gender and Power in the Plays of Harold Pinter*. London: Macmillan, 1993, p. 4.
⑥ Guido Almansi. "Harold Pinter's Idiom of Lies." *Contemporary English Drama*, ed. C. W. E. Bigsby. New York: Holmes & Meier Publishers, 1981, p. 80.
⑦ 陈红薇：《战后英国戏剧中的哈罗德·品特》，对外经济贸易大学出版社 2007 年版，第 317 页。

正意图，他们希望通过不断的言语扰乱对方的判断力，避免给对方思考的时间，从而达到防卫的目的，这是更深一层的保护技巧。例如在《送菜升降机》中，在杀手高斯与本无聊地躺在地下室的床上等待任务下达之际，本对高斯讲了两个故事：一个是一个80多岁的老人从汽车底下钻过去过马路的故事，另外一个是一个11岁的小男孩打碎了家中的家具，却嫁祸于8岁妹妹的故事。这些故事其实与他们二人当时的情势毫不相关，或是真假难辨，保不准并非报纸上的内容，也许是本的胡诌。这既有可能达到轻松气氛的目的，而由于不涉及他们的任务，也不需要对某些事情进行判断，很好地隐藏了本的内心。对于人物的沉默不语，艾斯林认为："不是没有能力交流，而是故意回避交流。人与人之间的交流本身是如此的可怕，以至于宁愿不断斗嘴，不断地谈论其他事情，而不触及他们关系的实质。"① 而品特本人也曾阐述过自己对于沉默的看法："有两种沉默，一种是没有说话，另一种则是滔滔不绝，正是在滔滔不绝的话语中，人物隐藏了自己的真实动机。"② 看来，沉默和滔滔不绝都具有保护自己的功能。

评论家们对于品特戏剧语言的上述看法，比较全面客观地阐述了品特戏剧的语言特点，对于品特戏剧语言在情节建构、人物塑造、性格烘托、主题表达等方面的作用进行了概括分析，然而，为何品特戏剧语言能产生这些效果，它们给观众带来了什么影响，却是评论家们很少关注的。

第二节 空白结构与沉默的张力

（一）接受美学的空白理论与品特戏剧中的沉默

沉默与停顿是品特戏剧中最普遍的语言现象之一，甚至可以说在品特的每部戏剧中皆有大量出现，因而又常被列为品特戏剧的主要风格特征。例如学者德莱伯指出，品特戏剧的风格是"通过对话，品特天才般地展示了口语的细微差别、交流的困难与意义的多层、沉默与停顿"③。艾斯林在研究品特戏剧时，也将"沉默与停顿"单独成章进行分析总结。彼特·霍

---

① [英]马丁·艾斯林：《荒诞派戏剧》，华明译，河北教育出版社2003年版，第164页。
② Harold Pitner. "Writing for the Theatre." *Harold Pinter: Plays One*. London: Faber and Faber, 1991, p. viii.
③ Drabble Margaret, ed. *The Oxford Companion to English Literature*. Oxford: Oxford Publish House, 1993, p. 767.

尔则指出:"沉默已经成了品特的标识。"① 可见沉默与停顿在品特戏剧语言中的显著性。综观品特戏剧,这些沉默与停顿通常由四种形式构成:一种是长时间的沉默(silence),这种沉默可能是人物很久不说话,也可能是戏剧就此结束;另一种是短暂的沉默(pause),人物之间的对话出现短暂的停顿或犹豫;还有一种是由舞台说明表示,例如由"罗斯不说话""韦克特僵住了""他们彼此沉默了"等形式加以说明;当然品特戏剧的沉默也有可能是由"……""——""。"等标点符号构成,例如"胡德先生,你妻子——","告诉我……"等。由于沉默与停顿在品特戏剧中出现的频繁性,大多数评论家都视品特戏剧中的沉默与停顿为最值得关注的语言现象,并给予了极高的评价。例如艾斯林说:"品特戏剧中的沉默与停顿通常是戏剧的高潮,是风暴的中心,是张力的中心,戏剧的行动往往以此为中心展开。"② 品特的戏剧导演霍尔则说:"沉默是品特戏剧的标志……在品特的戏剧中,没有说出来的东西同说出来的东西一样重要……在语言的面具背后,隐藏着高度的激情。"③ 学者凯姆则从心理分析的角度对品特的沉默与停顿给予了关注,他指出:"从心理分析的角度来看,品特戏剧中的沉默与停顿展现了个人性格,例如恼怒式沉默、沉思式沉默、犹豫式暂停、压抑式暂停等……通常,沉默与暂停是品特在人物的对话中故意设置的一种清楚明晰的表达。"④ 凯夫则试图找出品特式人物沉默的原因,他认为人物选择沉默是"由于谈话意味着展示,这样就等于把自己的弱点暴露于人"⑤,换句话说,沉默是为了隐藏自己的弱点。由于沉默与停顿在品特戏剧中的重要性,可以说,任何避开了品特戏剧的沉默与停顿的语言研究都是不完全的品特戏剧艺术研究;也可以说,忽略了品特戏剧中的沉默与停顿就几乎无法正确地理解品特戏剧的内涵。当然,由于沉默与停顿在品特戏剧中的重要性,学者们对于此方面的研究早已开始,对它们

---

① Peter Hall. "Directing the Plays of Harold Pinter." *The Cambirdge Companion To Harold Pinter*, ed. Peter Raby. Cambridge: Cambridge UP, 2001, p. 147.

② Martin Esslin. *Pinter, the Playwright. London*: Methuen, 1977, p. 261.

③ Peter Hall. "Directing the plays of Harold Pinter." *The Cambirdge Companion To Harold Pinter*, ed. Peter Raby, Cambridge: Cambridge UP, 2001, p. 149.

④ Barbara Ellen Goldstein Kern. *Transference in Selected Stage Plays of Harold Pinter*. New Jersey: Drew University, 1987, p. 5.

⑤ Richard Allen Cave. "Body Language in Pinter's Plays." *The Cambirdge Companion To Harold Pinter*, ed. Peter Raby. Cambridge: Cambridge UP, 2001, p. 113.

各种功能的探索可谓层出不穷。然而，归纳起来，大多数学者视沉默与停顿为语言现象，他们往往从语言功能的角度去做解读。这并非不妥，但却忽略了另一个方面，因为品特戏剧所面对的是读者或观众，沉默与停顿虽是戏剧人物之间的互动，最终目的却是让读者或观众产生某种印象或感觉。然而，沉默与停顿是如何作用于接受者，又是如何通过他们实现语言功能以及社会功能的？这些方面的研究甚少有学者涉足予以探索。

被视为接受美学的核心人物之一的伊瑟尔与姚斯一样，为接受美学的开创、发展做出了重要贡献。学界通常认为，如果把姚斯看作接受美学的一壁，那么伊瑟尔就是接受美学的另一壁。① 虽然他们理论关注的方向不同，但无论是姚斯还是伊瑟尔，都高度重视作为接受者的读者或观众在审美过程中的作用。例如伊瑟尔认为："文学作品分为两极，一极是艺术极，另一极是审美极，艺术极是指由作家创设的文本，审美极则是指读者，由他们完成对文学作品的认知。文学作品既不单指文本，也不单指作品的审美，而是指两者的结合。"② 然而，姚斯与伊瑟尔的理论一方面具有共同点，另一方面却又各有侧重，可谓相辅相成，共同构建起接受美学的理论构架。伊瑟尔自己就曾经说过："今天所谓的接受美学，其内部并不像这一名称本身所显示的那样一致。原则上说来，这一概念掩盖了两种不同的研究方向，虽然二者之间有着紧密的联系，但差异也是显而易见的。"③ 相对而言，姚斯的理论更偏向于接受美学的宏观分析，他聚焦于读者的审美感受和思维过程，主要研究接受美学的整体效应和社会效应，而伊瑟尔的理论则更偏向于接受美学的微观应用，他聚焦于读者在阅读文学本文时的反应过程，在伊瑟尔看来，文学本文被读者阅读的过程，就是一种审美响应的过程，是读者在阅读过程中与文学本文的交流互动。"阅读是一种由本文引导的活动，这个过程，必须有读者的参与，反过来，读者的参与又影响了他自身。"④ 也就是说，读者的阅读过程，其实就是读者在不断响应本文的过程。伊瑟尔的审美响应理论的首要出发点就是文学作品中的空白

---

① 王丽丽：《历史交流反应——接受美学的理论递嬗》，北京大学出版社2014年版，第8页。
② Wolfgang Iser. *The Implied Reader: Pattern of Communication in Prose Fiction from Bunyan to Beckett*. London: The Johns Hopkins UP, 1974, p. 274.
③ [德] 伊瑟尔：《接受美学的新发展》，《文艺报》1988年6月11日。
④ Wolfgang Iser. *The Act of Reading: a Theory of Aesthetic Response*. London: The Johns Hopkins UP, 1978, p. 163.

或不确定之处,他多次探讨了空白和不确定之处的功能,例如:"空白构成了所有相互作用过程的基础……空白引起了读者的投射。"① "正是这些不确定性成分使本文能够和读者交流起来,从这种意义来说,它们引诱读者既参与作品意向的形成,又参与对作品意向的理解。"② 在伊瑟尔看来,正是本文中的空白或不确定之处引发了读者的联想,激发了读者的阅读兴趣,从而推动着阅读活动的进行。

品特戏剧的主要特点之一便是沉默与停顿的大量运用,他的戏剧文本中包含有大量的沉默与停顿,沉默与停顿造成了语言交流或语意的中断,隐藏了人物的真实思维和意图,这其实便是一种空白,同时,也是不确定性产生的根源,因为空白意味着多种可能,而根据凯恩的观点:"意义的不确定性由于某种文本和潜文本意义的多层而更为复杂化,它是品特戏剧的基本构造。"③ 因此,将空白和不确定性作为自己的理论出发点的伊瑟尔的接受美学理论应用于品特戏剧的研究分析,可谓是十分恰当的。

(二) 沉默作为空白的张力

伊瑟尔把自己的接受理论称为审美响应理论,是想强调自己的理论与本文相关,然而并不是要重点关注本文,而是将阅读的重心放在读者身上,主要聚焦于读者对于本文的响应过程,研究的是读者对于本文的思维构造活动。在对读者的思维构造活动的研究过程中,伊瑟尔发现了一种称为"空白"的结构,这种"空白"在构建伊瑟尔的审美响应理论中的作用是如此重要,以至于"空白"理论甚至可以称为伊瑟尔接受美学理论的基石,"空白"(blank)一词具有多种含义,根据《牛津英语词典》,它既可指"文档中未写字、印字或画图的部分",也可以指"无兴趣的、无表情的"④ 的意思,而

---

① Wolfgang Iser. *The Act of Reading: a Theory of Aesthetic Response*. London: The Johns Hopkins UP, 1978, p. 189.

② Wolfgang Iser. *The Act of Reading: a Theory of Aesthetic Response*. London: The Johns Hopkins UP, 1978, p. 24.

③ Victor L. Cahn. *Gengder and Power in the Plays of Harold Pinter*, London: Macmillan, 1993, p. 4.

④ J. A. Simpson and E. S. C. Weiner, eds. "Blank." *The Oxford English Dictionary*, 2nd ed. Oxford: Oxford Up, 1989, p. 261.

在伊瑟尔看来："空白是用来表示存在于本文整体系统之中的一种空位。"①伊瑟尔认为，正是空白的存在，带来了不确定性，引起了读者的思维构造活动，他说："空白是本文看不见的结合点，因为它们把本文的图式和本文的视野互相区分开来，同时在读者方面引起观念化的活动。"② 由于整个本文就像一张大网，而空白就是网络中的一个个空位，"只有当本文的图式被读者互相联系起来时，读者才开始构造想像性客体，正是空白使这些联结性得以进行"③。也就是说，空白产生了未知和悬疑，吸引着读者去思考，阅读过程就是读者沿着本文网络用思维填补空位的过程，而只有填补了这种空位，才能将阅读活动进行下去，并最终构成完整的本文。这便是伊瑟尔对于空白的语言功能的认识。

在人们的普遍认识中，沉默是一种交流的状态，在行动上表现为对话双方交流的停顿和中止，在思维上显示的是人物不愿意进行交流。然而，沉默的功用绝不仅仅如此，品特戏剧中的沉默其实也就是一种空白结构。从文字格式的表面上看，品特戏剧中有多种沉默的表达方式，除上文提到的短暂的沉默"Pause"，长时间的沉默"Silence"，舞台说明表示的沉默，以及由标点符号所表现出来的话语的中止外，更令人惊奇的是品特认为自己的戏剧中还存在第五种沉默，他认为人物的滔滔不绝其实也是一种沉默，因为这种滔滔不绝只是人物掩盖真实内心的烟幕弹，他们说等于没说，因为他们所说的东西与他们真正的想法无关，反而因不断说话干扰了与之对话者的思维。④ 无论是哪种沉默，都代表着叙述线索与文本发展的中断，它们形成了本文中的空位。在品特的戏剧中，上述的沉默形态可谓是屡见不鲜，它们与戏剧中其他元素相互作用，相互结合，事件的矛盾始终没有得到解决，读者的疑问始终没有固定答案，形成了强大的张力，使读者的思维不断拓展、游移，在多重观念的影响下产生立体的感受。

仍以品特的名剧《生日晚会》为例，剧中男主角斯坦利虽然秘密地居

---

① Wolfgang Iser. *The Act of Reading: a Theory of Aesthetic Response*. London: The Johns Hopkins UP, 1978, p. 182.
② Wolfgang Iser. *The Act of Reading: a Theory of Aesthetic Response*. London: The Johns Hopkins UP, 1978, p. 184.
③ Wolfgang Iser. *The Act of Reading: a Theory of Aesthetic Response*. London: The Johns Hopkins UP, 1978, p. 186.
④ Harold Pinter. "Writing for the Theater." *Harold Pinter: Various Voices*. London: Faber and Faber, 1998, p. 19.

住在偏僻海滨一隅的旅馆中,却仍然遭到两名不知来自何方的神秘人物的追踪,他们强行为他举行了生日晚会。在戏剧的开头,旅馆女主人梅格正在厨房忙碌,这时,一个男人走进了与厨房相连的起居室。

  梅格:是你吗,彼得?
  (暂停)
  彼得,是你吗?
  (暂停)
  彼得?①

  在这里,梅格的话语间出现了两次暂停,两次停顿都表明梅格发问之后,在等候回音,也表明了来人的沉默。来人的沉默引起了不确定性,让读者感到奇怪。从女主人第一次轻描淡写地发问,她应该是觉得来人就是丈夫彼得,她的停顿只不过是想等候对方的确认,然而她却没有获得意料中的回音。于是梅格进行了第二次发问,停顿仍然有等候回音之意,但是她的心中已对来人的身份产生了怀疑,以致她接着再问"彼得?"梅格的两次停顿,对方都没有给予回应,让读者也不禁产生困惑:此人到底是不是彼得?如果是彼得,他为什么会对女主人的询问充耳不闻呢?他的不回答代表着什么?而如果不是彼得,那这个男人又会是谁?他为何一大早就出现在起居室中?在这里,沉默形成了空白,带来了不确定性,一下子就将读者的思维调动起来。

  同样地,在戏剧即将结束之际,原来口若悬河的斯坦利却变得一言不发,不回应任何的询问:

  戈德伯格:……(他转向斯坦利)斯坦利,你将能够要么成功要么毁灭,在我的生活中(沉默,斯坦利很安静),好吧,你怎么说?
  (斯坦利的头抬起来慢慢地转向戈德伯格的方向)
  戈德伯格:你怎么想?孩子?
  (斯坦利开始猛抓眼睛,然后又不抓了)

---

① Pinter, Harold. "The Birthday Party." *Harold Pinter: Plays One*. London: Faber and Faber, 1991, p. 3.

麦凯恩：你是什么看法，先生？在这个前途上，先生？
　　戈德伯格：前途，对，是前途。
　　（斯坦利抓住眼镜开始发抖）
　　对于这个前途你是什么看法？唔，斯坦利？
　　（斯坦利缩成一团，他的嘴张开，想说，却说不出，在他的喉咙中发出一些声音）
　　斯坦利：呃呱……呃呱……呃……嘎……（呼吸急促）……咔…咔……①

　　在这里，经过生日晚会中对斯坦利进行的文字游戏（纳粹常用的风暴式洗脑方法）的折腾，以及拿掉斯坦利的眼镜，在他的眼睛上绑上红布、让他绊上小鼓摔倒在地的捉弄，斯坦利乖乖地坐在那里了，活脱脱就像一个审讯桌前的嫌疑犯。在戈德伯格要他就"要么成功要么毁灭"发表意见后，他却越来越紧张、越来越害怕，他的"猛抓眼睛""抓住眼镜开始发抖"等动作表明了这些心理和生理反射，最后他甚至无法用语言表达，只能嘴里发出"呃呱……呃呱……呃……嘎……"这类没有形成语义的声音。斯坦利的沉默代表着什么呢？而戈德伯格与麦肯恩看似礼貌的话语有可能却意味着某种致命的危险，他们所谓的前途到底是什么？为什么会让斯坦利如此慌张？在这里，从上下文中也难以找到非常明确的信息，读者只能猜测戈德伯格与麦凯恩或许在逼迫斯坦利屈服。但会是怎样的屈服，他们所指的成功是什么，毁灭是什么，斯坦利会怎样选择，都没有具体的答案。沉默导致了剧情发展的多种可能，再次把读者的心悬了起来。

　　而在另一部戏剧《送行酒》中，知识分子韦克特（Victor）一家遭到了代表着统治阶级或是宗教代表的官员尼古拉斯（Nicolas）的迫害，代表着知识分子尊严的韦克特的书房被士兵糟蹋得满地乱纸，然后士兵还在那儿撒尿。不仅如此，韦克特的妻子还被士兵轮奸，儿子被关进监狱，自己被拷打得遍体鳞伤。最终，在胁迫之下，韦克特决定向尼古拉斯妥协，以换取一家人的自由，他坐下来接过意味着尼古拉斯释放他出狱的送行酒：

---

① Pinter, Harold. "The Birthday Party." *Harold Pinter*: *Plays One*. London: Faber and Faber, 1991, p. 78.

> 尼古拉斯：你可以走了。我们会再次相见的，我希望。我相信我们仍然会是朋友。出去吧，享受生活。最好的了，好好爱你妻子，大约一周后她就会回到你身边，如果她决定那样的话。是的，我感到我们彼此都从讨论中获益。
> （韦克特在嘟哝）
> 什么？
> （韦克特在嘟哝）
> 什么？
> 韦克特：我儿子。
> 尼古拉斯：你儿子？别担心，他是（was）一条小阴茎。
> （韦克特顿时全身僵硬，直直地盯着尼古拉斯）
> （沉默）①

乍一看，尼古拉斯的言语友好，充满温情。然而他却绝口不提韦克特最关心的、最想知道的儿子的事，所谓的韦克特的妻子一周后可以出狱的承诺也不知是真是假，因为此时她尚在狱中，且后面还附加有条件"如果她想那样的话"。韦克特在害怕与犹豫中（因为他老是嘟哝）还是问起了儿子，尼古拉斯在回答中却用上了过去式（was），显然，韦克特的儿子早已被杀害了。听到这个消息，韦克特一阵沉默，戏剧随之结束。沉默在这里形成了空白结构。

韦克特的沉默代表着什么呢？由于缺乏具体的文字叙述，这里蕴含着多种可能。或许，读者可以这样想：韦克特的妻子被众士兵轮奸，儿子又已被杀害，尼古拉斯却假惺惺地叫他"出去好好享受生活，好好爱你的妻子"，并且还厚颜无耻地说："我们仍然会是好朋友的。"当韦克特为了儿子委曲求全地向尼古拉斯屈服时，得到的却是儿子已死亡的消息，内心复杂的情感不言自明。此时的沉默，可能代表着他对尼古拉斯的无比愤恨，是愤怒的沉默。然而，既然韦克特能够与尼古拉斯坐到一块儿，他的心中已然存在妥协的思想，沉默是不是代表着他的继续屈服呢？或者，事情远非如此复杂，韦克特可能什么也没有想，在突然的打击下已然精神错乱，

---

① Harold Pinter. "One for the Road." *Harold Pinter: Plays Four*. London: Faber and Faber, 1993, p. 247.

所以他僵住了。显然，由于具体文字的缺失，读者不可能得出统一的结论，但可以肯定的是，韦克特的沉默在戏剧结束之时留给了观众深刻的印象，即使戏剧结束，由于他的进一步行动没有明白地揭示，观众的思考也无法结束，他们的思维将继续停留在对剧情的思索上。

品特甚至以"沉默"为剧名撰写了一部戏剧，这极其有助于读者或观众了解品特对于沉默的理解。在这部戏剧中，品特描述的是一个二十来岁的女人艾伦（Ellen）与两位中年男人拉姆齐（Rumsey）、贝蒂斯（Bates）之间的三角情爱故事，与一般的戏剧不同，剧中人物很少进行交流式的对话，大段大段的独白展示了三个人的内心活动。有时人物也对话，然而，他们的对话似乎并不是向对方说的，而是各说各的，也类似于独白。例如在戏剧的末尾，出现了这样一些对话体的语句：

> 拉姆齐：我步行。
> （沉默）
> 巴蒂斯：赶公共汽车。
> （沉默）
> 艾伦：当然，我能够记得婚礼。
> （沉默）
> 拉姆齐：我跟我的穿着灰色衣服的女孩散步。
> 巴蒂斯：坐一辆公共汽车去镇上。街上到处是灯光。
> （长时间的沉默）①

在这里，令人感到非常有趣的是三个人看似在面对面地对话，其实他们所说的东西各不相干。各人说着各人的事，说明他们心里所想的东西也不一样。或许，虽然他们都在说着话，然而他们的思维朝向的是三个方向，并没有聚集到一块儿。表面上看他们是在交流，然而他们的心没有处于交流状态，都处于沉默之中的封闭状态。仔细读来，在这些独白和对话中似乎可以看出艾伦正在两个男士之间做出爱的选择，两位男士各有优点，拉姆齐四十岁左右，成熟稳重，懂得关心人，他会在外出的时候"为

---

① Pinter, Harold. "Silence." *Harold Pinter: Plays Three*. London: Faber and Faber, 1991, p. 209.

艾伦披上外套",贝蒂斯三十多岁,性格活泼好动、热情洋溢,他会主张参加各种各样的活动。有时,艾伦很迷茫,她对两位男士做了同样的动作,例如她独白道:

> 有两位男士,我转向他们说着话。我看着他们的眼睛,我亲了他们并且说话,我扭头看别的地方,微笑着,我转过身来触碰他们。①

在这里,艾伦用"他们"来代替对二人的具体称呼,所发出的亲昵动作同时针对的是二人,表现出她与二人的等距离交往。剧中显示,拉姆齐在对艾伦的行动上保守、被动,不是那么积极,他有时甚至会拒绝艾伦:

> 拉姆齐:去找一个年轻人。
> 艾伦:没有多少年轻人。
> 拉姆齐:不要太傻。
> 艾伦:我不喜欢他们。②

拉姆齐建议艾伦去跟年轻的男人谈恋爱的提法或许是在表明他对于艾伦的爱情的拒绝,然而艾伦并不赞成他的建议,她或许更依恋拉姆齐:

> 拉姆齐:你还记得吗……你上次在这儿的时候。
> 艾伦:记得。
> 拉姆齐:你那时是一个小女孩。
> 艾伦:是的。
> (暂停)
> 拉姆齐:你现在会做饭了吗?
> 艾伦:我能为你做饭吗?③

在这里,拉姆齐仍然是一副拒绝的姿态,他或许是想通过讲述显示与

---

① Pinter, Harold. "The Birthday Party." *Harold Pinter*:*Plays One*. London:Faber and Faber, 1991, p. 193.
② Harold Pinter. "Silence." *Harold Pinter*:*Plays Three*. London:Faber and Faber, 1991, p. 202.
③ Harold Pinter. "Silence." *Harold Pinter*:*Plays Three*. London:Faber and Faber, 1991, p. 199.

艾伦在年龄上的差距,从而进一步拉开双方的心理距离,而艾伦却没跟着拉姆齐的引导走,在她看来,能为拉姆齐做饭是一件很幸福的事,显示出她喜欢拉姆齐的真实内心。再看艾伦对待贝蒂斯的态度:

> 贝蒂斯:我们今晚见面吗?
> 艾伦:我不知道。
> (暂停)
> 贝蒂斯:今晚跟我在一起。
> 艾伦:去哪儿?
> 贝蒂斯:去哪儿都可以,散散步。
> 艾伦:我不想散步。①

艾伦对于贝蒂斯并不热情,甚至对他的邀请直接予以拒绝,显示出二人之间的主动与被动的情爱关系。显然,艾伦与两位男士的关系处于一种怪圈:艾伦喜欢拉姆齐,拉姆齐由于某种原因却不愿意接受她;贝蒂斯喜欢艾伦,总是主动进攻,但艾伦却不怎么喜欢他。一方面,剧中展示了生活中诙谐滑稽之处蕴含的哲理:人们或许更喜欢难以得到的东西,或者是说有心栽花花不开,无心插柳柳成荫。当然,戏剧内容本身也很滑稽,例如艾伦在独白中说:"他问我是否可以亲我的右脸,我说可以,于是他亲了我。然后,他又问,如果已经亲了我的右脸,是否左脸也可以亲。"② 读来真是让人忍俊不禁。剧中展示了品特眼中的沉默:沉默既是不语,也是滔滔不绝。《沉默》中其实也有人物的对话,但那只是对话而已;《沉默》中也有大段大段的独白,但那只是个人的心声表露,并无实质的交流。三个主人公各有各的想法,向着三个不同的方向,即使他们在对话,也并不交流。联系到品特将此剧命名为"沉默",从中就可了解到品特本人对于沉默的理解:真正的沉默应该是缺乏交流,而不管是说话或不说话。只要心灵是封闭的,即使正在说话,也是沉默。还可以用剧中艾伦的独白来描述品特对于沉默的理解:

---

① Harold Pinter. "Silence." *Harold Pinter*: *Plays Three*. London: Faber and Faber, 1991, p. 196.
② Harold Pinter. "Silence." *Harold Pinter*: *Plays Three*. London: Faber and Faber, 1991, p. 201.

夜包围了我，如此之安静（silence）。我可以听见自己。遮住我的耳朵，我的心好像就在耳边跳动。如此之安静（silence）。这是我吗？我是在沉默（silence）还是在说话？我怎么知道？我怎么知道这些事？①

沉默的方式是多种多样的，沉默与说话也是难以区分的，有时沉默也是在说话，有时说话也是在沉默。连剧中的主人公都无法区分自己是在沉默还是在说话，更不用说别人了。看来，在品特眼中沉默与说话并无本质的区别。不仅如此，《沉默》中由于大都是人物的内心独白，话语极少交叉融合，充满了似是而非，虽然字句简单，却极其难以理解，而各人所表达的立场也各不相同，让人不知所云，疑问的阴云始终难以驱散，读者在阅读中始终难得其解，这也形成了空白的张力。

品特戏剧中还出现了一些奇怪的语言现象，那就是虽然对话双方都在场，但是一方对另一方视而不见，一说就是一大段，这便是品特所说的滔滔不绝式沉默。在品特的首部戏剧《房间》中，戏剧一开头，这样的情况便出现了。当时，伯特正在看报纸，罗斯正在炉子边忙活，她一边干活，嘴上一边嘟哝着：

罗斯：给你，这个可以驱寒。
外面非常冷，我可以告诉你，简直是谋杀。
好了，你把它吃了吧，你需要它们。你可以感觉到它们的存在。这个房间很暖和，无论如何比地下室强。
我不知道他们为什么会喜欢住在那下面，简直是自找麻烦，继续，吃吧，对你有好处。
如果你想出去，你最好吃一些东西到肚子里，这样你出去的时候就能感觉到它们了。
刚才我往窗户外面看了下，对于我来说够了，真是没心肠，你能听见风的声音吗？
……②

---

① Harold Pinter. "Silence." *Harold Pinter*：*Plays Three*. London：Faber and Faber, 1991, p. 201.
② Harold Pinter. "The Room." *Harold Pinter*：*Plays One*. London：Faber and Faber, 1991, p. 85.

类似于这样的话语，罗斯不停地说了一百多句。仔细察看这些内容，说的一方面是吃、穿、住的问题，显示出对伯特的关心，另一方面则反反复复强调天气的寒冷。众所周知，在英国人的文化里，谈论天气是人们见面时最常使用的一种交际策略，目的是打开话题，使对话得以进行，可以说是无话找话。罗斯与伯特是夫妻关系，完全可以省略这种礼节性的交往方式，这样的寒暄对于两个天天生活在一起的人来说是完全没有必要的。然而，罗斯却不厌其烦地反复唠叨，坐在旁边的伯特一句话都没有回应，罗斯这样做到底是为什么呢？在这里，其实也是一种空白。读者可以认为，罗斯是出于对伯特的关心，她的这些唠叨跟普通的家庭主妇别无二致。当然，读者也可以认为，罗斯的滔滔不绝其实反而反映出他们夫妻二人关系的空洞。罗斯与伯特二人之间，已经没有了心与心之间的情感交流，她的嘴上所说的全都是不着边际的东西，并没有涉及情爱的暗示。她分明是在无话找话，以便掩盖彼此尴尬的关系。他们的对话根本就不是交流，只是敷衍，因而，也可以看作她自己的内心的一种沉默。而伯特的懒得回应似乎也从另一方面印证了这一推断。当然，伯特不回应也可以有多种理解，是他觉得这些话无关紧要，根本没有必要回答吗？还是他对妻子不满，不愿意理睬她？还是他是大男子主义者，视女性为低等动物，想理睬就理睬，不想理睬就不理睬？艾斯林持有的看法是人物在回避交流，他说："不是什么没有能力交流，而一种故意回避交流，人与人之间的交流本身是如此的可怕，以至于宁愿不断斗嘴，不断谈论其它事情，而不触及他们关系的实质。"① 随后，当伯特从外面回来之后，这次轮到他滔滔不绝地说个不停：

　　　　伯特：我回来了。
　　　　罗斯：好。
　　　　伯特：我回来了。
　　　　罗斯：好。
　　　　（暂停）
　　　　罗斯：很晚了吗？
　　　　伯特：在那里，我吃了一大碗。

---

① [英] 马丁·艾斯林：《荒诞派戏剧》，华明译，河北教育出版社2003年版，第164页。

（暂停）
我艰难地驾驶着她。
罗斯：好。
伯特：然后我艰难地把它驾驶回来了。外面好冷。
罗斯：是的。①

令人感觉滑稽的是，这一次，轮到伯特不停地说，罗斯虽然都做出了回答，但反反复复说的基本上只有一个字"Yes"，看来她也没有完全进入伯特的叙述语境中去。伯特不停地说着自己的马和天气。接下来，他又说了一大段：

伯特：我单独驱赶着它，她很棒，然后我就回来了。我可以看见路不错，路上没有车。不，有一部，但是是没有开动的。我撞到上面去了，我找到了自己的路。我到处找路。回来的时候，他们把路铲好了，我直直行走，没有混淆，跟她不会。她很棒，她跟着我，她毫不含糊地跟着我。我用我的手，像这样，我抓住她。我去我想去的地方，她把我带到了那儿。她把我带回来了。

（暂停）
我回来了。②

伯特通篇都在描述自己驾车外出时的感受，与对自己妻子罗斯的态度相比较，他话语中对马的态度更富有感情，对马更关心，而且一句"我回来了"就说了三次，从中读者不难体会到他的心里对于罗斯的情感的冷淡。他反复地说着"我回来了"也是无话找话。看来，罗斯表面上关心的是伯特，其实事实并非如此，而伯特更是直接地表现出他关心的对象与罗斯无关。有学者更进一步地认为，这里的"她"另有所指，暗示着伯特其实是外出会情人了，因为伯特文字中包含有一些暧昧的含义，他所用的那

---

① Harold Pinter. "The Room." *Harold Pinter: Plays One*. London: Faber and Faber, 1991, p. 109.

② Harold Pinter. "The Room." *Harold Pinter: Plays One*. London: Faber and Faber, 1991, p. 110.

些动词例如"撞击""抓住"等都与性暗示有关。① 当然，由于解释或明确的语言的缺位，读者的种种说法都只能是推测，彰显出品特滔滔不绝式沉默的张力。

再看品特的另一部戏剧《一夜外出》，这部戏剧主要讲述的是阿尔伯特与其母亲之间的故事，在这部戏剧中，阿尔伯特的母亲也总是滔滔不绝地说个不停。她一会儿提醒阿尔伯特要洁身自爱：

> 母亲：你不会去进行某种不干净的生活吧？
> 阿尔伯特：不干净的生活？②

一会又想挽留阿尔伯特在家吃饭：

> 母亲（温和地）：好了，你的晚会准备好了，你等下再找你的东西吧，到桌边来，你是个好孩子。③

一边又不断打探阿尔伯特的行踪：

> 母亲：你要去哪里？④

其实，阿尔伯特和他母亲的对话在戏剧的开头就显得有些不正常：

> 母亲：阿尔伯特，我正在叫你。（她看着他）你正在做什么？
> 阿尔伯特：什么都没做。
> 母亲：你没听见我在叫你吗？阿尔伯特，我一直在楼上叫你啊。⑤

---

① Martin Esslin. *Pinter, the Playwrigt*. London: Methuen & Co. Ltd., 1982, p. 73.
② Harold Pinter. "A Night out." *Harold Pinter: Plays One*. London: Faber and Faber, 1991, p. 235.
③ Harold Pinter. "A Night out." *Harold Pinter: Plays One*. London: Faber and Faber, 1991, p. 332.
④ Harold Pinter. "A Night out." *Harold Pinter: Plays One*. London: Faber and Faber, 1991, p. 333.
⑤ Harold Pinter. "A Night out." *Harold Pinter: Plays One*. London: Faber and Faber, 1991, p. 331.

当阿尔伯特的母亲已经面对他时，显然已是没必要再说"我正在叫你"这样的话了，而后还继续强调"一直在楼上叫你啊"，这表明了这对母子之间的关系。或许，阿尔伯特对母亲的唠叨早已厌烦透顶，出于长幼关系只是勉强应和着，他的话语里有逆反的语气，而母亲非常在意自己在孩子心目中的地位，她希望自己能支配孩子的行动。母亲对阿尔伯特显得很警惕，一觉得有些不对劲就立刻询问他正在做什么，表现出一种强烈的控制欲，或是一种焦虑。要知道，阿尔伯特已经开始工作，年纪不小了，作为母亲应该给予他更大的活动空间才对。而阿尔伯特的一句"什么也没做"则表明了他对母亲的警惕，他不愿意表露自己的真实想法。短短的几句对话，已可以看出他们母子二人之间的交流是不畅通的。

继续往下阅读，读者对于母子二人的情况会有更多的了解。原来阿尔伯特的母亲展现给读者的唠唠叨叨的家庭妇女形象是有一些原因的，她总是不停地说着话，言语中一方面显示出对于儿子的关心和爱护，另一方面也展现出过多的不必要的担心。有些学者由此得出结论，例如邓中良认为这表明了阿尔伯特的母亲的占有欲和控制欲，阿尔伯特是在忍受"占有欲、控制欲极强的母亲"，"他受到母亲的控制，被他母亲占有欲所窒息"。[①] 然而，事情可能并不仅仅如此，品特所要表现的内容或许更深入、更复杂。其实，若仔细品味，阿尔伯特与他的母亲之间的表现也是一种沉默——心灵的沉默。阿尔伯特的父亲已经逝世，他与母亲相依为命。可以说阿尔伯特是母亲唯一的寄托，她的唠唆展示的是她对成长中的儿子的焦虑以及对自己在丈夫过世后心灵空虚的掩藏。而阿尔伯特面对母亲的唠叨非常不耐烦，他有时对母亲的唠叨置之不理，有时则以各种谎言搪塞。看来他并不能理解母亲的过分关怀，而将之视为管束和监视，视这种母子关系为约束与反约束的关系。最后，他甚至将一个闹钟狠狠地扔向母亲，母亲跌倒在地，他以为母亲死了，于是他一夜外出，到酒吧去喝酒，并违背了自己在母亲面前的承诺，叫了一个妓女作陪，虽然他最终并没有与妓女发生关系。阿尔伯特的放浪行为也与他母亲的唠唆产生了巨大的张力，或许也正是他母亲的唠唆导致了阿尔伯特的一夜外出，但读者肯定会由此引发思索，阿尔伯特的母亲为什么会这么唠唆？阿尔伯特为何不能理解母亲

---

① 邓中良：《品品特》，长江文艺出版社2008年版，第68页。

的苦心？为何血肉相连的母与子之间的交流这么困难？是什么导致了这种亲情的困境？在他母亲的滔滔不绝之后，看来也隐藏着诸多的内容。伊瑟尔指出："词语的模糊性是非常具有表现力的，因为每一种意义仿佛都在为另一种意义提供线索，两种意义互相牵涉形成重叠。谎言重叠于事实之上，文学作品重叠于真实世界之上。"① 在这里，滔滔不绝式沉默同样导致了语义的模糊，事实与真相难以区分，事件的矛盾没有得到解决，因而它同样形成了巨大的张力。

从空白理论出发，伊瑟尔又提出了"召唤性结构"（Responding-inviting Structure）的概念，所谓的"召唤性结构"，其实是指文本由于自身的特点会对读者产生召唤式的功能。伊瑟尔指出："文学作品中存在着意义空白和不确定性，各语义单位之间也存在着连接的空缺，以及对作者习惯视界的否定会引起心理上的空白，所有这些组成文学作品的否定性结构，成为激发、诱导读者进行创造性填补和想像性连接的基本驱动力。"② 文中所说的否定性结构就是召唤性结构，根据伊瑟尔的上述定义可知，文学作品中的空白、空缺和不确定性是它得以形成的基本构件。

"品特式沉默的效果在于它们是品特戏剧语言的高度浓缩……沉默是品特用语经济的表现，在其看似陈词滥调的背后，隐藏着丰富的诗学意义。"③ 在品特的戏剧中，沉默作为重要的元素、重要的语言特征，还导致了空白和不确定性的产生，形成了巨大的文本张力，也形成了召唤性结构。沉默带来了多义性、多种矛盾的冲突和多种情感的包含融合，还推动着读者不断地响应本文、建构意义，产生了多种阐释的可能，吸引了读者的注意力，激发了读者的阅读兴趣，不断地把阅读行动向前推动。具体说来，主要是通过如下的方式进行。

首先，品特式的沉默在形式上否定了传统，激发了读者的好奇心。正如上文所指出的，品特式沉默并不是仅以"沉默"二字作为标识这么简单，还包含了标点式沉默、舞台说明式沉默、滔滔不绝式沉默等。尤其是舞台说明式沉默、滔滔不绝式沉默，这与人们通常所理解的沉默形式大相径庭，起到了"否定"的作用，改变了读者心目中对于沉默的定位和认

---

① Woofgang Iser. *Stepping forward*: *Essays*, *Lectures and Interviews*. Maidstone: Crescent Moon Publishing, 2000, p. 16.
② 朱立元：《接受美学导论》，安徽教育出版社2004年版，第179页。
③ Martin Esslin. *Pinter*, *the Playwright*. London: Methuen, 1982, p. 264.

识，肯定会引起读者的好奇心，推动他们去了解何谓滔滔不绝式沉默，何谓舞台式沉默，等等。

其次，品特式沉默在内涵上否定了传统。在人们的传统认识中，沉默就是不说话，是不发表任何意见，是不同意。然而，品特式沉默既是无语，还是自我防卫，是进攻的武器，是烟幕弹，是面具，是疾病，是人物关系的表征，是人物心理活动的展现，是政治迫害的手段。品特拓宽了沉默的内涵，丰富了沉默的内容。

最后，品特式沉默在语言功能上也否定了传统。品特给沉默赋予了大量的功能，拓宽了沉默的语用意义。沉默不再仅仅是戏剧中人物的对话间隙，或是说话间的停顿，还被广泛地应用在人物的交际活动中，展示人物的情感，反映人物的心声，表现人物的好恶爱憎，在语言的功能上也强化了。

正因为品特戏剧中的沉默否定了人们对于沉默的传统认识，长期以来在语言界已作出界定的沉默在形式、内涵和功能等方面发生了巨大的变化，在读者的审美经验中形成某种空白，导致了本文意义的不确定性。而根据伊瑟尔的说法，"所有这些组成文学作品的否定性结构，成为激发、诱导读者进行创造性填补和想像性连接的基本驱动力"①，所以沉默成了读者继续阅读的动力，而读者在有了品特戏剧的审美经验之后，再阅读品特的戏剧的时候，就会多了一个心眼，他们对平时阅读作品时司空见惯的沉默另眼相看，观察它们的形式，揣摩它们的内容，研究它们的功用。不知不觉间，沉默就发挥了召唤结构的作用。

第三节　游移视点与语意的荒诞

（一）游移视点与荒诞的内涵

1961年，西方荒诞派戏剧研究的权威人物马丁·艾斯林在他的著作《荒诞派戏剧》(*The Theatre of the Absurd*) 一书中将品特归入荒诞派剧作家之列，从此，品特就与贝克特、尤涅斯库、阿达莫夫、热奈等人一样，被贴上了荒诞派剧作家的标签。所谓的荒诞，有着多种延伸的理解，但其本

---

① 朱立元：《接受美学导论》，安徽教育出版社2004年版，第179页。

意为"不合逻辑、不和谐、非理性"①，或者用艾斯林的话来说是"与理性或者适宜不合，不一致，不合理，不合逻辑"②。在同为荒诞派剧作家的尤涅斯库的眼中，荒诞就是"缺乏目的的，切断了他的宗教的、形而上学的、超验的根基，人迷失了，他的一切行为都变得无意义、荒诞，毫无用处"③。显然，尤涅斯库将荒诞的基本意义具体化了。荒诞派剧作的一个共同特点是极力贬低语言的直接表意作用，贬低语言的交流功能。"戏剧总不只是语言，语言只能够阅读，但是真正的戏剧却只能在表演中体现出来。"④ 为了表达出荒诞的内涵，荒诞派剧作家们竭尽所能。荒诞派剧作家的领军人物贝克特在他的剧作中大量使用复调，通过人物多次重复的言语及动作来表达意义。而尤涅斯库则信奉反戏剧的原则，他认为"戏剧必须是名副其实的震撼战术，真实的本身、观众的意识，语言都必须被颠覆、错位、翻转"⑤。阿达莫夫由于自身长期患有精神方面的疾病，对疾病在文学中的功能体验极深，因而希望借助于疾病、梦境来表达世界的异化之感。他认为患病有助于作家加深这种理解："那儿有什么？首先我知道我的存在。但我是谁？我所知道的关于我的一切就是我在受难，如果我在受难的话，那是因为在我自己的本原中存在着残缺和分裂。"⑥ 而热奈却试图用布满镜子的舞台，反射出白日梦幻，在他的戏剧中，"生存的世界仅仅作为在一个梦幻和幻想的世界里对于生活的怀念性记忆存在着"，而"人物本身仅仅是人物，他们只是象征符号，镜子里的映像，梦中之梦"。⑦ 相对而言，品特虽被认为"尤其深受贝克特的影响"⑧，"是贝克特真正的儿子"⑨。但他在荒诞戏剧表现技巧的标新立异上似乎没有如此的颠覆性。他的戏剧表现方法看起来相对理性而传统，比如他的戏剧至少还可以看出一些情节，剧中人物的语言虽然也有别于常规，但尚属通俗易懂，在场景设

---

① J. A. Simpson and E. S. C. Weiner, eds. "Absurd." *The Oxford English Dictionary*, 2nd ed. Oxford: Oxford UP, 1989, p. 57.
② Martin Esslin. *The Theatre of the Absurd.* London: Penguin Books, 1978, p. 23.
③ Martin Esslin. *The Theatre of the Absurd.* London: Penguin Books, 1978, p. 23.
④ Martin Esslin. *The Theatre of the Absurd.* London: Penguin Books, 1978, p. 329.
⑤ Martin Esslin. *The Theatre of the Absurd.* London: Penguin Books, 1978, p. 142.
⑥ ［英］马丁·艾斯林：《荒诞派戏剧》，华明译，河北教育出版社2003年版，第60页。
⑦ ［英］马丁·艾斯林：《荒诞派戏剧》，华明译，河北教育出版社2003年版，第142页。
⑧ Yeal Zarhy-Levo, "Pinter and the Critics." *The Cambirdge Companion To Harold Pinter*, ed. Peter Raby, Cambridge : Cambridge UP, 2001, p. 251.
⑨ Harold Bloom. "Introduction." *Harold Pinter.* New York: Chelsea House Publishers, 1987, p. 1.

计上也遵循一些传统规律。然而，品特戏剧也具有强烈的荒诞性，与其他荒诞派剧作家相比可谓毫不逊色。其中，沉默功不可没。

与姚斯专注于读者接受的宏观方面的研究不同，伊瑟尔仔细研究了读者的阅读过程，在他看来，阅读是一个需要耗费较长时间的过程，读者阅读文学作品之时，整个本文不可能被一次性整体感知，而是随着阅读活动的深入不断形成意识，读者阅读的某一具体时刻在本文中的某一具体位置的坐标就是视点，因而阅读的过程就是一种视点不断往前游移的过程。随着视点的前移，"已经读过的东西在读者的记忆中缩小成为一种被压缩的背景，但是在新的背景中，这种背景又不断地被唤起，并且被新的句子相关物修改"[①]。伊瑟尔认为，每一个个别的句子都代表着一个特殊的视界，意味着某种期望，提供给读者一种观点，随着视点的游移，这种期望会不断地变化，然而由于绵延的作用，读者的期待仍然停留在上一个视点的观点上，从而与新视点形成的观点相互冲突融合，审美客体就这样不断地被读者建构和重新建构。随着阅读过程的进行，读者的观点在不断地变换，这就是伊瑟尔的游移视点理论。

（二）游移视点与荒诞性的产生

品特戏剧中的沉默之处往往能让读者体会到某种荒诞，从伊瑟尔的游移视点理论来看，这正是品特巧妙地利用了读者阅读过程中的视点变化，在视点的向前游移中创造出荒诞性的效果。在《生日晚会》中，当女房东梅格告诉斯坦利有两个新旅客入住时，他们的对话如此展开：

> 梅格：为什么？斯坦利，你认识他们？
> 斯坦利：在我知道他们姓名之前我怎么会知道我是否认识他们？
> 梅格：唔，他告诉过我，我记得
> 斯坦利：是什么？
> 梅格：戈德……什么的
> 斯坦利：是吗？
> 梅格：戈德柏格

[①] [德] W. 伊泽尔：《审美过程研究——阅读活动：审美响应理论》，霍桂桓、李宝彦译，中国人民大学出版社1988年版，第149页。

斯坦利：戈德柏格。
梅格：对了，他是其中的一位。
（斯坦利慢慢地坐到桌边，想离开）
梅格：你认识他们？
（斯坦利没有回答）
斯坦，我保证他们还没有起床，我会告诉他们要安静的。
（斯坦利静静地坐着）
梅格：他们不会待很久的，斯坦，我照样会给你带早茶来的。
（斯坦利静静地坐着）
梅格：你今天不能不开心，今天是你的生日。
（暂停）
斯坦利：什么？
梅格：今天是你的生日。
……
斯坦利：不，今天不是我的生日，梅格。[①]

斯坦利一开始在回答梅格的问题时使用了反问的语气，在此视点上给读者留下了咄咄逼人的印象。然而在梅格告诉他来人的名字后，斯坦利却保持了长时间的沉默（斯坦利慢慢地坐到桌边，想离开；斯坦利没有回答；斯坦利静静地坐着），这一视点与斯坦利此前留给观众的印象相矛盾，显得不合逻辑。接着，梅格说当天是斯坦利的生日，斯坦利终于从沉默中反应过来，然而却对当天是自己的生日矢口否认。在梅格说当天是斯坦利生日与斯坦利回答之间存在一个沉默，此间的沉默显示出要么是梅格的杜撰，要么是斯坦利在思索之后进行撒谎。原本咄咄逼人的斯坦利突然变得沉默寡言，并且想溜之大吉；或是梅格硬要杜撰斯坦利的生日，或是斯坦利不愿承认自己的生日，视点的游移与沉默相结合，将当中的荒诞性显示了出来。

《月光》一剧中的某些沉默也很有意思，这部戏剧主要讲述的是一位名叫安迪的老人生病在床，生命垂危之际，他非常想见自己的儿子。在病

[①] Harold Pinter. "The Birthday Party." *Harold Pinter：Plays One.* London：Faber and Faber, 1991, p. 29.

床上，他说的第一句话就是：

  安迪：孩子们在哪？你找到他们没有？
  贝尔：正在联系。①

  显然，这里作为一个视点交代了事件的原因：老人想见孩子，他的妻子贝尔正在跟孩子们联系。而在另一个房间中，他们的孩子——哥哥杰克与弟弟弗莱德正坐在床上谈话，部分内容也涉及了他们的父亲：

  弗莱德：他真的是批判性力量吗？
  杰克：他不是为了快乐或是荣誉做事。让我说得更清楚些。他那样做不会得到掌声，但是他也不追求；那样做不会得到感激，但是他也不追求；他不会手淫，他也不追求——对不起，我的意思是他并不追求刺激——
  ……
  杰克：我父亲严格遵守规则。②

  这一视点显示出父亲在孩子们心中的形象还是很伟岸的，因为他做事并非为了获得别人的称赞，不是为了荣誉，也不是为了感激，也不追求性欲方面的刺激，并且严格遵守规则。虽然"严格"二字显示出某些古板意味，但对父亲的形象并无贬损之处。兄弟二人同时还在玩着各种文字游戏，甚至假装陌生人，他们回味过去，对未来进行奇思妙想，那些想法看似五光十色，却与兄弟二人的无所事事相映衬，反映出他们的想象是无源之水、无根之木，不可能实现。在这一视点上，兄弟二人的生活状况和人生目标定位表现了出来，同时表现出来的还有他们的道德伦理思想。就在这个时候，贝尔的电话打了进来：

  （弗莱德的房间中亮着灯，电话响了，杰克拿起话筒）

---

 ① Harold Pinter. "Moonlight." *Harold Pinter: Plays Four*. London: Faber and Faber, 1993, p. 319.
 ② Harold Pinter. "Moonlight." *Harold Pinter: Plays Four*. London: Faber and Faber, 1993, p. 328.

杰克：中国洗衣店？

贝尔：你父亲生病了。

杰克：中国洗衣店？

（沉默）

贝尔：你父亲生病了。

杰克：我可以把电话给我的同事吗？

（弗莱德拿过电话）

弗莱德：中国洗衣店？

（暂停）

贝尔：没关系。

弗莱德：噢，我亲爱的女士，绝对有关系，东西什么时候会到洗衣店？

贝尔：不会的，不要紧，不要紧。

（沉默）

（杰克拿着电话，看着它，把它放到耳边。）

（贝尔也拿着电话。）

（弗莱德抢过电话。）[1]

在这里，作为儿子，杰克自然能听出是母亲贝尔的声音，然而，他从母亲的口中明明听见了父亲生病的消息，却仍然重复地问母亲同样的问题，文中的第一个沉默可能是代表他内心的震动。贝尔知道他就是自己的儿子，不管他在玩什么鬼把戏，再一次对他说"你父亲生病了"。杰克接下来把电话给了弟弟弗莱德，却谎称弟弟为洗衣店的同事，或许他是感觉到事关重大，有些拿不定主意。弗莱德却索性将欺骗进行到底，他也绝口不提父亲之病而是说起了洗衣店之事，兄弟二人以洗衣店作为幌子隐藏自己的身份，显示出他们不想与外界交流、不想去见父亲、不想关心家庭情感的心理。这又是为什么呢？当然，贝尔也知道中国洗衣店之事纯属子虚乌有，但她也明白了兄弟二人的心思，他们不愿意再说下去了。第二个沉默是当双方都拿住电话不放时，显示出双方都已明白是怎么回事，表示出

---

[1] Harold Pinter. "Moonlight." *Harold Pinter: Plays Four*. London: Faber and Faber, 1993, p. 381.

一种难以言表的难堪。在这一视点上，沉默带来了疑惑，儿子假冒洗衣店员工的事让人不明所以，事件隐隐约约，尚未明了。事情的结果没有确定，事情生发的原因也没有确定。这肯定会引发读者的思考。弗莱德抢过话筒后继续跟贝尔说话：

> 弗莱德：如果你有什么严重的不满，我们要把你上报到总部吗？
> 贝尔：你们做干洗吗？
> （弗莱德不作声了，他把话筒递给了杰克。）
> 杰克：你好，我能为你做些什么？
> 贝尔：你们做干洗吗？
> （杰克不作声了，贝尔放下话筒，杰克也放下了话筒。）
> 杰克：我们当然做干洗的了！我们当然做干洗的了！如果连干洗都不做，还是什么他妈的洗衣店？①

面对母亲，弗莱德还想继续把故事编下去，他说得一本正经，不过他说的"总部"是不是一语双关，是指他的父亲安迪吗？贝尔的一句"你们做干洗吗"却让他沉默下来，因为正如杰克在大家都放下电话后说的那样，"如果连干洗都不做，还是什么他妈的洗衣店？"显然，贝尔对于兄弟二人假装不认识她是非常不快的，虽然她似乎是在顺着弗莱德兄弟二人的思路走下去，但她早已知道是兄弟二人在欺骗她。弗莱德体会到了贝尔看穿了他们的把戏和对他们的不满，他沉默了，把话筒给了杰克，贝尔问了杰克同样的问题，杰克也体会到了贝尔的不相信和不满，也陷入了沉默。儿子们听到母亲打来告知父亲病重的电话，竟然想让对方觉得打错电话了，而母亲在了解了儿子们的心思后，竟然也顺着他们的话题替他们圆起谎来，显得多么的荒诞。然而若仔细体会就能发现贝尔的心里实际上充满了愤怒，但是她这样不直接戳穿真相的好处是彼此都不会太难堪。在这个视点上，在回肠九转之后终于让人大概弄明白了事件的原因，虽然这种原因也不肯定。通过几处沉默和视点的游移，品特把两代人的情感和西方的家庭伦理状况展现了出来。

---

① Harold Pinter. "Moonlight." *Harold Pinter：Plays Four*. London：Faber and Faber, 1993, p. 382.

再看在另一部戏剧《山地语言》中，一些妇女试图到监狱探望关押在狱中的亲人。在此过程中，不但狱中的恶狗咬伤了一名老妇，狱中的官员和士兵还多次警告探监的人们与囚犯不得使用山地语言——一种少数民族语言进行交流，其实这就等于告诉他们只能沉默。

  警官：现在听着，你们是山地人。听见了没有？你们的语言死亡了。你们的语言被禁止使用了。在这个地方不允许使用你们的山地语言。你们不能够跟你们的男人使用山地语言。这是不允许的。懂吗？你们不可以使用它，这是违法的。你们只可以使用首都的语言。那是在这个地方唯一可以使用的语言。如果你们试图在这个地方使用山地语言，你们将会被严厉惩罚。这是军事条例，这是法律。你们的语言被禁止了。没有人允许说你们的语言，你们的语言不再存在。还有什么问题吗？①

警官虽然噼里啪啦一下子说出了一大串句子，然而表明的只是一个意思，可以视为一个视点。这个视点清楚地表明了当局的态度：说少数民族语言是违法的，在监狱这个地方，无论是谁都不可以使用山地语言。而少数民族妇女们并不会说首都的语言，那么沉默便是唯一的选择。然而，在勇敢无畏的年轻妇女萨拉的据理力争下，士兵突然告诉他们监狱来了新通知，他们可以说山地语言了。

  囚犯：她（老妇）可以说话了？
  士兵：是的。直到有新的通知，这是新规定。
  （暂停）
  囚犯：妈妈，你可以说话了。
  （暂停）
  囚犯：妈妈，我在对你说话，你明白吗？我们可以说话了，你可以用自己的语言说话了。
  （她没有出声）

---

① Harold Pinter. "Mountain Language." *Harold Pinter：Plays Four*. London：Faber and Faber, 1993, p. 255.

囚犯：你可以说话了。
（暂停）
囚犯：妈妈，你听见我说话了吗？我在用自己的语言对你说话。
（暂停）
囚犯：你听见了吗？
（暂停）
囚犯：是我们的语言。
（暂停）
你听不见吗？你听得见吗？
（她没有反应）[1]

在上一视点上，妇女们被监狱管理者限制说自己的语言，加上老妇的手臂被恶狗咬得鲜血淋漓，来探监的妇女们非常不满，然而，由于不能使用自己的语言，她们只得沉默，交流无法进行，愤怒也就无法表达。这正符合监狱管理者的图谋。为此，年轻的妇女萨拉勇敢地去争取说话的权利，她与管理监狱的军官斗智斗勇，利用了性别魅力和语言力量。现在，监狱颁布新规，萨拉的斗争取得了胜利，照理说被囚犯称为"妈妈"的老妇应该可以一吐为快了，或是发泄自己心头的愤怒，或是表达对儿子的思念。然而，无论她的儿子如何让她说话，她却毫无反应。不允许说话之时想说话，允许说话了却一言不发；探监本是表达亲人情感的时刻，她却沉默无语。老妇的这种表现不合常理，违反逻辑。这一视点与上一视点形成悖论，荒诞性在视点的冲突中通过沉默的形式表现了出来，某种社会政治问题若隐若现，读者肯定非常想知道当中的原委。

再看品特的另一部戏剧《归于尘土》，在戏剧的开头，戴夫林在站着喝饮料，另外一个角色丽贝卡则正坐着。

丽贝卡：唔，例如，他会站得高高的并抓紧拳头，然后他把另一只手放到我咽喉上，握住我的脖子，把我拉向他。他的拳头……挡住我的嘴。然后他说："亲我的拳头。"

---

[1] Harold Pinter. "Mountain Language." *Harold Pinter: Plays Four*. London: Faber and Faber, 1993, p. 266.

戴夫林：你怎么做？
丽贝卡：噢，是的。我亲了他的拳头、他的指节。然后他就张开拳头让我亲他的……手掌，我于是就亲了。
（暂停）①

上面这段对话可以看作一个视点，展现的是一男一女在说话，德夫林是话语的引导者，丽贝卡则在他的引导下描述她所经历的一件事情的经过，一个男人——丽贝卡的丈夫拧住她的脖子，要她亲吻他的拳头和手掌。他们是在玩游戏吗？剧中有交代原因，读者难以一下子弄明白。接下来，丽贝卡与戴夫林的对话继续进行：

丽贝卡：然后我会说。
戴夫林：你说什么？你说什么？你说什么？
（暂停）
丽贝卡：我说："用你的手圈住我的咽喉。"在我亲他的手掌的时候，我通过他的手掌嘟哝着。但是他听见我的声音了，他通过他的手掌听到了。他的手感觉到了我的声音，他从那儿听见了。
（沉默）②

在这里，虽然在内容上展示的还是丽贝卡与丈夫做的事，然而，丽贝卡的话使视点转换了。上一个视点是丽贝卡对丈夫的行为的描述，这一个视点则转换到了丽贝卡自己的行为上。令人非常吃惊的是，丽贝卡语气温顺，她不但不反抗丈夫的施虐行为，反而主动要求丈夫这么做，显得相当的荒诞。此时，沉默再次出现，可能这表示丽贝卡的行为让戴夫林感到非常的迷惑。当然，此时出现沉默也会引发读者的注意和思索。接下来，戴夫林与丽贝卡的对话继续进行：

戴夫林：你是在说他对你的喉咙施加了压力了吗？这是你想说

---

① Harold Pinter. "Ashes to Ashes." *Harold Pinter: Plays Four*. London: Faber and Faber, 1993, p. 395.
② Harold Pinter. "Ashes to Ashes." *Harold Pinter: Plays Four*. London: Faber and Faber, 1993, p. 396.

的吗?

丽贝卡：不是。

戴夫林：那然后呢？你在说什么？

丽贝卡：他对我的喉咙施加了一点一点……压力……在我的脖子上，是的，因此我的头部开始往回摆。柔和但非常肯定。

戴夫林：那你的身体呢？你身体向哪个方向去？

丽贝卡：我和身体也是摆回来了，缓慢但很坚定。

戴夫林：此时你的腿张开了？

丽贝卡：是的。

戴夫林：你的腿张开了？

丽贝卡：是的。

（沉默）

戴夫林：你能察觉到你正在做催眠吗？①

在这一视点上，戴夫林终于得到了他想要的答案。其实丽贝卡就是在受虐，虽然她口头上否定，但是她被强力所迫不得不做出一系列动作："头部开始往回摆，柔和但非常肯定"；"身体也是摆回来了，缓慢但很坚定"；"腿张开了"。这些动作表明了她的身体在受到暴力强迫下的反应程度。而戴夫林的话也让读者终于明白原来他正在给丽贝卡做催眠，不过好像他的某些诱导超越了催眠师的职责范围，给人有些色情的感觉。乍一看来，剧情显得相当的荒诞，因为别人施加的暴力也许我们由于力量弱小而无法阻挡，屈服于暴力可以理解，但是丽贝卡却乐于接受暴力的压迫，心甘情愿并且主动要求丈夫这样做，显现出十分乐意顺从的样子，表现出心理疾病中的受虐狂的症状。

接下来，随着视点不断前移，戏剧全面展开，读者逐渐明白了事情的原委：原来丽贝卡的丈夫是一名纳粹军官，他非常崇尚暴力，带领手下进行过多次无情的杀戮，丽贝卡看到的把一群人赶下大海便是他的杰作之一。可能是使用暴力的思想已经在他脑海中根深蒂固，所以即使回到家中，对待妻子也是如此。他高高在上，要求丽贝卡亲吻他那紧握的拳头显

---

① Harold Pinter. "Ashes to Ashes." *Harold Pinter*：*Plays Four*. London：Faber and Faber, 1993, p. 397.

示出他对暴力的热爱。看来，历经多次暴力，丽贝卡已经变成了暴力的牺牲品，她习惯了暴力，对暴力逆来顺受，形成了受虐狂的心理。然而，暴力对她的伤害也是不言而喻的，不然她就不会需要去看心理医生了。通过视点的游移变换，品特使用倒叙的手法，从侧面对纳粹的罪恶进行了展示，表达了对于纳粹的深切控诉。

从上述例证中可以看出，品特在戏剧中善于利用游移视点的功能。一方面，他在视点的变换中设置疑惑，又不急于揭示谜底，而是在一定时间内始终维持疑惑的度，同时他又不断地释放一部分信息，让读者对事情的真相隐隐约约有所感觉，又不能完全了解，这样就让读者受到好奇心驱使，将阅读行为不断进行下去。另一方面，品特利用游移视点，使视点与视点之间产生剧烈变化，形成出乎读者意料的结果，这种突变的方式促成了荒诞性的产生，冲击着读者的思维，既提高了戏剧的艺术性，也引发了读者的思索。

第四节　隐含读者与戏剧的社会功能

几千年来，西方传统戏剧主要是通过剧中人物的轮流说话，即对白，向观众或读者传达戏剧的内涵。清晰明确的、符合语法规范的话语是传统戏剧最主要的表意形式，因而最初荒诞戏剧以其离经叛道、似乎不着边际的表演技艺让人怀疑其创作的目的。后来，艾斯林等学者才认识到："荒诞戏剧是用荒诞的艺术形式反映荒诞的社会现实……荒诞戏剧本质上所关注的，是唤起具体的诗意形象，以便向公众传递其作者在面对人的处境时怀有的困惑之感。"① 荒诞戏剧也具有强烈的现实性。学者们普遍认为，荒诞戏剧的哲学根基源自存在主义。海德格尔认为人是被偶然抛到这个世界上来的生物，不管人愿不愿意，都不得不来到这个世界上，因而人活着既无目的，也无意义。"被抛境况属于为存在本身而存在的此在"②，也就是说人能决定的不是存在与否，而是怎样存在。这是荒诞戏剧最贴切的哲学注释，荒诞戏剧正是意图使用戏剧的形式来反映人类的精神生活危机。艾

---

① Marting Essling. *The Theatre of the Absurd*. London: Penguin Books, 1978, p. 419.
② ［德］马丁·海德格尔：《存在与时间》，陈嘉映、王庆节译，上海三联书店2014年版，第207页。

斯林认为在荒诞派剧作家中，品特的戏剧是最具现实主义性质的。品特自己也说："我不是现实主义者，但我作品的内容是现实生活中经常遇见的，曾经在某个地方发生过。"① 那么，品特戏剧的现实性又是如何展现的呢？

伊瑟尔在他的接受美学理论体系中，提出过一个称为"隐含读者"的概念。所谓的"隐含读者"，是相对于真实的读者而言，是"假设的读者"，"隐含"一词既表明了其身份的非真实性，又表明了其身份的内在性。在伊瑟尔看来，作家在创作之时，总是想象自己的意图能够完全被读者理解，这样的能够完全理解作家的创作意图的读者便是隐含读者。② 而现实中的你、我、他在阅读作品之时，由于审美经验、人生经历、生活背景等原因其实并不可能完全理解作者的意图，因为我们是真实的读者。需要指出的是，伊瑟尔所指的隐含读者虽然包含有"读者"二字，其实并不是真实的人类个体。伊瑟尔认为，虽然隐含读者看似虚无缥缈，其实它却内化在文学本文中，以某种结构存在。用伊瑟尔的原话说，就是"它体现了一部文学作品发挥其效果所必不可少的所有那些部署——这些部署不是由外在的经验现实而设定的，而是由本文自身设定的……作为一种概念，隐含读者的本质牢固地存在于本文的结构中，它是一种结构，决不能把它同任何真实的读者等同起来"③。在某种意义上，隐含读者等同于作者的立场，为了实现作者的立场，作者往往安排了某种本文结构，以引导读者去感知这种立场。在伊瑟尔看来，"本文必须造成一种立场"④。也就是说，从作者对于文学的结构安排中，我们往往能感知某些东西，这些东西是作者刻意安排的。对此，伊瑟尔曾经在他的《隐含读者》一文中有过更明确的阐述，他说："已写出来的文本对于隐含的意义施加了某种限制，以防止文本的意义太过于模糊或清晰，同时，这些由读者的想象力获得的暗示又与已知的背景相对应，散发出比文本本身看起来更重大的意义。"⑤ 品特

---

① Marting Essling. *The Theatre of the Absurd.* London: Penguin Books, 1978, p. 262.
② ［德］W. 伊泽尔:《审美过程研究——阅读活动:审美呼应理论》，霍桂桓、李宝彦译，中国人民大学出版社1988年版，第46页。
③ ［德］W. 伊泽尔:《审美过程研究——阅读活动:审美呼应理论》，霍桂桓、李宝彦译，中国人民大学出版社1988年版，第45—46页。
④ ［德］W. 伊泽尔:《审美过程研究——阅读活动:审美呼应理论》，霍桂桓、李宝彦译，中国人民大学出版社1988年版，第46页。
⑤ Wolfgang Iser. *The Implied Reader: Pattern of Communication in Prose Fiction from Bunyan to Beckett.* London: The Johns Hopkins UP, 1974, p. 276.

的戏剧也正如此，从他戏剧中隐含的结构，我们可以解读出他所追求的作品的社会效果。

(一) 沉默作为隐含读者

沉默，作为品特戏剧的重要元素，不仅体现了品特戏剧的语言特色，在展现品特戏剧的现实性、社会性，促进荒诞与现实的交融上也发挥了重要的功能。

品特戏剧中的沉默是空白，是空位，是否定，是开放性的文本，具有巨大的文本张力，对读者发出了具体的召唤和邀请。沉默在召唤读者进行阅读的同时，也将本文的背景，即作品创作的背景融入文本。虽然，伊瑟尔的接受美学理论强调的是作品与读者的关系，认为作品的审美产生的效果因具体读者而异，作品的意义具有多重性，然而伊瑟尔并不否认作者或文本的诱导作用，也不否认作品的社会意识功能。他曾经说过："一般说来，文学文本是对当代形势的反应，其目的在于引起人们对当代悬而未决的、用当代标准无法解决的问题的关注。"[①] 伊瑟尔认为文本意义的生成需要通过三个步骤：储存、策略和实现。储存是指文学内和文学外的惯例、规范和价值。策略则是叙述角度、叙述技巧的选择等，可见，文本意义的生成受到了储存，也就是社会惯例、规范和价值的影响。伊瑟尔指出："在本文中，不论什么社会规范被选择并被压缩，它们都会自动地以思想体系或者社会体系的形式为读者建立一种参照系。正是这种选择过程不可避免地创造了一种前景—背景关系，使经过本文选择的成分处于前景之中，使这些成分的最初语境处于背景之中。"[②] 阅读的过程，就是视点不断向前游移，本文的空白、空位不断被填补的过程，正是在这一过程中，读者的想象力受到刺激，进行着观念化的活动，意象不断被构造出来。然而，读者的想象绝不是完全凭空捏造，他们的想象受到了文本参照系的限制，对此，伊瑟尔也有详尽的叙述，他说：

> 文学的交流是一个有目的的过程，对此进行限制的不是给出的符

[①] Wolfgang Iser. *The Act of Reading: a Theory of Aesthetic Response*. London: The Johns Hopkins UP, 1978, p. 3.

[②] Wolfgang Iser. *The Act of Reading: a Theory of Aesthetic Response*. London: The Johns Hopkins UP, 1978, p. 93.

号，而是已知和未知、显示的和隐藏的信息的相互限制、相互作用。隐藏的东西刺激着读者的行动，但是这个行动同样受到了展现的东西的控制。当未知的东西变得明朗了的时候，已知的东西也就改变了。何时读者跨越了二者之间的界限，交流就开始了。[①]

显然，如果空白或者未知的、隐藏的东西是网格，那么文本参照系就是联结限定这些网格的网络，想象就是在网格之中的想象。读者阅读的过程，就是在填补品特式沉默所造成的空白、空位的过程。在沉默作为否定的力量与原先的社会参照系的冲突过程中，社会现实或是人类自身的处境得以再现。

以上文提到的《生日晚会》中的沉默为例，斯坦利的沉默源于神秘的远方的两位陌生人的到来。中国的孔子曾经说过："有朋自远方来，不亦乐乎？"那为什么斯坦利闻知远方来人后反而变得沉默了呢？想要对此信息进行解读，了解本文的前景就显得非常必要。接受美学并不赞成作品中心论学派所提出的"作品完成，作家的使命便已完成"的说法，在高度重视读者的作用时，也不否定读者、文本的作用。伊瑟尔在分析了读者的阅读过程后指出，作家的创作背景肯定是作为一种参照系融入了文本当中，在读者对文本的理解过程中具有重要作用。有鉴于此，了解一些关于作家品特的创作背景对于理解品特剧作是大有裨益的。品特生于"二战"前（1930年），作为犹太人后裔在童年时期亲身体验过战争以及纳粹恐怖统治带来的伤害，据他所言，在他幼年时期，盖世太保半夜敲门把人带走是常有的事情。两位神秘人物就像盖世太保，只要想捕捉你，无论你躲藏于何处，都无法逃避他们的追踪；斯坦利的沉默既是他自身的恐惧，在某种程度上也反映出了品特的心灵深处对于纳粹的恐惧，这也是经历过那一时期的人们所能体会到的情感体验。作为文本的储存信息，品特在文中对此多次进行了暗示，对于意义的生成起到了诱导作用，品特的同时代读者对于《生日晚会》中的沉默的理解会毫无困难，非品特同时代的读者如已通过阅读等方式了解了那一时期的历史，对于文本的解读也不会有困难。其实，"表明一种人类的真实处境，旨在使观众了解人在宇宙中危险

[①] Wolfgang Iser. "Interaction between Text and Reader." *Prospecting from Reader Response to Literary Anthropology.* London: The Johns Hopkins UP, 1989, p. 34.

和神秘的地位"① 更是荒诞戏剧的特色。即使缺少对于纳粹相关知识的了解，读者也能从《生日晚会》的沉默中体会到某种危险。这种危险就像两位突然来临的陌生人，它是无法言明的，无法预测的，令人十分害怕的。面对这种危险时，人们是多么的无助和不安。对危险产生恐惧是绝大多数人都会产生的本能反应，读者很容易体会到这一人类共有的心灵体验。

再看《山地语言》中的沉默。根据品特自述，他的创作是因为闻知土耳其政府对当地少数民族即游牧民族库尔德人的迫害②，库尔德人是一个古老的民族，人数众多，但并没有自己的民族国家，由于历史原因，主要分布在土耳其边境地区，长期受到土耳其政府的打压，社会地位极其低下，生活境遇极其惨烈。由于其居住于边境多山地区，也由于他们的边缘化社会地位，他们甚至被称为"山地人"。国际社会许多有识人士对于库尔德人的境遇深表同情，对土耳其政府压制少数民族的行为表示愤慨。1985 年，品特和美国剧作家阿瑟·米勒参观了土耳其的一所监狱，同年 3 月 23 日，两人还在伊斯坦布尔召开了新闻发布会，反对土耳其政府侵犯人权。③ 品特在剧中也多次植入了这一思想认识，例如，剧名"山地语言"的称谓就是一种对于统治阶级进行语言钳制的绝妙讽刺。在某些部分，借士兵之口，品特说出了土耳其政府对于少数民族的态度。面对探监的妇女，士兵恶狠狠地说：

> 你们的丈夫，你们的儿子，你们的父亲，这些你们等着看望的人。他们是厕所，他们是国家的敌人，他们是厕所。④

"厕所""国家的敌人"既表明了统治阶级对于少数民族的厌恶，也表明了统治阶级打击甚至是消灭少数民族的态度。既然不能使用自己的语

---

① Martin Esslin. *The Theatre of the Absurdd*. London：Penguin Books，1978，p. 401.
② 品特在 1988 年 12 月接受记者梅尔·高索的采访时说："《山地语言》是在我跟阿瑟·米勒去土耳其访问时获得的灵感，源于我对于库尔德人的经历，你知道的，他们不允许使用自己的语言。"参见 Mel Gussow. *Coversation with Pinter*. New York：Limelight Editions，1994，p. 68.
③ Susan Hollis Merritt. "Pinter and Politics." *Pinter at 70*，*a Casebook*. London：Retledge，2001，p. 136.
④ Harold Pinter. "Mountain Language." *Harold Pinter*：*Plays Four*. London：Faber and Faber，1993，p. 255.

言，那交流自然不存在了，存在的只有沉默。语言是一个民族的核心标志之一，失去了语言，民族的存在难以为继，民族的文化也将无法传承。老妇的最初的沉默反映了语言钳制的后果，而在受到语言钳制之后，她真的失语了。品特式沉默是开放性的文本，反映民族歧视当然绝非唯一的解读。老妇的失语可能还与她受到了恶狗咬手有关，是暴力恐吓的结果。除钳制语言的民族歧视行为外，读者还能从警官和士兵野蛮的动作、咄咄逼人的话语中体会到统治阶级的蛮横无理及残酷粗暴。这样一来，老妇的沉默就不再显得荒诞，它是民族歧视、暴力与专制的结果，读者从荒诞当中读出了生活现实。正如品特所言："《山地语言》上演只有20分钟，但是它可以一小时接一小时地进行下去，一直进行下去。同样的模式会不断地重复下去，一直不断，一小时一小时地进行下去。"[1] 虽然品特戏剧中只是某种社会问题、某个偶然事件的切面展示，但是反映的却是社会中长期和广泛存在的问题。

《房间》中罗斯的沉默也非常有意思。戏剧开始之时，无论女主人罗斯说什么，男主人伯特就是保持沉默，一言不发。当伯特外出归来，他却变得滔滔不绝，之后，他发现了房间中的赖利，于是，没有任何征兆，也没有任何的询问，一场屠杀开始了。在椅子重击、腿脚横飞、头撞煤炉等打击下，赖利躺在地上一动不动了。在这个过程中，先前也是滔滔不绝甚至可以说是啰唆不休的罗斯却始终一言不发、变得沉默了，听任杀戮的进行，她的沉默真的有些奇怪。在这里，读者肯定会产生疑问：因为赖利是罗斯的故人，她总应该出声阻止或者影响伯特的可怕行动才正常吧？为什么罗斯却沉默不语呢？对于此，学者高登从戏剧设计的角度指出："这个非同寻常的戏剧设计是一种对于观众的刺激，让观众去思考为什么伯特开始的时候会一言不发，进而吸引观众到他的未做展示的思想感情的潜台词上，强调了罗斯持续不断地说话的奇怪性。"[2] 然而，若是与社会现实相联系，读者或许会另有一种解读，那就是品特戏剧中的女性人物通常被定位为社会边缘化的人物，她们社会地位低下，性格软弱，通常是三种身份，即妻子、母亲和情人。再联想到罗斯的家庭地位和软弱的性格，可以推断

---

[1] 转引自邓中良《品品特》，长江文艺出版社2008年版，第11页。
[2] Robert Gordon. *Harold Pinter: the Theatre of Power*. Michigan: The University of Michigan Press, 2012, p. 14.

出罗斯对于男性暴力的恐惧。虽然伯特杀死的是赖利，但是这种杀戮也许是种族歧视，也许是对于家中女人的一种警示，是杀鸡儆猴的行为。当罗斯这样弱小的一个女人，面对穷凶极恶的伯特时，早已被吓得魂不附体，因而说不出话来也是情理之中。在这里，品特利用罗斯的沉默展示了西方社会中女性在家庭中的处境，引起了读者对于女性地位的关注、关切。

品特在谈到自己对戏剧语言的理解时，曾经这样说："语言，在某种条件下，是高度含混的东西，在说出的话语中，常常包含着了解但却未说出的东西……当真正的沉默降临时，我们却仍然能听到回声，这时更靠近事实的真相。"[①] 可见，虽然品特在他的戏剧中似乎是什么都未曾明言，其实他是用沉默代替了心声。人物一反常规，或是由口若悬河变得沉默不语，或是在争取说话的权利过程中却突然变得失语。这既不和谐也不合逻辑，具有某种荒诞性。品特的戏剧被看作悲喜剧，在形式上是喜剧的，在内容上则是悲剧的，是"以喜剧的形式表达悲剧的内容"[②]。在谈到品特戏剧的表意方式时，艾斯林指出："所有的事物都是滑稽可笑的，直到人类处境的恐怖浮现出来。悲剧的关键在于，它不再是滑稽可笑的。它先是滑稽可笑的，然后它变得不再是滑稽可笑的。"[③] 沉默不仅代表了斯坦利、老妇和罗斯的恐惧，带来了荒诞的喜剧效果，也引发了读者的思索，唤起了读者的想象力，在背景—前景的诱导下，读者充分发挥主观能动性，自动对号入座，与社会现实或是自身处境相联系，沉默联系起了荒诞与现实。

品特通常被认为是自萧伯纳以来英国最伟大的剧作家，他的戏剧具有强烈的个人风格，对于语言及表达方式的匠心独运，奠定了其高度的艺术价值。作为品特戏剧的重要风格之一，沉默是了解品特戏剧的重要渠道，是品特戏剧的艺术精华。它反映了人物的复杂内心，改变了人们对于沉默的认识，展示了品特高超的艺术技巧。从接受美学的视角来看，沉默是空白结构，带来了不确定性，形成了多重阐释，它引发了读者阅读的兴趣，召唤读者对本文进行解读；沉默也是否定结构，是游移视点的冲突融合，在这一过程中，荒诞性在沉默中得以展现。荒诞戏剧是用荒诞的形式反映荒诞的社会现实的戏剧，其目的在于反映人类的终极真实处境。在品特的

---

① Harold Pitner. "Writing for the Theatre." *Harold Pinter: Plays One*. London: Faber and Faber, 1991, p. vii.
② 周宁:《西方戏剧理论史》，厦门大学出版社2008年版，第996页。
③ Martin Esslin. *The Theatre of the Absurd*. London: Penguin Books, 1978, p. 163.

戏剧中，通过沉默，现实化为本文背景，作为参照系自动融入读者的阅读过程，诱发和引导读者进行文本解读。沉默联结起了荒诞与现实。

（二）戏剧标题作为隐含读者

通常，本文的标题是本文内容的标识，人们往往从标题判断本文的内容。独特的标题往往能引人入胜，瞬间勾起读者的审美兴趣，然而在品特的戏剧中，情况并非仅仅如此。第一眼看来，品特戏剧标题往往是极为简单、朴实无华，例如《房间》《生日晚会》《温室》《山地语言》《送菜升降机》《看管人》《背叛》等。这些标题通常并不使用华丽的辞藻进行修饰，也没有使用令人惊奇的字眼，只是某种日常生活中常见的事物的指示，因而并不夺人眼球。然而如果仔细阅读品特戏剧的内容之后，再来回味他的戏剧标题，却往往会对他的标题另眼相看，因为看似随意采用的标题实际上是意味深长，简单的标题之后隐藏着深刻的内涵。凯恩认为："品特的戏剧标题是指引通向他的戏剧多维中心的方向标。"[①] 很多时候，品特戏剧的标题，体现了作者的匠心独运，可以看作作者的一种精心安排，是作品的内涵结构，是作品的隐含读者。

以大家熟悉的《房间》为例，房间作为人们的栖息之所，是人们日常生活中最普遍接触到的事物，除了带给人温暖、安全的感觉之外，不会让读者有任何惊艳的感觉，毕竟我们每天晚上都要走进房间休息，每日均与房间为伴。然而，在《房间》中，戏剧开始之后，就逐渐颠覆了人们对于戏剧标题的认识，因为以"房间"作为标题的戏剧讲述的却是日常生活之中的惊心动魄之处，是现实生活之中的微观权力斗争，是毫不留情的冷酷杀戮。戏剧内容表明：房间没有带给居于其中之人任何的安全与温暖，其中的住客没有一个得到好的结果。可见，《房间》颠覆了人们的传统意象，当读者在看完整部戏剧之后，再来回味戏剧的标题，不禁暗暗叫好。原来，标题其实已有某种暗示，只不过这种暗示并非正面的，顺着读者的思维发展的，而是反面的，与读者的思维背道而驰的。

再看《生日晚会》，其讲述的也是与标题所产生的印象完全不一致的内容。众所周知，举办生日晚会是为了纪念和庆祝一个人的出生，代表着

---

① Ruby Cohn. "The Economy of Betrayal." *Pinter at 70, a Casebook.* London：Retledge, 2001, p. 15.

一个人的成长，是一种喜庆的活动。所以乍看《生日晚会》这一剧名，大多数人都会联想到自己举办的或是参加别人的生日晚会的欢快情景。然而，该剧的剧情却与剧名的字面意义相背反：首先，这个生日晚会是杜撰的，是两名追踪者戈德伯格和麦凯恩为了利用生日晚会控制住斯坦利，于是在不是他生日的那一天强行为他举行了生日晚会。其次，这个生日晚会不是欢乐幸福的代表，而是代表苦难，斯坦利在自己的伪生日晚会上被盘问、洗脑，变得呆若木鸡，最后被两个外来人员弄上黑色的轿车带走了。显然，品特所谓的生日晚会不是一场表示庆祝的喜庆活动，而是充满危险不安，此剧的标题也是隐含着某种意义。

再来看《温室》一剧，人们印象中的温室是什么呢？所谓的温室，是一种太阳光可以从外面穿进来，而温度却难以逃离的玻璃房子或是薄膜大棚。建造这种房子的主要目的是保证室内的植物能够在寒冷的天气中生长。对于室内的植物而言，温室是它们的保护神，因而温室是寒冷地区的人们为了在寒冷的季节种植植物所用。然而品特戏剧《温室》讲述的可不是种养植物的故事，戏剧中的温室也不是玻璃房子，而是一所疗养院。

故事一开始，疗养院的院长路德就摆起了官架子，他颐指气使、行为霸道，本来是医治病人的疗养院活脱脱就像一个官府衙门。疗养院的医生和管理人员对路德是唯唯诺诺，而路德对他们是招之即来挥之即去，对他们提出的各种建议基本上是置之不理。此外，疗养院又像牢房，院里的病人像监狱里的犯人一样被编上号。然而，这个看似等级森严的疗养院在管理上却是漏洞百出。一个病人 6457 在院中与人私通，怀上了小孩；另一个病人 6459 在院中离奇死亡。院中的大多数医生或是管理人员看似对路德的话言听计从，其实却是阳奉阴违，背地里干着各种见不得人的勾当。他们与病人偷情，6457 的怀孕便是某个管理人员的杰作。甚至院长本人也与院中的女管理人员私通。路德与管理人员为了推卸责任，找到了院里一个老实巴交的、责任心强的员工兰姆做替罪羊，一步一步诱导他，将他电击成不能言语的哑巴。最后，当院长正与情人在床上睡觉的时候，他被手下的员工杀死，权力易主。

看完《温室》的整个故事，读者大致就能领略到品特所要展示的东西了。《温室》一剧是品特 1959 年创作的，是他的第三部戏剧，然而直到 1982 年方始上演，通读该剧就会发现剧中带有强烈的政治意味。这与品特早年所表述的"创作与政治和宗教无关"的立场相矛盾。也许这就是品特虽然早已完成该剧的创作，却在二十多年之后才将其推出的原因。品特推出这一戏剧时，正处于他的政治剧创作高峰的时段。在日常活动中，他四处发表演讲，态度鲜明地指责美国或英国统治阶级在世界各地发动战争和进行殖民活动，例如他曾经多次发表演讲，指责布什发动伊拉克战争，指责美国在拉美地区的殖民活动。而在文学创作上，品特也一改早年极力避免政治主题的风格，将戏剧、诗歌作为战场，控诉统治阶级的残暴、贪腐、滥用职权，反对统治者对少数民族的压制，反对统治阶级发动血腥的战争。

细读《温室》，对统治阶级官僚主义倾向的指责是剧中情节的一个明显指向。在官僚主义盛行的疗养院，作为统治者的院长将疗养院看成了一个官僚衙门。他让诚实的员工作为替罪羊以承担罪责是为了自己继续拥有权力；同时，对权力的狂热也最终使院长本人命丧黄泉，并且是以不光彩的方式被杀死。与提供优良的环境，保护和维持植物生长的温室相比，《温室》中的"温室"可谓是人间地狱，统治者不关心病人的死活，只关心权力的掌控。疗养院的管理混乱，制度缺乏，被送到疗养院的病人在里面近乎自生自灭，诚实的人在疗养院中受到迫害，奸诈的人却得到升迁。《温室》的情节内容与标题所反映出来的意象形成了极大的反差，不啻为巨大的讽刺。当读者们看完全剧之后，再来回味《温室》的剧名，他们就能体会到作者品特的良苦用心：通常，读者会根据自己的生活经验和审美经验先对"温室"这样的剧名进行了普通的解读，后来发现自己最初的理解是完全错误的，他们就会开始思索。品特通过反讽剧名的设置，让受众对西方社会中广泛存在的官僚主义和权力追逐有了深刻的了解。

再来看《送行酒》(*One for the Road*)，有的学者将剧名译作《再喝一杯就上路》。所谓的"送行酒"是朋友临别时的饯行酒，表达的是友人之间的深情厚谊。从标题上看，读者或许会认为这是一出与朋友送别相关、彰显朋友情谊的戏。然而真正的戏剧内容却不是这样的，它讲述的是统治阶级的代表、官员尼古拉斯对不愿意改变宗教信仰的知识分子韦克特一家三口进行迫害的故事。尼古拉斯态度温和、侃侃而谈，他与韦克特的对话表面上看来就像老朋友的对话，然而实际上他是对韦克特采取了恐吓的手段。他先是告诉韦克特他的书房被搜查的士兵弄得满地狼藉，还有士兵在地毯上撒了尿，以打击韦克特的自尊心；接着他又暗示韦克特的妻子被士兵们轮奸了，下身都在流血；最后，他还告诉韦克特他的儿子也被抓来了。韦克特在尼古拉斯以家人的生命和自由作为条件的胁迫下，终于屈服了，他接过了尼古拉斯递过来的送行酒，表示了自己的妥协，喝完之后，就准备出狱。在他的想象中，自己的屈服可以换来一家三口的安全。然而，他从尼古拉斯不经意的话语中得知，妻子还要待在狱中一周，儿子已经被杀害了，他只得孤身上路。

在这里，品特使用的仍然是反讽的标题表达方式。读者本以为是一场朋友之间的欢送宴席，却不料是统治者假惺惺的劝诱与不露声色的胁迫，在看似文明友好的语言形式背后，笃守信仰的知识分子的妻子被轮奸，儿子被杀戮。当读者们读完全剧时，他们的认识将会得到纠正，终于明白了原来《送行酒》是这么一种送行酒。这一看似代表朋友情谊的剧名暗含了作者对统治阶级滥用权力的讽刺和对人们宗教信仰及自由生活保证的担忧。

综上所述，品特的戏剧标题给予了读者某种暗示，只不过这种暗示是与标题的字面意思相背反的。品特是伪装的高手，平常的戏剧标题看似波澜不惊，却往往隐藏着生活之中的惊涛骇浪。当读者们从品特的戏剧标题的麻痹中清醒过来后，他们终将明白戏剧的内涵。他们将在剧作家品特用心良苦的标题设计中，感受到某种社会现实。标题成为隐含读者，体现了作者的匠心独运。

（三）镶嵌的文本作为隐含读者

在如何处理作者与人物的关系上，品特曾经发表过这样的言论：

> 作家的处境是非常奇特的，从某种意义上说，他并不受人物欢迎，人物反抗着他，他们也并不容易相处，也很难界定，你当然也很难对他们进行发号施令。在某种程度上，你是在跟人物玩一种无穷无尽的游戏：猫捉老鼠、捉迷藏、藏猫猫。最后你会发现你笔下的人物也是血肉之躯，他们有自己的意愿和个人情感，你无法操纵、无法改变、无法扭曲他们。①

---

① 转引自邓中良《品品特》，长江文艺出版社 2008 年版，第 10 页。

在这里，品特其实展现了他眼中的作家与文本的关系。不对作品妄加评论，让人物自己说话是品特的创作观之一，用他本人的话来说就是："人物有他们自己的动机，我的工作并不是要强迫他们，不是强迫他们发表错误的言论，我的意思是不能强迫人物说他们不能说的话，或是用不是他们说话的方式说话，也不能强迫他们说他们没有说的话，作家与人物要互相尊重。"① 然而，在品特的戏剧中，还是不难发现一些他故意镶嵌的文本，这些文本从人物的口中在不经意间流出，在字里行间标明其意义，比较直接地反映出品特本人对于某些事物的看法，是品特对于读者的精心诱导。无论是在品特的威胁喜剧，还是记忆剧以及政治剧中，这样的文本都可以被感知、被发现，只不过，威胁喜剧、记忆剧中的暗示相对隐晦，政治剧中的暗示则更明显、更直接。

《看管人》创作于1960年，仅看这一普通的标题，读者是难以推测该剧的主题的。该剧讲述的是阿斯顿在街头见到上了年纪的流浪汉戴维斯，出于怜悯把他带回家中。初来乍到的戴维斯对阿斯顿很感激，也很小心，他简直不敢相信自己能得到这么好的待遇。当他们回到阿斯顿的房中，阿斯顿说道：

阿斯顿：请坐。
戴维斯：谢谢。(四处看了看) 嗯……
阿斯顿：稍等。
戴维斯：坐下？唔……我从来没有好好坐过……我从来没正当地坐过……②

在这里，戴维斯对能够坐在阿斯顿的房间中也受宠若惊，可以想象他之前的生活是多么的落魄。后来，阿斯顿又为戴维斯安排了住的地方，跟他同睡一个房，睡在另一张床上。接着，又给了他一双鞋：

阿斯顿：试试这个。

---

① Harold Pinter. "Writing for the Theatre." *Harold Pinter: Plays One*. London: Faber and Faber, 1991, p. vii.
② Harold Pinter. "The Caretaker." *Harold Pinter: Plays Two*. London: Faber and Faber, 1991, p. 5.

（戴维斯拿过鞋，脱掉自己的人字拖，穿上了。）

戴维斯：这双鞋不错（他在房间吃力地走了起来），它们非常结实。不是那种差的鞋，皮很硬，是不是？①

阿斯顿给戴维斯穿的鞋皮质很硬，从戴维斯走路吃力的样子就知道穿起来不是很舒服，但戴维斯如获至宝，或者是真的没穿过这么好的鞋，或者是出于对阿斯顿的感激。

第二天早上，当阿斯顿外出之后，戴维斯遇见了另一个人，阿斯顿的弟弟米克。米克以为他是贼，狠狠地把他压倒在地上。一开始，戴维斯非常的恼怒，但当他从米克的话语中了解到，米克才是房间的真正主人时，他的态度改变了。

当米克问起他对阿斯顿的看法时：

米克：不，你还没有真正的了解我。我总是忍不住对我哥哥的朋友感到好奇，我的意思是，你是我哥哥的兄弟，是不是？

戴维斯：唔，我……我觉得还没到那个地步？

米克：你没有发现他对你友好？

戴维斯：唔，我是说他并不完全是我的朋友。我意思是，他对我没害处，但是我并不是说他是我特别的朋友。三明治里面是什么？

……

米克：吃一个吧。

戴维斯：谢谢，主人。

米克：听到你说我哥哥不友好我非常的抱歉。

戴维斯：他友好，他友好，我不是说他不……②

在这里，米克跟戴维斯互相试探，戴维斯在揣摩米克对于阿斯顿的态度，他的话语中的意思含糊不清、不断变换，显示出他的投机倒把的心理。后来，当米克说起哥哥的坏话时，戴维斯发觉米克不喜欢阿斯顿，于

---

① Harold Pinter. "The Caretaker." *Harold Pinter: Plays Two*. London: Faber and Faber, 1991, p. 13.

② Harold Pinter. "The Caretaker." *Harold Pinter: Plays Two*. London: Faber and Faber, 1991, p. 45.

是他也开始说起阿斯顿的坏话来,在一番热谈后,米克承诺让他当房屋的看管人。

晚上,当戴维斯与阿斯顿再一次同处一室时,他的态度发生了可怕的改变。这一次,阿斯顿给戴维斯买了一双新鞋子。

  阿斯顿:给你买的鞋。
  戴维斯:什么?
  阿斯顿:我给你买的鞋,试一下吧。
  戴维斯:鞋?什么样的鞋?
  阿斯顿:它们可能适合你。
  (戴维斯直下舞台,脱掉他的拖鞋,试了试新鞋子。他走了一下,摇了摇脚,弯下腰,摸了摸皮革。)
  戴维斯:不,它们不合脚。
  阿斯顿:是吗?
  戴维斯:不,它们不合脚。①

相比于此前阿斯顿送鞋子给戴维斯的情景,这一次,戴维斯的态度发生了巨大的变化。他显得很是挑剔,先是问"什么样的鞋",接着试穿了一下,从他的动作可以明白这一双鞋的感觉比他初来乍到时阿斯顿给他的那一双要好,因为第一双鞋只是阿斯顿的旧鞋,而这一双却是阿斯顿特意针对戴维斯的脚来买的。但戴维斯还是说不合脚,而且说得毫不犹豫、毫不客气,这是为什么呢?因为米克的话起了作用,戴维斯已经在心里抛弃了有恩于他的阿斯顿,而与米克站在一边,想将阿斯顿扫地出门。他违心地拒绝自己其实十分喜欢的鞋,就是想表明不与阿斯顿为伍的态度。接下来,两人睡觉了,因为戴维斯大声地说着梦话,阿斯顿睡不着,他叫醒了戴维斯,这一次,可把戴维斯惹恼了:

  戴维斯:我是一个神经正常的人……对待我像垃圾一样……你想叫我就是为了能住在这个肮脏的破洞里而做楼上楼下的一大堆脏活?

---

① Harold Pinter. "The Caretaker." *Harold Pinter: Plays Two*. London: Faber and Faber, 1991, p. 62.

不是我，伙计，不是我，伙计……对待我像对待血腥的动物，我以前可从来没住过精神病院。①

在这里，戴维斯可谓是厚颜无耻。阿斯顿为他提供食宿，还为他买鞋，给他零用钱，他不但不感恩，竟然还说是像对待垃圾、对待血腥的动物。而阿斯顿许诺给他做的工作他称之为"一大堆脏活"，更要紧的是，他把阿斯顿说成了神经病。这一下，阿斯顿也非常的生气，他把戴维斯赶了出去，于是，戴维斯找到了米克，在邀功的同时，希望米克同情他并把阿斯顿赶出家门。

> 戴维斯：我在说事呢，你没听到我在说的东西吗？他是一个疯子，为了泄恨，他一定跟你说什么了，他是一个疯子。他是半路人，一定是他跟你说了些什么。
> （米克慢慢地靠近他）
> 米克：你叫我哥哥什么？
> 戴维斯：什么时候？
> 米克：他是什么？
> 戴维斯：我……我直说……
> 米克：疯子，谁是疯子？
> （暂停）
> 你叫我哥哥疯子？②

这一次，米克不再是原来的米克了，他一改此前对于哥哥阿斯顿的态度，反而开始质问起戴维斯来，戴维斯尴尬至极，显得语无伦次。或许米克先前对戴维斯所说的只不过是试探他而已，戴维斯这一次将再次沦为街头流浪汉。

这样一出戏剧到底想说的是什么呢？读者们可以各抒己见，当然，作家品特也在文中镶嵌了某种诱导。在文中的最后部分，米克说了这么一段话：

---

① Harold Pinter. "The Caretaker." *Harold Pinter: Plays Two*. London: Faber and Faber, 1991, p. 65.

② Harold Pinter. "The Caretaker." *Harold Pinter: Plays Two*. London: Faber and Faber, 1991, p. 71.

你是一个多么奇怪的人,是不是?你真奇怪!自从你进入这个家,这儿除了麻烦就什么也没有了。说实话,我不敢相信你说的任何一句话。你说的每一个字都有多种解释,你说的基本上都是谎言。你是粗暴的,你是反复无常的,你是不可预测的,除了野兽,你什么都不是。自从你来到这儿,你就表现得很野蛮。①

"自从你进入这个家,这儿除了麻烦就什么也没有了……我不敢相信你说的任何一句话……除了野兽,你什么都不是……",相信很多读者看完这句话,都会受到品特的这一诱导的影响,得出《看管人》讲述的是兄弟二人共同对付外敌入侵的故事,也推断出米克可能一开始就只是在试探戴维斯,而并非真心地想与他联合赶走阿斯顿。当然,品特在文中还镶嵌有其他的暗示。在文中开头部分,阿斯顿把戴维斯带回家时,他们谈到了黑人:

戴维斯:你是房东,是不是?
(他把烟管放进嘴里,没有点燃,但吹着气)
在我们经过隔壁的时候我注意到他们拉着厚厚的门帘。我注意到他们的窗户上也挂着厚厚的窗帘。我认为里面一定住着某些人。
阿斯顿:印度人家庭住在里面。
戴维斯:黑人?
阿斯顿:我没有看到他们有多黑。
戴维斯:黑人,是吗?
……
戴维斯:在这附近有多少黑人?
阿斯顿:什么?
戴维斯:在这附近有很多黑人?②

后来,戴维斯在向米克抱怨阿斯顿时,黑人又成为其中一条理由:

---

① Harold Pinter. "The Caretaker." *Harold Pinter: Plays Two*. London: Faber and Faber, 1991, p. 71.
② Harold Pinter. "The Caretaker." *Harold Pinter: Plays Two*. London: Faber and Faber, 1991, p. 11.

> 戴维斯：……但是他看起来一点也不在意我对他说的东西，有一天，我告诉他黑人，告诉他黑人从隔壁过来使用厕所。我告诉他，那里很脏。所有的扶手都脏了。他们是黑色的。所有的厕所都是黑色的。但是他做了什么？他本来就是掌管那儿的，他什么都没说，他一字也没说。①

戴维斯只不过是个流浪汉而已，但是他对黑人却相当的厌恶。他不愿意与黑人共用厕所，认为凡是黑人碰过的东西都是黑色的，都是肮脏的。而从他的口中，也反映出黑人生活的困苦，他们不得不躲藏在厚厚的门帘和窗帘之后，过着担惊受怕的日子。从这里，读者很容易获得当时黑人受到社会歧视的印象。这显然是品特故意设置的另一条线索。

《看管人》属于品特戏剧系列中的威胁喜剧，荒诞成分尤为突出，不确定性是其重要特征，主题极为隐晦，因为此时品特在创作上持力求与政治宗教无涉的敏感态度，所以作者的观点标识不是那么容易寻找，而在政治剧中，这种标识就容易发现得多了。

在《归于尘土》一剧中，主要是通过催眠师戴夫林在催眠过程中与催眠对象丽贝卡的对话来展开剧情。由于是催眠，丽贝卡的叙述断断续续，众多的有关与无关的信息杂乱其中，在时间上自然也是过去、现在和将来不分时序，而催眠的回忆自然有些是真实的，有些则是幻象，因而使语意含混，难以辨识真假。虽然，这个戏剧由三幕组成，相当冗长，然而，仔细阅读，一些句子还是提供了重要的线索。例如，丽贝卡在文中提到了她丈夫的工作：

> 戴夫林：什么工作？怎么样的工作？
> 丽贝卡：我认为可能是跟旅行社相关的。我认为他可能是某种旅游服务员。不，他不是的。那只是个兼职。我意思是说那只是旅行社中的部分工作。他的职位很高，你知道的，他有很多责任。②

---

① Harold Pinter. "The Caretaker." *Harold Pinter: Plays Two*. London: Faber and Faber, 1991, p. 57.
② Harold Pinter. "Ashes to Ashes." *Harold Pinter: Plays Four*. London: Faber and Faber, 1993, p. 403.

在这里，读者还很难弄明白丽贝卡的丈夫到底是做什么的，是兼职导游吗？有可能，但是丽贝卡自己也否定了。后来，丽贝卡继续说了与她丈夫相关的一些事：

> 丽贝卡：嗯，他们是制造东西的，就像其他一些工厂。但是不是普通的那些工厂。
> 戴夫林：为什么呢？
> 丽贝卡：他们都戴着帽子……那些工人……软帽子……当他进来的时候，他们向他脱帽致敬。当他带着我，走过一排一排的工人时。
> ……
> 他为旅行社工作，他是一个导游。他常常去当地的火车站，他走向月台，把孩子从那些嘶叫的妇女手中抢走。①

此时此刻，扑朔迷离丽贝卡的丈夫的身份已经有些明朗。他绝不是导游，也不是工厂的主管，因为工人们是没有必要向主管脱帽致敬的，而导游又怎么会在月台上抢走孩子呢？但是为什么丽贝卡会这么说呢？后来，丽贝卡又说出了一件事。

> 丽贝卡：噢，是的，我忘记告诉你一些事了。真是滑稽。在一个夏日，我从花园的窗户往外看，从多赛特（Dorset）那间房子的窗户看到花园里。你还记得吗？不，你不在多赛特。我认为没有其他人在那儿。我一个人，我一个人在那儿。我往窗户外面看，看到一群人走过树林，走向大海，往大海的方向走去。他们看起来很冷，他们穿着大衣，虽然这是一个美丽的日子。有一些……导游……引领着他们，引领着他们。我看到他们走过树林，我可以远远地看到他们走上悬崖，然后直接掉下海里。然后我就看不见他们了，我非常好奇，于是上到房子中最高的窗户往下看，导游……带着他们所有的人下到海滩。这是一个多美好的日子，是这么安静，太阳照耀着。我看到所有这些人下到海里，潮水慢慢地盖住了他们。他们的

---

① Harold Pinter. "Ashes to Ashes." *Harold Pinter: Plays Four*. London: Faber and Faber, 1993, pp. 404 – 405.

口袋在海面上上下浮动。①

至此，读者才明白，原来，丽贝卡口中的导游是这么一种导游，不是带人去旅游，而是赶人从悬崖掉下大海。再联想到前面所说的下属向他脱帽敬礼，以及他在月台从妇女手中抢走孩子，读者不难知道丽贝卡丈夫的职业——他可能是纳粹军官，因为脱帽敬礼是纳粹的独特要求，而抢走妇女手中的小孩也是纳粹的惯常恶行。他的带人下海不是让他们去旅游，而是将那些人赶到大海去淹杀，最后海面上只有他们的口袋在浮动表明他们均已在海中死去，集体屠杀也是纳粹的重要恶行。虽然故事出自催眠状态中的丽贝卡的口中，其真假有待商榷，但是通过描述纳粹的罪恶行为，一步一步地，品特将读者引入了与纳粹相关的故事情境中，影响着读者的解读。

在戏剧的最后部分，文中还出现了一些回音，更加明确地表达了对于纳粹的谴责。

> 丽贝卡：他们把孩子拿走了。
> 回音：孩子拿走了。
> 丽贝卡：我跟我的孩子一起走。
> 回音：我的孩子……
> 丽贝卡：我把孩子做成包裹。
> 回音：包裹。
> ……
> 丽贝卡：但是孩子哭了起来。
> 回音：哭了起来。
> 丽贝卡：那个男人把我叫回来。
> 回音：把我叫回来。
> 丽贝卡：他说："你带的是什么？"
> 回音：是什么？
> 丽贝卡：他伸出手来拿过包裹。

---

① Harold Pinter. "Ashes to Ashes." *Harold Pinter: Plays Four.* London: Faber and Faber, 1993, p. 416.

回音：拿过包裹。
　　丽贝卡：于是我把包裹给了他。
　　回音：包裹。
　　丽贝卡：那就是我最后一次看见包裹。
　　回音：包裹。①

　　回音，不是人物正常的对话，而是一种戏剧表现艺术，它的使用明显是出于强调的目的，打上了鲜明的作者印记，在这里，通过对于纳粹士兵从妇女手中抢夺孩子，造成母子离散、家庭破碎的罪恶，普通的读者也能体会到故事中讲的是什么。当然，对于这一部分回音可以有更深层次的理解，学者费德勒将之视为一个隐喻，他认为由于孩子代表着希望和未来，因而"纳粹对孩子的消灭代表着对未来的消灭"②，贝格雷指出："如果说品特早期戏剧包含的是基于政治否定的自发审美，那么，其后期作品则开始记录下他的社会责任感的含糊其辞和变迁。"③ 显然，品特政治剧中的标识物比威胁喜剧要明显得多。

　　长期以来，荒诞戏剧以其杂乱的形式、荒诞不经的内容、背离传统的语言仿佛表明了它是一种与现实生活无关的艺术，其实并非如此，荒诞正是生活的真实，而荒诞戏剧令人惊讶的形式却可以更加吸引观众的目光，是表达社会现实生活状况的特别策略。仔细看来，品特在戏剧中也深深地打上了自己的印记，仅仅就其戏剧语言而言，他的戏剧标题本身就是一种隐含读者，虽然在对于剧情的提示或者观点的表达上使用的是反讽的形式，而不是正面的指引。而沉默作为品特戏剧中最重要的语言现象之一，似乎在发出某种暗示，也在引导着读者对于戏剧的理解。除此之外，品特还在戏剧的某些地方隐藏有自己的观点，它们借人物之口进行表达，在不经意间对读者产生了作用，影响着读者的解读。其实，品特本人也不否认自己的戏剧中隐藏有自己的观点，他曾经这样说："我坚信，在我的戏剧

---

① Harold Pinter. "Ashes to Ashes." *Harold Pinter: Plays Four*. London: Faber and Faber, 1993, pp. 429 – 431.
② Robin M. Fiddler. *Metarforical Worlds in Smuel Becket's Endgame and Harold Pinter's Ashes to Ashes*. Diss. Florida Atlantic University, 2000, p. 45.
③ Begley, Varun. *Harold Pinter and the Twilight of Modernism*. Toronto: University of Toronto Press, 2005, p. 15.

里发生的事情到处都有发生,会在任何时间、任何地点发生,尽管第一眼看来这些事情似乎是陌生的,如果你非得要我下定义的话,我只好说:我作品中的事件是真实的,但我的作品不是现实主义的。"① 可见,品特戏剧其实也是社会生活的反映,是他所处时代社会生活的投射。只不过,这种社会生活的现实状况不是直接展示给观众,而是需要观众的用心琢磨。

---

① Harold Pinter. "Writing for Myself." *Harold Pinter: Plays Two*. London: Faber and Faber, 1991, p. ix.

第三章 人物塑造与品特戏剧净化艺术

戏剧作为文化艺术，具有审美、娱乐、教育、净化、艺术传承等多种功能，然而什么才是它最重要的功能呢？这是一个学术界长期探讨的问题，至今仍无定论。但是，无论如何，作为一种以舞台为根本、面向观众的艺术，戏剧的净化功能非常重要是毋庸置疑的。所谓的净化，是指"澄清"（clarification），是指"使之纯洁"（purifigation），是文艺作品作用于接受者时的功效。① 在自从亚里士多德在《诗学》中提出了悲剧的"净化"学说以来，学界对于戏剧净化功能的认识在争论中不断深化。亚里士多德指出，由于戏剧的逼真性，观众在看戏时会不由自主地进入戏剧情境中，与戏剧中的主人公感同身受，为他们拥有高贵的心灵却受到不公的待遇深表怜悯，或是对他们的悲惨命运深感恐惧，怜悯和恐惧使观众的情感得到宣泄，心灵受到净化。同时，当观众发现剧中有着不幸遭遇的主人公不是自己之时，暗自庆幸，于是转悲为喜，在心灵放松之后，愉悦的感觉产生了。② 接受美学的创始人姚斯是亚里士多德净化论的拥护者，他反对阿多诺等人提出的审美快感否定论③，支持亚里士多德的审美愉悦学说。姚斯认为审美享受总是发生在自我享受与对他物享受的辩证关系中，他

---

① Aristotle. "Poetics." *Critical Theory since Plato*. eds. Hazard Adams, Leroy Searle. Beijing: Peking University Press, 2006, p. 55.

② Aristotle. "Poetics." *Critical Theory since Plato*. eds. Hazard Adams, Leroy Searle. Beijing: Peking University Press, 2006, p. 59.

③ 阿多诺创立了否定美学理论，他认为快感是资产阶级对艺术理性化的一种反动，目的在于利用快感为人们提供一种虚幻的慰藉来操纵人们的审美需求。他认为包含了真理的艺术必须是批判性的，失去了批判，艺术的真理就不复存在，只有毫不妥协地进行批判，艺术才能承担起救赎文化、文明和人类颓废的职责。他说："一切享乐都是虚假的，审美也是如此。"参见［德］阿多诺《美学理论》，王柯平译，四川人民出版社1998年版。

说："审美愉悦就是在对他物享受时的自我享受。"① 他指出："观赏者能够被表演的东西打动，他可以参与到表演着的人们中去，充分放任他自己被引起的感情，由于感情的放松而感到愉快的宽慰。"② 虽然姚斯的净化理论源自亚里士多德，然而姚斯并不是简单地认同亚氏理论，他认为所谓的净化就是"既能引起信仰的改变，又能使听众或观众获得心灵解放的演讲或诗所引起的情感享受"③。具体来说就是"当观众的感情受到演讲或诗的刺激时，由人自己的感情产生了愉快，这种愉快能够改变听众——和解放欣赏者的心灵"④。在姚斯看来："审美是一个生产、接受和净化的过程……净化是审美经验的交流功能，净化在交流中实现。"⑤ 他所谓的生产是指艺术作品的创作；接受是指作品被读者或观众阅读、欣赏；净化则是指艺术作品作用于读者，在读者的心灵、心理上产生的影响。

姚斯认为文学作品作用于读者的功能主要是在作品中的主人公与读者进行交流的过程中实现的，为此，他提出了审美交流过程中接受者与主人公之间的五种交流模式。一是联想模式：在观看演出和竞技的过程中，观众借助于联想把自己置身于演出情景之中，与演员融成一片，在演出中充分地发挥自己的潜能，感受到自由生存和潜能自由发挥的快感。二是仰慕模式：主人公是圣人先哲，具有普通人难以企及的道德高度，观众在观看演出时对其产生崇敬之情，想要模仿其行为，受其启迪，受到教诲。三是怜悯模式：主人公是类似于日常生活中的普通人，但时运不济，命运多舛，形同蝼蚁般生活着，观众为其所遭受的不幸感同身受而产生同情怜悯之心。四是净化模式：主人公是高贵的受难者，由于遭遇的落差使接受者与主人公保持一定的距离，接受者保持冷静的头脑，在一定的范围内与主人公同悲同乐，在思索中获得新的道德判断或价值认同。五是反讽模式：

---

① ［德］汉斯·罗伯特·姚斯：《审美经验论》，朱立元译，作家出版社1992年版，第58页。
② ［德］汉斯·罗伯特·姚斯：《审美经验论》，朱立元译，作家出版社1992年版，第176页。
③ ［德］汉斯·罗伯特·姚斯：《审美经验论》，朱立元译，作家出版社1992年版，第77页。
④ ［德］汉斯·罗伯特·姚斯：《审美经验论》，朱立元译，作家出版社1992年版，第77页。
⑤ ［德］汉斯·罗伯特·姚斯：《审美经验论》，朱立元译，作家出版社1992年版，第139页。

主人公通常是社会生活中的反面人物,通过其反常、荒唐甚至邪恶的行为引起接受者惊异、反感、愤慨等情感,从而促使他们对现实中类似的丑恶现象进行思考和批判。上述五种交流模式及其功能详见表3-1①:

表3-1　　　　　　　　　与主人公交流的五种模式

交流模式	主人公类型	接受定位	净化效果
联想模式	游戏、竞赛中的演员	参与	自由生存的快感 潜能发挥的快感
仰慕模式	完美的主人公	钦慕	模仿、示范、启迪
怜悯模式	不完美的小人物	怜悯	感伤、同情
净化模式	与观众有一定距离的主人公	悲伤、嘲笑	道德判断或价值认同
反讽模式	反面人物	拒绝、反讽	惊异、反感、愤慨、排斥

从表3-1中可以看出,姚斯的交流净化理论既保留了亚里士多德净化理论的主要内容,又细化和具体化了主人公类型、接受方式和净化效果的方式,还进行了一定程度的改良。例如他提出的净化模式虽然沿用了亚里士多德的净化理论的名称,也大致保持了相似的内容,但在接受定位上还是有所区别的,更重要的是他还提出了在审美交流中实现净化功能这一说法,丰富和具体化了净化理论,可谓是对亚氏净化理论的传承和创新。

长期以来,作为20世纪下半叶最重要的剧作家,品特及其戏剧被视为文学研究的热点之一,然而学者们却极少考虑到其剧中作为戏剧创作主要目的之一的净化功能。而根据刘小枫所言:"净化才是审美活动的真正意义所在。"② 戏剧作为一种表演艺术,直面的对象是观众,影响的对象是观众,其目的既是娱乐观众,也是打动观众,提升观众的审美意识和道德意识。对于净化功能的探讨其实是回归戏剧的本质功能,探索品特戏剧在教化人、打动人、洗涤人的灵魂方面的功效。

那么作为普通的戏剧观众,他们在看戏之时最关注的是什么呢?亚里

---

① 此表参考了汉斯·罗伯特·耀斯《审美经验与文学解释学》(顾建光等译,上海译文出版社1997年版)第235页的内容。

② 刘小枫:《接受美学译文集》,上海三联书店1989年版,第6页。

士多德在《诗学》中指出:"悲剧是对具有一定长度的、严肃的、完整的事件的模仿。"① 那么模仿的动作是由什么发出的呢?是由人物发出的,人物是观众的同类,是戏剧中的主人公,戏剧展示的是他们的行动和命运,因而人物是普通观众最关心的戏剧要素之一。品特也特别注意戏剧人物的塑造,有一次,当他在接受梅尔·高索的采访时这么说:"我为舞台而写作,为演员演出而写作,但这是第二位的,人物才是第一位的,如果人物拥有正确的、完整的生活对于演员来说是好事。"② 后来,他又对高索说:"比起我所知道的,人物要更多地与我的生活相关,人物就是我生活中的一部分。"③ 在人物的塑造上,较多学者认为品特创造的戏剧人物属于平板式人物,这类人物缺少栩栩如生的描绘,而只是某种类别特征的抽取,例如国内学者杨静指出:"品特戏剧中的人物形象飘忽不定……他的作品缺少完整的人物……特点是散裂、游移……"④ 在对品特戏剧中的女性人物的评论上,伊丽莎白·莎克拉丽顿甚至武断地指出:"除了母亲、妓女和情人以外还有什么呢?我看是不多了。"⑤ 其实,品特戏剧人物远非如此刻板,也并非单一形象而一成不变,其不同创作时期的人物形象可谓各有特点,是动态变化的。而人物的塑造一般说来是服务于主题功能的,在达成戏剧功能上居功至伟。下面以品特三个创作时期所创作的戏剧即威胁喜剧、记忆剧和政治剧中的人物塑造艺术作为研究对象,探讨品特戏剧与观众反思、交流从而引起观众思想嬗变的戏剧净化艺术。由于品特戏剧主要涉及普通人、受难式人物和反面人物这三类人物,因而下文运用了姚斯净化理论中相应的同情怜悯式交流、净化式交流及反讽式交流三种模式进行探讨。

第一节 威胁喜剧中的边缘人物与同情怜悯式交流

(一) 威胁喜剧中的边缘人物

在品特早年创作的戏剧中,剧情通常发生在一间令人压抑的狭小房间

---

① Aristotle. "Poetics." *Critical Theory since Plato*. eds. Hazard Adams, Leroy Searle. Beijing: Peking University Press, 2006, p. 55.
② Mel Gussow. *Coversation with Pinter*. New York: Limelight Edtitions, 1994, p. 22.
③ Mel Gussow. *Coversation with Pinter*. New York: Limelight Edtitions, 1994, p. 53.
④ 杨静:《品特戏剧中人物塑造的后现代特征》,《广东外语外贸大学学报》2002 年第 3 期。
⑤ Elizabeth Sakellaridou. *Pinter's Female Portraits*. London: Macmillan Press, 1988, p. 6.

内，不确定性弥漫全剧，神秘而令人不安的气氛自始至终存在，不仅让剧作中的主人公无法安心，也让读者隐隐约约地觉察到了一种莫名的威胁。同时，戏剧中人物的行为荒诞可笑，令人忍俊不禁，有着喜剧的特点，因而品特这一时期的戏剧被称为威胁喜剧。品特早年创作的作品例如《房间》《生日晚会》《看管人》《送菜升降机》等均属于这一类型。品特的威胁喜剧在品特的三大类戏剧中具有最重要的地位，是品特风格的代名词，它最引人注目的是那说不清道不明却始终存在的威胁，及其荒诞所造成的喜剧特色和悲剧意识。然而综观这些戏剧，它们当中的人物也有一个比较明显的共性，那就是他们通常在身份上是社会的边缘人物，没有正当体面的职业，缺少固定的收入来源；有时甚至具有身体方面的缺陷，生活于社会的最底层，极少与周围的人群交往，被主流社会所排斥和遗弃。以上文提到的几部戏剧中的主要人物为例（见表3-2）：

表3-2　　　　　　　　　　威胁喜剧中的人物身份

作品	人物	身份
《房间》	罗斯	家庭主妇
《生日晚会》	斯坦利	逃离在外的人物
《看管人》	戴维斯	流浪汉
《送菜升降机》	高斯	职业杀手

品特戏剧中的这些人物大多是租住在城市的偏僻一隅，甚至是黑暗的地下室中，更甚者则无家可归。他们的境遇通常让人觉得非常尴尬。形成这种尴尬的原因可能是生活极其贫困，例如在《房间》中，为了捍卫自己的出租房，女租户罗斯不得不小心防备。当罗斯送走房东基德后，有这么一段文字描述了她的行为：

> 基德穿上大衣，走出门外。罗斯站了起来，看了看门，然后慢慢地走到桌边，拿起杂志，然后又放开了。她站起来，侧耳倾听，走到火边，弯下腰，点燃了火，暖了暖手。她又站起来看了看房间，她往窗外看了看，侧耳倾听，她飞快地走到窗边停了下来，拉下窗帘，她又回来房间中间，向门看了看。她走到床边，披上披肩，从水槽下拿

出一个垃圾箱，走到门边，打开门。①

在这段简短的舞台说明中，罗斯片刻都不得安宁，时时刻刻紧绷着神经。她两次看了看门，两次侧耳倾听，还刻意地拉下了窗帘，最后还不放心，以倒垃圾的形式掩盖自己想仔细查看门外、观察房间是否安全的行为。具有讽刺意味的是罗斯居住的其实只是一间极其简陋的出租房，不是属于她自己的房子。屋内简单地摆放着生活必需的饭桌、椅子等家具，最具享受性质的家具也只不过是一张摇椅，然而，罗斯却万分珍惜，生怕落入他人之手，生活穷困潦倒所带来的尴尬一目了然。

再看《看管人》中的戴维斯：

> 阿斯顿：你想卷一支这种吗？
> 戴维斯：（转过身来）什么？不，不要，我从来没有吸过香烟（cigarette），（暂停，他向前）虽然我想要告诉你点什么。我想给我的烟袋装点烟叶（tobacco），如果你觉得可以的话。②

戴维斯显然是很想吸烟的，然而他又怕给阿斯顿留下坏印象，于是忍住烟瘾说不吸香烟。当然，他从来没吸过香烟也许是事实，因为香烟要钱买。戴维斯看来在用词上玩了个把戏，这样既避免了欺骗阿斯顿，又给自己留有余地。终于，在激烈的思想斗争下戴维斯还是没能抵挡住诱惑，他忍不住开口问阿斯要了些烟叶。无论是香烟还是烟叶，其实都是烟，本质上并无多大区别，在这里，一方面体现了戴维斯的狡诈，另一方面也体现了他的穷困，虽然他很爱吸烟，可是由于生活的贫苦，他甚至没吸过经过加工的香烟。第二天早上，阿斯顿由于没睡好，起来责备戴维斯把自己弄醒了，这时，戴维斯说了这样一些话：

> 阿斯顿：不，你没有叫醒我。我认为你可能是在做梦。

---

① Harold Pinter. "The Room." *Harold Pinter*, *Plays One*. London: Faber and Faber, 1991, p. 95.
② Harold Pinter. "The Caretaker." *Harold Pinter*, *Plays One*. London: Faber and Faber, 1991, p. 6.

> 戴维斯：我不做梦的，在我的生活中没有梦。①

戴维斯可谓是语意双关，此处的梦既是指睡觉中的梦，也是指梦想，他既回答了阿斯顿的话，又指出了自己生活中没有希望、没有未来的窘迫状态。

这种尴尬也可能是人物为了追逐某种小利而丑态百出。例如上文提到的《看管人》中的流浪汉戴维斯，为了稳固自己的看管人的地位，不惜背弃了收留自己的恩人阿斯顿，转而投向了看似对房屋更有掌控权的阿斯顿的弟弟米克，并不停地在米克面前说阿斯顿的坏话，挑拨他们兄弟之间的关系，最终却不知不觉地中了米克的计，他的阴谋完全暴露在米克面前，这时，由于害怕重回流浪的生活，他又不顾廉耻地回头去向阿斯顿求情。然而，没有用了，阿斯顿兄弟二人联合起来，等待戴维斯的是扫地出门的命运。

又例如《微痛》中的爱德华，本来与妻子萨拉在家中的二人世界生活过得十分的惬意，但是他心胸狭窄，总想完全控制和占有妻子，因而戒心重重，心生妒意，硬是对围墙外本来没有构成什么危险的老人产生了怀疑，进而怀疑妻子的行为，一步一步地将妻子的逆反心理激起，最终将她推向了老人的怀抱。爱德华对于老人与妻子的关系一开始其实是无中生有，但是最终他的怀疑将之变成了事实。爱德华由于对老人的忧虑，闹得自己眼睛由微痛发展到剧痛，身体僵硬，还被妻子将卖火柴老人的器具塞到了手中，从而跟卖火柴的老人对调了身份，他的形象十分可笑。

除此之外，品特戏剧中的小人物往往还有着某些身体方面的残缺。他们或是躯体上或是心理上本就存在某种障碍，例如《房间》中的人物罗斯双目失明，口不能言，她的房东基德则是聋子，旧情人赖利是瞎子；他们或是由于外界条件造成了某种缺陷，而由于某些缺陷，人物还受到了捉弄。在《生日晚会》中，当斯坦利被摘掉了眼镜，又被强行蒙上双眼时：

> 斯坦利成了盲人，麦凯恩慢慢地躲到了桌后，他折断了斯坦利的眼镜，踩坏了镜框。梅格走下舞台，离开了。鲁鲁跟戈德伯格走到了

---

① Harold Pinter. "The Caretaker." *Harold Pinter*, *Plays One*. London: Faber and Faber, 1991, p. 20.

舞台中间，靠在一起。斯坦利开始移动，非常缓慢，摸索到了舞台左边。麦凯恩捡起先前掉在地上的小鼓，把它放到斯坦利必经的路线上，斯坦利踩到了鼓上，被鼓绊住摔倒了。①

在这里，失去了眼镜又被蒙上了双眼的斯坦利，由正常人变成了盲人，只能任人摆布，任人捉弄，他摔了个仰八叉，在观众眼里就是一个小丑。

当然，令人印象最深刻的是这些人物的可悲命运。房间中的罗斯在丈夫伯特击杀赖利的暴力行为面前失明失语；斯坦利被某个组织派来的人进行洗脑后，也是呆若木鸡，目光呆滞，僵硬地坐在轮椅上，象征着灵车的黑色轿车就在门外等着他；戴维斯不得不重新回到街头，像从前一样流浪露宿；爱德华不但失去了妻子，也失去了家园。看来，所谓的威胁喜剧并不是喜剧，虽然人物在动作上使人忍俊不禁，就其命运而言却是不折不扣的悲剧，无怪乎有些评论家把品特的戏剧称为黑色喜剧，是让人笑中带泪的戏剧。②

（二）同情怜悯式交流及其效果

亚里士多德指出观众获得净化的条件有两个：一是场景的真实性，观众进入戏剧情境中的前提就是戏剧模拟的场景足够真实，能让观众在看戏时产生步入现实生活的错觉。二是人物身份应该是高贵的，人物并无坏心，反而由于好心犯了错误，命途多舛，造成了身份的变化，通过人物地位的落差，获得观众的同情与怜悯，引起观众的共鸣，从而达到戏剧净化的目的。③ 很长时间以来，亚里士多德的戏剧创作原则一直被视为不容置疑的金科玉律，例如即使是敢于打破陈规、勇于创新的英国大文豪莎士比亚，他的四大悲剧在时间、地点的设置上虽然不完全遵守三

---

① Harold Pinter. "The Birthday Party." *Harold Pinter*, *Plays One*. London: Faber and Faber, 1991, p. 57.

② 弗朗西斯科·库柏在他的评论文章《神圣的玩笑：品特早期戏剧中的政治和喜剧》中指出："品特的威胁喜剧也可以被看作是黑色喜剧，是用喜剧的方式处理严肃的主题，观众笑着笑着就停止笑了，因为他们突然联想到了自身的处境。" Coppa, Francesca. "The Sacred Joke: Comedy and Politics in Pinter's Early Plays." *The Cambridge Companion to Harold Pinter*. ed. Peter Raby. Cambridge: Cambridge UP, 2001, p. 55.

③ Aristotle, *Poetics*. Trans. Malcolm Heath. London: Penguin Books, 1997, p. 26.

一律，但在净化方式上也没有脱离亚里士多德的悲剧人物设置规则，其四大悲剧的主角李尔王、哈姆雷特、麦克白、奥赛罗都是身份高贵的人物。然而，随着岁月的流逝，剧作家们在戏剧创作上逐渐越过了亚里士多德设定的藩篱，尤其是现代剧作家们，在大众文化旗帜的指引下，他们的戏剧主角早已不再完全是高高在上的大人物。在一代戏剧大师萧伯纳的现实戏剧中，出现的基本上是社会现实中的人物；而在贝克特等人的戏剧中，普通人也占据了戏剧的主要位置。作为现代剧作家之一的品特，其戏剧中的主人公也是与大人物极少沾边。不难看出，品特戏剧中的人物被放在了一个受嘲弄的位置，他们并不是亚里士多德所谓的高贵人物，也并没有好人犯错误式的行动，他们甚至算不上好人，为了一些利益做出很多令人难以接受的举动，他们与亚里士多德所描述的喜剧人物非常相似，然而，效果却并非仅仅是诙谐滑稽，观众同样产生了怜悯同情之心，这是为什么呢？

在对同情怜悯产生的条件的认识上，姚斯的净化理论与亚里士多德的净化理论既有相同之处，又有不同之处。相同之处在于都要求人物要有命运的落差，只不过，亚里士多德式落差是从高贵到普通，而姚斯所指的落差是从普通到苦难。不同之处在于亚里士多德认为戏剧的人物应该是高贵人物，在行动上是好心犯错误，而姚斯却认为人物可以是普通人物，在行动上不一定是出于好心。姚斯指出："所谓的同情式认同，也就是这样一个过程，它消除了钦慕的距离，并且在观众或读者心中激发起一些情感，这些情感导致观众或读者与受难的主人公休戚相关。"[①] 今天的剧场与亚里士多德时期的剧场已不可同日而语，大众文化占据了审美的主流，而剧场中的审美者身份也发生了巨大的变化，大部分观众早已不是王公贵族，而是与剧中人身份相差无几的普通人。戏剧人物与观众的身份具有相似性，钦慕的距离自然不存在了，显然，姚斯的净化理论更加切合现代戏剧的现状。

姚斯认为观众对于喜剧的审美会经历一个从嘲笑到同笑的过程，嘲笑是因为人物处于狼狈的处境中，同笑则是由于观众在主人公的处境中看到了自己，分享了主人公的经历。依据姚斯的观点，审美结果源于审美经

[①]［德］汉斯·罗伯特·耀斯：《审美经验与文学解释学》，顾建光等译，上海译文出版社1997年版，第262页。

验，观众在审美时总是不自觉地将审美对象与先前的审美经验进行对比，审美经验既包含了接受者的艺术经验，也包含了接受者的生活阅历，与剧中人物相似的身份和生活自然地使观众走入戏剧情境，这就使观众们极其容易对戏剧中的人物产生认同感。而品特威胁喜剧中部分人物的窘迫状态也许就是观众人生中某个时期经历过的尴尬历程，剧中人物为了蝇头小利奋不顾身的行为也许就是他们曾经有过的。观众先是对人物的尴尬处境感到好笑，这实际上是一种略带嘲弄的笑，然而当他们看到剧中人物的行动恰恰是自己思想或行动的展现时，他们仿佛看到了自己的影子。"由于从嘲笑转变为一个幽默的形象一起笑，我们便在一个并不理想的世界上达到了自我肯定的最高境界。"① 在哑然失笑之余，戏剧对观众心灵的冲击就不会只是看戏那么简单。

例如在《看管人》中，戴维斯可谓是一个备受争议的人物，他在街上流浪，获得了阿斯顿的收留，起初他态度谦恭、受宠若惊、感激之情外露，得到最普通的待遇也欣喜若狂：

  阿斯顿：请坐。
  戴维斯：谢谢！（看了看）嗯……
  阿斯顿：稍等。（阿斯顿四处找椅子，看到有一张正侧靠在壁炉附近卷起的地毯上，于是过去把它拿了过来。）
  戴维斯：请坐？唔……我从来没有好好地坐过……我从来没有正当地坐过……唔，我不能告诉你……②

阿斯顿只是让戴维斯坐下而已，这是主人招呼客人最起码的礼节，然而，戴维斯却受宠若惊，"请坐？"表明他甚至怀疑自己是不是听错了，这种表现实在有些夸张，让人觉得好笑。而一旦他与真正强势的主人米克有了紧密的关系后，他则表现出另一副嘴脸，不仅在言语上侮辱此前的恩人阿斯顿，甚至还拔刀相向，一天晚上，由于戴维斯不断地说梦话，阿斯顿睡不着，他摇醒了戴维斯：

---

① ［德］汉斯·罗伯特·耀斯：《审美经验与文学解释学》，顾建光等译，上海译文出版社1997年版，第248页。
② Harold Pinter. "The Caretaker." *Harold Pinter*, *Plays One*. London: Faber and Faber, 1991, p. 5.

戴维斯：你想要我做什么？伙计，我告诉你，我一点也不奇怪他们把你弄进去，在半夜弄醒一个老人，你真是蠢极了。①

此时，戴维斯不但不再诚惶诚恐，还把恩人叫成了伙计，并直接用侮辱性的词语指责阿斯顿。此前那个小心翼翼的戴维斯早已踪影全无，代之的是得意忘形，戴维斯前后判若两人，他的这种行为上的变化令人发笑。

然而，发笑之余，如果我们回想起自己的人生经历，当我们或是在精神上陷入危机，或是在生活上陷入窘迫状态之时，我们是否也如同戴维斯般采取趋利避害的行动？再看看今日的世界，大到国家，小到个人，似乎从来就不缺少依附强权生存的实例。戴维斯只不过是一个流浪汉，他食不果腹、衣不遮体、无家可归，他的选择只是为了生存，或许这只是动物的本能反应。相信观众在想到这一点时终会理解戴维斯的行为，逐渐由嘲笑到同情他的际遇。

评论家弗朗西斯科·库柏在归纳品特的威胁喜剧的特点时，称之为"神圣的玩笑"②。他以《送菜升降机》为蓝本，指出品特的戏剧中存在一个三角形的结构：品特的威胁喜剧其实是一个人（剧作家品特）在讲笑话，这时，观众是与讲笑话的人站在一边的，而戏剧中的人物则站在另一边，观众分享着说笑话的人带来的快乐。说笑话的人其实是在施展着口头的暴力和潜在的身体暴力，正是在他口中，戏剧人物的境遇越发可怜、窘迫而让人发笑。然而，目睹人物的可悲遭遇，心理上的同情使观众最终会与戏剧人物形成联盟，从而反思自己的处境，因而这种笑话又是神圣的。由于可使观众由喜到悲，品特此类戏剧又可称为"黑色喜剧"。③

上面提到的《看管人》中，其实也存在这么一个三角形的结构：剧作家品特、观众以及戴维斯。剧作家品特在向观众讲戴维斯的故事，观众与品特一起欣赏戴维斯的可笑行为，观察他在环境发生变化时不断变化的态度，他的窘迫，他的自作聪明，他的反复无常。这些都是人性中最丑陋的

---

① Harold Pinter. "The Caretaker." *Harold Pinter*, *Plays One*. London: Faber and Faber, 1991, p. 64.

② Francesca Coppa. "The Sacred Joke: Comedy and Politics in Pinter's Early Plays." *The Cambridge Companion to Harold Pinter*. ed. Peter Raby. Cambridge: Cambridge University Press, 2001, p. 46.

③ Francesca Coppa. "The Sacred Joke: Comedy and Politics in Pinter's Early Plays." *The Cambridge Companion to Harold Pinter*. ed. Peter Raby. Cambridge: Cambridge University Press, 2001, p. 45.

方面，为观众所不齿，丑得令人发笑。但就在此时，戏剧剧情又发生了变化，由于对于恩人忘恩负义，并且自作聪明，在夺取利益时使用了各种不受欢迎的伎俩，最终戴维斯被兄弟二人驱逐出屋，再次过上街头流浪的生活。这对于一个老人来说可谓是致命的，其结果令人反思。再回想起戴维斯最初所说的"从来没有好好地坐过"①，"从来没有正经地坐过"②，看来他的人生真是悲哀，连一个正常人的日子似乎都没有过，回思至此，不免令人有几分难过，也有几分同情。至此，观众的情感又从嘲讽转变为同情怜悯，品特成功地实现了让剧情与观众进行交流的目的。正如库柏所总结的："笑声是一种严肃的事情，喜剧是比悲剧更危险的一种武器……品特巧妙地使用喜剧，不是偶然的，也不是仅仅出于开心的目的，而是极其重要的，他早期喜剧中的日常琐事正是他的整个戏剧主题和意蕴的反映。"③ 在这里，库柏的评论虽非对于品特戏剧净化功能的解释，但涉及了读者、主人公和作者，清晰地显现了品特威胁喜剧中主人公与观众交流的过程。

第二节　记忆剧中的普通人物与净化式交流

（一）记忆剧中的普通人物与背叛主题

20世纪70年代前后，品特的戏剧创作转向了另一种风格：作品中所呈现的事件时间、地点、原因不明，因而现实、过去、未来难以区分，梦境与现实互相糅合，事情的发展随意识流动，呈现出与文学流派中的"意识流"相似的景象，但却更偏重于对过去的回忆，恰似人们头脑中的某种记忆，因而这一时期的戏剧被称为记忆剧。《归家》《昔日》《情人》《背叛》等都属于这一时期的作品。虽然，记忆剧与威胁喜剧并不能明显地进行切分，它仍然具威胁性和荒诞性，但的确呈现出某些不同的特点，例如记忆的成分更多了。在人物塑造上，品特这一时期的戏剧人物与威胁喜剧相比，也有所不同，那就是他们不再是社会极致边缘化人物，而是生活中最普通不过的平凡人。他们的身份或许仍然是家庭妇女，但是他们的生活

---

① Harold Pinter. "The Caretaker." *Harold Pinter*: *Plays Two*. London: Faber and Faber, p. 5.
② Harold Pinter. "The Caretaker." *Harold Pinter*: *Plays Two*. London: Faber and Faber, p. 5.
③ Francesca Coppa. "The Sacred Joke: Comedy and Politics in Pinter's Early Plays." *The Cambridge Companion to Harold Pinter*. ed. Peter Raby. Cambridge: Cambridge University Press, 2001, p. 46.

相对安稳殷实，生活环境也相对宽松，拮据窘迫、命运落差、族群歧视已不再是品特极力强调的方面。以上述四部戏剧中的主要人物为例（见表3-3）：

表3-3　　　　　　　　　记忆剧中的人物身份

作品	人物	身份
《归家》	特迪	大学教授
	路丝	模特
《昔日》	迪利、凯特、安娜	中产阶级知识分子
《情人》	理查德、萨拉	白领职员
《背叛》	罗伯特、杰瑞	商人
	埃玛	知识分子
	凯西	作家

不难看出，上述戏剧人物均拥有可以保证他们过上衣食无忧生活的职业，他们拥有较好的居住环境、较高的收入，无须为生活过于劳碌奔波，是西方发达国家社会中占大多数的、最普遍的中产阶级。然而，这些人物的行为却不似他们的身份来得普通。在这些戏剧中，虽然涉及的事件多种多样，但情感的背叛是最主要、最明显的主题。然而若是仔细观察，这些背叛与平日人们所经历的背叛相比又是那么的不同寻常。

以《归家》为例，美国一所大学的教授特迪携妻路丝深夜回归英国伦敦的老家，开始了一场探亲之旅。然而很快，特迪的亲人们：他的哥哥列尼以及弟弟乔伊甚至老父麦克斯都被路丝所吸引，纷纷拜倒在路丝的石榴裙下，向她示爱。而路丝是来者不拒，甚至主动地、不惜施展手段诱惑这些男人，最后甚至舍弃尚在美国的三个孩子而不顾，表示愿意留在伦敦，到街上做妓女养活三个男人。毫无疑问，路丝的行为是名副其实的背叛，然而令人感到诧异的是，作为路丝的丈夫，特迪却毫不动怒，甚至是欣然接受了这个结局，并且还接受了回美国为路丝拉皮条的任务，孤身一人返回了美国。在这里，特迪的妻子路丝背叛了他，他的父亲和兄弟们也背叛了他，可谓是多重背叛。

而在《情人》中，男、女主人公的行为更是让人捉摸不透。白领职员理查德早上向妻子萨拉打听她下午是否要会情人，当从妻子的口中得到肯定的答案后，他并不动怒，平静地去上班了，以便为妻子提供与情人幽会的时间和场所。而他在跟妻子的谈话中也亲口向妻子承认与公司的女秘书在办公室偷欢一事，看来这对夫妻的思想非常开放，可以容忍对方背叛自己，还愿意为对方提供方便。下午来临，情节的发展却令人大跌眼镜，前来幽会的竟然是另一副打扮的理查德，而萨拉也打扮得花枝招展，仿佛变成了另外一个女人。他们互相的称呼也改变了，理查德叫萨拉为玛丽，萨拉则叫理查德为麦克斯。对于《情人》的剧情发展有多种解读，有些学者认为戏剧中的情节只是一种理查德夫妻二人心理的外化，是他们内心潜意识的表现[1]；有些学者认为其实这是一种夫妻二人在争夺家庭控制权的表现，他们都想控制住对方[2]；但学者们普遍认同其实理查德和萨拉并非真正的出轨，他们只是通过假扮各种陌生的情侣以增加婚姻的情趣，打发无聊的婚姻生活；他们口中自述的自己的背叛，也许只是臆想。但即使如此，这又何尝不是一种精神上的背叛呢？

而以背叛为名的《背叛》一剧，更是到处充斥着背叛的行为。该剧讲述的是几个家庭之间纠缠不清的复杂情感关系，戏剧中的这些人来自几个家庭，彼此都认识。埃玛在与杰瑞有了八年的情史之后打算与他分手，回到丈夫罗伯特身边。在他们最后一次幽会的谈话中，埃玛表达了内心对于家庭和丈夫的歉疚。这时，杰瑞透露出罗伯特其实早已知道他与埃玛的关系，这让埃玛大吃一惊，因为罗伯特从来没有露出过任何的征兆，表现得跟平常毫无两样，埃玛一直以为他什么都不知道。凯恩把《背叛》解读为"两个男人和一个妇女的故事"[3]，其实该剧中的人物关系远非如此简单。后来，从他们的谈话中，读者还了解到，不仅埃玛与杰瑞有着情人的关系，罗伯特也没闲着，他与埃玛的朋友凯西也保持着情人的关系，而杰瑞与罗伯特也是朋友。这种背叛其实是互相背叛的背叛，关系错综复杂，例如罗伯特，他看似被妻子埃玛背叛了，但他同时也背叛了埃玛，埃玛的愧疚看来是多余的了。

综上所述，品特戏剧中的背叛可谓是形式多样，既有夫妻之间的实质背叛，也有夫妻之间的精神背叛；既有夫妻之间的背叛，也有兄弟父子之

---

[1] 邓中良：《品品特》，长江文艺出版社2008年版，第94页。
[2] Victor L. Cahn. *Gener and Power in the Plays of Harold Pinter*. London：Macmillan，1993，p. 52.
[3] Victor L. Cahn. *Gener and Power in the Plays of Harold Pinter*. London：Macmillan，1993，p. 119.

间的背叛。有时，背叛者又是被背叛者，背叛与被背叛纠缠不清。此外，品特戏剧中的背叛在内涵上与人们熟知的背叛迥异。虽然在现代人们的生活中，背叛行为可谓是屡见不鲜，然而，品特戏剧中的背叛却有其不一样的特点，那就是这些人物的背叛行为都是近乎公开的，戏剧中的人物视其为天经地义，他们并没有受到被背叛一方的谴责，也没有受到公众的质疑，更不用说受到法律的惩罚。这着实令人吃惊。

2. 普通人物式净化交流及其效果

对于崇尚性自由的现代西方观众而言，日常生活中夫妻身体背叛的事件可谓屡见不鲜，甚至很多观众自己就是情感的背叛者；即使自己不是情感的背叛者，各种各样的情感背叛传闻也会不绝于耳。然而，上述的三个背叛故事的惊人之处并不在于背叛行为本身，而在于他们将背叛这一地下行为公开化和夫妻之间令人难以置信的宽容：特迪可以平静地对待妻子与家中其他男性成员发生关系，甚至到街上做妓女的事实，也能够容忍父亲和兄弟勾引自己的妻子；理查德和萨拉夫妻双方甚至还愿意给对方与情人幽会提供方便；而罗伯特则对妻子的出轨视而不见，甚至对于朋友勾引自己的妻子也毫不在意，而他的所谓的朋友杰瑞明知他知道了自己与其妻子的风流韵事，仍不收手。这是与人们常见的背叛看似相识的背叛，又是与人们常见的背叛不一样的背叛，令观众熟悉的是背叛的行为，令他们感到陌生的是背叛这种行为的方式和接受方式。

在姚斯提出的主人公与观众进行交流的五种模式中有一种被称为"净化认同型"，这种交流模式所涉及的主人公类型是与普通民众命运相似的普通人，他们在欣赏文艺作品时被主人公悲剧性的命运或喜剧性的经历强烈震撼，精神上得到陶冶，道德上得到升华，从而摆脱传统习俗和社会规范的束缚，获得价值判断的自由。在身份上，品特上述剧作中发生了背叛行为的主人公均符合这一特点，他们都是普通人。姚斯指出："只有当观众有能力从直接认同中解脱出来，对呈现在眼前的东西进行判断和思索的时候，他才可以产生悲剧情感或是同情的笑声。"[①] 其言下之意是观众应该与戏剧有一定距离，剧情应该令观众产生抵触或惊讶的情绪，形成某种间离，这才能使观众产生思索。那么，在戏剧中应该采取何种方式进行间离

---

① ［德］汉斯·罗伯特·耀斯：《审美经验与文学解释学》，顾建光等译，上海译文出版社1997年版，第271页。

呢？各种剧作家可以采用不同的方式，著名的戏剧理论家、史诗剧创作者布莱希特采用的是史诗式手法，即让现代读者如同在阅读史诗般，让观众感觉到自己是在看戏，这是利用时间的差距作为间离。为此，布莱希特提出了三种间离的方式：通过剧作家进行间离，因为剧作家创作戏剧，可以在创作中设计间离方式；通过演员进行间离，让演员时刻记得自己是演员，而不仅仅是剧中人，同时还要干扰观众完全进入戏剧情境；通过导演进行间离，因为导演设计舞台、服装、面具、表演等。① 具体来说，就是在古代情节内容的戏剧舞台上放置一些现代性的东西，比如一台电视，这就让观众可以始终意识到自己是在看戏；或是在戏剧的进行当中，让演员从角色中解放出来，使之既是演员，又是评剧人；或是在戏剧的结尾，加以传统戏剧没有的提问环节，使观众从戏剧情景中苏醒。品特所使用的是模拟式戏剧舞台布置，力求真实再现现实生活的场景，所以他的戏剧创作可能并不完全符合布莱希特的间离理论，他也没有使用布莱希特式的间离以形成审美距离。那么，他使用的是什么方式呢？拥有剧作家和演员双重身份的品特肯定对此有独到的理解，通过对品特戏剧的仔细分析可以发现，产生间离效果的有可能是剧中人物惊世骇俗的行为。

品特记忆剧中的主人公在身份上与观众基本是一致的，但他们的背叛行为却又是那么让人感到陌生，与大多数观众的生活经验与伦理认识不一致。正如姚斯所言，人们在观看艺术作品时，存在一种审美期待，审美期待的形成基于读者先前的审美经验。正是这类人物普通的外表下不同于常人的离奇行为激起了观众的好奇心，当观众面对剧情中与自己日常生活不一样的生活体验时，这便会与他们的审美期待相背离，形成了审美距离。品特剧中的这些人物行为给观众的思维带来了巨大的冲击，牢牢地牵引住了观众。"喜剧主角本身并不令人发笑，只是把他置于某些期望视域中才显得滑稽可笑，他们的滑稽可笑是因为他们否定了这些期望或者规范。"② 观众从这类人物的身上看到的将不仅仅是荒诞的情感行为事实的表面，不会对人物的行为一笑了之，而是会从他们否定社会规范的行为中产生某种疑问。

---

① 周宁：《西方戏剧理论史》，厦门大学出版社2008年版，第855页。
② [德] 汉斯·罗伯特·耀斯：《审美经验与文学解释学》，顾建光等译，上海译文出版社1997年版，第291页。

上文提到的《归家》一剧在舞台演出后立刻就引起了轩然大波，剧中展示的极其荒诞的一面就是复杂的背叛关系。剧中的情节可谓是极其离经叛道的，给评论家们带来的冲击也非同一般。比灵顿说："人们对于《归家》的第一个反应不可避免地就是震惊，路丝怎么会被说服抛家离子，而让她的掠夺者把她作为代理母亲和伦敦街头的妓女呢？而她的丈夫特迪又怎么能对这一切袖手旁观呢？"① 凯恩认为："《归家》自从1965年面世以来，一直是品特最具争议的作品。"② 科尔在看完《归家》后则说："品特通过半麻醉的梦幻把我们都拖住了，很痛苦。"③ 部分评论家则表达了他们的疑问，请看著名剧评家比尔·史密斯在观看该剧后发出的感叹。

对于1965年的英国舞台来说，《归家》所表现的内容可以说是胆大妄为。年迈的父亲不仅用语言咒骂自己的儿子和兄弟。甚至对一个儿子口吐唾沫而对另一个儿子施以武力。在剧中，弟弟在看见嫂子的一瞬间就试图勾引她；而公公更是在初次见到儿媳时就用"发胀的妓女""发臭的荡妇"予以痛斥。最令人惊愕的是剧中的丈夫竟同意自己的妻子以妓女的身份留在家里，为他的家人服务，而她竟同意了这一安排：这一切都显得那么匪夷所思，令人难以置信。④

"胆大妄为""惊愕""匪夷所思""难以置信"，这些就是资深剧评家史密斯的用词，显然，甚至连史密斯样的剧评家都对剧中的背叛行为感到惊愕，可见品特戏剧的间离效果的成功。

正如艾斯林所言："《归家》使观众深感震惊的并不仅仅是因为在该剧中'性'和'妓女'随意地、理所当然地被探讨，而是因为剧中主人公们非常不明显的行为动机。"⑤ 当读者们看到这些离经叛道的行为后，审美距

---

① Michael Billington. *The Life and Work of Harold Pinter*. London：Faber and Faber, 1996, p. 171.
② Victor L. Cahn. *Gender and Power in the Plays of Harold Pinter*. London：Macmillan, 1993, p. 55.
③ Walter Kerr. "Review of the Homecoming by Harold Pinter." New York Times, 6 January, 1967, p. 29.
④ Bill Naismith. *Harold Pinter：The Caretaker, The Birthday, The Homecoming*. London：Faber and Faber, 2000, p. 136.
⑤ Martin Esslin. *Pinter, a Study of his Plays*. London：Eyre Methuen, 1977, p. 149.

离形成了,在震惊之余,他们会开始思考,从而将目标对准当下西方社会人们精神空虚、无所寄托的伦理意识和精神存在,让观众反思这种行为产生的动因,并最终形成自己对事物的新看法、行为的新方式,并力图避免犯下同样的错误。

第三节 政治剧中的反面人物与反讽式交流

(一) 政治剧中的反面人物

在20世纪70年代创作了一批记忆剧之后,品特在创作上曾经历了一段低谷时期,他对于自己的未来戏剧创作方向深感迷茫,陷入了苦闷之中。进入20世纪80年代以后,品特的戏剧风格再次发生了改变,他似乎重新找到了自己的戏剧发展之路。以1984年创作的《送行酒》作为分界线,他的作品开始较多地涉及先前力图避开的政治主题,戏剧中的政治主张也十分明显,因而这一时期的戏剧被称为政治剧,《送行酒》《温室》《山地语言》《归于尘土》等作品均属此类。比灵顿认为其实品特从未远离政治,他自始至终都在寻找一种最佳的政治表达方式,但直到《送行酒》的成功创作,品特才如愿以偿,比灵顿说:"《送行酒》结束了品特三年的创作危机,他已找到了一种与政治相结合的艺术方式。"[1] 在这一时期的作品中,除了主题的变化外,开始存在着威胁喜剧及记忆剧中极少出现的另一种人物,他们通常是统治阶级的代表,或是士兵,或是警官,或是政府官员,或是宗教头目,以上述政治剧为例(见表3-4):

表3-4　　　　　　　　品特政治剧中的人物身份

作品	人物	身份
《山地语言》	监狱士兵	国家公职人员
	监狱警官	
《送行酒》	尼古拉斯	高级官员、宗教头目
《温室》	路德	疗养院院长
《归于尘土》	纳粹军官	军人

---

[1] Michael Billington. *The Life and Work of Harold Pinter*. London: Faber and Faber, 1996, p. 293.

表3-4所列戏剧中的这些人都服务于政府部门，是国家公职人员，当然也是社会的重要组成部分，是社会中不可或缺的统治阶层、管理阶层。然而在品特的戏剧中，这些主人公在行为上违反了人们心目中的真、善、美等社会道德标准，与人们心目中期待的正义人物背道而驰，表现出极其令人反感的一面，属于反面人物。

有时，这些人物表现出官僚主义的陋习。例如在《温室》中，疗养院院长路德就是官僚主义习气极其严重的典型，他将疗养院这一医疗机构等同于行政机构，疗养院简直就是属于他的王国，他要求下级绝对地服从，不得违反自己的命令和有任何语言的顶撞。作为疗养院中的最高领导，路德本应为病人的康复提供各种服务，然而他却玩弄权术、官僚习气严重，许多有益于疗养院的事久拖不办。路德对于管理一窍不通，不但不尽心竭力，为了保住手中的权力反而纵容罪恶，甚至自己也干坏事，最终自己也成了权力的牺牲品，把疗养院搞得乌烟瘴气，他自己也成了别人的笑料，真是令人厌恶。路德的这些行为看似极其荒诞，却是西方现实社会中广泛存在的现象。

有时，这些人物行使强权政治，蛮横无理，用权力压制人民。在另一部政治剧《山地语言》中，读者就可以体会到统治阶级的蛮横无理，该剧讲述的是一些妇女到监狱中探视亲人，她们在探监的过程中，被勒令禁止使用本民族的语言———一种被称为"山地语言"的少数民族语言。正当妇女们在监狱门外等待之时，一条监狱豢养的恶狗跑了出来，把一位老年妇女的手臂咬得血肉模糊。在以青年妇女萨拉为首的妇女们大声抗议之后，监狱中的军官出现了，他先是假仁假义地责问是谁干的，当萨拉告诉他是狗咬的后，他说出了如此一番话：

它叫什么名字？
（停顿）
它叫什么名字？
（停顿）
每条狗都有自己的名字，叫它们的名字时它们会回应，它们的父母给它们取了名字，那就是它们的名字，在它们咬人之前，它们会先报上大名，这是一个正规程序。它们先报上名字然后咬人。咬人的狗叫什么？如果你能告诉我们哪条狗没报上名之前就咬了人，我要枪毙它！①

显然，军官这些话是胡言乱语，他竟然一上来问咬人的狗叫什么名字。狗的父母不会给它们取名，它们在咬人之前也绝不会先报上大名；狗也不是被咬者熟悉的狗，被咬的人自然也不可能知道咬人的狗叫什么名字。那么根据军官所说的"在它们咬人之前，它们会先报上大名，这是一个正规程序"，意味着说不出狗的名字狗就没有咬人，是妇女自己在说谎。军官以荒诞的理由将监狱的狗咬人的责任推卸得一干二净。同时，荒诞不经的言语凸显了强权，军官敢于将不是逻辑的东西说成逻辑、并将之用于事件的推理，敢于将歪理说成真理，表现出了统治阶级的伪善和蛮横。

而有时，这些人物表现出的是伪善、残暴无情。例如《送行酒》中的尼古拉斯，表面上是一个温文尔雅的儒雅型官员，在戏剧的开头，尼古拉斯说了这样一番话：

你好！早上好！你好吗？让我们不要兜圈子了，就是那件事，同意吗？（法语）你是一个文明人，我也是。请坐。②

在这里，尼古拉斯自诩为文明人，他表现得文质彬彬，哪怕是对关押的犯人，他也礼貌地用"你好！早上好！你好吗？"来进行问候。他还在句子当中夹杂了法语，以在知识分子韦克特面前显示自己的知识。表面上看，尼古拉斯绝对是个绅士，然而，他接下来说出来的话，却让人大吃一惊：

你认为这是什么？是我的手指。这是我的小指，这是我的大拇指，这是我的小手指。我在你面前挥舞着我的大手指，像这样，现在我用我的小指做同样的动作，我也可以两个手指同时做。像这样，我

---

① Harold Pinter. "Mountain Language." *Harold Pinter: Plays Four*. London: Faber and Faber, 1993, p. 254.
② Harold Pinter. "One for the Road." *Harold Pinter: Plays Four*. London: Faber and Faber, 1993, p. 223.

绝对可以做我想做的事。你认为我是发疯了吗?我母亲以为我疯了。①

从这里可以看出,尼古拉斯其实是权力观念深入骨髓,他一下子就撕去伪装,暴露了他的骄奢的、飞扬跋扈的当权者形象。他在韦克特面前伸出手指,炫耀自己所拥有的权力。更加严重的是,他一方面对韦克特文质彬彬地说着话,另一方面让士兵们轮奸了他的妻子,又杀害了他的儿子。而即使是这些事情已经无可挽回,他却仍然假惺惺地说要与韦克特喝一杯,为他出狱送行,还保证不久就让他们一家团聚,表现出极度的伪善与残忍,可谓是丧尽天良,令人十分痛恨。

《归于尘土》中的丽贝卡的丈夫也是如此,残暴无情成了他的主要特征。

在回忆之中,丽贝卡说起了一件事:

> 我最亲近的朋友,我全心爱着的男人,第一次见面我就知道他会是我的男人的男人,我最亲爱的、最珍贵的伙伴,我看到他走到月台上,从那些撕心裂肺的妇女手中把所有的孩子都抢走了。②

不管妇女们的呼天抢地,劈手就将她们的孩子抢走,造成骨肉的分离,这是何等的丧尽天良。丽贝卡还曾叙述她看到的另外一番景象:

> 我走进冰冻的城市,即使是泥土也冻住了。雪却呈现出一种滑稽的颜色,它不是白色的,有其他的颜色在上面,好像是上面有静脉似的,也不是雪常有的和应有的平滑,而是有些崎岖不平。③

在丽贝卡的描述中,城市的白雪甚至还有几分唯美。然而,仔细看来,她所谓所"滑稽的颜色""有静脉似的"分明是人们被屠杀后四处

---

① Harold Pinter. "One for the Road." *Harold Pinter: Plays Four.* London: Faber and Faber, 1993, p. 223.

② Harold Pinter. "One for the Road." *Harold Pinter: Plays Four.* London: Faber and Faber, 1993, p. 419.

③ Harold Pinter. "One for the Road." *Harold Pinter: Plays Four.* London: Faber and Faber, 1993, p. 418.

流淌的血液，这自然也是纳粹的杰作。当然，丽贝卡丈夫的残暴在家中也表现得淋漓尽致，那就是即使是他的妻子，也要屈服于他的暴力，去亲吻他的拳头。虽然，整部《归于尘土》都是由正在做催眠治疗的丽贝卡说出来的，叙述断断续续，并无过多言语修饰，但漫不经心的叙述中展现出来的无情的杀戮、抢夺婴儿造成骨肉分离、对妻子的蛮横无比都显示出丽贝卡的丈夫是多么残暴无情。

膜拜权力，官僚主义习气严重，欺压中下层人民，为了权力不择手段；残忍粗暴，伪善虚假，不分青红皂白就剥夺他人权利，甚至视杀人如同儿戏，可谓是人性泯灭，却又以文明人自居，这就是品特戏剧中的反面人物的形象。

（二）反讽式交流及其效果

反讽又称反语，是一种说话或写作时带有讽刺意味的语气或写作技巧，单纯从字面上不能了解其真正要表达的事物，而事实上其真正的意义正好与从字面上理解的意蕴相反，通常需要通过上下文及语境来了解其用意。反讽手法在古希腊时期的著述中便有出现，其最初的词根便来自希腊文"eironeia"，英美新批评的著名人物如艾略特、瑞恰兹、布鲁克斯等人对这一手法进行了进一步的阐述，挖掘和拓展了反讽的内涵。这些批评家主要是从诗歌的角度对反讽进行了探讨，例如瑞恰兹认为"反讽性观照"是诗歌创作的必要条件，他曾经指出："受反讽影响的诗歌不见得是最上乘的诗歌，但反讽本身又总是最上乘的诗歌的一个特性。"[①] 布鲁克斯则指出："反讽是承受语境的压力，因此它存在于任何时期的诗中，甚至简单的抒情诗里。反讽既能体现诗的复杂性又能体现诗的有机性，既能使诗中的对立因素互相支持而成为整体，又是诗的结构固若金汤的保证。"[②] 学者们普遍认为反讽可以细分为言语反讽、情景反讽和戏剧反讽。言语反讽和情景反讽较常见，戏剧反讽指的是戏剧性反讽，是作者间接地表达自己观点的一种方法，因为反讽作品的故事是在两个层面上展开的，一个是叙述者或是剧中人看到的表象，另一个是读者体会到的事实。正是表象同事实之

---

① ［英］艾·阿·瑞恰慈：《文学批评原理》，杨自伍译，百花洲文艺出版社1992年版，第227—228页。

② Cleanth Brooks, *Modern Poetry and the Tradition*. New York: Oxford University Press, 1965, pp. 35–36.

间的对立张力，产生了强烈的艺术效果。二者的反差越大，反讽的效果越鲜明。

显然，品特上述戏剧所使用的是反讽的手法。姚斯指出反讽式认同是指"一种意料之中的认同呈现在观众或读者面前，只是为了供人们拒绝和反讽。其认同程序和幻觉的破坏是为了接受者对审美对象不加思考的关注，从而促进他审美的和道德的思考"①。品特系列政治剧中的人物颐指气使、欺压弱小，或是官僚主义习气严重、态度傲慢、办事拖沓，展现出低劣的品性，他们在行为上与社会和公众对他们的要求和期待背道而驰，是比我们坏的人物，但是他们却无所顾忌、泰然自若。在作者的意料之中，他们的行为一展现，观众不用思索，就会产生反对、鄙夷、愤怒等情绪认同。"反讽式认同"的目的是"加速观众的审美活动，促使观众意识到作品中的前提条件，尚未命名的接受规则，以及各种可能的解释"②。观众在看到品特戏剧中人物的行为时，他们的情感世界立刻受到了影响。

反讽式交流的关键在于塑造反面人物的可憎行为，在这一点上，品特上述戏剧是成功的。例如，当剧评家阿拉斯泰·麦考雷看完《送行酒》后，得出了这样的看法：

> 尼古拉斯几乎总是在滔滔不绝地说话：显得温文尔雅、平和、冷静而又自信。但也正是通过他的话语，人们发现这位看似有知识、理性的人物其实非常肤浅而空虚，他根本没有大脑的思考，因为他的大脑已被手里的权力给蛀蚀一空了……他的话语仿佛是他意识声音的流淌。他的内心世界通过这个声音被一览无余——权力、美食、性、摧残、死亡、权力、上帝、自我、权力——他的思想就这样以可怕的怪圈毫无波澜地循环着、流动着。你会发现，在尼古拉斯自信的外表下隐藏着他的空虚、软弱和疯狂。③

---

① [德]汉斯·罗伯特·耀斯：《审美经验与文学解释学》，顾建光等译，上海译文出版社1997年版，第277页。
② [德]汉斯·罗伯特·耀斯：《审美经验与文学解释学》，顾建光等译，上海译文出版社1997年版，第277页。
③ Alastair Macaulay. "Pinter Shows off His Talent for Menace Theatre." *Financial Times*. London, Jan. 12, 2001, p. 12.

显然，观众有自己的辨别力，他们不会随意地赞同剧中人的自我表白，而是根据人物的言行进行思索，然后进行鉴别。根据品特自述："《送行酒》是对一个审问官、虐待者、组织头目的心理验证……他相信一些东西并且可以为之战斗，出于他自己认为的公正的理由，他可以把他的牺牲品置之于极大的恐怖和侮辱之中。"① 可见麦考雷的评论将品特这部戏剧所要反映的主题准确地描述了出来，印证了品特这部戏剧带给观众的印象。

再看《山地语言》，根据品特自述，他之所以创作这部戏剧，是因为他曾经有过土耳其之行，并在那儿听闻了土耳其政府对少数民族库尔德人的压迫。② 1988年，在与高索的谈话中，品特说："从我的观点来看，这部戏剧是关于语言压制和表达自由权利丧失的内容的。"③ 当然，《山地语言》中的警官和士兵的语言和行为是如此之荒唐而令人反感，观众和评论家们也极其容易解读出该剧意蕴，得出与品特的净化目的相类似的结论。

而对于《归于尘土》一剧，品特曾经这样说起他的创作动机是"来自人类对于人类的非人道的恐怖形象，这是'二战'以来就一直在我心头萦绕的东西"④。虽然，在剧作中，许多意象仍然是隐晦的，加上由于是回忆，地点的错乱（例如丽贝卡多次说到的是英国的地名，而纳粹并没有占领过英国）、时间的混淆也增添了对于该剧的解读难度，但是许多剧评家都读出了当中的意蕴。斯科尔尼科夫说："创作于1996年的《归于尘土》的主题就是大屠杀。"⑤ 扎莱列夫则说："在此剧中，品特直接描述了可识别的、极其恐怖的与纳粹行为相类似的行为。虽然，这些行为是以碎片的形式、由丽贝卡回忆她与之前的爱人所构成。"⑥ 桑地罗杰伯拉帕则指出："该剧的中心是来自丽贝卡偏见的、带有主观色彩的历史建构，最终变成

---

① Michael Billington. *The Life and Work of Harold Pinter*. London: Faber and Faber, 1996, p. 294.
② Michael Billington. *The Life and Work of Harold Pinter*. London: Faber and Faber, 1996, p. 309.
③ Mel Gussow. *Conversation with Pinter*. New York: Limelight Editions, 1994, p. 68.
④ Harold Pinter. *Harold Pinter: Various Voices*. London: Faber and Faber, 1998, p. 80.
⑤ Hanna Scolnicov. *The Experimental Plays of Harold Pinter*. Newark: Delaware UP, 2012, p. 159.
⑥ Yeal Zarhy-Levo. "Pinter and the Critcs." *The Cambridge Companion to Harold Pinter*, ed. Peter Raby. Cambridge UP, 2001, p. 223.

了二人轮流对于被认知为大屠杀事件的叙述。"① 格利姆斯也指出这是"一部重点涉及品特的犹太性的戏剧，是一部涉及大屠杀但在文中却既没有提及也没有标出'纳粹'或是'犹太种族灭绝'等字眼的戏剧"②。在《归于尘土》中，那些骇人听闻的屠杀事件出自丽贝卡之口，但都是由纳粹军官——丽贝卡的丈夫直接参与和执行的。一桩桩恐怖至极的屠杀事件被漫不经心地娓娓道来，读者或观众的情感不断受到影响，正是通过对丽贝卡的丈夫的恶行的展示，读者或观众获得了反感、恐惧、愤恨的体验。

品特通过反面人物的行动和语言将现代西方政治中的黑暗之处直观地展现出来。反面人物的行为越残暴邪恶，观众的厌恶反感情绪就越强烈。在观剧的过程中，面对这样的人物，无须思考，长期在观众思想意识中形成的善恶感就直接介入，原有的对此类反人类、反社会行为的厌恶、愤恨的情感被强化了，而这正是剧作家想要的观众的情感反应。

20 世纪 80 年代以后，此前极力避免言谈政治的品特好像变成了另一个人，他在众多的公开场合批评西方的政治。1988 年，在一次与梅尔·高索的会面中，品特说道："我理解你对我作为戏剧家更感兴趣，但我自己对我是一名公民更感兴趣，我们一直说我们生活在自由民主的国家中，但我们毫无疑问需要更多说话的自由，准确地说出我们心里所想的东西是我们的责任。"③ 品特强调自己是"公民"意味着他具有强烈的社会责任感，以反映社会现实、促进社会的公平正义为己任。由于品特晚年敢于直言，他被称为"愤怒的老人"，品特反讽式政治剧就是他这一思想转变的真实写照。阿拉盖宣称："从（20 世纪）80 年代中期以来的品特的政治剧中，我们毫无疑问地了解到了现实是什么，是政治压迫、政治折磨和暴力的现实，或者知道了什么是真话，什么是谎言，什么是被折磨与被压迫。"④ 更有部分学者指出在品特戏剧中政治其实一直存在，只不过早期作品中的政治是小写的政治，后期作品中的政治是大写

---

① Anthony D. Santirojprapai. *Brutal Spaces: Political Discourse in the Later Plays of Harold Pinter*. Diss. Sait Louis University, 2008, p. 108.

② Charles Vincent Grimes. *A Silence beyond Echo: Harold Pinter's Political Theatre*. Diss. New York University, 1999, p. 231.

③ Harry Derbyshire. "Pinter as Celebrity." *The Cambridge Campanion to Harold Pinter*, ed. Peter Raby. Cambridge: Cambridge UP, 2001, p. 231.

④ Mireia Agraga. "Pinter, Political and Postmodernism (2)." *The Cambridge Campanion to Harold Pinter*, ed. Peter Raby. Cambridge: Cambridge UP, 2001, p. 252.

的政治，小写的政治是个人政治，而"个人的其实也是政治的"①。昆雷认为："品特早期拒绝卷入政治事件并不是因为他对社会问题冷漠，而是他严重怀疑政治渠道、政治争论、政治行动能够改善社会问题。"② 看来，品特的政治意识一直都是存在的，公平、正义一直根植于其内心，只是这些思想的表露方式在不同的人生阶段、不同的社会环境下会有所不同。艾斯林对于荒诞派戏剧作用于观众有独到的理解，他把荒诞派戏剧的荒诞表意称为"嘲讽性放大"③，认为其"所使用的手段就是突然使观众面对一个疯狂的世界的怪诞放大和变形的图画，这是一种电击疗法"④。而对于荒诞戏剧对于观众的教育效果，他这样认为："在荒诞派戏剧中，观众面对着动机和行为几乎都不可理解的人物。对于这种人物，几乎不可能与之认同，他们的行动和本性越神秘，越不具有人性，就越不容易使得观众从他们的视角来看待世界。"⑤ 在品特的后期的政治剧中，品特正是通过对反面人物的可憎行为的展示，让观众直截了当地意识到官僚主义、独裁、权力滥用等政治腐败的可怕性，与观众进行了深层的政治认识交流，达到了教育观众的目的。

第四节　交流反思与接受者观念的嬗变

思维与存在的问题一直是困扰哲学界的难题，对于存在的思索贯穿了整个哲学发展史。存在主义大师海德格尔把人的状态归结为操劳，他认为："此在的存在是操心。"⑥ 萨特认为存在先于本质，他说："人本不愿意来到这个星球，然而由于偶然性却被抛到了大地上，无缘无故地存在于世界之中。人孤苦伶仃，对于现实无能为力，因而人的生活既无目的，也

---

① Austin Quigley. "Pinter, Politics and Postmodernism." *The Cambridge Campanion to Harold Pinter*, ed. Peter Raby. Cambridge: Cambridge UP, 2001, p. 8.
② Austin Quigley. "Pinter, Politics and Postmodernism." *The Cambridge Campanion to Harold Pinter*, ed. Peter Raby. Cambridge: Cambridge UP, 2001, p. 9.
③ [英] 马丁·艾斯林：《荒诞派戏剧》，华明译，河北教育出版社2003年版，第284页。
④ [英] 马丁·艾斯林：《荒诞派戏剧》，华明译，河北教育出版社2003年版，第285页。
⑤ [英] 马丁·艾斯林：《荒诞派戏剧》，华明译，河北教育出版社2003年版，第285页。
⑥ [德] 马丁·海德格尔：《存在与时间》，陈嘉映、王庆节译，上海三联书店2014年版，第209页。

无意义。"① 1833 年，尼采发表了《查拉图斯特拉如是说》一文，宣称上帝已死，震惊了整个西方世界。1859 年，达尔文出版了《物种起源》一书，认为是生物界不断的进化推动着物种的发展，而不是上帝主宰一切。最初，尼采与达尔文的观点被视为异端邪说，然而随着时间的不断向前推移，西方世界中相信上帝已死的人越来越多，数千年来作为西方世界一元精神核心的支柱倒塌了。这给人们的心理带来巨大的冲击，许多人在思想上陷入各种纷乱烦恼、迷惑彷徨之中；在行动上也是方向迷失，茫然不知所措。上帝已死之后的西方时代，是一个没有中心，没有生活目的，没有普遍接受的生活原则的时代，一切都是破碎的，没有目的的，也就是荒诞的。荒诞戏剧正是力图传达这一意义，在具体的戏剧实践中，荒诞派剧作家们不约而同地使用了同一种戏剧表达技巧。一方面，他们颠覆了传统戏剧的内容表意方式，而更加注意戏剧的形式的运用。例如传统戏剧的主题通常是在人物的语言中表露，而荒诞戏剧则不一定需要使用语言，就像贝克特的成名剧《等待戈多》，人物自始至终都在重复等待的动作，无须多言，从人物反反复复的动作中，戏剧的主题意蕴已经明了；无须语言，观众就能从戏剧中体会到剧作家的意图，因为戏剧中存在某种观众从生活中能够直接领会到的东西，存在某种人类心灵相通的东西，这便是剧作家与观众的交流。

另一方面，荒诞派剧作家们还颠覆了传统戏剧的语言观。他们在尽量贬低人物语言的同时，却扩大了其他语言的表意方式。戏剧舞台的象征功能、戏剧动作的表意功能、戏剧的音乐功能等也得到了深化。同时，荒诞戏剧的人物语言也发生了变化，它们一方面变得形式多样，甚至是各种符号、沉默、停顿都有可能成为戏剧的语言主体；另一方面语言的形式本身也具有了更强的表意功能，它可能就是戏剧表意的主体，而不必深究其内容是什么。而语言本身也具有了更强大的隐喻功能，其背后的隐藏的意义可能比语言表面的意义更能强化主题。一言以蔽之，相对于传统戏剧，荒诞派戏剧是颠覆性的：既颠覆了传统的戏剧内容和戏剧形式，也颠覆了传统的戏剧语言观。

品特既然被贴上了荒诞派剧作家的标签，他的戏剧自然也具有荒诞戏

---

① ［法］让-保罗·萨特：《存在主义是一种人道主义》，周煦良、汤永宽译，上海译文出版社 2005 年版，第 13 页。

剧的这一表意特点，品特像贝克特一样力图引导观众自己去思考，而不是从自己的口中对剧作进行解读。曾经有一位女观众对品特《生日晚会》中的人物身份不甚明白，于是亲自写信向品特求证，认为"如果您不把它们之间的关系说明白，我就无法理解您的作品"。对此，品特用诙谐的语言婉拒了她的请求，他说："您又是谁呢？您又来自何处呢？您是正常人吗？如果您不能清楚地回答这些问题，我也不能回答您的问题。"① 在1970年德国汉堡莎士比亚奖获奖演说中，品特更是直言："你创造了词语，词语获得了它自己的生命，它就以某种方式与你对视，它变得倔强了，多半会打败你。你创造了人物，他们会变得非常厉害，他们警惕地注视着你这位他们的创造者……毫无疑问，作者与他的人物之间会发生相当大的冲突，我得承认，总体而言人物是胜利者。"② 品特的上述语言清晰地表明了他的交流观，交流不仅仅是作家与读者的交流，更重要的是作家、作品与读者三者的交流。为此，品特戏剧中大量采用了不确定性叙述，造成了意义上的多层化，给作品与读者的交流提供了更多的机会。

当然，由于品特又被称为最具现实主义特征的荒诞派剧作家，他的剧作主题就不会像贝克特一样更多地关注人类命运的宏大叙事，品特戏剧通常更多地关注人们的生活现实。恰如上文所述，伊瑟尔认为文本中存在一种称为"隐含读者"的读者，也就是作家想象中的理想读者，他能完全理解作者的意图。为了将自己的意图传达给这一读者，作家会构建一种文本网格，以引导读者解读本文，接受本文的立场。③ 虽然，隐含读者只是一种理想状态，因为由于读者审美经历的不同，真正的读者不一定能按作家的意图对文本进行解读，但是作家的引导构建是客观存在的。在威胁喜剧《房间》中，由于品特故意为人物选取白人、黑人的身份，隐隐约约地，观众或读者还是能体会出背后的生活现实。例如当盲黑人赖利被白人伯特不分青红皂白地用椅子击杀在地时，没有几个观众不会联想到西方广泛存在的种族歧视问题。又如当《生日晚会》中的斯坦利被某个神秘组织穷追不舍时，观众是否会想到横行一时的盖世太保呢？而记忆剧显然是对于人

---

① 转引自邓中良《品品特》，长江文艺出版社2008年版，第20页。
② Harold Pitner. "On Being Awarded the German Shakespeare Prize in Hamburg." *Harold Pinter: Various Voices: Prose, Poetry, Politics*. London: Faber and Faber, 1998, p.32.
③ [德] W. 伊泽尔：《审美过程研究——阅读活动：审美呼应理论》，霍桂桓、李宝彦译，中国人民大学出版社1988年版，第35—51页。

们精神生活的观照，是现代西方人精神空虚、伦理丧失的真实写照，他们违背社会规范，空虚堕落、无所寄托、无所敬畏，品特正是用人物惊世骇俗的反伦理举动来引起观众或读者的思索。《归家》中路丝的乱伦行为、《情人》《背叛》中的背叛行为是那么的离经叛道，与社会的伦理规范大相径庭，相信会给所有的读者留下深刻的印象。而政治剧中的人物极其荒唐，令人厌恶、愤恨不已的行为则指向了当前西方的腐朽政治现实，当剧作中的反面人物滥用权力，以各种借口迫害公民，或者是压制公民的语言权利，或者是剥夺公平的人身自由，甚至是屠杀无辜民众时，观众被激起的是恐惧和愤恨的情感。

"所有的事物都是滑稽可笑的，直到人类处境的恐怖浮现上来。"① 荒诞派剧作家将笔触聚焦于人类的生存环境，反思人类的存在，关注人类未来的命运，体现了他们浓浓的人文关怀。品特三个时期的戏剧创作分别塑造了三种人物：威胁喜剧中比我们差的群体，记忆剧中精神极度空虚、道德伦理缺失的西方普通现代人以及政治剧中令人愤恨的比我们坏的统治阶级。毫无保留地呈现某种存在的现实是荒诞戏剧的艺术表现形式，然而，仅仅呈现某种现实并非作家的终极目的。希望通过作品与观众或读者的交流，引起他们的反思，进而让他们的思想意识发生改变才是作家创作作品的真正意义所在。因此，威胁喜剧中的弱势群体能够得到重视、获得足够的关怀，记忆剧中的现代人精神状态和伦理意识获得提升改善，政治剧中的政治现实环境得到改变，才是品特戏剧的净化目的。

净化功能是戏剧最重要的功能之一，是戏剧观众或读者在观看戏剧后心中所产生的审美效应，是接受美学所关注的重要方面。依据接受美学，净化产生于作品与接受者的交流过程，是作品中主人公与观众或读者进行交流的结果。品特在三个时期的戏剧创作中分别创造出了三种人物，即威胁喜剧中的边缘人物，记忆剧中的普通人以及政治剧中的反面人物。品特威胁喜剧中的边缘人物饱受生活之苦，观众由于移情作用会产生同情之心，心灵受到震撼。而记忆剧中的人物与普通观众在身份上最为一致，但在行动上却违反了普通人的生活经验和伦理认识，形成了审美距离，因而导致了观众的净化式认同。政治剧中的人物是反面人物，他们的行为使观众无须思索即刻产生了愤慨、反感等情感，形成了反讽式认同。当然，

---

① Martin Esslin. *The Theatre of the Absurd.* London: Penguin Books, 1978, p. 242.

交流并非作品的审美终极目的，通过交流引导观众进行反思，进而引起他们心灵的变化才是剧作家的创作意图。"荒诞派戏剧诉诸观众心灵的更深层次，它激发人的心理力量，释放和解除隐藏的恐惧和受压抑的侵犯性，最主要的是，通过使得观众面对一幅分崩离析的图画，它在每个个别观众的思想中发动了各种整合力量的活跃过程。"① 通过三类主人公的不同行为，品特向观众展现了他眼中并不完美的现实世界，也表达了他对于现实世界的忡忡忧思、殷切希望和对于弱者强烈的人文关怀。

---

① ［英］马丁·艾斯林：《荒诞派戏剧》，华明译，河北教育出版社2003年版，第286页。

第四章　品特戏剧的负面意象接受审美

长期以来，审美与审丑属于不同的范畴。审美多与正面因素相关联，目的在于弘扬人类感性的正面性质，表达人类情感的正面因素。而审丑多与负面因素相关联，目的在于挖掘人类情感的负面内容。在审美的历史过程中，丑长期居于次要地位，遭受美的排斥。例如古罗马诗人贺拉斯在其文章《诗艺》的开篇就提出了一个疑问，他说："如果一个画家在作画时把一个人头放置到一匹马的脖子上，把每一种动物的四肢安放到它的身上，然后把每一种鸟类身上的美丽羽毛做成衣服让她穿上，这样在上面是一副美丽的妇女面容，而在尾部是一条黑鱼的尾巴，当你看到这幅图画时，我的朋友，你难道不会忍不住发笑吗？"① 在这里，贺拉斯表达了对于不协调的排斥。18世纪德国杰出戏剧家莱辛在《拉奥孔》一书中，描述了古罗马雕像拉奥孔的形态，指出雕像中的拉奥孔因张嘴号叫是破坏美感的，而"美是造型艺术的最高法律……凡是造型艺术所能追求的其他东西，如果同美不相容，就要给美让路。如果同美相容，也至少须服从美"②。贺拉斯和莱辛代表了某种传统的美学观点，在他们看来，艺术的对象是美，是和谐，排斥丑、恶、不协调，艺术需要与正面因素例如崇高、美丽、和谐、协调等相关联。长期以来，这种观点不仅在艺术家群体中盛行，也广为艺术的普通接受者们所认同。

然而，艺术是对生活的模仿。生活中既不缺乏美，也不缺乏丑；既有积极的一面，也有消极的一面。艺术表现中也应该是二者共存，既可以有代表积极的正面意象存在，也应该容许代表消极的负面意象存在，并且负

---

① Horace. "Art of Poetry." *Slected Readings in Classical Western Critical Theory*, ed. Zhang Zhongzai. Beijin: Foreign Language Teaching and Research Press, 2002, p.68.
② ［德］莱辛：《拉奥孔》，朱光潜译，人民文学出版社1984年版，第14页。

面意象审美自有其价值。负面意象反映的事物例如人类、社会的阴暗面，其实是审丑的艺术，若深入探索就会发现，丑也有其艺术价值。这种认识是随着审美艺术的发展而不断获得认可的。到了 19 世纪，浪漫主义的兴起极大地解放了艺术思维，丑开始获得了艺术界的接受。例如法国浪漫主义作家雨果就主张对美与丑的地位重新认识，他在《〈克伦威尔〉序言》一文中说道："丑就在美的旁边，畸形靠近优美，粗俗居于崇高的背后，恶与善并存，黑暗与光明相共。"① 在这里，畸形、粗俗、恶、黑暗都被视为丑，它们作为负面意象已被提高到与正面的美并列的地位，审美的两极并存，革新了人们对于美与丑的认识，这无疑是一场审美的革命。1853年，罗森·克兰兹出版了《丑的美学》一书，进一步刷新了人们对于丑的认识。他在书中提出"丑本身是对美的否定"，"产生美的那些因素可以倒错为它的对立面，就是丑"。② 此时，丑已与美具有了平等的地位，是审美中不可忽略的方面。

现代艺术更是视丑为平常，甚至视丑为美。艺术家有时将各种不和谐元素例如不规则的线条和图形集聚在一起，以丑表现世界，例如表现主义艺术名画《呐喊》以不规则的弯曲线条，杂乱的红、黄、蓝、绿等颜色，以及恐怖的人物表情展现了画家对于现实世界的不满，虽然画面令人体会不到美感，而是一种恐怖的感觉，但画本身的价值却得到了高度认可。利用丑来展现美在现代建筑风格中更是习以为常，例如被列入世界十大最丑建筑的伦敦巴比肯艺术中心，因其丑陋的外形而被人们记住了。而在文艺世界中，丑更是屡见不鲜，或作为美的对立面以突出美，例如小说中的反面人物，他们通过自身的丑恶反衬出英雄人物的高大形象；或作为独立形象引发观众的厌恶或是嘲笑，例如中国戏剧中的丑角形象，电影中的搞怪人物等，他们正是以自身的丑陋或渺小博得观众的笑声与同情。

荒诞戏剧是社会现实的扭曲、变形，反映的是社会的不和谐、非理性、无逻辑，可谓就是丑的艺术。此类戏剧中基本上缺少正面人物形象，戏剧中的人物通常是碌碌无为的小人物，他们缺乏远大的理想，也没有光辉的业绩，既不崇高，也不伟大，而是为了生活而生存，其作用在于反映

---

① [法]维克多·雨果：《〈克伦威尔〉序言》，载《雨果论文学》，柳鸣九译，上海译文出版社 1980 年版，第 30 页。
② 转引自周来祥《文艺美学》，人民文学出版社 2003 年版，第 235 页。

存在的现实，基本上与代表正面形象的美无关。荒诞戏剧中也存在反面人物，他们展现出官僚习气、暴力欺凌、利益至上等特征，作为普通公众的对立面存在。艾斯林指出："荒诞戏剧表现给观众的是一幅分崩离析的世界的图画，这个世界已经失去了它的结合原则、意义和目的，一个荒诞的世界。"[①] 显然，荒诞戏剧中所呈现的意象更多的是生活的阴暗面，反映的多是社会中的负面状况。

品特戏剧也是如此，并且在负面意象的塑造上有其独特之处。所谓的负面，是指"消极的、阴暗的"[②]。本书所提及的负面意象，是相对于正面意象而言的，是指社会生活中消极、阴暗的一面。一方面，品特戏剧中充斥着形形色色的疾病，它们既在形象上增加了人物的丑陋，在实际上增加了人物的痛苦，也在情节上增加了莫名的威胁，令人在观剧时心生不快，甚至是产生恐惧的情感，是人们生活当中阴暗的一面；另一方面，在品特的戏剧中，各种人物与周围的环境格格不入，受到主流社会的排斥，作为主体的对立面而存在，仿佛是生活在异乡的他者，显示出某种不协调；同时，在品特的戏剧中，各种形式的暴力无处不在，它们作用于弱者身上，造成心灵与躯体的伤残甚至是死亡。无论是疾病、他者还是暴力，都与正面的情感无关，引起的都是人们憎恶、痛苦、不快的情感，显然属于负面意象，这些都构成了品特戏剧的负面意象审美。如同正面意象审美一样，负面意象审美也会对观众产生深刻的影响，并且由于其对人们的情感冲击较强烈，可能产生的影响更为深远。那么这些负面意象审美在阅读和欣赏过程中，对其接受者产生了什么样的接受效应呢？

第一节　疾病审美及其接受效应

在品特的戏剧中，疾病是一种常见的现象。它们分散出现在品特的各部戏剧之中，从身体疾病到心理疾病，五花八门，涵盖了人类生活中疾病的方方面面，具有丰富性。品特戏剧中的疾病发挥着重要的作用，王燕在《论品特戏剧里的疾病》一文中指出品特戏剧中的疾病"大幅度地提升戏

---

① ［英］马丁·艾斯林：《荒诞派戏剧》，华明译，河北教育出版社2003年版，第286页。
② J. A. Simpson and E. S. C. Weiner, eds. "Negative." *The Oxford English Dictionary*, 2nd ed. Oxford: Oxford UP, 1989, p. 297.

剧性,在推进剧情、强化矛盾、调整节奏、设置悬念、创造紧张氛围、制造出乎意料的突转方面都起到不可忽略的作用。另外,它们还能影射、揭示主题……在构建品特戏剧魅力方面功能卓著"[1]。当观众或读者欣赏品特戏剧之时,仿佛走进了一个疾病的王国。

(一) 疾病的样式与特点

品特戏剧中的疾病大致分为生理疾病和心理疾病两大类,分布于品特的各类戏剧中,具体可见表4-1。

表4-1　　　　　　　　　　品特戏剧中的疾病[2]

剧目	病症
《房间》	失明症、损伤致死、焦虑症、失聪症、偏执狂、强迫症
《生日晚会》	失明症、失语症、焦虑症、分裂症
《微痛》	失明症、焦虑症
《温室》	分裂症、偏执狂
《看管人》	分裂症、强迫症、创伤后遗症
《送行酒》	全身损伤、死亡、虐待变态
《山地语言》	失语症、肢体伤残、虐待变态
《一种阿拉斯加》	睡眠症、失忆症
《新世界秩序》	全身损伤
《茶会》	失明症、分裂症
《月光》	未命名的疾病
《归于尘土》	分裂症、虐待变态
《侏儒》	肢体伤残
《归家》	休克症、瘫痪症、虐待变态
《情人》	性变态
《背叛》	性变态
《一夜外出》	焦虑症

综观品特戏剧中的疾病,具有以下特点。

---

[1] 王燕:《论品特戏剧里的疾病》,《当代外国文学》2008年第2期。
[2] 刘明录:《品特戏剧中的疾病叙述研究》,重庆大学出版社2013年版,第48页。

一是种类繁多。进入品特的戏剧世界，就仿佛进入了一个疾病的世界。品特戏剧中的疾病既有日常生活中常见的感官疾病，包括眼疾、耳聋、失语等，还有人们生活中经常看到的肢体残疾，例如躯体矮小、肢体残缺等。同时，即使在生活中较少碰见的精神疾病也不少见，例如焦虑症、癔症、强迫症、施虐症、受虐症等，这些疾病分散在品特各部戏剧之中，样式之多令人心惊。蒂盖特尼指出："虐待和受虐待的行为，特别是微妙的具有侵犯性的虐待行为和受侵犯的行为在品特戏剧中常常出现。"[1]

二是病因不明。品特戏剧中的疾病虽然都是人类社会现实生活中的疾病，但又有其特点，那就是其生发原因大多不明。当人物出现之时，疾病往往已附着于他们身上。例如《房间》中的黑人赖利一出场就已是双眼蒙着纱布，房东基德也是一开始就表现出耳聋的症状。又例如《月光》中的父亲，在戏剧一开始就已是生病在床，病因在整部戏剧中都没有提及。《看管人》中的阿斯顿也是如此，读者从剧中隐隐约约感觉到他可能患有精神疾病，因为他似乎有电疗的工具，然而，他是怎么患病的？剧中也找不到半点解释。品特不以任何方式对这些疾病的原因进行解释，读者们往往只能依据常理，或是从字里行间揣测这些疾病的生发由来，这更增加了疾病的神秘性。

三是变化无常。品特戏剧中的疾病形态并不是固定不变的，它们在戏剧的发展过程中也会发生变化，大致的发展状况是由没有患病到染病。例如《房间》中的罗斯，原来身体并没有问题，但当看见伯特对赖利的杀戮之后，她的眼睛看不见了。有时疾病则是由轻微状态发展到重病。例如《微痛》中的爱德华，刚开始眼睛只是有点红丝，属于微痛，但随着剧情的发展，变得红肿、视物模糊，最后是全盲。又如《茶会》中的迪森，开始只是想假装看不见以了解周围人对待自己的真正态度，但当目睹了自己的妻子、情人均以为他是真正的看不见，从而胆大妄为、当着自己的面与别的男人偷情的时候，他便真正发生了眼疾，晕眩倒地。当然，这些疾病的变化无常看似荒诞，其实却是相当正常的，与生活中真正的疾病相类似，因为疾病本来就是说来就来说去就去的。

---

[1] John Louis Digaetani. *Harold Pinter: Sadomasochism*. London: Mcfarland & Company, Inc., 2008, p. 94.

（二）疾病的审美效应

在研究疾病文化方面成果较多的美国学者西格里斯特指出："疾病不仅遍及整个文明史，而且早在人类出现很久之前便已普遍存在，疾病就像生命本身一样古老。"① 通常，疾病并非与生俱来，但是疾病在人类生活中却从不缺位，给人们带来了无尽的痛苦与恐惧。为此，德国诗人海涅曾经说过："人生是疾病，世界是医院，而死是我们的医生。"早在远古时期，人类对于疾病的恐惧的描述便已多见于笔端。例如瘟疫，根据古希腊神话，是随着潘多拉魔盒的打开而来到这个世界的，属于人类苦难的一种。在《俄狄浦斯王》一剧中，瘟疫惩罚了杀父娶母、无意中破坏了亲情人伦的俄狄浦斯王统治的小国忒拜城，使整个国家死气沉沉、生机全无。在《荷马史诗》中，瘟疫夺去了大量的希腊联军将士的生命，致使他们对特洛伊的进攻不得不推迟。在被视为西方文学重要源头的《圣经》中，也存在大量的疾病，常被上帝用作惩罚不听话的以色列人的武器。而在更近的历史时期，疾病对于人类的影响也极其巨大，据资料记载，在欧洲黑死病流行的时期，整个英国伦敦人口损失了40％，伦敦甚至被称为"瘟疫之城"。② 也有证据表明，西罗马帝国灭亡的原因之一就是瘟疫的发生。可见，对于疾病的认识很早就存在并一直存在于人类的头脑之中。

疾病给人们带来的第一感觉应该是恐惧，荣格在描述他的潜意识理论时就认为，人类对于瘟疫的恐惧变成了集体无意识，一代又一代地潜藏在人类的潜意识中，使人们总是谈病色变。人类对于疾病的恐惧首先在于疾病带来的痛苦。当人们患上疾病后，痛苦的感觉往往令人铭心刻骨。某些疾病更是因痛而出名，例如痛风症，病情发作时关节肿胀，其疼痛程度可谓让人痛不欲生。人类对于疾病的恐惧还在于疾病的难以预测。它的出现有时遵循一定的规律，有一定的征兆，但有时却极其任性，病起突然，而何时方能痊愈，是否能够痊愈，也不由人控制，在不经意之间就侵袭了人体，带来死亡或是疼痛的恐惧。疾病还造成了人们与社会的隔离，产生了

---

① ［英］亨利·欧内斯特·西格里斯特：《疾病的文化史》，秦传安译，中央编译出版社2009年版，第2页。

② ［英］彼得·阿克罗伊德：《伦敦传》，翁海贞等译，译林出版社2016年版，第169—170页。

另一种抑郁或恐惧,桑塔格曾经指出:"疾病是生活的阴暗面,更是一种麻烦的公民身份,每个降临世间的人都有双重公民身份,一重属于健康王国,另一重属于疾病王国。"① 患病之人如果久卧病床,就会被视为与正常人不一样的病人,不能正常地参与社会活动,被排斥在社交活动之外,仿佛与人类社会相脱离,生活在阴影之中。

一如其他文学作品中的疾病,品特戏剧中的众多疾病一方面具有隐喻的作用,作为不受欢迎之物、不吉祥之物而频繁出现,激起观众的好奇心,引发观众的联想功能。对于此,作为犹太人的品特可能更是印象深刻,因为犹太人就被希特勒视为能传染疾病的病毒,认为与他们的交往,会污染德国高贵民族的血统,为此,在纳粹时期的法律中明确规定禁止犹太人与德国当地人通婚。这甚至还成为纳粹捕杀隔离犹太人的主要原因。而现代社会的快速发展也引发了诸多的不适应,美国电影《飞越疯人院》的主题曲中指出"整个世界就是一座疯人院",弗洛伊德则说"焦虑是人类的常态"②。可见,疾病是隐喻的疾病。毫无疑问,品特戏剧中频繁出现的疾病会引起观众的注意。而根据接受美学的观点,文学作品的空白是引发接受者思考的主要原因,品特戏剧中的疾病的不确定性形成的空白会更多地触发观众的联想,产生巨大的张力,调动观众的思维和审美趣味。另一方面疾病形成的恐惧性、压迫性也会引发观众的情感,触动他们的心灵,唤起潜藏于他们内心的对于疾病的恐惧,形成强烈的戏剧性。根据姚斯的观点,审美经验不仅是共时性的,也是历时性的,因而,人们长期以来对于疾病的危害的经验将作为一种审美经验融入品特戏剧的欣赏过程,唤起观众的沉思。而疾病造成的强烈情感冲击也会使观众对于品特戏剧难以忘怀,从而紧紧抓住了观众。

其实,早在古希腊时期,人们就已经知道如何充分利用戏剧的审美接受效应,服务于社会,达到治病救人的目的。在对古希腊时期的剧场、碑刻石林、馆藏文献进行研究之后,美国学者卡娜利萨·哈迪根发现,在古希腊时期,戏剧不仅作为艺术用于欣赏,还作为一种治疗方法用于救治病人。其治疗过程大致如此:"神坛前供奉,寺庙中祈祷,剧院里观戏,然

---

① Susan Santag *Illness as Metaphor and AIDS and Its Metaphors*. New York: Penguin Groups, 2002, p. 3.
② Quote from John Louis Digaetani. "Harold Pinter: Sadomasochism." *Stage of Struggle: Modern Playwrights and their Psychological Inspirations*. London: Mcfarland & Company, Inc., p. 6.

后就寝于内室，在梦境中企盼神灵或神灵的仆人带来良方进行医治。"① 在这一过程中，"神坛前供奉，寺庙中祈祷"可能是营造一种仪式感，让病人带着虔诚的心情进入观戏的过程，为治病的治疗做好精神准备。"剧院里观戏"是主要的治疗环节，利用亚里士多德的宣泄原理，让病人在观戏的时候受到剧情的感染和冲击，压抑的情感得以释放。最后在睡觉的过程中，病人在梦中得到安慰，精神平复，疾病痊愈。在这里，观众情感的宣泄成了治疗的关键，引起宣泄的戏剧内容显得尤为重要。

品特戏剧应该也能发挥这一功能，依据亚里士多德的观点，宣泄的必要条件是恐惧、同情、怜悯情感的强烈冲击。② 秉承了亚里士多德净化论核心思想的姚斯也指出："观众的心灵与思维通过悲剧情感或者喜剧宽慰获得解放。"③ 品特戏剧中众多的疾病带来的痛苦所引起的恐惧、怜悯等情绪正是宣泄效果产生的必要情感，也可以达到治病救人的目的；不仅是对身体疾病的治疗，更重要的是从心灵上进行治病救人。"荒诞戏剧作用于观众心灵的更深层次，它激发心理力量，释放和解除隐藏的恐惧和受压抑的侵犯性。"④ 当观看品特戏剧的观众为剧中众多的病人所震惊，为他们的痛苦所惊诧之时，他们也会进入情感宣泄的过程，在精神受到强烈刺激之后，庆幸受到各种疾病侵袭的并非本人，从而精神愉悦，产生审美快感，开始反思人生，积极疗救社会，以避免悲剧在自己的周围甚至在自己身上发生。对于此，长期研究戏剧中的精神疾病的学者蒂盖特尼指出："既然精神疾病是生活的常态，那么与之相关的戏剧就能够帮助我们更好地应对我们的问题，因为这些戏剧已把这些问题在舞台上展现而让我们看到。"⑤

当然，品特戏剧也是如此，戏剧中的疾病也能帮助社会更好地应对当时出现的问题。以《房间》中的罗斯的失明为例，她的失明并非先天造就，而是受伯特用椅子击杀赖利的惊吓所致。因此，当观众为她患病遭受

---

① Karelisa V. Hartigan. *Performance and Cure: Drama and Healing of Ancient Greece and Contemporary American.* London: Duckworth, 2009, p. 67.
② See Aristotle. "Poetics." *Critical Theory since Plato.* eds. Hazard Adams, Leroy Searle. Beijing: Peking University Press, 2006, p. 59.
③ ［德］汉斯·罗伯特·耀斯：《审美经验与文学解释学》，顾建光等译，上海译文出版社1997年版，第271页。
④ ［英］马丁·艾斯林：《荒诞派戏剧》，华明译，河北教育出版社2003年版，第286页。
⑤ John Louis Digantani. "Introduction." *Stage of Struggle: Modern Playwrights and their Psychological Inspirations.* London: Mefarland & Company, Inc., 2008, p. 7.

痛苦产生同情之心，并对突然来袭的暴力产生恐惧情感之时，也会由此及彼产生联想，自然而然地得出造成罗斯患疾的原因——由于种族偏见思想产生的暴力杀戮。而如果要避免这一社会悲剧的重复发生，就需要放弃种族偏见的思维，这样一来，品特戏剧中的疾病也就达到救人的目的。当然，救治的不是剧中的病人，而是看戏的观众。

第二节　他者审美及其接受效应

与亚里士多德所定义的悲剧人物不同，在品特的戏剧中，大多数人物与高贵、崇高无关，他们生活在社会的边缘，仿佛与周围的一切都格格不入，不协调、不和谐，生活在一个异化的世界里，构成了一种他者的审美。所谓的他者，并无极其权威的定义，通常是指主体的对立面，是被排斥在主流之外的客体。国内学者邓建华认为，"他者"，简单地说，就是"我"不可克服、不可把握的异"我"之物。[①] 若以此为定义，品特戏剧中的他者包含了诸多方面。

（一）形形色色的他者

1. 犹太人作为他者。作为犹太人的后裔，又生活在"二战"爆发的前、后时期，品特深刻体验了希特勒掌控的纳粹政权对于犹太人的迫害，因而在他的戏剧中，关于犹太人的描述并不少见。例如《房间》中的基德，在出租房中的罗斯向他吐露心声之后，也神秘地告诉罗斯"我母亲是个犹太人"。经过仔细观察，比灵顿认为，其实《看管人》中的流浪汉戴维斯也是一个被流放的犹太人。[②] 仅仅从品特塑造的这两个人物就可以看出犹太人在社会中的状况：基德连自己的身份都不敢暴露，只有在信得过的人面前才敢悄悄地透露自己的身份；而戴维斯只能在街头四处流浪，他连正规的坐姿也没有过，也没有好好穿过一双鞋，为了一个看管人的职位就愿意违背知恩图报的道德伦理观。从二人的行为表现来看，他们都没有很好地融入当地的主流社会，仍然以游离的身份存在，可见犹太人在当时

[①] 邓建华：《他者/他性》，转引自王晓路《文化批评关键词研究》，北京大学出版社2007年版，第322页。

[②] Michael Billington. *The Life and Work of Harold Pinter.* London: Faber and Faber, 1997, p. 122.

社会中的他者地位。

2. 黑人作为他者。在品特的戏剧中，也并不缺少黑人的形象，例如《房间》中的盲人赖利，又例如在《看管人》中，当阿斯顿带领戴维斯参观自己的房屋之时，戴维斯看见隔壁的房子垂着厚厚的窗帘，里面住的是一些黑人。赖利平时居住在黑暗、潮湿、破旧的地下室中，他最后的命运是被罗斯的丈夫——白人伯特发现后，直接用椅子击倒在地，将头狠狠撞向煤炉，以致倒地死亡。在对《房间》中的暴力行为进行分析后，胡宝平指出："这里的种族主义是毫不含糊的、明目张胆的。"[①] 身为黑人的赖利在剧中是白人攻击的对象，是异我之物。再看《看管人》里流浪汉戴维斯的表现：

> 戴维斯：当我们过来的时候，我注意到隔壁的房间拉着窗帘。当我走过窗户下面的时候，我注意到窗户上拉着又大又厚的窗帘。我想里面肯定今天有人。
> 阿斯顿：一些印第安人家庭住在里面。
> 戴维斯：黑人？
> 阿斯顿：我不常见到他们。
> 戴维斯：是黑人？唔？[②]

当阿斯顿说是印第安人家庭时，戴维斯却一再询问是否是黑人，看来，他对于黑人特别敏感。接下来，他们继续前行，当他们走到厕所时，又发生下面的对话：

> 阿斯顿：在台阶下面有一个厕所，那里面也有一个水槽，我们可以把这些东西放到那上面去。
> （他们开始把煤框、购物车、割草机和抽屉搬到右墙那儿。）
> 戴维斯（停了下来）：你不跟他们共用厕所的吧？
> 阿斯顿：什么？
> 戴维斯：我的意思是你不是跟他们——那些黑人共用厕所的吧？[③]

---

① 胡宝平：《哈罗德·品特三部早期剧作中的种族关系表现》，《外国文学评论》2014 年第 2 期。
② Harold Pinter. "The Caretaker." *Harold Pinter: Plays Two*. London: Faber and Faber, 1991, p. 11.
③ Harold Pinter. "The Caretaker." *Harold Pinter: Plays Two*. London: Faber and Faber, 1991, p. 16.

当戴维斯说这番话的时候，他们其实又干了一些活，也说到了别的话题，但戴维斯的心绪还是在黑人的问题上纠结，他又把话题转了回来，可见种族身份的问题在他的心中影响之大。虽然拥有白人身份，但戴维斯只不过是一个流浪汉而已，他却坚决拒绝跟黑人共用一个厕所，黑人在当时被排斥的状况由此可见一斑，显然，黑人也是作为他者形象存在于品特的戏剧中的。

3. 少数民族作为他者。在《山地语言》一剧中，品特还涉及了少数民族——山地人的话题。不知出于何种原因，当然读者也可以认为是出于民族身份的原因，这些山地人中的一些人被关进了监狱。更为可悲的是，当他们的家属去探监的时候，代表统治者的监狱管理人员传达了国家的命令——禁止这些人说他们自己的语言，也就是山地语言。不能说自己民族的语言，那探监的时候用什么进行交流呢？而连说话的权利都没有，剧中的少数民族明显是主体民族排斥的对象，可见少数民族在品特戏剧中也是以他者的形象存在的。

4. 妇女作为他者。在品特的戏剧中，妇女大多数以边缘人物的形象存在。一方面，她们大多属于家庭妇女，只具有母亲和妻子身份，没有全职工作，以在家中照顾丈夫和孩子作为主要任务。《房间》中的罗斯、《生日晚会》中的梅格、《一夜外出》中的母亲均是如此。更有甚者，她们当中的一部分人还以妓女的身份存在，居于社会的最底层。另一方面，剧中的妇女多以女性魅力和性别力量作为手段，去谋求生存，或者争取自己的权利。例如《山地语言》中的萨拉，虽然利用了语言的力量，但也还得同时使用女性魅力来吸引对方，才能达到自己的目的。更典型的是《归家》中的路丝，为了获得家庭控制权，既要白天在外面当妓女以从经济上养活三个男人，晚上回家还要在身体上服侍三个男人，极其可悲。路丝的婆婆生前也时常到外面做妓女。以此看来，品特戏剧中的妇女是男权社会的附属物，是男权社会中受压迫的对象，她们当然也是社会中的他者。

5. 知识分子作为他者。所谓的知识分子，"首先被视为文人，也就是拥有文化相关的社会和专业技能的人"[①]。知识分子作为具有文化知识、具有独立民主的思想，却缺少权力支持的一个社会阶层，常常在社会中处于尴尬

---

① [法] 米歇尔·莱马里、[法] 让－弗朗索瓦·西里内利编：《西方当代知识分子史》，顾元芬译，江苏教育出版社2007年版，第9页。

的地位。萨义德就说过:"在我的心目中,知识分子属于弱者,无人代表者。"① 在品特的戏剧中,知识分子往往也是以他者的身份出现。例如《生日晚会》中的斯坦利,他会弹钢琴,是个艺术家,应该属于知识分子之列,但他可能冒犯了某个组织,无论逃到天涯海角,也逃不掉组织的追踪。又如《微痛》中的爱德华,因为生性多疑,无法安心写作甚至无法好好生活,眼疾越来越严重,最后被妻子抛弃,站在街头变成了卖火柴的人。再如《送行酒》中的韦克特,也不知是犯了何等罪行,受到了代表宗教势力和统治阶级的尼古拉斯的极端侮辱,代表知识分子尊严的书房的地毯上被撒了尿,妻子被士兵轮奸,儿子被杀害,屈服之后也只能孤身上路回家。品特剧作中知识分子的悲惨遭遇和坎坷命运表明他们也是当时社会中的他者。

(二)他者的审美效应

"他者"在哲学上的认知可见于黑格尔的《精神现象学》和萨特的《存在与虚无》。在《精神现象学》一书中,黑格尔分析了奴隶主和奴隶的关系,认为奴隶主处于支配地位,奴隶处于受支配地位,他们是不相调和的两极,是相对应的主体与客体,对奴隶主而言,奴隶就是他者,是自己主体地位得以显现的参照物。在《存在与虚无》一书中,萨特指出:"正是在揭示是为他的对象时并通过这揭示,我才能把握他作为主体的存在的在场事实,只要人家注视我,我就意识到是对象,但是这种意识只能在他人的实存中并通过他人的实存而产生。"② 法国哲学家福柯对于"他者"也有阐述,虽然他没有给"他者"下过一个具体的定义,但是他在《疯癫与文明》《性史》《词与物》等一系列著作中阐明了"他者"是处于传统形而上学的理性主体之外,被排斥于形而上学的、理性和真理之外的事物,是主体所凝视的对象,在主体的映照下显现。综上所述,哲学上的他者,就是主体的对立面,是主体得以显现的参照物。

他者还是西方后殖民理论中常见的一个术语,在后殖民理论中,西方人往往被称为主体性的"自我",殖民地的人民则被称为"殖民地的他者",或直接称为"他者"。"他者"(The other) 和"自我"(Self) 是一

---

① [以]爱德华·W. 萨义德:《知识分子论》,单德兴译,生活·读书·新知三联书店2002年版,第25页。

② [法]萨特:《存在与虚无》,陈宣良译,上海三联书店2014年版,第341页。

对相对的概念，西方人将"自我"以外的非西方世界视为"他者"，将两者截然对立起来。所以，"他者"的概念实际上潜含着西方中心的意识形态。宽泛地说，他者就是一个与主体既有区别又有联系的参照，是相对于社会的主流而言，代表着与社会主流分离的群体，他们受到主流社会的排斥、压迫，处于弱势地位，以客体的目光惊恐地注视着主流社会的行为。他们为生存而艰辛努力，苦苦挣扎，但往往徒劳无功。

邓建华认为："他者存在于二元对立中处于弱势的一方，作出所谓的他者的划分的都是强势的一方。"① 相对于统治阶级、白人、男性这些主流人群，品特戏剧中的犹太人、黑人、少数民族、妇女、知识分子显然作为他者存在，平时，作为弱势群体的他们并不为主流社会所注意，或者说只是作为一种参照的对象存在，为主流社会所忽略，甚至是鄙夷。他们的生活状态表明他们是比普通观众活得更差的人。姚斯认为，当观众面对比自己活得更差的群体时，他们会具有同情的思维。对于这一类人，或许他们渺小的形象展现在舞台之上时，首先会受到普通人的嘲笑，但也会引发另一种情感，就是嘲笑之后的同情。这是一个从嘲笑到同笑的过程。② 当然，在同情的同时，他们也会开始探寻问题的根源。

其实，品特在戏剧中展现的他者形象正是当时世界尤其是西方世界广泛存在的问题。虽然，品特的创作期始于20世纪50年代之后，但种族歧视现象并未消失。这一时期，在美国，由普莱西案③、布朗案④等一系列事件引发了大规模的反对种族歧视和争取平等权利的运动。在非洲，臭名昭

---

① 邓建华：《他者/他性》，转引自王晓路《文化批评关键词研究》，北京大学出版社2007年版，第325页。

② ［德］汉斯·罗伯特·耀斯：《审美经验与文学解释学》，顾建光等译，上海译文出版社1997年版，第288—292页。

③ 1892年6月7日，美国黑人荷马·普莱西（Homer A. Plessy）故意登上一辆专为白人服务的列车，而根据路易斯安那州当时的相关法律，白人和有色种族必须隔离乘坐。因此普莱西遭到逮捕和关押。于是他将路易斯安那州政府告上法庭，指责其侵犯了自己根据美国宪法第13、第14两条修正案而享有的权利。但是法官裁决州政府有权在州境内执行该法，普莱西最终败诉，随后，普莱西继续向最高法院上诉，但最高法院维持了原判。

④ 20世纪50年代，堪萨斯州一位名叫琳达·布朗的学生和她的姐姐泰瑞·琳虽然居住在萨姆纳小学的附近，但每天却要先走一英里的距离到公共汽车车站，然后搭车到距离家里有五英里之远的黑人学校蒙罗小学。琳达·布朗尝试申请到萨姆纳小学就读，却遭到托皮卡教育局驳回，原因是萨姆纳小学是一个只接收白人小孩就读的学校。由此，引发了一系列的上诉案件。

著的"种族隔离制度"① 仍在大行其道。在英国,虽然种族歧视观念并没有引发特别轰动的事件,但有学者调查发现,在伦敦只有11%的出租房屋广告不拒绝有色人种租住。在斯梅西克市(Smethwich),有很多条街道不准有色人种住;而在有的工厂里,白人与黑人的澡房和厕所是隔离的。②而剧中所提及的土耳其少数民族库尔德人的问题,时至今日也未能解决。同时,歧视妇女的现象也广泛存在。虽然,此时西方世界的第二次妇女解放运动正开展得如火如荼,妇女们已经获得了投票权等一些权利,在男女权利平等方面有所增强,但歧视女性的现象依然屡见不鲜,妇女问题仍未完美解决。而在知识分子方面,则是长期受到压制,"事实上,知识分子是纳粹观念学者的眼中钉"③。纳粹推行智力至上主义,他们将反对知识分子与种族主义糅合在一起,声称知识分子冷酷无情,他们用脑,没心没肺;因为没有种族,他们遍布在城市的街道里,远离人们的热血和土地。④"二战"期间,希特勒对犹太科学家和知识分子大肆迫害,他们被迫纷纷流亡,著名科学家爱因斯坦逃亡到美国就是一个典型的事例。

  品特戏剧中所展现的他者问题正是其时代的反映,是品特在戏剧中有针对性呈现的问题,这些问题其实作为审美经验早已存在于观看戏剧的观众的记忆之中,是一种共时性的审美经验,但或许平时并没有受到他们的重视。在戏剧剧情的强烈冲击下,由于感官的刺激,戏剧中的众多的他者和他们的不幸遭遇必定会引起观众的审美联想,因为这些现象其实就是他们身边的现象,只是他们平时并没有给予太多的注意。品特剧中的他者展现提供了艺术与现实的链接,将审美经验与现实生活进行对比映衬,将会使观众深感惊讶,从而重新审视周围发生的一切,引起了他们对社会问题的关注。而对于那些平时对于这些事件早有耳闻目睹的观众来说,这些社会问题在他们眼前的再次展示则相当于对他们的思维进行重新刺激,进一步强化了他们对社会问题的认知。

---

  ① 1948年至1991年,南非共和国实行了种族隔离制度,这个制度对白人与非白人(包括黑人、黄种人、印度人及其他混血种人)进行分隔并在政治经济等各方面给予区别待遇。1948年被以法律方式确立,直到1991年南非共和国因为长期被国际舆论批判与贸易制裁而废止。
  ② 雨有:《种族歧视在英国》,选自《世界知识》,世界知识出版社1965年版,第32页。
  ③ [法]米歇尔·莱马里、[法]让-弗朗索瓦·西里内利编:《西方当代知识分子史》,顾元芬译,江苏教育出版社2007年版,第21页。
  ④ [法]米歇尔·莱马里、[法]让-弗朗索瓦·西里内利编:《西方当代知识分子史》,顾元芬译,江苏教育出版社2007年版,第22页。

姚斯指出:"审美经验在乌托邦式的憧憬和在回忆的认识中都是同样有效的,它不仅设计未来的经验也保存着过去的经验,以使那本不完美的世界变得完美。"① 品特戏剧中展现的他者问题,也就是诸多的社会问题,其实可以被视作品特试图唤起观众的审美经验的一种尝试和努力。剧中的他者的凄惨境遇会给观众留下深刻的印象,使他们重新审视自己面对的社会问题,并思考解决的办法。

第三节 暴力审美及其接受效应

1996年12月,在与米丽尔·阿拉盖等人的一次会面中,品特说道:"从很早的时候起,暴力就一直存在于我的戏剧中。"② 暴力是品特戏剧又一个明显的特征,剧中的某些人物具有强烈的暴力倾向,或是出于政治目的,或是出于种族压迫目的,或是出于争夺家庭控制权目的。品特戏剧中的暴力在表现形式上也是多种多样,有身体暴力、语言暴力、性暴力、性别暴力等。对于暴力的展现,德鲁·米林指出:"品特戏剧是涉及家庭暴力、领地争夺和语言冲突的戏剧。"③ 国内学者陈红薇也指出:"实际上,自从《生日晚会》以后品特一直写了又写的一个主题就是威胁、暴力和迫害。"④ 暴力意象也构成了品特戏剧的负面意象审美。

(一)暴力的样式及特征

1. 国家政治暴力。品特戏剧中的部分暴力与国家政治相关,人物使用暴力是出于国家政治的目的,与国家权力的使用和统治阶级的利益有关。例如在《山地语言》中,山地民族妇女萨拉的丈夫满身是血,需要搀扶着才能走出来与家属见面。又如在《送行酒》中,知识分子韦克特的妻子所受到的轮奸、儿子所受到的杀害也是以国家的名义进行的。除此之外,

---

① [德]汉斯·罗伯特·耀斯:《审美经验与文学解释学》,顾建光等译,上海译文出版社1997年版,第11页。
② Harold Pinter. "Writing, Politics and Ashes to Ashes." *Harold Pinter: Various Voice: Proses, Poetry, Politics.* London: Faber and Faber, 1998, p. 60.
③ Drew Milne. "Pinter's Sexual Politics." *The Cambridge Companion to Harold Pinter*, ed. Peter Raby. Cambridge: Cambridge UP, 2006, p. 195.
④ 陈红薇:《战后英国戏剧中的哈罗德·品特》,对外经济贸易大学出版社2007年版,第81页。

《新世界秩序》中出现了被审讯的囚犯；《归于尘土》中出现了被纳粹军队成排赶下大海的人群，以及雪地上被处死的人们；《生日晚会》中的斯坦利被某个国家组织追杀。这些都与国家政治相关。

2. 家庭暴力。品特戏剧中的暴力还常常发生在家庭之中。例如《归家》一剧中，老麦克斯态度粗暴，与儿子列尼之间冲突频繁，往往一语不合就要发生肢体冲突。而在《一夜外出》中，儿子阿尔伯特在与母亲发生了言语冲突之后，将一个闹钟狠狠地扔到了母亲的身上。《归于尘土》中丽贝卡的丈夫则时常用双手卡住她的脖子。当然，更多的时候，家庭暴力并非以肢体冲突的形式而是以语言暴力的面目出现，家庭成员之间互相以语言攻击，以取得家庭的控制权和某些个人利益。例如《归家》中路丝与丈夫的两个兄弟列尼与乔伊之间的充满火药味的语言争斗。又如《一夜外出》中母亲与儿子之间控制与反控制的唇枪舌剑。

3. 普通人际暴力。除了上述两种暴力之外，品特戏剧中更多的暴力发生在有着各种冲突的普通人之间。这种暴力冲突有时是因为种族歧视，例如《房间》中白人伯特对于黑人赖利的杀戮。有时是因为保护领地，例如同样是《房间》一剧中罗斯与基德、桑兹夫妇等人之间为争夺出租房的语言争斗。有时暴力的使用则是出于捍卫个人利益的目的，例如《送菜升降机》中本对高斯的无情屠杀目的在于保全自己的生命；《看管人》中戴维斯对阿斯顿举起匕首旨在保住看管人的职位；《温室》中院长路兹对于兰姆的嫁祸和电击是为了保住自己的权力，而他自身受到的暗杀也是为了争夺权力。

品特戏剧中的暴力有其独特之处。一是这种暴力产生的原因不明朗，虽然学者们对暴力产生的原因进行了多种推测，但其实并无确切的证据能够予以证明。例如伯特对于赖利的击杀既有可能是赖利侵入了他的领地，也有可能是种族隔阂的原因，还有可能是情杀。疗养院长最后死于办公室内的床上的原因也只能猜测。因为品特没有给出具体的证据，只是将暴力的结果呈现出来，读者只能根据上下文进行推测。

二是暴力通常是突然降临，有时甚至并无半点征兆。例如《送菜升降机》中的两个正在等候杀人命令的杀手，不但他们自己不知道他们之中的一个会是杀戮的对象，读者也根本无法预测到最后本竟然将枪口对准了他的同伴高斯。而《送行酒》中的剧情也是如此，读者始终没有发现尼古拉斯惩戒韦克特一家所依据的确切的罪名，但是尼古拉斯在审讯中却突然告诉韦克特,他说:"你儿子,他是(was)一条小阴茎。"① 轻描淡写的过去式表明韦克特的儿子已然被杀害,谈笑间生命已经灰飞烟灭,令人毛骨悚然。

三是暴力的形式多种多样和泛滥。既有语言的暴力:通过语言威胁对方,或者侮辱对方,或者攻击对方;也有身体的暴力:有时是紧紧掐住脖子,有时是拳打脚踢,有时使用了刀具,有时则使用了枪支,有时使用了电击。品特戏剧中还存在性暴力,例如在《送行酒》中,韦克特的妻子在被抓走后,遭到了士兵们的轮奸;《生日晚会》中在客厅中的灯熄灭之时,斯坦利竟然想强奸另一名女房客鲁鲁。此外,品特戏剧中的大多数男性把自己置于高于女性的位置,经常对女性进行压迫,施展性别暴力。而暴力也在绝大多数戏剧中出现,显出其频繁性。

四是暴力施行的残酷无情。有时,暴力的产生不问对象,不问原因,在《房间》中,当伯特看见赖利时:

赖利:伯特先生,你妻子……
伯特:虱子!
(伯特举起椅子,狠狠砸向赖利,又将赖利的头撞到了煤炉上几次。赖利卷曲在地上,不动了。)②

赖利还没来得及作出任何解释,便已毙命。再看《送菜升降机》中,地下室中的本接到主人的命令后,飞快地奔到门口后面等待时:

右边的门猛地打开了。本转过身来,枪口指向门口。
高斯跌撞了进来。③

常与本一起执行任务的高斯这一次竟然死在了同伴的枪口下,可见暴力只认利益,不认情谊。同时,上述暴力还显示了另一个特点,那就是一

---

① Harold Pinter. "One for the Road." *Harold Pinter: Plays Four.* London: Faber and Faber, 1993, p. 247.
② Harold Pinter. "The Room." *Harold Pinter: Plays One.* London: Faber and Faber, 1991, p. 110.
③ Harold Pinter. "The Dumb Waiter." *Harold Pinter: Plays One.* London: Faber and Faber, 1991, p. 149.

击毙命，不给对手挣扎的余地，凸显了暴力的残酷无情。

（二）暴力的接受审美效应

长期研究暴力的美国学者圣东尼指出："我们，当然还有我们的孩子，以及我们的孙子们，继承了一个动乱和不公的世界，在这个世界里，人们常常采用暴力、战争、恐怖和威胁作为手段来解决争端……一言以蔽之，暴力是我们时代的问题。"① 暴力代表着野蛮，是文明的对立面，在人类社会从未消失，并且总是作为极致的手段以实现国家和个人的某种目的。为了实现统治阶级的利益，古往今来，监狱、军队、警察这些暴力机关长期存在，战争、囚禁、刑罚等暴力手段也从未退出历史舞台。随着人类社会的发展，暴力看似减少了，然而根据福柯的观点，其实作为惩罚肉体的暴力只是改变了形式。在对比了暴力惩罚的方式之后，他指出："在肉体酷刑中，儆戒作用的基础是恐怖：有形的恐怖、集体恐慌、令人铭心刻骨的形象，如犯人脸上和胳膊上的烙印。现在儆戒作用的基础是教训、话语、可理解的符号、公共道德的表象。"② 福柯之意是虽然现代社会已不会再发生古代常常出现的砍头示众、五马分尸、凌迟处死等酷刑，但国家暴力依然存在，只不过以更加隐秘的形态存在于社会之中。不仅国家暴力如此，个人之间的暴力也从未在人类社会消失，只要有利益的冲突存在，暴力就不会消失。如果说战争是政治的延续，是流血的政治，那么个人暴力则是个人利益斗争的延续，是流血的利益，是商讨等和平手段无法解决问题之后一种极端的解决形式。每日发生在世界范围内的各种打架斗殴、暴力冲突便是这种个人暴力存在很好的证明。

当然，在品特生活的年代，暴力的发生也可谓是习以为常，而且以赤裸裸的形式存在，将之称为人类最滥用暴力的时期也不为过。最明显的就是两次世界大战，无数的家园被毁，无数的家庭破裂，数千万人肢体伤残或死亡。而"二战"期间，希特勒建立了集中营，大肆屠杀犹太人也是典型的暴力事件。这样的事件并没有因为世界大战的结束而完全消失，有时甚至再次激化，例如美国发动的越南战争、阿富汗战争、入侵伊拉克等事

---

① Ronald E. Santoni. *Sartre On Vilence*: *Curiously Ambivalent*, Diss. The Pennsylvani State University, 2003, p. ix.
② ［法］米歇尔·福柯：《规训与惩罚》，刘北成、杨远婴译，上海三联书店2012年版，第123页。

件。对此，品特一向持反对的态度，在他的青年时期，为了避免对别人滥用暴力，品特拒绝服兵役，为此几乎进了监狱。此外，品特也对一些暴力事件予以痛斥，例如美国入侵伊拉克事件。为此，品特还特意作了一首名为《上帝保佑美国》的诗，在诗中，他写道："沟里的尸体堆积如山，他们再也无法参与唱颂。"① 直截了当地对美国的战争暴力进行了谴责。所有这些，都作为一种暴力审美经验根植于品特的脑海中。

对于品特在戏剧中展示的这些暴力，许多学者深有体会，例如虽然《归于尘土》中并无一字表明与纳粹屠杀相关，但许多学者都从中得出了相似的结论。格莱姆指出："《归于尘土》是品特所创作的唯一一部历史剧，源于品特对于纳粹屠杀事件的终生思索……是一部深入接触品特犹太属性的戏剧。"② 路易斯·高登也指出："《归于尘土》是由一个简单人物讲述的20世纪大迫害事件。"③ 看来，对于暴力的感触，也是人类共有的一种本能。

暴力，与疾病一样，作为人类极其害怕的一种形态，肯定会强烈地冲击观众的感官，抓住观众的思维，吸引其注意力。暴力，因其残酷性展现出一种别样的力量，也会受到部分人的推崇。例如影视界长期流行着一种称为暴力美学的理论，影视制作者通过强化暴力的仪式感和动作美感，以炫目的暴力动作吸引观众。其实中国的功夫片也是暴力美学的成功运用，可见暴力有时也是非常具有吸引力的。暴力引发的第二种感受是恐惧。顷刻之间，或是完整的躯体受到摧残，或是活生生的生命已然消逝，其血腥场面和爆发性让很多人难以适应，甚至反感。这种强烈的感官刺激超出了观众的审美期待，打乱了观众的审美思维定式，会令观众对暴力及其后果终生难忘。然而，恐惧和反感并不是人们对暴力的最终反应。面对暴力，观众们或许还会产生不安全的感觉，并引发他们对于社会环境的思考，因而反思是暴力给观众带来的第三种效应。也许，这就是剧作家品特书写暴力的原因。

品特戏剧可谓是负面意象占主要成分的戏剧，侧重于对社会生活中

---

① Harold Pinter. "Precisely." *Harold Pinter*: *Plays Four*. London: Faber and Faber, 1993, p. 219.
② Charles Vincent Grimes. *A Silence Beyond Echo*: *Harold Pinter's Political Theatre*. Diss. New York University, 1999. p. 231.
③ Lois Gordon. "Preface to the Second Eddition." *Pinter at 70*: *A Casebook*. New York: Routledge, 2001, p. xxii.

"丑"与"恶"的方面的展示。在他的戏剧中,疾病、他者、暴力现象泛滥。这些负面社会现象与品特时代的社会现实紧密关联,作为一种前景或审美经验早已根植于观众或读者的心中,为观众所熟知。这些现象在品特戏剧中频繁出现,其强烈程度也让人震惊,肯定会强烈刺激观众的感官,打破他们的审美期待,推动他们进行审美解读。负面意象审美虽然展现的是与美相对立的丑的方面,具体来说,就是社会存在的种种问题,然而其意并不仅仅在于揭露,而是在于改善这个并不完美的世界。对于负面意象的审美,意大利学者翁贝托·艾柯指出:

> 日常生活中,恐怖的景象包围我们。我们看见儿童饿死,我们看见一些国家的妇女被入侵的军队强暴,看见其他一些国家的民众遭受酷刑。我们看见摩天大楼或飞行中的飞机爆炸,人的身体被炸碎。我们恐惧度日,害怕明天就轮到我们。我们都知道这种事是丑的,不仅道德上丑,肉体上也丑,因为这种事勾起我们的恶心、恐惧和憎恶——而同时,它们也能撩动起我们的同情心、义愤、反抗的本能和团结心。[①]

在这里,艾柯对负面意象审美的接受效应进行了较为全面的总结。同样的道理,品特戏剧中的负面形象会引发观众们的联想,促使他们对这些现象进行关注,并思考问题的根源,形成负面意象的审美效应。

---

① [意]翁贝托·艾柯:《丑的历史》,彭淮栋译,中央编译出版社2012年版,第436页。

第五章　接受美学与品特的荒诞诗学

品特戏剧可谓是世界文学艺术殿堂中的瑰宝，虽然历经60多年的不断发掘，时至今日仍然令许多学者乐此不疲，与其相关的著述如雨后春笋，不断涌现。正如学者弗里所言："尽管品特批评在不断发展，但相较同时代的剧作家，在品特戏剧的研究上仍有更多的问题悬而未决。"① 在长期对品特及其戏剧的探索和论争中，人们对品特戏剧的认识不断得到深化。在学者们繁杂的声音中，一些对于品特戏剧的共识逐渐浮出水面。不确定性、威胁性、荒诞性、独特的间离性可谓是沉淀于品特戏剧中的四大特点，它们是支撑起品特荒诞诗学大厦的坚不可摧的根基，是认识品特戏剧的必经之门。这些品特的荒诞诗学特点出自剧作家品特之手，蕴含于字里行间，最终生发于读者或观众的意念之中，对读者或观众产生了巨大的影响，可谓是接受美学的绝妙利用。当然，品特的首部戏剧甚至诞生于接受美学问世之前，也甚少有证据能够表明二者之间的联系，因而我们并不是要探索接受美学对于品特的冲击和影响，而是从品特的作品中探寻其潜意识中的接受美学思想。品特的众多作品以及他的日常言谈表明，不管品特本人是否了解过接受美学，他是高度重视作为接受者的观众或读者的。他的一些创作理论也体现了与接受美学类似的思想，他有意无意之间对于接受美学的成功运用是显而易见的。可以说，正是基于对读者和观众阅读心理的巧妙利用，品特荒诞诗学的效果才得以如此成功地展现。

第一节　空白理论与不确定性

在伊瑟尔的审美响应理论中，"空白"与"不确定性"被视为本文召

---

① Free William J. "Treatment of Character in Harold Pinter's The Homecoming." South Atlantic Bulletin 34 (Nov. 1969): 1–5.

唤结构的重要基石，也是审美响应理论的重要基石，是阅读活动的出发点。伊瑟尔认为本文和读者是不对称的，对于阅读活动来说，不存在面对面的情境。读者永远也不可能从本文那里了解到他对于本文的观点是否准确、有多准确。伊瑟尔认为不存在控制"本文—读者"的一种参照系。他说：

> 在本文中，可以用来调节这种本文—读者相互作用的编码被打碎了，因此读者首先必须把它们重新集结起来，或者在大多数情况下，必须在任何一种参照系得以建立起来以前重新建构这种编码。①

由于读者的阅读过程也就是伊瑟尔所谓的编码建构过程是缺少参照系的，因而产生了偶然性、不确定性，形成了间隙，引起了本文与读者的相互作用，这种间隙便是伊瑟尔所谓的"空白"。伊瑟尔高度评价本文中空白的作用，他认为空白构成了阅读过程中所有相互作用过程的基础，他指出："空白引起了读者的投射……本文就是在读者那里引起了连续不断地变化着的观点，正是通过这些观点，本文和读者之间存在的不对称现象开始对情境的共同基础作出让步。"② 伊瑟尔还进一步指出，本文中空白的意义在于："空白使本文中视野之间存在的联系处于开放状态，这样就刺激读者去协调这些视野——换句话说，这些空白引诱读者去实施存在于本文之中的基本运作过程……空白给本文和读者的构造性活动提供了一种特殊的结构，这种结构控制本文和读者之间的相互作用。"③ 空白造成了不确定性，不确定性吸引着读者进行进一步的解读，由此使阅读活动得以进行下去，也就是说空白是推动阅读活动不断前进的动力，这便是伊瑟尔对于空白的高度评价。

品特不仅是剧作家，也是诗人。诗性不仅体现在他所书写的一百多首诗歌中，也体现在他的戏剧中，他的戏剧在很大程度上就是诗歌，或者说

---

① ［德］W. 伊瑟尔：《审美过程研究——阅读活动：审美呼应理论》，霍桂桓、李宝彦译，中国人民大学出版社1988年版，第226页。
② ［德］W. 伊瑟尔：《审美过程研究——阅读活动：审美呼应理论》，霍桂桓、李宝彦译，中国人民大学出版社1988年版，第229—230页。
③ ［德］W. 伊瑟尔：《审美过程研究——阅读活动：审美呼应理论》，霍桂桓、李宝彦译，中国人民大学出版社1988年版，第230页。

他的戏剧具有诗歌的主要特征。通常，呈现意象的完美是诗歌的典型特征之一，诗歌致力于意象的完美呈现。在意象派的核心人物庞德提出的诗歌创作的六大原则中便有"呈现一个意象"的要求。品特戏剧也是高度重视意象的戏剧，他的戏剧通常缺乏明显的开端，也缺少明晰的结局，而恰似一幅画般仅仅展现某个事件的某个时刻，而对于这个时刻的前因后果并不做出解释，这便是诗歌的意象呈现方式。学者托马斯指出："我敢肯定没有哪个仔细研究品特戏剧的学者会反对将他列为诗人，他对语言的精雕细刻和高度关注，他具有唤起模糊却又能使人识别的，神秘而动感的心绪的能力，他能够把生活中的日常琐事变成独特的、激情的却又完全不感情用事的存在的意象，这使得他当之无愧的可以被称为诗人。"[1] 在此方面，与品特合作多年的导演彼得·霍尔在编导品特戏剧时深有体会，他说："品特戏剧的加工必须保留其模糊性，同时发展对于背后隐藏事实的清晰理解。我相信品特本质上是一个诗人戏剧家，他和贝克特把暗喻带回到了戏剧之中……品特像诗人一样工作，我深深地意识到他的许多戏剧之中蕴藏着真正的灵感，这些灵感抓住他不放直到戏剧创作完毕。"[2]

作为剧作家，品特拒绝对自己的戏剧内容做出解释，但是他却并不拒绝对自己的创作思维进行阐释，在公众场合或者是面对记者的专访，他曾多次发表了自己对于戏剧创作的看法，在这些看似凌乱的观点中，暗含了剧作家创设不确定性的意图。早在1958年，在写给《生日晚会》的导演伍德的信中，品特便说过：

> 戏剧不是其他，戏剧就是它本身，它有自己的生命……幕布升降，某些事情已经发生了，对吧？虚幻、野蛮还是荒唐？这样评论一个字也不会有。那么评论在哪里？倾向性言论和解释的注解在哪里？它们存在于戏剧之中，任何与戏剧相关的东西都在戏剧之中。[3]

---

[1] Johnson R. Thomas. *Harold Pinter: the Poet of Anxiety*. University Microfilms International, 1985, p. 7.

[2] Peter Hall. "Directing the Plays of Harold Pinter." *The Cambridge Companion to Harold Pinter*. ed. Peter Raby. Cambridge: Cambridge UP 2001, p. 147.

[3] Harold Pinter. "On The Birthday Party: Letter to the Editor of the Play's the Thing, October 1958." *Harold Pinter: Various Voices: Prose, Poetry, Politics*. London: Faber and Faber, 1998, p. 15.

既然"戏剧就是它本身",而且"它有自己的生命","任何与戏剧相关的东西都在戏剧之中",那么,戏剧之中发生的事情就存在着多种可能性,它们并没有唯一的解读,对于有多种发展可能的事物而言,不确定性就是理所当然的了。又如在品特的诺贝尔文学奖获奖演说中,也有多处体现了这一思维。在谈到人物时,品特这么说:

> 从某种程度上来讲,你是在跟人物玩一种永无止境的游戏:猫捉老鼠、捉迷藏、藏猫猫。最后你发现你笔下的人物有血有肉,他们有着自己的意志和个人情感,这些东西是你无法改变、无法操控及扭曲的……因此,艺术中的语言仍然是高度暧昧、模棱两可的事情:是流沙、是蹦床,是封冻的水池。①

"艺术中的语言仍然是高度暧昧、模棱两可的事情:是流沙、是蹦床,是封冻的水池",这就是品特对于戏剧文本不确定性的看法,无怪乎在他的戏剧中,总是充斥着那么多的不确定性。梅利特指出:"在品特的整个生涯中,批评家们发现他的戏剧一直迷惑难解。"② 对此,艾斯林认识到品特戏剧中"行为解释和动机的故意省略"③ 是品特戏剧的表现形式,同时,也意识到了品特戏剧中不确定性的作用,他说:"正是处于不可知事物的边缘这个事实引导着我们迈向下一步。"④ 当然,诺贝尔奖评定委员会在表达对品特语言赞许的同时,也不会忽略品特戏剧的不确定性功能:

> 品特,这位裁缝的儿子,他用剪刀对语言进行裁剪,使得行动从人物的声音及节奏中产生。因此,没有肯定的情节,我们不问"接下来将会发生什么?"而是问"正在发生什么?"⑤

显然,由于品特戏剧的不确定性,人们无从判断下一步会发生什么

---

① 转引自邓中良《品品特》,长江文艺出版社2008年版,第10页。
② Susan Hollis Merritt. Pinter in Play: Critical Stratages and the Plays of Harold Pinter. London: Duke UP, 1990, p.1.
③ [英]马丁·艾斯林:《荒诞派戏剧》,华明译,河北教育出版社2003年版,第157页。
④ [英]马丁·艾斯林:《荒诞派戏剧》,华明译,河北教育出版社2003年版,第163页。
⑤ 转引自邓中良《品品特》,长江文艺出版社2008年版,第5页。

事，因而只能关注他的戏剧中正在发生的事，因为未来有多种走向，是难以预料的。当然，对于不确定性的生发，品特可谓是绞尽脑汁，运用了多种手段，其中最显著的一点就是品特在他的戏剧作品中大量地运用了空白手法。这些空白手法以多种多样的形式出现，反映在品特戏剧的整个创作过程中。

一是本文结构的空白。根据亚里士多德的观点，戏剧由六大要素组成，即人物、情节、思想、语言、音乐、特技。情节作为戏剧的最主要的要素，是由连续的行动组成的，包含了故事的开端、发展、高潮、结局等部分。而品特在戏剧创作中，却几乎放弃了亚里士多德的这一戏剧指导思想，他的戏剧在情节上往往缺少开端与结局部分，发展部分也不是很明显，仅仅突出了戏剧的高潮。有时，甚至戏剧连情节也没有，而只是呈现某种情景，这更像一部电影的截图，或是一幅画，也像是一首意象诗，而不像是一出戏剧。对此，艾斯林就深有感触，他说："他（品特）是一位诗人，他的戏剧基本上是一种诗意戏剧，比他同时代人的某些矫揉造作的韵体诗更像是诗剧。"[1]

例如在《新世界秩序》中，戏剧一开头，观众们看到的便是一个类似于监狱中的囚房的房间（品特在舞台说明中并没有明说是囚房），房间中的一把椅子上蜷缩着一个人，他不言不语、一动不动。另外两个人（看似狱警）正盯着他，在谈论怎么样去处置他：

德斯：你想知道一些关于这个人的事吗？
列尼尔：什么？
德斯：他一点也不知道我们将会怎么样对待他。
列尼尔：他不知道。

德斯与列尼尔谈来谈去，都是要怎么样对付"他"以及"他"的家人，但并没有在文中明白地回答出与"他"相关的第一句话的问题，因而，没有人知道椅子上的人的真正身份是什么：他是普通罪犯？是共产党员？还是激进运动分子？也不知道为什么他那样躺着：是受刑后昏死过去？还是尚未审讯，只是在椅子上沉沉入睡？他又是怎么被弄到监狱里的

---

[1] ［英］马丁·艾斯林：《荒诞派戏剧》，华明译，河北教育出版社2003年版，第176页。

呢？在这里，最明显的是，戏剧的开端是缺失的，戏剧的发展也是缺失的。而在戏剧的末尾，那两个人还是在谈话，椅子上的人仍然尚未醒来，他的命运，也就是戏剧的结局也是一个谜。这样的设置在整个戏剧结构上就是一个个的空白，结构上的空白形成了巨大的跳跃性，由此产生的不确定性也是巨大的。

当然，有时这种结构上的空白也是运用一些特别叙事方式的结果。碎片化叙事、非线性式叙事等方式在品特的戏剧中极为常见。在品特的记忆剧中，碎片化的特征非常的明显，例如《昔日》一剧，几乎都是由迪娜的回忆所构成，她在戏剧中回忆起自己与安娜、迪安三个人之间的情爱生活、大学生活和旅途生活。由于是回忆，事件的发展线条完全依靠迪娜的思维发展，整部戏剧就呈现出碎片化的形式，事件被分割成一块一块的：事情的发展没有时间顺序，没有必然的逻辑，没有真假的界限。这就肯定会在观众的脑海中形成空白，或者是短暂的空白，因为即使是将这些碎片在脑海中拼凑起来形成事件也是需要时间的，更不用说观众得依照某种逻辑揣测事件发生的时间顺序，判断事情的真假，给予合理的解释等。这其实类似于小说中的意识流的表现方法，最重要的是，由于戏剧的结构安排在读者的脑海中形成了空白。

二是句意之间的空白。由于戏剧是通过表演来传达内涵的艺术方式，因而传统戏剧通常是以人物的轮流对话来反映剧情、展示行动，目的在于避免观众因为理解错误而产生混淆，达不到戏剧的理想效果，因而，各句对话之间极少留下空白。但是在品特的戏剧中，这种对话结构规律被打破了，句与句之间的跳跃很大，或是以人物的沉默方式造成了众多的空白。例如在《生日晚会》中，故事一开头，梅格正在厨房忙活，这时，彼得走了进来，他坐到桌边，开始看报纸，接下来，他们的对话开始了：

  梅格：是你吗？彼得。
  （暂停）
  彼得，是你吗？
  （暂停）
  彼得？
  彼得：什么？

梅格多次向彼得发问，然而彼得却不理不睬，他的沉默让人捉摸不透，这就形成一种空白。有时，人物甚至会说出一些模棱两可的话，把观众引入歧途，从而迷惑了观众，造成空白。例如在《归于尘土》中，当戴夫林问起丽贝卡她的丈夫是干什么工作的时候，他们的对话像这样展开：

戴夫林：是干什么工作的？什么工作？
丽贝卡：我认为他是做旅行社工作的，我认为他是旅游服务员，不，不是的。可能那只是个兼职工作。我的意思是那只是旅行社中的部分工作，他的级别很高的，你知道，他的责任重大。

在这里，丽贝卡先是指出她丈夫是旅行社的服务员，然而她很快又自己否定了，并且把事情说得更为复杂。由于她的肯定和否定，观众在这里无从知道她丈夫的真正职业是什么，这其实是句意中形成的空白。

而有时，某处空白发生在不停地说话间。在《房间》中，戏剧的一开头，女主人罗斯也是在厨房忙活，她一边忙一边对伯特说话，说的全是"这是熏肉和蛋，可以帮助驱寒""对了，你吃吧，你需要它们""我不知道你为什么要今天出去，明天不行吗"之类的话，她一说就是一百多句，然而，品特这一次连"沉默""暂停"这类的词语也极少使用，仅仅是通过罗斯一个人说话的方式，就表明了伯特的沉默。面对罗斯的关心，伯特为什么一句话也不说呢？他们之间出了什么问题吗？没有人知道，因而这也是一种空白。

三是事件原因的空白。在传统的戏剧中，为了让观众更好地了解剧情，剧作家通常会通过舞台说明或者借人物之口交代等方式对戏剧发生的前因后果做出说明。然而，在品特的戏剧中，这一环缺失了，可以说，事件原因的缺失是品特戏剧中一个极其典型的特征。不仅如此，有时，品特甚至是故意设置了悬疑，从而让剧情的发展有了多种可能。例如在《月光》中，剧情一开始，就出现了病人安迪躺在床上的情景，他在催促妻子尽快与儿子们联系，然而，病人为什么会这样呢？他患的是什么病呢？随着剧情的发展，读者甚至可能怀疑安迪只是假装生病，以此来检验儿子们对于父亲的感情。然而，对于安迪是否真的生病，生的是什么病，为什么生病，品特根本就不提供相关的解释，事件原因是一个谜。而在《新世界秩序》中，戏剧一开头，出现的也是一个坐在监狱房间中一动不动的犯人，两个监狱管理人员则仿佛对之视而不见，在旁边进行他们自己的对话。犯人为什么被关了进来？他犯的是什么罪？他为什么自始至终坐在那儿一动不动？那两个人是在准备对他采取行动，还是由于他们的行动才把椅子上的人弄得一动不动？作者没有在文中给予说明，事件的原因也是扑朔迷离。

四是人物身份的空白。斯科尔尼科夫指出："品特让我们对于人物行为的逻辑、背景和目的一无所知。"[①] 人物的身份来历不明是品特戏剧的一个显著特点。例如在《看管人》一剧中，流浪汉戴维斯的身份就是个谜，他多次更改自己的名字，一会儿说自己叫"戴维斯"，一会儿又说自己叫"詹金斯"，当米克催促他回去把身份证明拿来以便让他做看管人的工作时，他又多次以"没有鞋穿""没有时间"等借口拒绝回去办理自己的身份证明。[②] 又如在《房间》中，人物的来源也是一个谜。仅从剧情判断，读者无法了解罗斯来自何方，甚至是与她同处一室的伯特，也不一定是她的丈夫。而在剧末，当盲黑人赖利说他有罗斯父亲的消息的时候，罗斯动情地摸着他的头和脸，这说明了什么呢？难道赖利才是罗斯真正的丈夫？罗斯的身份也是一个空白，既然她的父亲与黑人赖利有关，那么她呢？也是黑人吗？当然，盲黑人赖利的身份也是个谜，他为什么会有罗斯父亲的消息？他从哪里来？为什么他的眼睛盲了？甚至所谓的房东基德的身份也是个谜，罗斯以为他是房东，桑兹夫妇所说的房东却另有其人，他自己则神秘兮兮地说："我母亲是个犹太人。"[③] 在这里，几乎每一个人的身份都不清不楚。再看《生日晚会》中的斯坦利，文中也没具体说明他的来历，只是从他的叙述中隐约得知，他可能是个艺术家，因为他曾经在一些地方进行过表演，会弹钢琴。然而，为什么两个外来人员的到来会令他紧张万分呢？两个外来人员麦凯恩和戈德伯格为什么要历尽艰辛，哪怕他躲藏到偏僻的小岛，也要把他捉拿回去呢？他们又是什么人？怎么有权力随便抓人呢？这一切，都说不清楚，也是一个空白。

"有一千个观众，就有一千个哈姆雷特"，正是由于空白的大量运用，

---

① Hanna Scolnicv. *The Experimental Play of Harold Pinter.* Newark: The Delaware UP, 2012, p. 21.
② See Harold Pinter. "The Caretaker." *Harold Pinter: Plays Two.* London: Faber and Faber, 1991, p. 71.
③ See Harold Pinter. "The Room." *Harold Pinter: Plays One.* London: Faber and Faber, 1993, p. 93.

给品特戏剧造就了无处不在的不确定性，戏剧的结构编排不再循规蹈矩，剧情发展难以预测，人物的行动出人意料，人物的语言似是而非。品特戏剧的这一特点引起了学者们广泛的关注，学者希罗德在他的专著中描述了观看品特戏剧后的感觉，他说："我的第一个感觉是品特把我脚下面的地毯撕扯掉了，他通过拒绝提供简单的答案分裂了我的期待，把我投掷到了令人欣喜却又充满问题的不确定上，让我不断沉思我刚才看到的景象……我的第二个感觉是充满着同情和好奇心，我开始想弄明白在这些时刻，人物知道了什么，经历了什么。"[①] 另一位学者里尔利则指出："大多数观众在观看品特戏剧后得到的最多的感觉是不确定，品特的戏剧不像人们之前看过的戏剧，它在一致性、连贯性和明晰性上明显不足。正如学者们通常宣称的那样，品特戏剧明显是精心设置的，但是同时又使得观众对所看到的剧情迷惑不解。"[②] 还有学者认为："在肌肤的下面，是头骨，在头骨的里面，是观点、情感、感觉和对爱情的渴望。"[③] 品特戏剧恰如一座取之不尽、用之不竭的宝库，蕴含着巨大的艺术价值，需要层层发掘、深入探索。他戏剧中的这些不确定性一方面引起了读者的探究兴趣，促使他们乐此不疲地用思维去填补当中的空白，另一方面，也造就了品特戏剧的高度艺术价值。品特戏剧成为读者百看不厌、愿意孜孜不倦探寻的作品，当同一读者再次欣赏品特的作品，或是不同的读者欣赏品特的作品时，人们或许都能得出不同的解释和答案，即使读者释卷良久，思绪也往往还停留在戏剧的情景之中。这可能就是品特戏剧被称为神秘的戏剧王国的原因。

第二节 审美经验与威胁性

审美是极其普遍的人类活动，面对各种各样的事物，人们往往会作出自己的审美解读。然而对于不同的读者，即使是面对同样的艺术作品，他们的审美解读往往也是各有见地。是什么决定了读者的审美解读呢？姚斯

---

① Christopher Terrence Herold. *What's Going on Here: The Actor and the Phenomenon of Mystery in the Plays of Harold Pinter*. Diss. University of California, 1997, p. 3.

② Ralph M. Leary. *Uncertainty in Harold Pinter's Plays: Playing with the Responses of the Spectators*. Diss. University Microfilms International, 1984. p. 3.

③ Guido Almansi. "Harold Pinter's Idiom of Lies." *Contemporary English Drama*, ed. C. W. E. Bigsby. New York: Holmes & Meier Publishers, Inc., 1981, p. 87.

在他的著作《审美经验与文学解释学》的开篇中，便提出了这个问题，显示出他对于审美经验的重视。在姚斯之前的西方世界，人们对于审美经验的传统认识是指主体感受、体验和创造美的经验，它有广义和狭义之分。广义的概念是把审美经验等同于主体的审美意识，认为它包括了主体的审美观点、情趣、态度、感受等。而狭义的审美经验概念则认为审美经验是审美意识的一个部分，包括在审美过程中直接或间接的、感性与理性的等种种经验。① 姚斯在充分参考前人的科学成果后，批判吸收、博采众长，得出了自己的观点，他认为审美经验包含三个范畴，整个审美过程就是美的生产、接受和交流的过程，也就是美的创造、美的接受和美的净化的过程。美的创造是指作品的创作过程；美的接受是指读者对于作品的欣赏过程；美的净化是指读者在欣赏艺术作品过程中所获得的情感体验，它最终会影响读者的心灵。姚斯指出："观看者的感情可能会受到所描述的东西的影响，他会把自己等同于那些角色，放纵他自己的被激发起来的情感，并为这种激情的宣泄感到愉悦，就好像他经历了一次净化。"② 因此，审美是愉悦的。

审美经验作为一种艺术体验，是观众或读者的感官体验和心灵体验的结果，它肯定会在观众或读者的意识中形成某种特定的看法，造成刻板印象。这种体验将影响观众或读者此后对于艺术作品的解读，因为人们在欣赏艺术作品的时候大致与日常生活中一样，总喜欢先入为主，以此前的经验去判断新的作品，审美经验影响着人们对于新的作品的解读。而如果能充分利用人们的审美经验，艺术作品将会带来让人耳目一新的感觉。

品特早期的戏剧被称为"威胁喜剧"，因为评论家们普遍注意到，在他的戏剧中，总是存在一种莫名的威胁。其实，这种威胁的气氛在品特的戏剧中始终存在，包括威胁喜剧、记忆剧和政治剧，它是品特戏剧另一个显著的特征。可以说，它已经成为品特戏剧的标识物之一。诺贝尔委员会主席在诺贝尔文学奖颁奖典礼上对此进行了具体描述，他说：

> 戏剧已经成为品特自己的领地，他笔下的人物在无法预测的对白

---

① 涂玉英：《姚斯审美经验理论探究》，硕士学位论文，南京师范大学，2007年，第13页。
② [德] 汉斯·罗伯特·耀斯：《审美经验与文学解释学》，顾建光等译，上海译文出版社1997年版，第31页。

中，给自己设置障碍。在充满着未予澄清的威胁的台词中，他的戏剧在激荡着，刺痛着。我们听到的，是我们没有听到的一切东西的信号。

闲谈之下的深渊，除了表面应付而不愿与人沟通，支配及误导的需求，在日常生活中热议事件所带来的窒息的感觉，危险的故事受到审查的那种感觉。所有这一切都在品特的戏剧之中回荡着。①

在这段恰如其分的评论中，诺贝尔委员会主席指出了这种威胁存在于日常生活中，存在于人们的对话交流中，也指出了威胁的感觉，那就是令人"窒息"的"受到审查"的感觉。通常，读者们在阅读品特戏剧的时候，不仅觉察到人物处于威胁之中，自身也能感觉到这种威胁的存在。这些威胁既有由人物行为发出的，也有因环境而产生的，还有由人物可悲的命运所造成的。例如在《房间》中，伯特一言不发地举起椅子将赖利击倒，又将他的头用力撞到煤气炉上；在《归于尘土》中，纳粹头目劈手从妇女的手中将她们的孩子抢走，或者是一排排的囚犯在纳粹的逼迫下，从悬崖走下大海；在《生日晚会》中，当斯坦利正在小岛上悠闲度假时，两个外来人却穷追不舍，对他进行了一番语言轰炸，又将他架上了黑色轿车，将他弄得语无伦次、浑身瘫软，上述这些暴力活动都使人们产生了恐惧的感觉。而有时，某些暴力加上了温情脉脉的描绘，更是令人感到害怕。在《送行酒》一剧中，统治者尼古拉斯跟他的囚犯韦克特的妻子吉拉的对话中就是如此。

> 尼古拉斯：你现在在哪里？你认为你是在医院吗？
> （暂停）
> 你认为我们楼上那些是修女吗？
> （暂停）
> 我们楼上是什么？
> 吉拉：没有修女。
> 尼古拉斯：那有什么？
> 吉拉：男人。

---

① 转引自邓中良《品品特》，长江文艺出版社2008年版，第4页。

尼古拉斯：他们强奸你了吗？

（她盯着他。）

在这里，尼古拉斯假装斯文，审讯中显得似乎并不咄咄逼人，然而明明是他叫手下的士兵轮奸了吉拉，他却说得好像跟自己毫不相关，分明是想以此来羞辱打击对方，其近乎变态的内心和无耻至极的行为让人胆寒。

而另一种恐惧是通过环境传递过来的。品特在他的戏剧中，喜欢选取地下室、监狱等场所作为背景。这些场所本来就令人恐惧，再加上品特的刻意渲染，变得更加充满威胁性。例如在《送菜升降机》所描述的环境是一间灯光昏暗而狭小压抑的地下室：

一间地下室，两张床，在两张床之间还有一个关闭着的隔间，里面有一台通向外面的升降机，房间内有两扇门，左边的一扇通向厨房和卫生间，右边的一扇通向走道。①

本来，这种潮湿阴暗的地下室就很令人觉得压抑，封闭着的隔间后面与外界连接的升降机以及不知通向何方的走廊又增加了外来因素干扰的可能，未来会发生什么是个未知数。而不时地，卫生间还传来因水龙头未关紧有水不时掉下来的滴答滴答声，更增加了恐怖的感觉，不禁让人头皮发麻。

又如在另一部短剧《新世界秩序》中，场景是在一所监狱的审讯室中，虽然描述的词语不多，却也让人毛骨悚然：

一个盲人蜷曲着在一张椅子上，两个男人盯着他。②

极为可能的是，在这里刚刚经过了一场刑讯，盲人晕倒了。此时，两个审问者达斯和列尼尔在交谈：

---

① Harold Pinter. "The Dumb Waiter." *Harold Pinter: Plays One*. London: Faber and Faber, 1991, p. 113.

② Harold Pinter. "The New World Order." *Harold Pinter: Plays Four*. London: Faber and Faber, 1993, p. 271.

> 达斯：你想知道一些关于这个人的某些东西吗？
> 列尼尔：什么？
> 达斯：他不会知道我们会对他做什么。
> 列尼尔：他当然不知道。
> 达斯：他不知道的，他对于我们会对他做什么一点也不知道。①

后来，两个人又谈到了"他"的妻子：

> 列尼尔：不要忘记他妻子，他对于我们要对他妻子要做什么也一点不知道。
> 达斯：嗯，也许他有些知道，也许他知道，毕竟，他看过了报纸。②

在这里，品特用语简约，寥寥数笔便勾勒出一幅恐怖的画面：阴森可怕的审讯室、被刑讯至昏迷的盲犯人、审讯人员对犯人本身及其妻子的伤害。不仅在室内，即使在野外，某些环境也会让人害怕。在《归于尘土》中，丽贝卡回忆起她看到的雪地的情景：

> 我走进冰冻的城市，连烂泥巴也被冻住了，雪地呈现出一种滑稽的颜色，它不是白色的，唔，是白色的，但是在它上面还有其他颜色，就好像人体的静脉一样四处流淌，雪地也不平滑，不是雪地应有的平滑，坑坑洼洼的。③

白色雪地上流淌的是什么呢？丽贝卡所用的"静脉"一词使人联想起了血，洁白的雪地上面是鲜红的血液，鲜明的对比让人不寒而栗，或许这正是杀人的场所。

这种威胁感的产生还由于剧中人物的可悲命运。品特戏剧中的许多人

---

① Harold Pinter. "The New World Order." *Harold Pinter：Plays Four*. London：Faber and Faber, 1993, p. 271.
② Harold Pinter. "The New World Order." *Harold Pinter：Plays Four*. London：Faber and Faber, 1993, p. 273.
③ Harold Pinter. "Ashes to Ashes." *Harold Pinter：Plays Four*. London：Faber and Faber, 1993, p. 418.

物都是社会的边缘人物，生活在社会的最底层，他们往往又时运不济，常有"屋漏偏遭连夜雨"的感觉。虽然他们想通过挣扎改变自身的命运，然而在一波又一波的打击下，主人公的命运一次比一次悲惨，或是受到迫害，或是无家可归，或是丧失生命。例如《看管人》中的戴维斯，虽然他为了成为一个只能解决温饱问题的看管人，耍尽了手段，但最后还是被逐出房子，重新过着流浪的生活。又如《生日晚会》中的斯坦利，无论逃到天涯海角，也无法躲避，最后被折磨得语无伦次、心智丧失，随之又被架上黑色轿车，等待他的很可能是可怕的结局：或被杀戮，或被囚禁。再看《送行酒》中的韦克特，只因对于政治和宗教持有异见，全家人都被投进监狱，妻子被士兵轮奸，儿子被秘密杀害，最后他只得孤身上路回家。品特的戏剧中到处存在着这种不祥的气氛，剧中人物的可悲命运不仅使他们自己害怕，也使观众深感压抑，甚至是惶恐，害怕这样的事会落到自己的头上。

其实，这种威胁感的产生正在于品特充分地利用了读者的审美经验。首先，品特戏剧莫名的威胁感来自人类对于未知事物的恐惧。通常认为，人类对于未知世界的恐惧是由我们的祖先遗传下来的。当原始人离开了居住的洞穴，他们就面临着猛兽的威胁以及能否找到食物的担忧等种种情况。根据荣格的分析心理学理论，人格由意识、个体无意识和集体无意识组成。所谓的集体无意识是指人格结构中最底层的部分，它是人类在漫长的历史演变过程中积累下来的沉淀，包括人类的活动方式和人脑结构中的遗传痕迹。集体无意识作为一种遗传物质，是集体的、普遍的、非个人的，并一代一代地传递下来。[①] 在集体无意识中，人类对于自然的恐惧便是最典型的一种。显然，品特戏剧中的人物对于他们自己的命运是不可知的。《房间》中女主人罗斯对于自己的命运一无所知，房间中的她不知何时会迎来闯入者，在房间中出现的所有人对于她来说，都是危险的，甚至跟她生活在一起的男人伯特，也从来没有带给她安全的感觉，而正是在伯特的暴力中，她失明失语。再看《生日晚会》，斯坦利即使躲到偏僻的小岛上，他也无法摆脱神秘组织的追踪。在品特戏剧的世界里，没有安全的地域可言。就如同《新世界秩序》中两个审讯人员面对刑讯室里昏倒在椅

---

① ［瑞士］卡尔·荣格：《心理学与文学》，冯川、苏克译，上海三联书店1987年版，第94页。

子上的囚犯所说的"他不会知道我们会对他做什么"①那样，被刑讯者毫无反抗能力，命运掌握在别人手中。"生活是滑稽可笑的，因为它是任意的，基于幻觉和自欺……在我们今天这个世界上，一切事物都是不确定的，相对的。没有固定之点，我们被不可知的事物包围着。正是处于不可知事物的边缘这个事实，引导着我们迈向下一步，这些就发生在我的剧作中，这是一种无处不在的恐怖。"②无法把握自己的命运，这是品特戏剧带给读者的印象，当读者由此及彼，联想到自身的现实时，潜藏于人类内心的对于未知事物的恐惧感被唤起了，他们将能切实地感受到莫名的威胁。

其次，这种危险来自令人类恐惧的暴力。与现实生活一样，在品特的戏剧中，暴力大量存在。一是政治暴力。人物或是出于权力争夺的原因使用暴力，例如在《温室》中，为了争夺疗养院院长的职位，院长路德被刺杀于床上；人物或是由于宗教的原因受到迫害，例如《送行酒》中的韦克特一家，由于不愿意改变自己的信仰，妻子受到轮奸，儿子遭到杀害；人物或是由于民族的原因受歧视和迫害，例如在《山地语言》中，少数民族被禁用自己的语言，又在探监的过程中受到监狱管理人员的种种刁难，甚至还有人被监狱的恶狗咬得鲜血直流。

二是个人暴力。部分学者认为，品特戏剧中的权力争夺是微观权力的争夺。在品特的戏剧中，主要是个人生活中的权力冲突，人物为了蝇头小利钩心斗角、无所不用其极。很多时候，这种暴力是语言上的，人物在语言上胁迫对方，强迫对方接受自己的要求。例如在《生日晚会》中，刚开始，斯坦利对于入侵他的领地的戈德伯格和麦凯恩毫不客气：

> 戈德伯格：一个暖和的晚上。
> 斯坦利：别烦我。
> 戈德伯格：你再说一遍！
> 斯坦利：恐怕是误会。我们的房子都订出去了。你们的房间已租出去了。③

---

① Harold Pinter. "The New World Order." *Harold Pinter: Plays Four*. London: Faber and Faber, 1993, p. 272.
② ［英］马丁·艾斯林：《荒诞派戏剧》，华明译，河北教育出版社2003年版，第163页。
③ Harold Pinter. "The Birthday Party." *Harold Pinter: Plays One*. London: Faber and Faber, 1991, p. 38.

面对斯坦利的不客气，戈德伯格立刻对他进行了警告，斯坦利的气势马上弱了来。接下来，麦凯恩也走了进来，斯坦利也给了他一个下马威：

斯坦利：出去！
（麦凯恩拿着酒瓶走了进来。）
把酒拿出去，这是法律规定的。
戈德伯格：你今天好幽默啊。韦伯先生，在你生日的今天，漂亮的女士们正为你准备生日晚会呢。
（麦凯恩把瓶子放到了餐柜上。）
斯坦利：我告诉你把瓶子拿出去。
戈德伯格：韦伯先生，请坐下。
斯坦利：让我弄清楚，你不要麻烦我，对于我，除了黄段子你什么都不是。但是对于我来说，我有责任保护这屋里的每一个人。他们在这已经生活很久了。他们失去了感觉，我没有。只要我在这儿，就没人能利用他们。无论如何，这房子不是你杯中之茶，无论从哪个角度说，这儿都没有你们要的东西。所以为什么不走开呢？
哥德伯格：韦伯先生，坐下。
斯坦利：找麻烦对你们没好处。
戈德伯格：坐下！
斯坦利：为什么我要坐下？
戈德伯格：你想知道真相？你现在已经开始侮辱到我了。
斯坦利：真的？那——
戈德伯格：坐下！[①]

斯坦利一副义正词严的样子，他先是拿法律来吓唬麦凯恩，但是法律或许只是对于文明人而言有威慑力，戈德伯格可不吃这一套，他摆出了使用暴力的架势，他的语气也越来越不耐烦，由客气话变成了命令，连声命令斯坦利"坐下"，从他不多的话语里逐渐透露出压迫来。斯坦利色厉内荏，在二人充满暴力暗示的言语中立场不断倒退，很快就败下阵来。虽

---

① Harold Pinter. "The Birthday Party." *Harold Pinter: Plays One*. London: Faber and Faber, 1991, p. 39.

然，这里面只是人物的对话，他们使用的只是语言，但那种威胁与对抗的激烈程度却不逊于物理暴力。

当然，很多时候这种个人暴力是赤裸裸的实实在在的暴力。例如在《房间》中，白人伯特不分青红皂白就用椅子击杀了盲黑人赖利。又如在《归于尘土》中，丽贝卡的丈夫是纳粹军队里的一个头目，他在外杀戮和抢夺，在家也使用身体暴力，丽贝卡心惊胆战地生活着，以致得了心理疾病。该剧主要是由丽贝卡在催眠师的治疗中的叙述构成。在该剧的开头，丽贝卡就向催眠师叙述了自己受到暴力的状况，从文字中可以感觉到，丽贝卡已经习惯了丈夫的锁喉方式，以至于感觉那是一种享受了。

> 丽贝卡：嗯，例如……他会高高地站着，抓紧拳头。然后他会把另一只手放在我的脖子上，紧握着我的脖子然后把我的头扳向他。他的拳头按在我的嘴上，然后他会说："亲我的拳头！"
> 戴夫林：你那样做了吧？
> 丽贝卡：噢，是的。我亲吻了他的拳头，手指的关节，然后他就会张开他的手，让我亲他的手掌，于是我就亲他的手掌。①

虽然在丽贝卡的描述中她看起来并无难受的样子，甚至似乎还有些享受的感觉，但仔细看来，她丈夫所做的动作是能致人死亡的锁喉，读者显然能判断丽贝卡的丈夫崇尚暴力，而丽贝卡即使面对丈夫的暴力也还是那么百依百顺，可以让人联想到她之前不知吃了多少的苦头才会变得如此听话。

品特戏剧中存在如此之多的暴力，这当然与品特的生活经历相关，尤其是他的童年时期，比灵顿指出：

> 在某种意义上，品特童年时期的经历是他生活中的一个极致：后花园中的奇思异想，疏散时期的孤单，早年犹太宗教起决定作用的排斥，他自己在文学殿堂的创造，战后虽然在法西斯统治下幸免于难但获得的不公正感，甚至是在英国皇家戏剧学院氛围中的阶级嫌恶，所

---

① Harold Pinter. "Ashes to Ashes." *Harold Pinter: Plays Four*. London: Faber and Faber, 1993, p. 395.

有这一切是他早年时期的标记，造就了一个具有独立精神的品特。①

具体说来，幼年时期，作为犹太人的后裔，品特便经历了太多的暴力。据他回忆，在上学的路上，他经常遇到拿着酒瓶子的专找犹太人碴儿的人，那个时候，品特只好硬着头皮一边口头敷衍着，一边小心翼翼地从那些人的身边走过。当时，在伦敦东区这一片外来移民的聚居区，"打架斗殴是常有的事"②，品特也见证了众多的街头暴力。由于对政治的恐惧以及对当权阶层的不信任，早年时期的品特不敢过多地涉及政治暴力，当然，对于暴力的厌恶和对和平的爱好早就显现出来。比如他青年时期，冒着被送上法庭的危险，拒绝服兵役，因为他不想为不公正的杀戮卖命。然而，到了晚年之后，面对世界各地的强权统治和暴力政治，品特忍无可忍，他频繁地参加社会活动，进行公众演讲，毫无遮掩地谴责美国、英国等西方政府对人类犯下的罪行，直接地表明了反对暴力、反对强权的态度，由此得到"愤怒的老人"这一称号。

暴力是文明的敌人，暴力无处不在。战争暴力、街头暴力、家庭暴力、语言暴力，我们的世界是一个暴力充斥的世界。两次世界大战让人们记忆犹新，战争暴力毁掉了无数人的家园和生命；街头暴力扰乱了社会的安宁；不仅如此，日常生活中看似微不足道的家庭暴力也会夺走人的生命，即使是轻微的家庭暴力，也会伤害人们的身心。暴力是人们心中普遍害怕的事物，作为普通的读者，内心也会蕴藏着对暴力的恐惧。品特戏剧中众多的暴力现象唤醒了人们对于暴力残酷的认识，这也是令品特戏剧的观众或读者产生威胁感的原因之一。

最后，品特利用了人类对于可悲命运的恐惧感。我国宋代大词人苏轼这么写道："人有悲欢离合，月有阴晴圆缺。"人生既会有幸福快乐、阳光普照的一面，也有痛苦悲伤、消极阴暗的一面。人的生、老、病、死本属于自然现象，然而，人们都有趋吉避凶的心理，每个人都希望自己的人生完美顺利，都不希望人生坎坷。但是在品特的戏剧里，偏偏出现了众多的不如意，展现了人生无常的境遇，包括疾病和死亡。在品特的威胁喜剧中，剧中人物为了生活苦苦挣扎却一无所获，甚至是境遇越来越差，生活

---

① Michael Billington. *The Life and Work of Harold Pinter*. London: Faber and Faber, 1996, p. 24.
② Martin Esslin. Pinter, the Playwright. London: Methuen & Co. Ltd. 1982, p. 37.

陷入绝望。在他的记忆剧中，人物沉湎于过去的记忆，精神颓废，难以自拔，生活在醉生梦死之中。在他的政治剧中，官僚主义盛行，统治者大肆滥用权力，人们生活在强权政治下，受到统治阶层的暴力压制和侮辱，生活缺少民主和平等，几乎看不到阳光灿烂的一面。"品特的戏剧世界是一个致命的测试场，在那里，个人是猎手或是猎物，既有粗俗的幽默，也有不安和恐惧；既有家庭的斗争和背叛，也有官方的恫吓和胁迫。"① 因此，当观众或读者看到品特戏剧主人公可悲的命运之时，他们从日常生活或是从其他艺术方式例如书本、杂志、电视、电影等获取的关于人类可悲命运的经验就会浮上心头，使他们深感压抑，甚至是害怕，不安的感觉也随之而生。

第三节　期待的背离与荒诞性

荒诞是什么？《牛津英语词典》将之定义为"不符合逻辑的、不和谐的、非理性的事物"②。而在荒诞派剧作家尤涅斯库的眼中，荒诞就是"缺乏目的的、切断了他的宗教的、形而上的、超验的根基，人迷失了，他的一切行为都变得无意义、荒诞、没有用处"③。通常认为，荒诞派学者崇尚的是一种存在的荒诞，他们的理念当中有许多存在主义的影子。在他们看来，人与周围的自然环境、社会环境格格不入，既不和谐也不快乐，以一种可笑的态度生活着，表现出一种存在的荒诞。艾斯林就是持这一观点的学者，他认为，"二战"之后，尼采的"上帝已死"的观念在西方世界越来越深入人心，越来越多的人产生了这样的消极认识，即人类所存在的宇宙是一个"没有中心，没有生活目的的，没有普遍接受的整体原则，变成了破碎的，没有目的的，因而是荒诞的"④。在对世界主要的荒诞派剧作家例如贝克特、尤涅斯库、阿达莫夫、品特等人的作品进行分析后，艾斯林进一步指出，荒诞戏剧的主要意义在于"一方面，它讽刺性地批判了对于

---

① Leslie Kane, ed. *The Art of Crime: The Plays and Films of Harold Pinter and David Mamet*. New York: Routledge, 2004, p. 3.

② J. A. Simpson and E. S. C. Weiner. "absurd." *The Oxford English Dictionary*, 2nd ed. Oxford: Oxford UP, 1989, p. 57.

③ ［英］马丁·艾斯林：《荒诞派戏剧》，华明译，河北教育出版社2003年版，第8页。

④ ［英］马丁·艾斯林：《荒诞派戏剧》，华明译，河北教育出版社2003年版，第277页。

终极真实没有了解，没有意识生活的荒诞性"①，"另一方面，在对于虚假生活方式的荒诞性进行讽刺性揭露的背后，荒诞派戏剧面对着一种更深层次的荒诞性，也就是在一个由于宗教信仰崩溃而导致人的确定性丧失的世界上人的处境本身的荒诞性……荒诞派戏剧关心人的处境的终极真实，旨在使观众了解人在宇宙中危险和神秘的地位"②。荒诞派剧作家们根据自己的认识，努力地向世人诠释了什么是荒诞性，他们所使用的方法虽有一些共同之处，但并不完全相同，而是各有特点。

1. 品特戏剧的荒诞性

既然品特也被归为荒诞派剧作家之列，那么，毫无疑问，在他的戏剧中，人的存在的荒诞也是无处不在，并且他的戏剧中的荒诞极具特色。

这种荒诞一方面表现为弱者生活的艰难。在这些弱者中，有的是外来移民，环境的改变使他们一下子难以适应，只能在异国艰难地生存；有的虽然是本地居民，但由于肤色、生活技能等原因，也恰如异乡的他者，生活在社会的底层，仿佛与周围的世界格格不入，无法融入这个社会，穷困潦倒而无助。这样的弱者在品特的戏剧中大量存在。有时，这种虚弱表现为女性在社会中受支配的底层地位。例如《房间》中的罗斯，虽居于城市之中，却几乎与外界隔绝，没有正当的职业，住的是出租房，只是忙于家务，在家庭中居于次要地位，缺乏话语权，无论她喋喋不休地说多少话、如何对男人表达自己的关心都得不到男人的回应，且很多时候受到男人的压制。又如《归家》中的路丝，从外表看来十分强大，也十分强势，然而为了获得女性在家庭中的合法权益，她却不得不既在外面做妓女养活一家人，又为家中的三个男人提供性服务。《归于尘土》中的丽贝卡更是令人同情，时不时要被自己的男人锁喉，还要去亲吻他的拳头。有时，这种虚弱表现为生活条件的低下。例如《看管人》中的戴维斯长期过着街头流浪的生活，以至于从来没有机会"正式地"在椅子上坐过，也正是对艰辛的街头生活深有体会，他的心理畸形扭曲，从而在被阿斯顿带回家并委任为看管人之后，一下子就变得忘恩负义，为了稳固看管人的地位在阿斯顿与米克之间挑拨离间，趋炎附势，最后却回归流浪汉的生活。从表面上看，戴维斯对收留他的阿斯顿不但缺乏感恩之心，还在阿斯顿困难之时落井下石，

---

① [英] 马丁·艾斯林：《荒诞派戏剧》，华明译，河北教育出版社2003年版，第279页。
② [英] 马丁·艾斯林：《荒诞派戏剧》，华明译，河北教育出版社2003年版，第279页。

多次说阿斯顿的坏话,应该受到谴责,其实这从另一个侧面反映了弱者的变态之心,戴维斯是害怕失去来之不易的幸福,所以从动物的本能出发做出了令人不齿的行为。有时,这种弱者的地位还表现为社会地位的不平等。例如《送菜升降机》中的高斯,虽然他是杀手,然而他的命运却不掌握在自己的手中,他的一举一动都受到了主人的监视。有时,他被派去杀人;然而,最后他自己也是被杀的对象。在戏剧的结尾,由于口无遮拦,发表了对于主人的不满,高斯被另一名杀手——自己的同伴本杀掉了。又如在《温室》中,院长可谓是疗养院中的帝王,他可以为所欲为,而院中那些底层管理人员不仅没有话语权,他们的命运也完全掌握在院长的手中,老实敬业的工作人员兰姆对院长并无冒犯,却被他选为实验对象,遭受电击,受到嫁祸,为疗养院管理混乱承担责任。

　　这种荒诞另一方面还表现为强者的骄横跋扈、趾高气扬。品特的多部戏剧均有所反映。《送行酒》中的尼古拉斯玩弄韦克特一家于股掌之中,他的话语代表了法律,他手下的士兵可以随意搜查知识分子韦克特的书房,强奸韦克特的妻子,未经审判,又将韦克特关进监狱,还将他的儿子杀害。作为强者的尼古拉斯的语言似乎极其温和而文明,但在行为上却是不折不扣的变态狂。韦克特自己被拷打,他的妻子被轮奸,儿子被杀害,温馨甜蜜的家庭在尼古拉斯的魔爪下分崩离析。再看《山地语言》中,当权者也是为所欲为,面对探监的妇女们,他们用上了各种手段。他们不允许她们在探监时使用自己的少数民族语言,还将监狱的狗放出来恐吓她们,其中一位老妇的手被咬得鲜血直流。不仅如此,在他们的话语里,强权的特征是那么的明显,充满赤裸裸的威胁与霸道。在《归于尘土》中,代表着统治阶级的丽贝卡的丈夫,命令手下的人将成排成排的犯人赶下大海,顷刻间大海上就只剩下漂浮的衣物。他们甚至连作为弱者的女性和孩子也不放过,作为妻子,丽贝卡的脖子被丈夫卡住,必须亲吻丈夫的拳头;在逃亡的过程中,妇女们怀中的婴儿也被搜查的士兵劈手抢去。在强权者的眼中,没有道理可言,权力和暴力就是真理,他们可以在世界上横行霸道而无所顾忌,这在宣扬人生来平等的西方社会中是极其荒诞的。

　　这种荒诞也表现为西方普通人精神信仰的丧失,在精神世界里无所寄托,从而在行动上胡作非为。自从尼采在西奈山宣布上帝已经死亡以来,西方人长期依靠的精神支柱倒塌,人们心中的信仰被解构了,许多人陷入了信念丧失、心灵迷茫之中。既然两千年来人们深信不疑的上帝都有可能不存在，那么这个世界还有什么是真实的呢？如果连上帝都可以怀疑了，那么还有什么不能怀疑，人生还有什么意义和价值呢？西方许多作家的作品都反映了这一精神危机。例如艾略特在他的长诗《荒原》中，描述了"二战"后西方世界中人们荒芜的精神生活，他们百无聊赖地生活，及时行乐、放纵自己的情感与行为，赌博、卖淫嫖娼、醉生梦死，生活在精神的荒原之中。在品特的戏剧中，西方人的这一精神状态也被清晰地反映了出来。在《情人》一剧中，女主角萨拉和丈夫理查德对日复一日的生活深感厌倦，玩起了偷情的游戏，当然，这种偷情也许是假的，只是夫妻二人互相扮演对方的情人而已。然而，这并不妨碍读者或观众的深入认识，从他们的行为中，我们还是可以看到西方现代人生活的无奈和绝望，他们只能通过这种自欺欺人的游戏来麻痹自己，从无聊的生活中找寻一点乐趣。而另一部戏剧《背叛》则描述了无处不在的背叛。埃玛与罗伯特夫妇二人都在外面有情人，他们互相背叛，几对朋友之间有着难以分清的纠缠关系。然而，同《情人》一样，当埃玛想结束她与情人——也是她丈夫的好朋友的关系之时才发现，原来丈夫对自己的背叛早已知情；而丈夫也在外面有情人，丈夫的情人就是自己的好朋友。看来，罗伯特对于埃玛的背叛行为早有所知，因为埃玛竟然与情人在自己的家中偷情。然而，罗伯特却毫不生气，也不提出任何警告，任由妻子胡作非为，自己也索性在外面拈花惹草。上述人物的种种荒唐行为，反映了西方现代人精神生活的荒芜，他们不再有精神信仰，不再有敬畏之心，婚姻、家庭、亲情不再是他们生活的重心，追求感官刺激成为他们生活中的第一目标。

这种荒诞还表现为人与人之间的交流的不正常。交流的主要手段是语言，因而这种不正常主要是通过人们对于语言的使用表现出来的。语言，是人类最重要的交流工具，在推进人类文明的过程中起到了决定性的作用。然而，在品特的戏剧中，语言的主要功能丧失了。"不是没有能力交流，而是不愿意进行交流。"剧中的一些人物不愿意说话，在他们看来，一方面，语言变成了会危害自身的东西，因为使用语言，人们就会暴露自己的想法，显现自己的弱点，所以很多时候，品特戏剧中的人物拒绝交流，用沉默代替语言，或者他们在交流中并不遵循交流原则，答非所问，顾左右而言他，通过喋喋不休的话语来掩盖自己的真实想法。另一方面，语言还成了进攻的武器，一些人为了保住自己的利益，使用语言来欺骗对方，迷惑对方，甚至把对方引入死亡的圈套。例如《生日晚会》中的两位外来人员使用的洗脑术,将斯坦利弄得晕头转向,神经错乱,然后在他失去语言能力后将他押上了黑色轿车。又如《看管人》中的米克,诱使戴维斯暴露出自己的真实想法,最终将他扫地出门。人与人之间的交流本来是沟通信息、表达情感、排遣寂寞、增进情谊的一种良好方式,然而品特戏剧中的人们却总是小心翼翼地互相防范,他们不愿意敞开自己的心扉,内心常常处于封闭的状态,这样的交流状态存在于各种各样的关系之中,即使是夫妻、父子、兄弟姐妹也是如此,显示出一种不正常的人际关系。

品特戏剧的荒诞性也表现为时空的扭曲。时间与空间构成了人类生活的两重维度,通常认为,时间总是连续的,不间断的,永不停息地向前行进的,而空间则表现为物质世界的广延性、伸张性,与时间交织。空间用以描述物体的形状和位置,时间用以描述事件的顺序。荒诞派剧作家们喜欢在他们的作品中渗入对于时空的哲学思考。例如在贝克特的《等待戈多》中,一个等待的动作就贯穿了全剧,时间仿佛凝滞不动了,永远停留在等待的状态。品特的戏剧虽然在评论家们的眼中是最具现实性的,然而在剧中也反映了他对于时空的看法。在他的一部分戏剧中,时空发生了颠倒,或是时间杂乱无序,或是空间变幻无章,过去、现在、未来既无边界,也无顺序。这种特征突出地体现在他的记忆剧中,例如在《月光》一剧中,时间和空间都在不停地变换,人物也忽东忽西,时而出现在现在,时而出现在过去,过去可以在现在之后,未来也可以在现在之前,让人感觉到时空的扭曲。《昔日》一剧也是如此,剧中一会儿展现的是此时的场景,一会儿又回到了大学时期,有时则是某种梦境。这种时空认识与当代人们对于时空的认识也是不相符合的,表现出荒诞性。

2. 期待的背离与荒诞性的生成

艾斯林指出了荒诞戏剧的功能,他认为荒诞戏剧其实就是作家的一种体验的表达,他说:"荒诞剧作家试图通过本能和直觉而不是有意识的努力加以克服和解决。荒诞派戏剧不再争辩人类状态的荒诞性,它仅仅是呈现它的存在。"① "荒诞戏剧本质上所关注的,是唤起具体的诗意形象,以便向公众传递其作者在面对人的处境时怀有的困惑之感……甚至更本质的在于,这些形象所体现的是想象的现实性和真实性,因为荒诞戏剧的所有

---

① [英]马丁·艾斯林:《荒诞派戏剧》,华明译,河北教育出版社2003年版,第279页。

创新自由和自发性都与传递一种存在的体验有关。"① 荒诞戏剧的剧情中很少有人物发出评论，荒诞派剧作家也非常不愿意对自己的剧情做出解释，他们恪守自己的创作原则，只是负责把舞台形象呈现出来而不负责解释。这种舞台形象其实就是他们的人生体验的外化，那么，荒诞派戏剧呈现给谁看呢？作家的体验传递给谁呢？当然是观众，正是通过对观众的审美期待的利用，在审美过程中展现观众的生活、艺术体验及料想之外的东西，让这些与现实世界存在相背离的情景引起观众的共鸣或反思，才达成了戏剧的荒诞性。荒诞，不仅仅是剧作家的体验，更是观众内心的体验。它们生成于观众的艺术欣赏过程之中，是观众的生活、艺术体验与剧中人物的生活的碰撞与融合。

荒诞性的生成首先是对观众的生活体验的背离。荒诞戏剧通常被视为悲喜剧，说它是喜剧，是因为剧中人物的行为和动作都是滑稽而引人发笑的，是丑的展示；说它是悲剧，是因为它以喜剧的形式反映了悲剧的内容。荒诞戏剧是喜剧，它引人发笑，而让人发笑的原因是展现了丑。这种丑可能是人物略显阴暗的内心，他们为了微不足道的小利绞尽脑汁；这种丑也可能是人物窘迫的生活状态，人物为了基本的生存条件竭尽全力，却徒劳无功；这种丑当然也可能是人物软弱无能、受到捉弄时的尴尬行为，他们无法主宰自己的命运，受到别人的捉弄也无可奈何。对于荒诞戏剧这样做的意义，艾斯林看得很清楚，他说："荒诞派戏剧家表达自己对于我们这个分崩离析的社会的批判很大程度上是本能性和非有意的，所使用的手段就是突然使观众面对一个疯狂的世界的怪诞的放大和变形了的图画。"② 正是荒诞戏剧运用这种丑将人物的特点放大了，超出观众的生活体验，使观众发笑。而观众发笑很多时候是因为戏剧展现了现实世界中不符合逻辑、不合理性、不和谐的东西，也就是荒诞。人物的行为与人们的传统意识不相吻合，与现实世界不相融合，人物的行为与人们生活的逻辑不相一致，打破了人们心目中对于人物的动作和行为的心理期待，这就是观众发笑的原因。以《归家》为例，当观众看到《归家》这一出戏的标题时，他们多半想到的是温馨甜蜜的探亲之旅，却意想不到说的是女主角路丝在探亲过程中，勾引了丈夫家中所有的男人，包括公公麦克斯，丈夫的

---

① [英] 马丁·艾斯林：《荒诞派戏剧》，华明译，河北教育出版社2003年版，第293页。
② [英] 马丁·艾斯林：《荒诞派戏剧》，华明译，河北教育出版社2003年版，第285页。

兄弟列尼和乔伊，最后甚至愿意到街上做妓女去养活一家子的大男人们。"女人吗？这太简单了！热衷于搞简单公式的人说：她就是子宫，就是卵巢。她是个雌性，用这个词给她下定义就够了。"① 波伏娃用简单的一句话就概括出当今现实世界对女人的常规看法。因此，《归家》这种剧情在大多数人看来是可笑的，也是出乎人们意料的，究其原因是罗斯的行为与现行的社会规范不相符合，于是人们会觉得罗斯的行为可笑、荒诞无耻。

  荒诞戏剧也是悲剧，荒诞意义也正是体现在悲剧意识之中，人们从剧中人物的喜剧形象中体会到了生活中的种种艰辛无奈。品特戏剧中的人物多是边缘人物，他们生活于社会的底层，无论他们怎么挣扎，怎么努力，命运仍然是冷酷无情的，这便是荒诞戏剧"悲"的一面。荒诞派戏剧中的主人公多是丑角，本身形象并不高大，通常是反面的形象或是小人物形象。姚斯认为："主人公通过反面形象的喜剧性所揭示的东西既可以作为笑料而被人们接受，因而最终成为对神圣化了的传统具有积极意义的一种解脱，也可以作为一种寓意严肃但又因喜剧的伪装而显得安全的抗议而被人们所接受。"② 例如《归家》中的路丝，她的行为看似可笑，她为了家庭中的权力甚至放弃了自己的丈夫和孩子，她的行为也让观众一下子难以理解，其实反映了在现实生活中女性的艰难处境，为了赢得家庭的主宰权，她不得不采取这种被人们鄙夷的手段。艾斯林指出："在荒诞派戏剧中，观众面对着动机和行为几乎都不可理解的人物。对于这种人物，几乎不可能与之认同，他们的行动和本性越神秘，越不具有人性，就越不容易使得观众从他们的视角来看待世界。"③ 正是由于对人物行为的难以认同，观众才得以进行反思，当由此及彼，人们从剧中人物的尴尬处境以及鄙视他们的行为的过程中联想到现实生活中自己的处境时，观众开始反思了，悲的感觉开始上升。"荒诞是存在的本质，是不可抗拒的，你无法为生活找到一个不荒诞的基点。"④ 无论人物怎么努力，他们也无法摆脱窘迫的状态和悲惨的命运，这与社会倡导的"天道酬勤""通过努力可以改变命运"的认识是相背离的，似乎不符合逻辑，因而也

---

① ［法］西蒙娜·德·波伏娃：《第二性》，陶铁柱译，中国书籍出版社1997年版，第5页。
② ［德］汉斯·罗伯特·耀斯：《审美经验与文学解释学》，顾建光等译，上海译文出版社1982年版，第292页。
③ ［英］马丁·艾斯林：《荒诞派戏剧》，华明译，河北教育出版社2003年版，第285页。
④ 周宁：《西方戏剧理论史》，厦门大学出版社2008年版，第978页。

是荒诞的。

  此外，荒诞性的生成也来自对观众艺术体验的背离。品特戏剧的荒诞不仅体现在事件本身的荒诞上，也体现在荒诞戏剧本身不符常规的表现形式上。一些学者认为品特革新了20世纪英国戏剧的创作形式，打破了英国戏剧界死气沉沉的局面，"以新戏剧中大流对立面的形象存在，是大流中的另类"①。然而这种革新在当时看来却是荒诞的。一是品特的戏剧打破了传统戏剧的剧情，一反当时流行于英国的才子佳人式的、表现花好月圆的、有情人皆大欢喜的佳构戏剧情节。他的戏剧虽然也有英国当时戏剧的类似场景，例如以房间作为舞台布景，然而，一旦剧情向前发展，则显得天差地别，品特戏剧基本上没有阳春白雪、花好月圆，有的只是贫困潦倒、孤单无助，甚至是伤残死亡、腥风血雨。怪不得当品特戏剧《生日晚会》在伦敦上演之时，从评论界传来的是一阵又一阵的嘲笑，在一些观众和评论家看来，品特的这种与当时流行的戏剧的内容大相径庭的戏剧是不合时宜的，是荒诞的。二是品特戏剧打破了传统戏剧的表意形式。荒诞戏剧崇尚以非理性的戏剧形式反映非理性的现实生活。传统戏剧是什么，荒诞戏剧就不是什么。②虽然，品特戏剧相对于贝克特等人的剧作，在戏剧的形式上没有走得太远，但是也足够引起观众的惊愕。例如他的不确定性的表意手法，不确定的结局、不确定的人物、不确定的时空就足以让观众感到荒谬。又如戏剧语言的运用，人物并不如传统戏剧般轮流表述，更多地出现独白或是沉默，也让观众觉得不可思议，甚至有人称之为"疯子的乱语"③，大多数观众此前从未体验过这样的艺术形式，因而理所当然，在他们看来，品特戏剧也展现出荒诞性。

  正是通过人物的荒诞可笑的行为以及荒诞戏剧本身似乎不合潮流的表现形式，观众产生了困惑，从而开始了思索，他们发现了身边无处不在的荒诞，理解了荒诞戏剧的意义。而也正是利用了人们审美期待的心理，品特建构了他的戏剧的荒诞性。

---

 ① 陈红薇：《战后英国戏剧中的哈罗德·品特》，对外经济贸易大学出版社2007年版，第22页。
 ② 周宁：《西方戏剧理论史》，厦门大学出版社2008年版，第988页。
 ③ See Michael Billington. *The Life and Work of Harold Pitner*. London: Faber and Faber, 1996, p. 84.

第四节 审美距离与戏剧的间离性

戏剧的间离性其实就是文学中的"陌生化"的另一种表述方法，其创作思想可以追溯到亚里士多德，他在鸿篇巨制《诗学》中曾经提到，"要给平常的事物提供一种不平常的气氛"①，"悲剧要表现令人惊讶的内容"②，虽然在亚里士多德的表述中并未出现"陌生化"的字样，但已具备了陌生化的基本内涵，即"不平常""令人惊讶"，这些可能是对"陌生化"最早的认识。而将对"陌生化手法"的认识具体化的则是20世纪初期俄国形式主义理论的奠基者什克洛夫斯基，他指出："艺术之所以存在，就是为了使人恢复对生活的感觉，就是为了使人感受事物，使石头显出石头的质感……艺术的技巧就是使对象陌生，使形式变得困难，增加感觉的难度和时间长度，因为感觉过程本身就是审美的目的。"③ 在这里，什克洛夫斯基既指出了陌生化的必要性，也指出了陌生化的功能。什克洛夫斯基提出"陌生化"有其文化背景，最初是为了将读者从作者中心的传统审美方式下解放出来，从而聚焦于文本中心，实现作者中心到作品中心的转变，从而充分发掘出作品本身的艺术价值。当然，"陌生化"的效应不仅为小说、诗歌的研究提出了新思路，同样地，在戏剧审美上也给人以启发。文学的"陌生化手法"在戏剧中或仍以"陌生化手法"为名，但多以"间离艺术"的名称出现，布莱希特在此方面贡献甚大。在戏剧陌生化的必要性方面，布莱希特论述道："戏剧必须借助对人类共同生活的反映，激发这种既困难又具有创造性的目光，戏剧必须使它的观众惊讶，而这要借助于一种把令人信赖的事物陌生化的技艺。"④ 而所谓的"陌生化"，在他看来就是："使所要表现的人与人之间的事物带有令人触目惊心的、引人寻求解释的，不是想当然的和不简单自然的特点。"⑤ 综合上述名家所言可知，陌生化手法其实就是通过各种艺术手段使熟悉的对象变得陌生，给

---

① ［古希腊］亚里士多德：《修辞学》，罗念生译，上海三联书店1991年版，第150页。
② ［古希腊］亚里士多德：《诗学》，陈中梅译，商务印书馆1996年版，第169页。
③ ［俄］维克多·什克洛夫斯基：《作为技巧的艺术》，载张中载编《二十世纪西方文论选读》，外语教学与研究出版社2002年版，第9页。
④ 周宁：《西方戏剧理论史》，厦门大学出版社2008年版，第850页。
⑤ 周宁：《西方戏剧理论史》，厦门大学出版社2008年版，第850页。

予旧事物新的面孔，使观众或者读者对本来认为是理所当然的事物产生惊奇、惊讶的感觉，延长审美过程，强化读者或观众对作品的感受，从而使艺术作品能充分展现出本身的艺术价值。

布莱希特的戏剧理论被称为"史诗剧"理论，所谓的史诗剧，就是侧重于叙事的戏剧，因为时间距离的关系，读者在阅读史诗时虽有情感的触动，但明显能感觉出自己是在阅读文学作品，或是在看戏，而非身临其境般地完全融入作品的情境之中，以保留独立于戏剧之外的思考的能力，这其实就是对观众或读者的间离。"不管在哪一个环节上运用历史化的方法，目的都是为了运用历史与当今的距离，来制造事件和人物与今日的观众心理之间的距离，让观众觉得舞台上所表演的人物或事件是陌生的。"① 史诗剧的核心其实就是陌生化效果理论，"布莱希特力图以陌生化的手法，最大限度地实现戏剧在社会学意义上的功用"②。布莱希特不仅给戏剧的陌生化作出了界定，还提出了戏剧陌生化的种种手段：一是通过剧作家进行陌生化（编剧艺术），即使用叙述性结构（插曲式）使观众与剧情间离。二是通过导演进行陌生化，即通过采用布景、照明、服装、面具、音乐等进行间离。三是通过演员进行间离，即让演员始终明白自己的演员身份，既扮演剧中人，又不完全融入角色，"一刻都不允许使自己完全变成剧中人"③。

无论是亚里士多德、什克洛夫斯基，还是布莱希特，他们都始终明白，间离性总是离不开作为接受者的观众，间离性应该是在观众身上产生的效果，而陌生化的效果得以产生，正是作者、导演及演员打破了长期的传统，给观众带来了先是感官然后是思维的冲击，并最终引发了观众的思索。

姚斯认为，由于读者或观众的个人生活经历和审美经验与作家的个人生活经历和审美经验不可能是完全相同的，因而在观众或读者的审美期待与文学作品的实际内容之间，总是存在不一致的地方，这就是审美的距离。④ 其实，间离性正是审美距离产生的效果，审美距离的产生是间离性

---

① 周宁：《西方戏剧理论史》，厦门大学出版社 2008 年版，第 858 页。
② 周宁：《西方戏剧理论史》，厦门大学出版社 2008 年版，第 865 页。
③ 周宁：《西方戏剧理论史》，厦门大学出版社 2008 年版，第 857 页。
④ ［德］汉斯·罗伯特·耀斯：《文学史作为向文学理论的挑战》，载《接受美学与接受理论》，周宁、金元浦译，辽宁人民出版社 1987 年版，第 31 页。

得以形成的原因，正是充分地利用了审美距离，才造就了间离性。品特戏剧中的间离性的形成也是如此。

（一）情节上的审美距离与间离性

品特戏剧的审美距离首先体现在情节上，荒诞派戏剧被称为反戏剧的戏剧，或者说是"我们时代反文学运动的一个组成部分"①，因而它的一个显著特点就是情节的弱化，在贝克特等其他荒诞派剧作家的作品中，情节通常已被降至最低，甚至没有情节，只有单调重复的动作。例如《等待戈多》并无复杂的叙事线条，其情节可以简化成"等待"二字。相对而言，品特戏剧情节的丰满性要高得多，他的大多数剧作都有一定的情节。然而，这些情节的发展和所反映的内容是与品特时代的观众有着遥远的审美距离的。

首先，威胁性是生活的常态。品特戏剧创作于"二战"结束之后，此时，华约和北约两大阵营对峙。但相对于"一战"与"二战"的热战时期，战争的威胁已小得多，而经过战后的改革，西方世界的经济也已摆脱了萧条状况，逐渐从经济危机的阴影中走了出来，人们生活的环境虽然称不上是太平世界，但也很少能感觉到威胁的气氛。或者说，威胁虽有，但并不是时时刻刻存在，然而在品特戏剧里，威胁却成了生活的常态。这种威胁来自各个层次，从宏观上说，来自人们对于外在世界的不了解，从神秘的宇宙到时间、空间，均充满了神秘。品特戏剧中的人物总是生活在狭小地域的封闭空间中，他们接触到的是一个狭小的范围，而外面则是一个广阔的世界。处于封闭空间的人们对于这个世界根本无法把握，他们处于"黑暗中的光明"之中，然而，这点光明是那么的弱小，房间之外，到处是黑暗的未知，这其实也是一种莫名的恐怖。而从微观上说，品特将观察力延伸到生活的每一个角落，包罗甚广：一是夫妻关系的不可信任与威胁性，例如《房间》中的伯特与罗斯，虽然同居于一屋，但从来都没有真正的感情，并可能各有情人，彼此不忠于对方，罗斯正是在伯特的暴力间接恐吓下双目失明。又如《背叛》中的三对夫妻，各自都背叛了自己的伴侣，虽然大家明知如此却又能和平相处，其实他们之间的情感都不可以信任。二是父子兄弟等家庭关系的不可信任，例如《归家》中麦克斯与儿子

---

① ［英］马丁·艾斯林：《荒诞派戏剧》，华明译，河北教育出版社2003年版，第10页。

的对话中充满了暴力与威胁，一言不合就会从语言暴力上升到身体暴力，列尼与乔伊兄弟二人之间也是互相倾轧，一心想从对方的身上夺取利益。又例如《看管人》中的米克与阿斯顿兄弟二人，为了争夺家庭的控制权争相拉拢外人——流浪汉戴维斯。三是同事关系的不可信任，例如《送菜升降机》中的本与高斯虽同为杀手，一起执行过多起任务，然而，他们冷漠残酷、六亲不认，最后当主人的命令下达时，本对高斯举起了屠刀。四是上下级关系的不可信任，例如《温室》中上级迫害下级，下级谋杀上级。五是陌生人之间的不可信任，例如《房间》中的桑兹夫妇，以及《生日晚会》中尾随斯坦利的追踪者等。在品特戏剧中，所有的事物都存在不确定性，因而所有的事物都具有威胁性。威胁性无处不在，这成了生活的常态。

对于生活在现实世界的人们来说，这些情节毫无疑问与绝大多数观众的生活经历和审美意识是有遥远距离的，在观众眼里，现实生活就像一面镜子，品特戏剧中无处不在的威胁与现实世界中相对安稳的生活相比显得有些夸张。这种戏剧情节对于观众而言是新奇的，受好奇心驱动，他们将把目光投射到品特戏剧上，陌生化的效果油然而生。

其次，现代伦理观念屡被突破。品特戏剧在情节上的另一个突出之处是对现代伦理观念的巨大冲击。所谓的伦理就是长期以来约定俗成的社会规则，在品特戏剧中，多方面出现了对现代伦理观念的冲击。一是对婚姻伦理方面的冲击。品特戏剧世界中的婚姻没有爱的基础，只有背叛，或者互相利用。例如《房间》中的伯特与罗斯之间根本看不到爱的表现，他们之所以住在一起，或许仅仅是因为能够解决居住的问题，这与人们对于婚姻的理解大相径庭。通常，爱情是婚姻的基础，没有爱情的婚姻是与人们的伦理认识不一致的，作为西方宗教基石之一的《圣经》就曾指出，要"爱你的妻子"，当西方人在教堂举行婚礼的时候，主持婚礼的教父也会问彼此是否相爱。二是对家庭伦理方面的冲击。在品特的戏剧中，家不是休息的地方，也不是宁静的港湾，而是互相利用的场所，亲人之间为了肉欲可以颠倒伦理，为了利益可以六亲不认。《归家》中的麦克斯父子眼中只有路丝的肉体，他们并不顾忌路丝是特迪的妻子这一亲情关系。而路丝为了获得伦敦家庭中的控制权，竟然置还在美国的两个孩子于不顾，留在伦敦做妓女，同时也做家中三个男人发泄性欲的工具。而《看管人》中的米克与阿斯顿，本为兄弟，却为了各自的利益拉拢外人戴维斯，亲情的纽带被戏剧中的人们忽视了。三是对战争伦理方面的冲击。战争是政治的延续,它是残酷的,是以巨大的毁坏作为特征的,战争虽为政治家所发动,但遭受苦难最多的却是平民,通常只有战争狂人才会不顾人们的死活,发动战争。品特也有部分戏剧涉及了战争,他剧中的人物丝毫没有想过战争带来的伤害,而只在意战争的效果。例如在《新世界秩序》中,或许独裁者口中争论的是战争伤亡的数字,而毫不关心战争带来的毁坏,其实,他们的话语中轻描淡写的数字正是无数死亡的个体,代表的是人民的苦难,彰显了政治家们战争伦理的丧失。四是对宗教伦理方面的冲击。西方的许多伦理内涵都来自宗教,然而在品特的戏剧中大多数人的行为与传统的宗教观念背道而驰,他们不再信仰上帝。戏剧中的男男女女以感官刺激的追求为中心,以个人利益为目标,他们精神颓废、行动偏激,既不同情关心弱者,也不尊老爱幼,以自己的喜好作为行动的出发点,从不注重社会与他人的感受。虽然,"二战"之后由于哲学、科学的发展(例如达尔文进化论的影响),以上帝为中心的宗教理念已呈衰落之势,宗教信仰受到冲击,信仰失落已是不争的事实,但当品特把这些场景赤裸裸地摆在人们面前时,还是会让许多观众大吃一惊。

最后,政治生态仍未改变。西方世界喜欢自诩为民主、自由的典范,认为三权分立的政治制度一劳永逸地解决了人类政治生活中的民主问题。资本主义制度是最民主、最科学的制度,这也是大多数西方人所持有的观念,许多人为此大唱颂歌,然而,在品特戏剧中,西方社会中政治方面的问题却大量存在。

一是官僚主义的问题。在《温室》一剧中,疗养院院长视供病人恢复健康的疗养院为行政机构,用权力获取各种好处,他做事拖沓,不愿意解决任何问题,漠视生命,在管理出了问题时他不是勇于承担责任,而是找人顶罪。他的下属们也是极其崇尚权力,同事之间为了权力互相陷害,可以嫁祸于人,也可以谋杀上司。在《送行酒》中,作为统治阶级代表的尼古拉斯也是如此。他未经法庭审判就以宗教异见的名义逮捕知识分子韦克特一家,这分明是滥用权力。品特戏剧中的这些现象体现了西方社会中的政治环境并非如同他们所宣扬的那样完善,官僚主义仍然横行无忌,人们的基本权利仍未得到充分保障。

二是民族歧视问题。在品特戏剧中,少数民族包括有色人种和外来移民总是处于劣势地位,他们或是被取缔了自己的民族语言,例如《山地语言》中的少数民族群体被禁止使用自己的民族语言，政府甚至将少数民族语言称为山地语言；他们或是受到了当地白人的歧视，例如在《看管人》中，黑人只能躲在厚厚的窗帘之后，连白人流浪汉戴维斯都不愿意与黑人为邻；而移民的生活也极其艰辛，例如《房间》中的罗斯，只能居住在偏僻街区的简陋出租房中，深居简出，过着贫困而不安的生活。

三是信仰自由问题。信仰自由历来是为西方人所标榜的权利，然而，这种信仰自由只是西方世界认可的信仰自由，如果与西方社会标榜的价值观相背，个人将会受到残酷的打击。例如在《送行酒》中，知识分子韦克特正是由于不愿意改变自己的信仰，被关进了监狱，他的妻子被轮奸，儿子被杀害。在《新世界秩序》中，被刑讯的囚犯看来极有可能是因为信仰共产主义而锒铛入狱，看来所谓的"新世界秩序"，正是完全以西方的信仰观念为中心建立、不容异见的秩序。

上述品特的戏剧情节展现了一个略显阴暗的世界，品特从日常生活、伦理认知、政治现象等方面颠覆了人们的传统观念，当观众目睹这些与他们的认识不一致的戏剧情节时，或许他们难以相信自己的眼睛，也不会立刻相信这些剧情所反映的事实。然而，由于这些情节与他们的生活和审美经验存在一定的距离，带给他们的冲击是必然的，戏剧的间离效果也就形成了。

（二）叙事方式上的审美距离与间离

要想了解品特戏剧在叙事方式上的间离，必须了解品特时代英国戏剧的普遍叙事方式。其实两千多年来，西方戏剧一直深受亚里士多德戏剧理论的影响。亚里士多德认为，情节是戏剧最为重要的元素，因而为了完美地表现情节，在戏剧的表达上就要遵循一定的程式，例如三一律，即戏剧应该是具有一定长度的完整的事件；必须是一件事，发生在一天之内，发生在一个地点。在戏剧叙事上，亚里士多德强调线性叙事，认为戏剧要有头、有尾、有身，情节具有一致性，符合生活逻辑。随后，一些戏剧家例如莎士比亚等人的戏剧虽然已经突破了亚里士多德的理论，但仍然具有很多亚里士多德戏剧的特点，例如净化方式、表现手法等。这些戏剧传统长期以来一直影响着英国戏剧界，品特时代作为主流的戏剧是"佳构剧"，在内容上追寻的是才子佳人式的情节，在形式上则是千篇一律的传统程式。品特戏剧被认为颠覆了当时英国戏剧的传统，改变了英国戏剧的发展进程，那么在叙事方式上，品特戏剧采用了哪些与传统戏剧不一样的叙事方式呢？

一是意象式叙述。所谓的意象式叙述，是指品特戏剧恰如一幅画，又如同一首诗，并不呈现事件的来龙去脉，而只是展示事件场景，恰如当人们欣赏一幅画或是一首诗之时，并不一定要了解画面或诗歌所呈现之前的原因和之后的结果，也不一定要了解是谁创作的，创作的背景如何。对此，艾斯林也有同感，他曾经这么说："品特是一位诗人，他的戏剧基本上是一种诗意戏剧。"① 品特自己则认为，他的写作"基本上展示的是一种处境或是一种形象"②。因此，在品特的戏剧中，可能没有传统戏剧必有的事件的来源，可能也没有展示戏剧的清晰结局，一部或是一幕戏剧只展现一个事件的截面。这与亚里士多德的戏剧观念是大相径庭的。他曾经对戏剧的头身尾都做过明确的界定，他说："一部戏剧一定要有头、有身、有尾，头是事之不必然上承他事，但自然引起他事发生者。"③ 而"尾"则是"本身自然地承继他者，但不再接受承继的部分，它的承继或是出于必须，或是因为符合多数的情况"④。显然，品特戏剧的叙述方式是会与当时观众的审美观念产生距离的。

二是碎片化叙述。品特戏剧的另一个特点是碎片化的叙述方式，在他的戏剧中，戏剧发生的时间、地点不甚明了，因而戏剧的情节可以任意地放置和穿插，这在他的记忆剧中尤其明显。顾名思义，既然是记忆剧，那么戏剧中所展现的场景就是人物的记忆，而记忆是含混的，因而时空可以颠倒，过去、现在、未来也可以糅为一体。例如他的记忆剧《昔日》讲述的一个关于三个人的情爱故事，随着剧中女主角的回忆，故事一会儿展示的是大学时代的故事，一会儿则是梦中的情节，一会儿又是现实的描述，让观众或读者如堕雾里。又如品特的另一部戏剧《山地语言》，虽然这不是一部记忆剧，但是四幕戏剧描写的是四个场景，由于没有明确的时间交代和情节的衔接，因而各幕戏剧的展示顺序可以任意颠倒。这种碎片化的

---

① ［英］马丁·艾斯林:《荒诞派戏剧》，华明译，河北教育出版社2003年版，第176页。
② ［英］马丁·艾斯林:《荒诞派戏剧》，华明译，河北教育出版社2003年版，第162页。
③ Aristotle. "Poetics." *Critical Theory since Plato*. eds. Hazard Adams, Leroy Searle. Beijing: Peking University Press, 2006, p.56.
④ Aristotle. "Poetics." *Critical Theory since Plato*. eds. Hazard Adams, Leroy Searle. Beijing: Peking University Press, 2006, p.56.

叙述看似剧情由许多不大相干的碎片构成，然而这些碎片却共同展示了相同的主题，具有一定的一致性。今天，这种后现代的叙事手法已经让读者习以为常，但这种展示方式在品特的时代，却是极为新奇的戏剧表演方式。

三是不可靠性叙述。不确定性是品特戏剧的主要风格之一，在他的戏剧中，人物的来历不明，故事发生的时间、地点不明，事件的结局不明，人物的语言也或真或假，导致这种现象的是品特在他的戏剧中大量使用了不可靠叙述的方式。所谓的"不可靠性叙述"，根据韦恩·布斯在《小说修辞学》中所言，是指在叙述作品中，叙述者所言（即整个叙述文本）与体现在隐含作者身上的价值观不相符的情况。① 布斯认为，作品的规范就是隐含作者（作者在创作某一具体作品时特定的"第二自我"）的规范。如果叙述者的言行与隐含作者的规范保持一致，那么叙述者就是可靠的，其所做的叙述就具有可靠性；如果不一致，则是不可靠的。② 不可靠叙述导致了故事事件层面和价值层面的不可靠。在阅读活动中，读者需要进行"双重解码"：其一是解读叙述者的话语，其二是脱离或超越叙述者的话语来推断事情的本来面目。

一方面，不可靠性叙述导致了人物来历的不明。品特在戏剧中拒绝给人物一个明白的身份，读者由此可以判断品特本人，也就是隐含作者的深意。例如《房间》一剧里，在人物的介绍中，品特并不确定地介绍出租房中男主人伯特和女主人罗斯的夫妻关系，只是说罗斯是"一位六十左右的妇女"，而伯特是"一位五十左右的男人"，戏剧中也多次出现使观众怀疑他们关系的片言只语。从作为叙述者的罗斯与赖利、伯特等人的对话中，也出现了诸多的疑点和矛盾现象，为什么罗斯在伯特离家之后，会私会赖利，而赖利则说他知道她父亲的消息，还叫她一个此前从未出现过的名字"萨尔"，她与赖利到底是什么关系？在戏剧的开头，罗斯还说过这样一句话：

> 如果他们问你，你就说我现在过得很开心。我们很安静，我们都

---

① ［美］韦恩·布斯：《小说修辞学》，华明等译，北京大学出版社1987年版，第179页。
② ［美］韦恩·布斯：《小说修辞学》，华明等译，北京大学出版社1987年版，第178页。

好。你在这也很开心。①

这样一句话让人有些摸不着头脑，为什么罗斯会说"如果他们问你？"难道他们二人是私奔来此吗？为什么他们生活在这么一个僻静的地方，还会有其他人在关注他们？这让观众或读者对二人的夫妻关系也产生了怀疑。

而黑人赖利又是谁？为什么他会追踪罗斯到此地，并在伯特不在的时候才敢私会罗斯，他为什么会知道罗斯父亲的消息？又为什么叫"罗斯"为"萨尔"，他是罗斯的前男友？还是她的丈夫？赖利的言语也让人怀疑。

剧中的另一个人物基德的身份也让人怀疑，罗斯以为基德是房东，然而一直在寻找出租房的桑德斯夫妇却不这么认为，当罗斯让他们进入房间后，三个人有这么一段对话：

> 罗斯：对了，是房东。
> 桑兹夫人：不，不是房东，是另外一个人。
> 罗斯：唔，那就是他的名字，他是房东。
> 桑兹先生：谁？
> 罗斯：基德先生。
> （暂停）
> 桑兹先生：他是吗？
> 桑兹夫人：或许有两个房东呢。②

在罗斯的心目中，基德就是房东，然而桑兹夫妇却不这么认为，双方的矛盾陈述没有结果，导致了基德房东的身份也值得怀疑。

当然，这样的例子在品特戏剧中还有很多，比如对于《生日晚会》中的斯坦利，还曾引发过一段许多人都熟悉的有趣的故事。由于剧中没有对斯坦利的身份作具体交代，一位妇女在看完该剧后专门写信给品特：

> 尊敬的品特先生：
> 你能告诉我斯坦利是谁吗？他来自何方？那两个男人戈德伯格和

---

① Harold Pinter. "The Room." *Harold Pinter: Plays One*. London: Faber and Faber, 1991, p. 87.
② Harold Pinter. "The Room." *Harold Pinter: Plays One*. London: Faber and Faber, 1991, p. 97.

麦肯恩又是谁？若你不能告诉我他们的身份，我就不能理解这部戏剧。①

而在《看管人》中，流浪汉戴维斯的身份也是不明，他一会儿说自己叫"詹金斯"，一会儿又说自己是"戴维斯"，问他要身份证明，他说放在别的地方了，叫他去拿，他答应过许多次，却始终不去拿，他的真实身份也让人怀疑。显然，由于叙述者所说的东西似是而非，前后矛盾，导致了人物身份的不明不白。

另一方面，不可靠性叙述导致了事件发展的不确定性。品特不愿意给他的戏剧设定一个肯定的、脉络清晰的结局或走向，也不轻易展示人物的最终命运，往往事件发展到某一个环节就戛然而止，或者即使是戏剧给予了某种结局的暗示，但由于观众或读者没能看到真正的结局部分，也为事件的最终结局留下了巨大的空间，这导致了事件发展的不可靠性。

例如《房间》中的罗斯，在目睹伯特杀死赖利后，狠抓自己的双眼，大叫"我看不见了，看不见了，看不见了"②，戏剧就此落幕，罗斯的最终命运只能是个谜。又如《生日晚会》中的斯坦利，坐在轮椅上被推上黑色轿车之后，尽管观众或读者对他的最终命运有多种猜测，或是认为他只能走向死亡，或是认为他回到组织，会受到惩罚，但不至于死亡，但谁也不能确定等待他的到底是什么样的命运。

仔细分析，品特戏剧中的不可靠性叙述的形成有多种原因。一是由于品特通过戏剧人物之口，给予同一事件多种解释，这反而导致了事件的不确定性，真是越解释越迷糊。例如上文提到的《看管人》中的戴维斯，他在不同的场合使用不同的名字，这当然让人不能确定哪个名字是真的。二是由于品特故意在他的戏剧中设置了性格上有缺陷的人物，他们为了自己的利益，在行动中体现出欺骗性：他们的行动明明是这样，说出来的东西却是那样，这使观众或读者根本不敢相信他们的口中之言。三是品特根本就不对戏剧中的某些疑问进行解释，这也导致了戏剧中事件的不可靠性。根据品特，之所以不愿意给予人物行动的预测，是因为"人物一旦创造出

---

① 转引自邓中良《品品特》，长江文艺出版社 2008 年版，第 20 页。
② Harold Pinter. "The Room." *Harold Pinter: Plays One*. London: Faber and Faber, 1991, p. 110.

来，就有了自己的生命","说教无论如何是要避免的，客观性是基本的，要让剧中人物有自己的呼吸"①，在品特看来，世界上的许多事情，本来就是没有明白的原因和结局的。对此，品特在一次采访中说得更明白，他说：

> 在我的剧作中，当幕布升起的时候，你就面临着一个情景，一个特殊的情景：两个人坐在屋子里，这情景是以前没有发生过的，而此刻正在发生。我不了解他们，就像我不了解坐在这桌子旁边的你一样。这个世界充满了意外之事。门可能会在任何时候打开，有人会走进来，我们想知道是谁，我们也想确切地知道他在想什么，为什么进来。然而，难道我们常常知道别人在想什么吗？我们一定知道这个人是谁吗，是什么东西使他成为现在的样子吗？②

也许，正是品特所持有的这种戏剧创作观，才导致了他的戏剧创作中存在诸多不可靠性叙述。而品特在戏剧中所展现的种种人物境遇，其实也是他的价值观的体现，人物的身份不明、结局不明，代表着他们并不乐观的现实和并不明朗的未来。所有这些都是品特精心设计的，反映了品特的创作观。

（三）表演方式上的审美距离与间离

由于品特曾经当过戏剧演员，并且即使在成为名剧作家后也还经常担当演员进行表演，因而他极其熟悉戏剧表演的各种程式，然而，品特并不完全遵循传统的戏剧表演模式，他在戏剧表演设计上也是具有特别之处的。

首先是人物动作的突然性。品特戏剧中的人物在表演中时常常会突然做出观众意料之外的动作。例如在《送行酒》中：

> 韦克特：我儿子。
> 尼古拉斯：你儿子？别担心，他是（was）一条小阴茎。
> （韦克特立刻僵住了，两眼死死盯着尼古拉斯。）

---

① 转引自邓中良《品品特》，长江文艺出版社2008年版，第11页。
② 转引自邓中良《品品特》，长江文艺出版社2008年版，第145页。

（沉默）

（落幕）①

韦克特对尼古拉斯妥协，他顺从地接过了尼古拉斯递过来的出狱送行酒以示臣服，本来是想以解救自己的妻子和儿子。然而，当他听说自己的儿子已离开人世的时候，当场僵住。又如在《茶会》中：

迪森看到：
在温迪的办公桌下面，一只鞋掉到了地板上。
在咔嚓声中迪森从椅子上摔倒到地上，他的茶杯也掉了下去，水花四溅。②

迪森本是洗浴设备公司的经理，他或许是想通过伪装眼疾以观察周围人们的行为，在别人以为他真的眼盲之后，各种各样的行动在他周围展开。妻子的哥哥威利想抢占他的位置，他原来的女秘书温迪与威利有了新关系，妻子戴安娜似乎也与威利有关系。在一次迪森举办的庆祝他与戴安娜结婚纪念的茶会上，他直接被大家无视。正是观察到了温迪的鞋子从威利的桌子上掉下来（表明或许威利与温迪正在桌子上做爱），迪森受到了沉重的打击，他立刻摔倒了。

人物这些动作表现得非常突然，反映了事情的发展大大超出了他们的意料。对观众而言，他们对于人物突然表现出来的动作也是始料不及的，事件的突然改变引发了人物的动作，而动作的突然爆发则会造成观众的惊愕。

其次是人物外表的冲击性。在戏剧中，品特设置了许多具有冲击性的人物外表，例如人物具有缺陷的外貌，这些人物有的双眼失明，例如《房间》中的赖利和罗斯；有的患有聋病，例如《房间》中的基德；有的精神失常，例如《温室》中的兰姆。更有甚者，有的人物鲜血淋漓，例如《山地语言》中的老妇，手臂疑似被狗咬得血肉模糊。而在《新世界秩序》

---

① Harold Pinter. "One for the Road." *Haraold Pinter: Plays Three*. London: Faber and Faber, 1993, p. 247.
② Harold Pinter. "Tea Party." *Haraold Pinter: Plays Three*. London: Faber and Faber, 1991, p. 138.

中，一个囚犯坐在审讯室的椅子上，一动不动，晕死了过去。这些人物的表情由于直观性、夸张性，对观众或读者形成了强烈的冲击。

最后是人物表演的滑稽性。品特戏剧人物的表演非常具有滑稽性，这种滑稽正是由人物表演过程中的剧烈反差效应形成的。滑稽是什么，是一种无伤大雅的戏弄。在《归家》中，麦克斯明明自己也喜欢儿媳路丝，却硬要装得一本正经，非常鄙视地称为"妓女"。当路丝初次出现在麦克斯面前时，泰迪向父亲麦克斯介绍起路丝来：

泰迪：她是我妻子，我们结婚了的。
（暂停）
麦克斯：之前我的房屋从来没有妓女进来过。哪怕是你母亲去世后。我保证。
（对乔伊说）你带过妓女进来吗？列尼带过妓女进来吗？他们从美国回来，带来的是拖把，他们带回来的是便盆。（对泰迪说）把这个疾病带走，把她带走。
泰迪：她是我妻子。
麦克斯：把他们赶出去。①

麦克斯不知为何表现得非常不喜欢路丝，初次见面甚至都还没经过了解就说出"妓女""拖把""便盆""疾病"等这些伤人的话语，并且信誓旦旦地表明自己的洁身自好。然而，当后来他看见自己的两个儿子列尼与乔伊都与路丝好上了时，也禁不住一下子跪倒在地：

（麦克斯开始嘟哝，紧紧抓住拐杖，从椅子旁边跪倒在地，他停止了嘟哝，身体伸直，他跪在那儿看着路丝：）
我还不老呢！②

一声"我还不老呢"，暴露了麦克斯好色的本来面目，并且他还情愿

---

① Harold Pinter. "The Homecoming." *Haraold Pinter: Plays Three*. London: Faber and Faber, 1991, p. 50.
② Harold Pinter. "The Homecoming." *Haraold Pinter: Plays Three*. London: Faber and Faber, 1991, p. 89.

跪倒在儿媳路丝的脚下。麦克斯在行为上前后表现出极大的反差，后面的厚颜无耻与前面的一本正经形成鲜明的对比，他的表演也令人深感滑稽。

　　综上所述，当品特戏剧的舞台设置展现在观众面前时，他们丝毫不会感到惊讶，因为品特戏剧的场景似乎与其同时代的其他戏剧场景如出一辙，面对舞台，观众们往往会认为要上演的只不过是一出传统戏剧而已。可随着剧情的推进，观众会发现它与传统戏剧的情节、叙事方式以及表演方式不相适应，从表面上看，品特戏剧与亚里士多德式戏剧一样，展现的是模拟戏剧场景，力求追求戏剧的逼真性，但实际上，品特戏剧并不是完全遵循亚里士多德的戏剧定律的，他的戏剧在情节变化、叙事方式、表演方式上均不同于亚里士多德式戏剧，并不追求戏剧情节的完整性，也不采用线性叙事方式，在表演方式上则突出了戏剧的突然性、冲击性和滑稽性。当然，一方面品特戏剧与布莱希特的史诗剧的间离方式不同，他并不刻意地通过戏剧设置以追求观众作为局外人的效果，也没有力图通过时间的不一致以形成对观众的心理干扰，而是通过在情节、叙事、表演等方面的与众不同，力图让剧情与观众形成审美距离，在使观众惊讶的同时引起观众的思索；另一方面，他的间离方式既利用了亚里士多德式戏剧的模拟剧场的部分特点，也与布莱希特的史诗剧的间离思想有所契合，可谓是对二者的灵活运用与丰富。

结　　语

　　自从 1956 年第一部戏剧《房间》问世以来，剧作家品特续写了一个又一个的传奇。这位被誉为"世界戏剧艺术大师""萧伯纳以来英国最伟大的剧作家"的传奇人物以他的 105 首小诗、29 部戏剧及 6 部改编的影视剧构建了独特而神秘的文学王国。虽然品特诗歌也具有高度的艺术价值，但由于在戏剧方面的巨大成就，品特以剧作家的身份受到世界的高度认可。品特的戏剧王国是充满着权力斗争、弱肉强食的丛林世界，在这里，弱者形同他者，他们处于社会的边缘，与主流社会格格不入，或是为了基本的生活条件苦苦挣扎，或是备受欺凌、大声呼喊却没有人听见，或是有人听见了却不愿意做出反应；在这里，强者为所欲为，占有弱者的空间、施行暴力、限制弱者的人身自由甚至杀死弱者，在得意忘形的笑声中显得不可一世。品特的戏剧王国也是语言的王国，在这里，人物或是喋喋不休，或是主动沉默不语，或是被迫沉默无声。但语言不一定是交流的工具，沉默也并非无语，有时人物不是不能交流，而是不愿意交流；有时沉默却显露出人物内心的大声呐喊，说与不说都蕴含着深层的意义。在这里，一切介于真实与不真实之间，记忆、预测与现实互相交融，昨天、今天、明天杂糅一体，让人如在云山雾里，难明所以。

　　品特的戏剧往往从一间房间开始，房间可以说是品特戏剧的构架，它们既是戏剧表演的舞台，也是人物生活的背景和空间，还是戏剧情节的原点和终点。作为戏剧表演舞台，在这里，戏剧剧情得以推进，戏剧氛围得以营造烘托。作为人物生活的背景和空间，这里有时温馨浪漫，家庭气味甚浓；有时唇枪舌剑，人物在语言上或是绵里藏针，或是针锋相对；有时却毫不掩饰，展示了赤裸裸的暴力，充满了殊死的搏斗。作为戏剧情节的原点和终点，品特戏剧从这里生发，意义从幕布下升起，又在幕布下终结。房间是隐喻的空间，是母亲的子宫，是黑暗中的光明，是人物的避难所，是危险与安全的隔离墙，也是人物争夺的场所，是利益交换的地方，是血腥的屠场，是英国岛国命运的隐喻。大多数时候，房间中充满了莫名的威胁，这种威胁可能来自外面不可知的人和事物，也可能来自里面熟悉的陌生人，人物必须小心戒备外来的危险，但是来自内部的危险却是防不胜防。长期以来，人们都对品特式的房间本身的功能关注有加，然而，品特式房间艺术效应的产生正是读者审美经验的结果，读者意识中的房间是安全的、温馨的、私人的、隐秘的，是自己的领地，是封闭的空间。品特戏剧正是利用了读者的这一心理，他的房间在外表上跟普通的房间并无两样，给读者形成了误读的基础，然而，当剧情一展开，房间的形象变得光怪陆离，它们的原有功能被完全改变了，读者将会深感震惊，他们看到了不一样的房间，在品特故意设置的戏剧构架下，读者开始思索。

戏剧首先是语言的艺术。虽然荒诞戏剧试图解构语言的作用，弱化语言的功能，然而，在品特的戏剧中，语言的艺术却显得更加完美而引人入胜。品特的语言精简到极致，音韵优美，与诗歌相似。他在戏剧中大量运用沉默与停顿，颠覆了传统的戏剧语言形式。这一方面被部分学者认为是对现实语言的复制，因为人们在现实生活中的交流也常常会如此，欲说还休却足以表达个人感情。部分学者甚至发现，由于音节韵律等特点，品特戏剧的语言基本上是城市的语言，是对英国伦敦人们日常生活语言的模仿。另一方面品特式的沉默又是充满艺术魅力的精妙设计，包含了众多的形式。沉默与停顿也是一种无声的交流，除交流的正常需要之外，其中或是体现了女性的社会地位，或是包含了弱者的无奈，或是包含了强权的傲慢，或是包含了人与人之间的钩心斗角，或是用于压制与折磨。沉默与停顿导致了句意和本文结构的不确定，引起了多种维度的解读，增添了品特戏剧的艺术魅力。从接受美学的视角看，品特戏剧中的沉默与停顿起到了空白或是不确定性的作用，形成了召唤结构，在引发读者的阅读兴趣的同时，有助于荒诞性的生成，并促进了荒诞与现实的交融，再现了人类自身的终极真实。

在亚里士多德看来，戏剧的主要目的是净化，也就是通过身份显赫的主人公好心犯错误，通过他们命运的落差，通过他们高贵的心灵饱受折磨，来引发读者的同情怜悯之心，宣泄读者心中的情感，净化读者的心灵。品特戏剧是悲喜剧，是用喜剧的形式来反映悲剧的内容，这就决定了它们既与亚里士多德式戏剧有相同之处，也有不同之处。比如在人物身份上，品特戏剧中的人物主要是日常生活中的普通人，在行为上也缺乏亚里士多德式人物的好心，甚至有些令人厌恶，比如他们为了某些利益斤斤计较、挖空心思，陷害他人，做出令人不齿的行为。然而，读者同样对这些人物产生了同情之心，戏剧达到了净化效果。姚斯提出的净化理论在继承了亚里士多德净化论的主要内容的同时，也丰富、创新了净化理论。他认为审美是愉悦的，审美过程是美的创造、接受和净化的过程，净化是审美过程中最重要的一环，它在主人公与接受者的交流中实现。品特戏剧中的主要人物可以归纳为三类人，一是生活中的弱者和他者，二是西方世界的普通大众，三是社会中的强权阶层。第一类主人公与读者的交流所形成的净化是同情怜悯式净化，在目睹主人公的悲惨遭遇或是尴尬境况后，读者产生了同情之心。第二类主人公与读者的交流是净化式交流。虽然主人公是与读者身份相差无几的普通人，然而他们在行为上却是离经叛道的，这拉开了读者与他们的距离，使读者产生震惊等情绪，形成了审美距离，使读者可以在看戏的同时静下心来思考。第三类主人公与读者的交流是反讽式交流。通过主人公邪恶的、违反社会公德的强权行为激发了观众的厌恶、愤恨等情绪，使观众产生了爱憎分明的认识，实际上是作家与读者交流了政治意识方面的看法，强化了读者的社会意识。

  在品特的戏剧中，存在着众多的疾病、他者和暴力意象，它们属于社会生活中消极、阴暗的一面，观众或读者在欣赏这些作品时，其实是在进行品特戏剧的负面意象审美。品特戏剧中的疾病形式多种多样，同时，有些疾病病因不明，有些疾病突然降临，其带来的痛苦令人刻骨铭心。疾病还给个人带来了恶劣的社会影响，使个人与社会脱离，受到社会的遗弃。当然，戏剧中的疾病肯定不会等同于医学上的疾病，其具有丰富的隐喻意义，既增加了戏剧的趣味性，也会引起观众的联想，增强了品特戏剧的戏剧性。在品特的戏剧中，犹太人、黑人、妇女、少数民族和知识分子均被视为他者，他们生活在社会的边缘，作为主流人群的对立面和参照物存在，其令人窘迫的生活状态和生存环境既令观众发笑，也能引起观众的同情怜悯之心，引导观众关注社会问题，避免相似的悲剧发生。暴力也是品特戏剧的一种明显意象，其冷酷无情、种类繁多、原因不明、突然爆发等特点既能吸引观众的眼球，也会刺激他们的感官，打破他们的审美期待，引起他们的反感和焦虑情绪，并最终引发他们的反思。负面意象审美并非仅仅在于揭露丑和恶，还在于进一步改善尚不完美的世界，这就是品特戏剧负面意象审美的接受效应。

通常认为，不确定性、威胁性和荒诞性是品特戏剧的精髓，它们共同构建了品特风格，组成了品特戏剧的荒诞诗学。虽然品特不一定受到过接受美学思想的熏陶，但是他的戏剧风格的形成在很大程度上体现了接受美学的思想，是对接受美学的巧妙运用。首先，品特戏剧的沉默与停顿体现了接受美学的空白理论，它引发了不确定性，造就了多重阐释的可能，召唤了读者进行阅读并在读者用思维填补空白的过程中对剧情进行了再构造。而威胁性的生成源于读者的审美经验，正是激发了读者潜意识中的对于不确定的环境是不安全的、暴力会危害人的身心等方面的认识，也就是对读者在恐怖方面的审美经验的利用，让读者在字里行间体会到了挥之不去的恐怖，于是，莫名的威胁感在本文中始终存在。荒诞是什么呢？品特在他的戏剧中，着力描述并想方设法让观众体会到现实生活中不符合逻辑的、不合理性的、不和谐的一面。人物不能适应这个世界，他们碌碌无为、生活缺乏目的，竭尽全力却徒劳无功，在危险与强权下踽踽独行，受到社会和他人的无情捉弄。乍一看来，人物荒诞的形象让人忍俊不禁，然而，在现实与非现实主义的技巧之间，在直喻手法的广泛应用中，品特用荒诞的故事渲染了世界的荒诞性。此外，品特戏剧的间离性也为人称道，其在情节构建、叙述方式和表演方式上均别出心裁，与观众平日在戏剧中所见的形式大相径庭，形成了审美距离，诱发了观众的思考。

上述所言便是本书主要阐述的问题。在学者们对品特戏剧的作家中心和作品中心审美等方面已经做出了不懈探索并取得了诸多成果的基础上，笔者从接受美学的视角，对品特戏剧的房间意象、品特戏剧中的沉默与停顿等语言现象，再到品特戏剧的净化艺术，以及品特戏剧的负面意象审美和接受者与作品互动下品特戏剧的风格建构等方面进行了深入、系统的探索，希望回归戏剧的接受审美本质，给读者提供走近品特戏剧的另一种审美渠道。然而，在研究过程中，由于时间、经验、资料收集、篇幅等方面的限制，笔者在品特戏剧的舞台艺术、影视艺术的接受研究等方面的探索仍然不够，有待于今后继续努力。

参考文献

Baker, William and John C. Ross. *Harold Pinter, a Bibliographical History*. London: The British Library and Oak Knoll Press, 2005.

Baker, William. *Harold Pinter*. London: Continuum, 2008.

Batty, Mark Taylor. *The Theater of Harold Pinter*. London: Bloomsbury, 2014.

Beckers, Thresa Ellen. *Shadows with Substance: Performing the Characters of Harold Pinter*. New York: UMI, 1980.

Begley, Varun. *Harold Pinter and the Twilight of Modernism*. Toronto: University of Toronto Press, 2005.

Bigsby, C. W. E. *Contemporary English Drama*. New York: Holmes & Meier Publishers, Inc., 1981.

Billington, Michael. *The Life and Work of Harold Pinter*. London: Faber and Faber, 1996.

Bloom, Harold, ed. *Harold Pinter*. New York: Chelsea House Publishers, 1987.

Brooks, Cleanth. *Modern Poetry and the Tradition*. New York: Oxford University Press, 1965.

Cahn, Victor L. *Gender and Power in the Plays of Harold Pinter*. London: The Macmillan Press Ltd., 1994.

Cohn, Ruby. "The World of Harold Pinter." *The Tulane Drama Review*, 1962 (3): 55 – 68.

Correa, Graca. *Synesthetic Landscape in Harold Pinter's Theatre, a Symbolist Legacy*. Diss. The City University of New York, 2010.

Demasters, William W. *British Playwrigts: 1956 – 1995*. London: Greenwood Press, 1996.

Digantani, John Louis. *Stage of Struggle: Modern Playwrights and Their Psycho-

logical Inspirations. London: Mefarland & Company, Inc., 2008.

Dukore, Bernard F. *Harold Pinter*. London: The Macmillan Press Ltd., 1982.

Esposito, Marisa D'Orazio. *Creative Possibilities: Harold Pinter and His Characters*. Diss. Kent State University, 1982.

Esslin, Martin. *An Anatomy of Drama*. New York: Hill and Wang, 1977.

Fedor, Joan Roberta. *The Importance of the Female in the Plays of Samuel Becket, Harold Pinter and Edward Albee*. Diss. University of Washington, 1976.

Fiddle, Robin M. *Metarforical Worlds in Smuel Becket's Endgame and Harold Pinter's Ashes to Ashes*. Diss. Florida Atlantic University, 2000.

Fraser, Antonia. *Must You Go? My Life with Harold Pinter*. New York: Random House Inc., 2010.

Free, William J. "Treatment of Character in Harold Pinter's The Homecoming." *South Atlantic Bulletin* 34 (Nov. 1969): 1–5.

Gale, Steven H. *Critical Essays on Harold Pinter*. Boston: G. K. Hall & Co., 1984.

Gordon, Lois. *Pinter at 70, a Casebook*. London: Retledge, 2001.

Gordon, Robert. *Harold Pinter, the Theatre of Power*. Michigan: The Michigan UP, 2012.

Grimes, Charles Vincent. *A Silence Beyond Echo: Harold Pinter's Political Theatre*. Diss. New York University, 1999.

Gussow, Mel. *Conversation with Pinter*. New York: Limelight Editions, 1994.

Hartigan, Karelisa V. *Performance and Cure: Drama and Healing of Ancient Greece and Contemporary American*. London: Duckworth, 2009.

Herold, Christopher Terrence. *What's Going on Here: The Actor and the Phenomenon of Mystery in the Plays of Harold Pinter*. Diss. University of California, 1997.

Hinchliffe, Arnold P. *Harold Pinter*. London: The Macmillan Press Ltd., 1976.

Iser, Woofgang. *Stepping forward: Essays, Lectures and Interviews*. Maidstone: Crescent Moon Publishing, 2000.

Jauss, Hans Robert. *Toward an Aesthetic of Reception*. Trans. Timothy Bahti. Minneapolis: University of Minnesota Press, 1982.

Kane, Leslie, ed. *The Art of Crime: The Plays and Films of Harold Pinter and*

David Mamet. New York: Routledge, 2004.

Kern, Barbara Ellen Goldstein. *Transference in Selected Stage Plays of Harold Pinter*. New Jersey: Drew University, 1987.

Kerr, Walter. "Review of *The Homecoming* by Harold Pinter." New York Times, 6 January, 1967.

Leary, Ralph M. *Uncertainty in Harold Pinter's Plays: Playing with the Responses of the Spectators*. New York: UMI, 1984

Macaulay, Alastair. "Pinter Shows off His Talent for Menace Theatre." Financial Times. Jan. 12, 2001.

Margaret, Drabble. *The Oxford Companion to English Literature*. Oxford: Oxford Publish House, 1993.

Merritt, Susan Hollis. Pinter in Play: Critical Stratagesand the Plays of Harold Pinter. London: Duke UP, 1990.

Naismith, Bill. *Harold Pinter: The Caretaker, The Birthday, The Homecoming*. London: Faber and Faber, 2000.

Nudelman, Brian C. *The Flame in the Grate: the Kullus Character in a Selection of Harold Pinter's Early Works*. Florida: Florida Atlantic University, 2000.

Page, Malcolm. *File on Pinter*. London: Mathuem Drama, 1993.

Peacock, D. Keith. *Harold Pinter and the New British Theatre*. London: The Greenwood Press, 1997

Pinter, Harold. *Harold Pinter: Complete Works (1 – 4)*. London: Faber and Faber, 1991.

Prentice, Penelope. *The Pinter Ethic, the Erotic Aesthetic*. New York: Garland Publishing, Inc., 2000.

Raby, Peter, ed. *The Cambridge Companion to Harold Pinter*. Cambridge: Cambridge UP, 2001.

Sakellaridou, Elizabeth. *Pinter's Female Portraits*. London: Macmillan Press, 1988.

Santag, Susan. *Illness as Metaphor and AIDS and Its Metaphors*. New York: Penguin Groups, 2002.

Santirojprapai, Anthony D. *Brutal Spaces: Political Discourse in the Later Plays of Harold Pinter*, 1980 – 1996. Diss. School of Saint Louis University, 2008.

Santoni, Ronald E. *Sartre on Violence*: *Curiously Ambivalent*. Diss. The Pennsylvani State University, 2003.

Scolnicov, Hanna. *The Experimental Plays of Harold Pinter*. Newark: Delaware UP, 2012.

Simpson, J. A. and E. S. C. Weiner. *The Oxford English Dictionary*, 2nd ed. Oxford: Oxford UP, 1989.

The Holy Bible. The Authorized King James Version. The Salt Lake City: Deseret Book Company, 1859.

Thomas, Johnson R. *Harold Pinter*: *the Poet of Anxiety*. New York: UMI, 1985.

Zhang, Zhongzai. ed. *Classical Western Critical Theory*. Beijing: Foreign Language Teaching and Research Press, 2002.

——. *Aesthetic Experience and Literary Hermeneutics*. Trans. Michael Shaw. Minneapolis: University of Minnesota Press, 1982.

——. *Harold Pinter*: *Various Voices*: *Prose*, *Poetry*, *Politics*. London: Faber and Faber, 1998.

——. *Pinter*, *a Study of His Plays*. London: Eyre Methuen, 1977.

——. *Pinter*, *the Playwright*. London: Methuen & Co. Ltd. 1982.

——. *Sharp Cut*: *Harold Pinter's Screenplays and the Artistic Process*. Kentucky: The Kentucky UP, 2003.

——. *The Fictive and the Imaginary*: *Charting Literary Anthropology*. London: The Johns Hopkins UP, 1993.

——. *The Implied Reader*: *Pattern of Communication in Prose Fiction from Bunyan to Beckett*. London: The Johns Hopkins UP, 1974.

——. *Prospecting from Reader Response to Literary Anthropology*. London: The Johns Hopkins UP, 1989.

——. *The Act of Reading*: *a Theory of Aesthetic Response*. London: The Johns Hopkins UP, 1978.

——. *The Theatre of the Absurd*. London: Penguin Books, 1978.

陈红薇：《战后英国戏剧中的哈罗德·品特》，对外经济贸易大学出版社2007年版。

崔彦飞：《一路风景一路歌——论哈罗德·品特戏剧创作的舞台布景与其

心理风景》,《当代戏剧》2016年第4期。

邓中良:《品品特》,长江文艺出版社2008年版。

胡宝平:《哈罗德·品特三部早期剧作中的种族关系表现》,《外国文学评论》2014年第2期。

胡宝平:《论哈罗德·品特舞台剧的戏剧空间》,博士学位论文,南京大学,2006年。

华明:《品特研究》,商务印书馆2014年版。

刘晶:《变形的"房间"——哈罗德·品特的记忆剧研究》,博士学位论文,上海戏剧学院,2014年。

刘明录:《论哈罗德·品特剧作中的"房子"》,《四川戏剧》2008年第4期。

刘明录:《品特戏剧中的疾病叙述研究》,重庆大学出版社2013年版。

涂玉英:《姚斯审美经验理论探究》,硕士学位论文,南京师范大学,2007年。

王丽丽:《历史·交流·反应——接受美学的理论递嬗》,北京大学出版社2014年版。

王燕:《论品特戏剧里的疾病》,《当代外国文学》2008年第2期。

萧萍:《折光的汇合:暧昧与胁迫性生存——论品特戏剧作品》,博士学位论文,上海戏剧学院,2005年。

杨静:《品特戏剧中人物塑造的后现代特征》,《广东外语外贸大学学报》2002年第3期。

雨有:《种族歧视在英国》,载《世界知识》,世界知识出版社1965年版。

袁小华:《从自然与生命的视角考察哈罗德·品特戏剧的创作分期》,《国外文学》2013年第2期。

张中载:《评品特的影视剧本——以〈法国中尉的女人〉为例》,《当代外国文学》2008年第4期。

周宁:《西方戏剧理论史》,厦门大学出版社2008年版。

朱立元:《接受美学导论》,安徽教育出版社2004年版。

[奥]西格蒙德·弗洛伊德:《精神分析引论》,高觉敷译,商务印书馆1983年版。

[德]艾什·伊泽尔:《接受美学的新发展》,《文艺报》1988年6月11日。

［德］汉斯·蒂斯·雷曼：《后戏剧剧场》，李亦男译，北京大学出版社 2010 年版。

［德］汉斯·罗伯特·耀斯：《审美经验论》，朱立元译，作家出版社 1992 年版。

［德］汉斯·罗伯特·耀斯：《审美经验与文学解释学》，顾建光等译，上海译文出版社 1997 年版。

［德］汉斯·罗伯特·耀斯、［美］霍拉勃：《接受美学与接受理论》，周宁、金元浦译，辽宁人民出版社 1987 年版。

［德］莱辛：《拉奥孔》，朱光潜译，人民文学出版社 1984 年版。

［法］安托南·阿尔托：《残酷戏剧——戏剧及重影》，桂裕芳译，中国戏剧出版社 2006 年版。

［法］亨利·列斐伏尔：《空间与政治》，李春译，上海人民出版社 2015 年版。

［法］加斯东·巴什拉：《空间的诗学》，张逸婧译，上海译文出版社 2013 年版。

［法］米歇尔·福柯：《规训与惩罚》，刘北成、杨远婴译，上海三联书店 2012 年版。

［法］米歇尔·福柯：《性经验史》，佘碧平译，上海人民出版社 2005 年版。

［法］米歇尔·莱马里、［法］让-弗朗索瓦·西里内利主编：《西方当代知识分子史》，顾元芬译，江苏教育出版社 2007 年版。

［法］萨特：《存在与虚无》，陈宣良译，上海三联书店 2014 年版。

［法］维克多·雨果：《〈克伦威尔〉序言》，载《雨果论文学》，柳鸣九译，上海译文出版社 1980 年版。

［法］西蒙娜·德·波伏娃：《第二性》，陶铁柱译，中国书籍出版社 1997 年版。

［古希腊］亚里士多德：《诗学》，陈中梅译，商务印书馆 1996 年版。

［古希腊］亚里士多德：《修辞学》，罗念生译，上海三联书店 1991 年版。

［美］亨利·戴维·梭罗：《瓦尔登湖》，徐迟译，上海译文出版社 1982 年版。

［美］亨利·欧内斯特·西格里斯特：《疾病的文化史》，秦传安译，中央编译出版社 2009 年版。

［美］克劳斯·P. 费舍尔：《强迫症的历史：德国人的犹太恐惧症与大屠杀》，余江涛译，译林出版社2017年版。

［瑞士］卡尔·荣格：《心理学与文学》，冯川、苏克译，上海三联书店1987年版。

［以］爱德华·W. 萨义德：《知识分子论》，单德兴译，生活·读书·新知三联书店2002年版。

［意］翁贝托·艾柯：《丑的历史》，彭淮栋译，中央编译出版社2012年版。

［英］艾·阿·瑞恰慈：《文学批评原理》，杨自伍译，百花洲文艺出版社1992年版。

［英］布莱恩·莱森：《空间的语言》，杨青娟、韩效等译，中国建筑工业出版社2003年版。

［英］马丁·艾斯林：《荒诞派戏剧》，华明译，河北教育出版社2003年版。

［德］W. 伊泽尔：《审美过程研究——阅读活动：审美响应理论》，霍桂桓、李宝彦译，中国人民大学出版社1988年版。